STEPHEN KING

danse macabre

traduit de l'américain par Lorris Murail
et Natalie Zimmermann

Éditions J'ai Lu

Titre original :

NIGHT SHIFT

PRÉFACE

Lorsque je dois assister à une réception (ce que j'évite dans la mesure du possible), il arrive souvent que quelqu'un m'assaille, la main tendue et tout sourire, pour me glisser aussitôt avec des airs de conspirateur : « Vous savez, j'ai toujours voulu écrire. »

Autrefois, je répondais poliment.

Aujourd'hui, je réponds sur le même ton d'excitation débordante : « Vous savez, j'ai toujours voulu être chirurgien du cerveau. »

Ils prennent un air ahuri. Ce n'est pas grave. Par les temps qui courent, ce ne sont pas les ahuris qui manquent.

Si vous voulez écrire, écrivez.

La seule façon d'apprendre à écrire, c'est d'écrire. Mais peut-être n'est-ce pas la meilleure façon d'aborder la chirurgie du cerveau.

Stephen King a toujours voulu écrire et il écrit.

C'est ainsi qu'il a écrit Carrie, Salem, l'Enfant Lumière et les excellentes nouvelles que vous allez découvrir dans ce recueil, sans oublier un nombre incroyable d'autres nouvelles, de livres, d'œuvres inachevées, de poèmes, d'essais et de travaux impossibles à classer, qui, pour la plupart, sont trop mauvais pour mériter qu'on les publie.

Parce que c'est comme ça qu'il faut faire.

Parce qu'il n'y a pas d'autre façon de procéder. Pas une seule.

Une assiduité contraignante suffit presque. Mais pas tout à fait. Il faut que vous ayez le goût des mots. De la gloutonnerie. Il faut que vous ayez le désir de vous y vautrer. Vous devez lire ceux des autres auteurs par millions.

Chaque lecture vous inspire une envie dévorante ou un mépris teinté d'ennui.

Réservez votre mépris pour ceux qui masquent leurs inepties derrière de grands mots, des phrases tortueuses, des symboles épais, et ne savent ni construire un récit, ni le rythmer, ni camper un personnage.

Ensuite, il vous faudra vous explorer vous-même afin de mieux connaître les autres. En chaque être que nous rencontrons existe une parcelle de nous-même.

Eh bien, voilà. Une assiduité forcenée, l'amour des mots, un certain don pour l'empathie, et de tout cela peut surgir, péniblement, l'objectivité.

Mais l'objectivité est une notion relative.

En ce fugitif instant où je tape ces mots sur ma machine bleutée, à sept lignes du haut de la page deux de l'introduction, je sais avec précision quel sens et quelle coloration je veux leur donner, mais je ne suis pas du tout certain d'y parvenir.

Etant sur le tas depuis deux fois plus longtemps que Stephen King, je porte sur mon travail un regard un peu plus objectif que lui sur le sien.

L'accouchement est lent et ne se fait pas sans douleur.

Une fois mis au monde, vos livres ne cessent pas pour autant de hanter votre esprit. Ce sont des enfants handicapés qui essaient de vivre leur vie malgré les tares dont vous les avez affligés. Je donnerais gros pour les voir tous revenir à la maison afin de leur donner un dernier coup de brosse à chacun. Page après page. Récupérant et nettoyant, frottant et fourbissant. Enfin présentables.

A trente ans, Stephen King est un bien, bien meilleur écrivain que je ne l'étais au même âge, ou même à quarante ans.

Rien que pour cela, je suis en droit de le haïr un peu.

Je pense que je pourrais citer une bonne douzaine de démons qui se cachent dans les buissons bordant son chemin mais, même si j'avais un moyen de les lui signa-

6

ler, je crois que cela ne servirait à rien. Il aura leur peau ou ils auront la sienne.

C'est aussi simple que ça.

Vous me suivez, jusque-là ?

L'assiduité, la passion des mots, l'empathie vous conduisent vers une plus grande objectivité, et ensuite ?

L'histoire. L'histoire. L'histoire, bon Dieu !

L'histoire concerne quelqu'un à qui vous avez été amené à vous intéresser. Elle peut se dérouler à n'importe quel niveau — physique, mental, spirituel — ou alors, simultanément, à plusieurs de ces niveaux.

Sans intrusion de l'auteur.

Vous ne devez pas lire entre les lignes : « Oh ! maman, regarde comme j'écris bien ! »

Une autre forme d'intrusion est ce qu'on appelle une perle. Voici l'une de mes préférées, tirée d'un best-seller de l'année dernière : « Ses yeux glissèrent sur sa robe. »

L'auteur se comporte en intrus quand il commet une phrase si stupide que le lecteur se rend compte qu'il est en train de lire et se détache de l'histoire. Il est expulsé de l'histoire.

A propos d'intrusion, l'un de mes travers principaux consiste à enchâsser un petit cours dans le récit.

Une image peut être clairement exprimée, inattendue, sans cependant briser le charme. Dans l'une des nouvelles de ce recueil intitulée Poids lourds, Stephen King décrit ainsi un personnage confronté à une situation particulièrement horrible : « Il était représentant et sa mallette pleine d'échantillons montait la garde à ses pieds, tel un chien fidèle. »

Je trouve ça parfait.

Dans une autre nouvelle, il démontre qu'il a de l'oreille, qu'il sait donner à un dialogue des accents qui sonnent vrai. Un homme et sa femme font un long voyage. Ils sont sur une route secondaire. Elle dit : « Mais oui, Burt. Je sais que nous sommes dans le Nebraska, Burt. Mais, merde ! vas-tu me dire où nous sommes ? » Il dit : « C'est toi qui as la carte. Tu n'as qu'à regarder. A moins que tu ne saches pas lire ? »

C'est bien. Ça paraît si simple. C'est comme pour la

chirurgie du cerveau : le couteau a un tranchant, on le tient en conséquence et on coupe.

Maintenant, au risque de passer pour un iconoclaste, je vous dirai que je me moque comme de ma première chemise du genre dans lequel Stephen King a choisi d'écrire. Le fait qu'il affectionne particulièrement les fantômes, les sortilèges et les bruits de pas dans la cave me paraît être la chose la moins importante et la moins significative qu'on puisse dire à son sujet.

Vous allez entendre beaucoup de bruits de pas et faire la connaissance d'une repasseuse ensorcelée qui vous hantera comme elle me hante, et voir passer aussi assez d'enfants diaboliques pour remplir tout Disney World, mais ce qui compte, c'est l'histoire.

Aucune ne vous laissera indifférent.

Retenez ceci. Les deux genres les plus difficiles à maîtriser sont l'humour et le fantastique. Sous une plume maladroite, l'humour tourne au chant funèbre et le fantastique vire au comique.

Mais un véritable écrivain peut écrire dans n'importe quel genre.

Stephen King ne se cantonnera pas toujours au genre qui pour le moment l'accapare totalement.

L'une des nouvelles de ce recueil qui nous touche le plus s'intitule le Dernier Barreau de l'échelle. Un joyau. Vous n'y trouverez pas un chuchotement, pas un souffle venu d'un autre monde.

Point final.

Il n'écrit pas pour vous faire plaisir mais pour se faire plaisir. Tout comme j'écris pour me faire plaisir. Et, si j'y parviens, le résultat vous plaira aussi. Stephen King aime écrire et j'aime le lire.

Par une étrange coïncidence, au jour où j'écris ces lignes, le roman de Stephen King, l'Enfant Lumière et mon livre, Condominium figurent tous deux sur la liste des best-sellers. Aucune compétition ne nous oppose l'un à l'autre. Mais je suppose que nous sommes en compétition avec les livres à sensation, ineptes et prétentieux, publiés par des tâcherons qui n'ont jamais pris la peine d'apprendre leur métier.

Pour tous ceux qui prennent plaisir à lire une bonne histoire, les Stephen King se font trop rares.

Si vous m'avez lu jusqu'ici, j'espère que vous avez tout le temps devant vous. Vous auriez déjà pu commencer les nouvelles.

JOHN D. MAC DONALD.

AVANT-PROPOS

Deux mots, entre vous et moi. Deux mots à propos de la peur.

J'écris ces lignes dans une maison déserte; dehors tombe une froide pluie de février. Il fait nuit. Parfois, lorsque le vent souffle comme il le fait en ce moment, nous perdons le pouvoir. Mais, puisque je le sens présent, profitons-en pour parler sincèrement de la peur. Parlons, très rationnellement, de cet instant où l'on flirte avec la folie, de cet instant où, peut-être, elle est près de vous happer.

Mon nom est Stephen King. Je suis un homme marié et père de trois enfants. J'aime les miens, et je crois qu'ils me le rendent bien. Mon métier est d'écrire, et c'est un métier que j'adore. Mes romans — *Carrie, Salem, l'Enfant Lumière* — ont reçu un accueil suffisamment bon pour me permettre de devenir écrivain à plein temps, ce dont je me réjouis. A l'heure qu'il est, ma santé n'est pas trop mauvaise. L'an passé, j'ai réussi à restreindre mes habitudes de fumeur, abandonnant les sans-filtre que je consommais depuis l'âge de dix-huit ans pour des cigarettes faibles en nicotine et en goudron, et je n'ai pas perdu espoir de m'arrêter complètement. Ma famille et moi vivons dans une maison agréable, non loin d'un lac du Maine dont les eaux ne sont pas encore trop polluées. Un beau matin de l'automne dernier, en me réveillant, j'ai aperçu sur la pelouse de derrière un cerf qui se tenait près de la table de pique-nique. Nous menons la bonne vie.

Bref..., revenons-en à la peur. Parlons calmement et sans éclats de voix; quelques propos rationnels, entre vous et moi. Parlons de la façon dont parfois les édifices les mieux structurés se désagrègent avec une brutale soudaineté.

Le soir, quand je viens de me coucher, je m'assure toujours que mes deux jambes sont bien sous les draps, une fois les lumières éteintes. Je ne suis plus un enfant..., mais je ne supporte pas qu'une de mes jambes pende au-dehors quand je dors. Car, si jamais une main glacée surgissait de dessous le lit pour m'aller agripper la cheville, j'en pourrais hurler. Oui, je pourrais hurler à réveiller les morts. Bien sûr, comme nous le savons tous, ce genre de choses n'arrive jamais. Dans les histoires qui suivent, vous allez rencontrer toutes sortes de créatures des ténèbres : des vampires, des succubes, une chose qui vit dans les placards, d'innombrables autres terreurs. Aucune d'entre elles n'est réelle. La chose qui, sous mon lit, guette ma cheville, ne l'est pas davantage. Je le sais, mais je sais aussi que si je prends bien garde à laisser mon pied sous les couvertures, elle ne pourra jamais m'attraper.

Il m'arrive parfois de donner des conférences devant des gens que l'art d'écrire ou la littérature intéressent spécialement et, avant d'en terminer avec le jeu des questions et des réponses, il se trouve toujours quelqu'un pour se lever et pour me demander ceci : *Pourquoi avez-vous choisi d'écrire sur des sujets aussi macabres ?*

En général, je réponds par une autre question : *Qu'est-ce qui vous fait penser que j'ai le choix ?*

Ecrire, c'est un peu comme pêcher au filet. A chacun des paliers de notre esprit, nous semblons tous équipés de filtres, plus ou moins grands, plus ou moins perméables. Ce que les miens retiennent peut très bien passer au travers des vôtres. Et réciproquement. Or nous paraissons tous ressentir un identique besoin de fouiller les résidus qui obturent les filtres de notre esprit, et ce que nous découvrons là devient généralement l'objet de nos préoccupations secondaires. Celui qui vous parle pourra aussi faire de la photographie. Tel astronome collectionnera les pièces de monnaie. Tel instituteur pourra prendre au frottis les inscriptions des pierres tombales. Ce limon qui embourbe les filtres de l'esprit, ce déchet qui refuse de passer de l'autre côté, est fréquemment à l'origine de l'obsession intime de chaque individu. Dans nos sociétés civilisées, il est convenu d'appeler de telles obsessions des « hobbies ».

Parfois, cette marotte se transforme en occupation à plein temps. Votre serviteur pourra se rendre compte qu'il est en mesure de nourrir sa famille en prenant des photos. L'instituteur pourra devenir tellement expert en matière de pierres tombales qu'il trouvera sa place dans les circuits de conférences. De plus, il existe certaines professions qui s'apprennent comme des hobbies et qui demeurent des hobbies alors même que l'intéressé a la chance de gagner sa vie en les pratiquant. Mais, comme ce petit mot sursautant, « hobby », sonne d'une façon plutôt vulgaire, il est également convenu, entre professionnels, de ne plus parler de hobbies mais d'« arts ».

Peintre. Sculpteur. Compositeur. Chanteur. Acteur. Instrumentiste. Ecrivain. On a écrit suffisamment de livres sur ces seules activités pour entraîner par le fond toute une flotte de grands paquebots. Et l'unique point sur lequel chacun semble s'accorder est celui-ci : tous ceux qui pratiquent leur art avec honnêteté persisteraient si leurs efforts n'étaient pas rétribués; ils persisteraient encore face aux critiques, voire aux insultes; menacés de mort ou de prison, ils ne renonceraient pas. Une assez belle définition, me paraît-il, du comportement obsessionnel. Cela vaut pour les simples hobbies comme pour ces curieuses marottes qu'on appelle les « arts ». Des collectionneurs d'armes ayant apposé sur leurs pare-chocs des autocollants portant la mention : *Si tu veux mon revolver, il te faudra l'arracher à mes doigts raidis par la mort,* on vit, dans les faubourgs de Boston, des femmes, qui avaient découvert le militantisme à l'occasion de la rude affaire du *busing,* coller sur les pare-chocs de leur limousine de semblables macarons où l'on pouvait lire : *Si tu veux transporter mes enfants hors du quartier, il te faudra d'abord me mettre en prison.* De la même façon, si la numismatique devenait une passion punie par la loi, notre astronome, à n'en pas douter, refuserait de sacrifier sa collection : il l'envelopperait dans un sac en plastique et la plongerait tout au fond du réservoir de sa chasse d'eau pour ne l'aller dévorer des yeux qu'à minuit passé.

Nous parlions de la peur et, penserez-vous, nous nous éloignons de notre sujet. Pas tant que ça. Cette substance qui reste prise dans les mailles de mon cerveau est souvent de la même essence que la peur. Ce qui m'obsède personnellement tend au macabre. Aucune des histoires que vous allez lire n'a été écrite pour l'argent, quoique certaines aient été vendues précédemment à des magazines et que je n'aie jamais retourné un chèque sans l'avoir encaissé. Je suis peut-être obsédé, mais je ne suis pas *fou*. Pourtant, je le répète : l'argent n'est pas le but. Si je les ai écrites, c'est simplement qu'elles sont venues sous ma plume. Mes lubies ont une valeur marchande. De par le monde, les cellules capitonnées regorgent d'hommes et de femmes qui n'ont pas cette chance.

Je ne suis pas un grand artiste, mais j'ai toujours ressenti le besoin d'écrire. Alors, chaque jour, je passe de nouveau la vase au tamis, fouillant les vieux rebuts d'observation, de mémoire, de spéculation, tentant de tirer quelque chose de cette substance que le filtre a retenue au-dessus du gouffre du subconscient.

L'écrivain de l'Ouest, Louis L'Amour, et moi-même pourrions nous tenir au bord de la même petite mare du Colorado, et tous deux, au même instant, nous pourrions voir surgir une idée. Nous pourrions ressentir un identique besoin de nous asseoir pour tenter de la traduire en mots. Son histoire parlerait peut-être de l'appropriation de l'eau pendant la saison sèche tandis que la mienne évoquerait plus probablement quelque énorme et abominable créature quittant l'abri des eaux paisibles pour enlever des moutons..., des chevaux... et, finalement, des êtres humains. Les « obsessions » personnelles de Louis L'Amour se rapportent à l'histoire de l'Ouest américain; moi, je suis fasciné par l'idée des choses rampant sous des ciels étoilés. Il écrit des westerns; l'horreur est mon domaine. Nous sommes tous les deux un petit peu cinglés.

L'artiste est obsédé et son obsession est dangereuse. Son esprit est comme armé d'un couteau. Dans certains cas — je pense ici à Dylan Thomas, Ross Lockridge, Hart Crane et Sylvia Plath — la lame peut se retourner sauvagement contre celui qui la manie. L'art est une affection localisée, généralement bénigne — les gens créatifs vivent souvent très vieux — mais qui parfois peut s'avérer extrêmement grave. Mieux vaut donc user de cette arme avec précaution, car on ne sait jamais qui elle va blesser. De même, comme il se peut que quelque chose vive encore au sein de cette substance dont nous parlions, il est préférable de l'examiner avec prudence.

Quand j'ai fini d'expliquer pourquoi j'écris *ce genre de choses,* il me faut généralement répondre à la question suivante : *Pourquoi les gens lisent-ils ça ? Pourquoi cela se vend-il ?* En filigrane de cette question, on peut en deviner une autre qui serait : Pourquoi les gens lisent-ils des choses d'aussi mauvais goût que ces histoires dont le but est de faire frémir ou bien d'horrifier carrément ? Souvent, je reçois des lettres qui commencent ainsi : *Vous allez sûrement me trouver un peu bizarre, mais j'ai vraiment bien aimé* Salem; ou ainsi : *J'ai probablement l'esprit un peu morbide car j'ai lu avec plaisir chaque page de* l'Enfant Lumière.

Je pense qu'une ligne extraite d'une critique de film parue dans *Newsweek* peut nous aider à comprendre cette attitude. Il s'agissait d'un film d'horreur, et pas des plus fameux, à propos duquel on écrivait : *... un film qui fera les délices de ceux qui ralentissent pour contempler les accidents de la circulation.* Outre qu'elle est bien trouvée, la formule, me semble-t-il, pourrait s'appliquer à tous les films et histoires d'horreur. *La Nuit des morts-vivants,* avec ses épouvantables scènes de cannibalisme et de matricide, était certainement un film destiné aux gens qui ralentissent en de telles circonstances. Et que dire de cette petite fille qui dans *l'Exorciste* vomissait sur un prêtre sa soupe aux pois ? Dans le *Dracula* de Bram Stoker, qui sert souvent de référence à la littérature d'horreur contemporaine (à juste titre car — et de quelle façon ! — la petite musique psycho-freudienne s'y fait entendre pour la première fois), on voit un fou furieux nommé Renfield gober des mouches, des araignées et, finalement, un oiseau. Il régurgite l'oiseau après l'avoir avalé avec les plumes et le reste. Ce roman décrit aussi l'empalement (une forme de pénétration rituelle, pourrait-on dire) d'une jeune et jolie vampire, puis le meurtre d'une mère et de son bébé.

Les pages les plus prestigieuses de la littérature fantastique obéissent souvent à cette loi du « ralentissons pour regarder l'accident » : voyez comment Beowulf massacre la mère de Grendel, comment le narrateur du *Cœur révélateur* (1) dépèce son bienfaiteur à demi aveugle avant de cacher les morceaux sous le plancher; voyez encore comment Tolkien, dans le dernier volume de sa trilogie des *Anneaux*, décrit la bataille acharnée que se livrent Sam le Hobbit et Shelob l'araignée.

Certains nous objecteront vigoureusement que Henry James, dans *le Tour d'écrou*, ne nous emmène à aucun moment contempler l'accident; ils nous rappelleront que les histoires noires de Nathaniel Hawthorne, telles que *le Jeune Bonhomme Brown* et *le Voile noir du ministre*, sont d'un goût plus léger que *Dracula*. L'argument ne repose sur rien. On nous montre toujours l'accident de la circulation; les corps en ont été retirés mais il nous reste le spectacle de la tôle déchiquetée et du sang sur la chaussée. D'une certaine façon, la subtilité, le refus du mélodrame, le ton rationnel aux lenteurs calculées qui caractérisent un conte comme *le Voile noir du ministre* lui donnent des accents bien plus terrifiants que les monstruosités batraciennes de Lovecraft ou la torture décrite par Poe dans *le Puits et le Pendule*.

Le fait est — et la plupart d'entre nous le savent au fond de leur cœur — qu'il nous est bien difficile de ne pas jeter un coup d'œil furtif et un peu honteux sur l'épave que signalent dans la nuit les voitures de police et le clignotement des feux. Le matin, lorsqu'ils ouvrent leur journal, certains de nos aînés se précipitent sur la

---

(1) Beowulf est le héros d'un poème épique anglo-saxon — *Le Cœur révélateur* est une nouvelle d'Edgar Poe. *(N.d.T.)*

rubrique nécrologique pour voir à qui ils ont survécu. Nous connaissons tous un moment de pénible stupeur lorsque nous apprenons la mort d'un Dan Blocker, d'un Freddy Prinze ou d'une Janis Joplin. Nous ressentons tous le même curieux mélange de terreur et de jouissance lorsque la radio nous informe que, sur un petit aéroport de campagne, une bourrasque a jeté une femme contre la pale d'un hélicoptère, ou bien qu'un homme a été pulvérisé par un gigantesque mélangeur industriel, l'un de ses camarades ayant accidentellement mis en route le mécanisme. Inutile de nous voiler la face; la vie est pleine d'horreurs petites ou grandes et, comme les petites sont celles que nous pouvons le mieux appréhender, ce sont elles qui nous frappent de plein fouet.

Ces horreurs miniatures suscitent aussi bien notre fascination que notre aversion. Ces deux sentiments ne cohabitant pas sans gêne, il en résulte une impression de culpabilité... une culpabilité qu'on pourrait rapprocher de celle qui accompagne généralement l'éveil de la sexualité.

Mon propos ici n'est pas de vous épargner cette culpabilité ni de justifier mes romans ou les nouvelles réunies dans ce volume. Je crois simplement qu'on peut ébaucher un intéressant parallèle entre la peur et la sexualité. En même temps que nous devenons capables d'avoir des relations sexuelles s'éveille notre attrait pour ce type de rapports; cet attrait, si l'on excepte certaines déviations, nous pousse naturellement à la copulation et à la perpétuation de l'espèce. Et, comme nous devenons conscients de cette inévitable finalité, nous découvrons ce qu'est la peur. Il me semble que, si la copulation a pour objet l'autopréservation, celui de la peur est de nous faire comprendre la fin dernière.

Une vieille légende conte l'histoire de sept aveugles qui agrippent différentes parties d'un éléphant. Le premier pense tenir un serpent, le second une gigantesque feuille de palme, le troisième une colonne de pierre... Enfin, quand ils se sont tous consultés, ils décident qu'il s'agit d'un éléphant.

La peur est une émotion qui nous rend aveugles. De

quoi avons-nous peur? Nous avons peur d'éteindre la lumière quand nos mains sont mouillées. Nous avons peur de plonger un couteau dans le grille-pain pour aller repêcher la brioche qui s'y est coincée tant que l'appareil n'a pas été débranché. Nous avons peur de ce que le médecin va nous dire quand il aura fini de nous examiner; quand un brusque trou d'air secoue l'avion dans lequel nous avons pris place. Et si l'essence venait à manquer, et l'air pur, et l'eau pure... et la bonne vie? Et quand la petite a promis d'être revenue pour 11 heures et qu'il est maintenant minuit et quart, que la grêle frappe au carreau comme une pluie de sable et qu'assis nous faisons semblant de regarder Johnny Carson(1) non sans jeter de temps en temps un coup d'œil au téléphone qui ne veut pas sonner, qui n'a pas ressenti cette émotion qui nous rend aveugles, cette émotion qui sape sournoisement notre faculté de raisonner?

L'enfant ne connaît pas la peur jusqu'au jour où, pour la première fois, malgré ses pleurs, sa bouche ne trouve pas le sein maternel. Ensuite, il ne tarde pas à découvrir les pénibles vérités des portes qui claquent, du feu qui brûle, de la fièvre qui accompagne l'angine ou la rougeole. L'enfant est très prompt à apprendre la peur; il la déchiffre sur le visage du père ou de la mère lorsque ceux-ci, surgissant dans la salle de bains, aperçoivent dans sa main un flacon de pilules ou un rasoir mécanique.

La peur nous rend aveugles et nous examinons chaque expérience qu'elle nous fait vivre avec une intense curiosité, tentant d'en tirer une leçon commune qui nous soit profitable, comme ces malheureux qui, sans le voir, reconstituent l'image de l'éléphant.

Nous en percevons la forme. Les enfants la détectent facilement, l'oublient, puis, devenus adultes, la réapprennent. Elle est là et, tôt ou tard, pour la plupart, nous l'identifions : elle a l'apparence d'un corps humain sous un drap. Toutes nos peurs s'additionnent pour n'en plus faire qu'une, une grande peur qu'on pourrait détailler ainsi : un bras, une jambe, un doigt, une

---

(1) Animateur d'un célèbre show télévisé. *(N.d.T.)*

oreille. Ce corps sous le drap nous effraie; c'est le nôtre. Ce qui donne sa puissance à la littérature d'horreur à travers les siècles est qu'elle nous fait répéter en vue du jour de notre mort.

On ne s'est jamais fait une très haute idée de ce domaine; pendant longtemps, Poe et Lovecraft n'ont été vraiment prisés que par les Français qui semblent faire meilleur ménage avec la libido et la mort que les Américains. Pendant que leurs concitoyens construisaient des voies ferrées, Poe et Lovecraft s'éteignaient, misérables. Tolkien dut patienter vingt ans durant avant de voir s'imposer ses univers parallèles, et Kurt Vonnegut, qui sait si bien nous rendre la mort familière, a été, de la part de la critique, l'objet d'assauts qui ont souvent frôlé l'hystérie.

On peut peut-être expliquer ce phénomène par le fait que les écrivains fantastiques apportent toujours de mauvaises nouvelles : tu vas mourir, nous disent-ils. Ils se moquent de la formule d'Oral Roberts, selon laquelle « quelque chose de *bon* va vous arriver », parce qu'ils savent que quelque chose de *mauvais* va aussi vous arriver; que ce soit le cancer, un infarctus ou un accident d'automobile, cela vous arrivera. Et ils vous prennent par la main, la serrent dans la leur, et ils vous conduisent dans la chambre, et ils mettent vos mains sur la forme que recouvre le drap... et ils vous disent de la toucher ici..., ici... et *là.*

Bien sûr, la littérature fantastique n'a pas le privilège exclusif d'évoquer des sujets tels que la peur ou la mort. Ces thèmes se retrouvent fréquemment dans ce qu'on appelle la « grande littérature », traités de mille façons, du *Crime et châtiment,* de Fedor Dostoïevski, à *Qui a peur de Virginia Woolf,* l'œuvre d'Edward Albee, en passant par les histoires de Lew Archer écrites par Ross MacDonald. La peur ne nous a jamais lâchés. La mort non plus. Ce sont deux constantes dans l'histoire de l'humanité. Mais seul l'auteur qui jongle avec l'horreur et le surnaturel donne au lecteur une telle occasion d'identification et de catharsis. Même s'ils n'ont qu'une faible idée de ce qu'ils sont en train de faire, ceux dont l'œuvre ressortit à ce domaine savent que ce vaste champ du fantastique est comme un filtre qui fait écran entre le conscient et le subconscient. Dans la psyché humaine, la littérature d'horreur est comme une grande station de métro où parvient la ligne bleue de ce que l'on peut intégrer sans douleur et la ligne rouge de ce dont nous avons besoin de nous rendre quittes.

Quand vous lisez des récits d'horreur, vous ne croyez pas vraiment à ce que vous lisez. Vous ne croyez pas aux vampires, aux loups-garous, aux camions qui, de leur propre chef, démarrent et se mettent à rouler. Les horreurs auxquelles nous croyons sont celles dont nous entretiennent Dostoïevski, Albee et MacDonald : la haine, la folie, la misère affective de la vieillesse, les premiers pas vacillants de l'adolescent confronté à un monde hostile. Tout comme les masques de la tragédie et de la comédie, nous avons souvent deux visages : l'un, visible, qui sourit, et l'autre, plus secret, qui grimace. Il y a, quelque part en nous, une sorte de commutateur auquel ces deux masques sont reliés et c'est en cet endroit précis que, si souvent, le récit de terreur nous pique au vif.

On pourrait comparer l'auteur de telles histoires au rédempteur de la tradition galloise qui était censé prendre sur lui les péchés des défunts qui leur étaient chers en partageant leur repas. La littérature d'horreur est comme un panier où sont jetées pêle-mêle toutes sortes de phobies; quand l'écrivain passe à côté des vôtres, vous prélevez du panier l'une des horreurs qu'il a imaginées et vous en mettez une autre, bien à vous, à sa place... provisoirement du moins.

Dans les années cinquante se sont mis à déferler d'innombrables films mettant en scène des insectes géants : *Les monstres attaquent la ville*, *The Beginning of the End*, *La chose surgie des ténèbres*, et ainsi de suite. Presque immanquablement, nous découvrons au fil des minutes que ces gigantesques et affreux mutants sont les produits d'expérimentations nucléaires dans le Nouveau-Mexique ou sur un atoll désert du Pacifique (plus récemment, ce thème a été abordé dans *Horror of Party Beach*; un réacteur nucléaire défectueux était le coupable). Considérés comme un tout, on peut accorder à ces films une signification globale qui trahit l'angoisse d'un peuple face à un nouvel âge qu'inaugura le Projet Manhattan. A la fin des années cinquante se sont multipliés des films d'horreur ayant des teen-agers pour héros. C'est ainsi qu'après *I Was a Teen-Age Werewolf*, on a pu admirer des merveilles intitulées *Teen-Agers from Outer-Space* ou *Blob, terreur sans nom* qui nous montre un Steve McQueen imberbe luttant avec l'aide de ses jeunes camarades contre une sorte de masse gélatineuse. A une époque où les hebdomadaires nous livraient, dans chaque numéro, un article au moins consacré à l'accroissement de la délinquance juvénile, cette vogue cinématographique exprimait l'inquiétude de toute une nation face à une jeunesse dont la révolution ne faisait que commencer. Quand vous voyiez un Michael Landon en tenue de collégien se transformer en loup-garou, vous ne pouviez vous empêcher de laisser remonter à la surface vos propres angoisses à propos des fréquentations douteuses de votre fille. Quant aux adolescents eux-mêmes (j'étais de ceux-là et puis en parler d'expérience), les monstres concoctés dans les grands studios des Etats-Unis leur donnaient l'occasion de contempler des individus plus affreux encore qu'ils ne pensaient l'être pour leur part. Qu'était-ce donc que quelques boutons face à cette pauvre chose qui, sous les traits d'un collégien, se traînait dans *I was a Teen-Age Frankenstein ?* Ce courant cinématographique accréditait aussi leur propre conviction qu'ils étaient exploités et mal jugés par leurs aînés, bref, que leurs parents « ne les comprenaient pas ». Ce que le cinéma exprime le mieux (et cela vaut plus encore pour le genre fantastique, qu'il s'agisse d'ailleurs de prose ou de pellicule), c'est la paranoïa de toute une génération — une paranoïa largement alimentée, sans aucun doute, par les articles de presse que lisent les parents. Voilà comment se déroulaient ces films : quelque pustuleuse abomination menace Elmville. Les jeunes sont au courant parce que la soucoupe volante a atterri près du rendez-vous des amoureux. Au cours de la première bobine, un vieil homme au volant d'un camion est massacré par l'horreur pustuleuse (le vieil homme était invariablement joué par Elisha Cook Jr.). Pendant les trois bobines suivantes, les gosses essaient de convaincre les adultes que l'abominable créature rôde vraiment dans les environs. « Foutez-moi le camp d'ici avant que je vous boucle pour violation du couvre-feu ! » braille le chef de la police d'Elmville juste avant que le monstre ne descende en rampant la grand-rue, semant la désolation sur son passage. Ce sont évidemment les petits futés qui règlent son compte à l'abomination pustuleuse, puis ils se retrouvent dans leur repaire habituel pour siroter un chocolat malté en se trémoussant au son d'un air tout à fait oubliable tandis qu'apparaît le mot : Fin.

Voici donc une série de films qui fournit trois occasions distinctes de catharsis... Pas si mal pour une poignée de navets à petit budget dont la plupart furent tournés en moins de dix jours. Cela n'arriva pas de par la volonté des scénaristes, producteurs et autres réalisateurs; cela arriva parce que le récit d'horreur trouve naturellement sa place au point de jonction entre le conscient et l'inconscient, en ce point qui, pour nous, est la source la plus riche, la plus féconde d'images et de symboles. Il y a une filiation directe entre *I Was a Teen-Age Werewolf* et l'*Orange mécanique* de Stanley Kubrick, entre *Teen-Age Monster* et *Carrie* de Brian De Palma.

La littérature d'horreur est presque toujours allégorique; parfois, comme dans *la République des animaux* ou *1984* (1), l'allégorie est intentionnelle mais, d'autres fois, elle semble naître à l'insu de l'auteur. Ainsi J.R.R. Tolkien a-t-il toujours juré ses grands dieux que son seigneur de Mordor n'était pas un Hitler en habits de comédie, mais les thèses et les analyses allant dans ce sens ne cessent de s'accumuler... peut-être bien parce que, comme dit Bob Dylan, quand vous avez sous la main tout un tas de couteaux et de fourchettes, il faut bien que vous coupiez quelque chose.

La peur, la mort, et parfois l'horreur, sont présentes

---

(1) Stephen King semble assimiler ici à la littérature d'horreur aussi bien la science-fiction que l'utopie ou le merveilleux. Orwell ou Tolkien n'ont bien sûr jamais écrit de récits d'« horreur ». *(N.d.T.)*

dans l'œuvre d'Edward Albee, de Steinbeck, de Camus ou de Faulkner mais, chez ces « grands » écrivains, elles interviennent d'une façon plus naturelle, plus quotidienne. Leurs écrits sont compris dans le cadre d'un monde rationnel. Tout ce qui s'y passe « pourrait arriver ». Ils empruntent la ligne de métro qui traverse le paysage du dehors. Il est d'autres écrivains — James Joyce, Faulkner de nouveau, ou des poètes comme T.S. Eliot, Sylvia Plath et Anne Sexton — dont l'œuvre se situe sur le territoire des symboles inconscients. Ils empruntent la ligne de métro qui traverse le paysage intérieur. Mais l'écrivain d'horreur, si du moins il atteint son but, se situe presque toujours à l'embranchement où se rejoignent ces deux lignes. Quand il est au sommet de son art, il donne souvent à son lecteur la sensation insolite de se trouver à mi-chemin du sommeil et de l'éveil, dans cet état où l'on a l'impression que le temps s'étire ou dérive, où l'on entend des voix sans pouvoir identifier les mots ou deviner un sens, où le songe paraît la réalité et la réalité le rêve.

C'est un lieu bien étrange et merveilleux où défilent toutes les rames. Là se trouve la maison sur la colline aux portes judicieusement closes; là se trouve la femme dans la pièce aux murs tendus de papier jaune, rampant sur le sol, la tête pressée contre une tache de graisse à peine visible; là se trouvent les terriers des créatures qui menacent Frodo et Sam; et le Modèle de Pickman; et le Wendigo; Norman Bates et sa mère irascible(1). Vous n'êtes pas ici pour rêver ou pour veiller mais pour entendre la voix de l'écrivain qui, doucement, méthodiquement, vous explique comment, parfois, les édifices les mieux structurés se désagrègent avec une brutale soudaineté. Il vous dit que vous avez envie de regarder l'accident d'auto et, ma foi, c'est vrai, vous en avez envie. Il y a à l'autre bout du fil une voix d'outre-tombe... Il y a, derrière les murs de la vieille maison, un tel vacarme que des rats n'en peuvent être

(1) Frodo et Sam sont les héros de la trilogie des *Anneaux*, de Tolkien. *Le Modèle de Pickman* est une nouvelle de Lovecraft. *Le Wendigo* une œuvre d'Algernon Blackwood. Norman Bates, le personnage central de *Psychose*. (*N.d.T.*)

la cause... Il y a quelque chose qui bouge au pied de l'escalier menant à la cave... Rien de tout cela ne vous sera épargné. L'écrivain conduira vos mains sur la forme qu'abrite le drap. Et vous voulez qu'il le fasse. Mais oui.

Voici donc quelles sont, selon moi, quelques-unes des particularités du récit d'horreur, mais je suis fermement convaincu qu'il doit, par-dessus tout, en posséder une autre : une telle œuvre doit tenir pendant un moment son lecteur comme envoûté, perdu dans un monde qui jamais ne fut et jamais ne sera. En tant qu'auteur, j'ai toujours considéré que la qualité de l'intrigue avait priorité sur toutes les autres facettes du talent de l'écrivain. La psychologie, le thème, le style, tout cela devient secondaire si l'histoire est ennuyeuse. Et, si le récit vous tient en haleine, vous serez disposé à toutes les indulgences. L'exemple le plus frappant de ce que j'avance me paraît être celui d'Edgar Rice Burroughs, que personne n'a jamais songé à présenter pour le prix Nobel, mais qui avait parfaitement compris que rien ne vaut une histoire bien ficelée. A la première page du *Continent oublié*, le narrateur découvre un manuscrit dans une bouteille. La suite du récit nous livre le contenu de ce manuscrit. Et le narrateur nous dit : *Dès que vous en aurez lu une page, vous m'aurez oublié*. Incontestablement, Burroughs gagne son pari, ce que n'auraient peut-être pas su faire de bien plus grands écrivains que lui.

Voici, pour finir, ami lecteur, une vérité qui fait grincer des dents le plus inébranlable des écrivains : à l'exception de trois petits groupes d'individus, personne ne lit jamais ses préfaces. Ces catégories sont : premièrement, sa proche famille (notamment sa femme et sa mère); deuxièmement, son agent (ainsi que les responsables de sa maison d'édition) dont le principal souci est de s'assurer que l'auteur n'a diffamé personne au cours de ses divagations, et, troisièmement, ceux qui estiment lui avoir été d'un quelconque secours dans son travail. Voici donc les gens qui veulent vérifier si la tête de l'écrivain n'a pas enflé au point de lui faire oublier que, sans eux, il ne serait pas ce qu'il est.

Les autres lecteurs sont tout à fait fondés à ne voir dans l'avant-propos de l'auteur qu'un pénible pensum, une propagande à sa propre gloire s'étalant sur plusieurs pages, encore plus outrageante que les encarts vantant des cigarettes qui partagent en deux moitiés égales les livres de poche. Le lecteur vient assister au spectacle et non pour voir saluer le metteur en scène devant les feux de la rampe. Et il a parfaitement raison.

Alors, je m'en vais. Le spectacle va bientôt commencer. Nous allons pénétrer dans cette chambre et palper la forme sous le drap. Mais avant cela, je vais encore vous demander deux ou trois minutes de patience, afin de remercier quelques-unes des personnes appartenant aux trois groupes mentionnés plus haut — ainsi d'ailleurs qu'à un quatrième. Comptant sur votre indulgence, je remercie :

Tabitha, mon épouse, le plus avisé et le plus sévère des critiques. Quand elle pense que j'ai bien travaillé, elle me le dit; quand elle pense que je me suis mis dedans, elle me le signale avec toute la douceur et tout l'amour dont elle est capable.

Naomi, Joe et Owen, mes enfants, pour la compréhension qu'ils savent montrer lorsque je dois les abandonner pour aller m'enfermer dans la pièce du bas.

Ma mère, décédée en 1973, et à qui je dédie ce livre. Elle ne me ménagea jamais ses encouragements et trouva toujours quarante ou cinquante *cents* pour timbrer l'enveloppe libellée à sa propre adresse qu'elle joignait systématiquement à son courrier. Personne — pas même moi — ne se réjouit autant qu'elle quand je réussis à « percer ».

S'agissant du second groupe, mes remerciements les plus vifs sont à mon éditeur William G. Thompson de la Doubleday & Company, pour sa patiente collaboration. Il a supporté avec une bonne humeur jamais démentie mes coups de téléphone quotidiens, après avoir su faire preuve de bienveillance à l'égard d'un jeune auteur qui, il y a quelques années, était dépourvu de titres de noblesse, et m'être toujours resté fidèle.

J'inclurai dans la troisième catégorie ceux qui, les premiers, s'intéressèrent à mes œuvres : Mr. Robert A.W. Lowndes, qui acheta les deux premières histoires que j'aie jamais vendues; Mr. Douglas Allen et Mr. Nye Willden, de la Dugent Publishing Corporation, qui retinrent pour *Cavalier* et pour *Gent* nombre des nouvelles qui composent ce recueil, à l'époque héroïque où les chèques arrivaient parfois juste à temps pour m'éviter ce que les grandes compagnies appellent plaisamment « une interruption de nos fournitures »; Elaine Geiger, Herbert Schnall et Carolyn Stromberg de la New American Library; Gerard Van der Leun de *Penthouse* et Harris Deinstfrey de *Cosmopolitan*. Merci à vous tous.

Il y a une dernière catégorie de personnes que j'aimerais remercier. Y figurent chacun et chacune de ceux qui ont un jour ouvert leur portefeuille pour acquérir l'un de mes livres. D'une certaine façon — et même d'une façon certaine — ceci est votre livre car, sans vous, il n'existerait sans doute pas. Alors, merci...

Ici, il fait toujours sombre et la pluie continue de tomber. La nuit semble propice. Il y a quelque chose que je veux vous montrer, quelque chose que je veux vous faire toucher. Ce n'est pas très loin d'ici... En fait, ce n'est guère plus loin que la page qui suit.

On y va ?

Bridgton, Maine,
le 27 février 1977.

CELUI QUI GARDE LE VER

Le 2 octobre 1850.

Cher Bones,

Comme il fut bon, en entrant dans le salon réfrigéré par les courants d'air de Chapelwaite, les os brisés par cette abominable carriole, la vessie dilatée par un besoin pressant, d'apercevoir sur l'obscène petite table de merisier, près de la porte, une enveloppe griffonnée à ta façon inimitable. Crois bien que je m'employai à déchiffrer ta lettre dès que mon corps soulagé m'en laissa le répit.

Je suis heureux d'apprendre que tu es remis de cette fièvre miasmatique qui a longtemps rongé tes poumons. Encore et toujours, Bones, en ami qui lui aussi a frôlé le royaume des ombres, je te supplie de *prendre grand soin de toi-même* et, tant que ton corps n'est pas guéri, de ne pas te risquer à revenir au Massachusetts. Ton esprit subtil et ta plume incisive ne peuvent nous être d'aucune utilité si tes pieds sont d'argile.

Oui, la maison est aussi belle que me l'avaient laissé entendre les exécuteurs testamentaires de mon cousin, mais nettement plus sinistre. Elle est sise sur un énorme promontoire qui s'élève à trois miles au nord de Falmouth, et neuf au nord de Portland. Elle tourne le dos à quatre acres de terre couvertes d'une jungle fantastique : genévriers, vignes rabougries, buissons, et diverses sortes de plantes grimpantes escaladant les pittoresques murs de pierre qui séparent le domaine du territoire municipal. Juchées sur des monticules, d'hideuses imitations de statues grecques tentent désespérément de percer du regard cette broussaille — semblant, le plus souvent, vouloir réserver un mauvais sort au premier qui passera. Apparemment, les goûts de mon cousin Stephen allaient de l'inacceptable au carrément effroyable. Il y a là un vilain petit pavillon d'été presque entièrement enfoui dans des fustets écarlates et un grotesque cadran solaire dont le centre devait être tenu par un jardin.

Mais on oublie tout cela dès qu'on pénètre dans le petit salon. D'ici, j'ai un aperçu vertigineux sur les rochers au pied de Chapelwaite Head, et, même, de l'Atlantique. Une baie vitrée immense et ventrue donne sur ce spectacle, et, près d'elle, trône un énorme secrétaire en forme de crapaud.

La journée a été maussade et ponctuée d'averses. Le paysage tel qu'il m'apparaît évoque une étude au fusain : le roc, vieux et fatigué comme le temps lui-même, le ciel, et la mer qui s'abat contre le granit déchiqueté avec un fracas qui est plus une vibration qu'un son; l'écho de chaque vague parvient à mes pieds, alors même que j'écris. La sensation n'est pas si déplaisante que ça.

Je sais, mon cher Bones, que tu désapprouves mes habitudes solitaires, mais je t'assure qu'ainsi je me sens heureux et à mon aise. D'ailleurs, Calvin est avec moi, toujours aussi précieux, silencieux et digne de confiance; je suis certain que d'ici à quelques jours nous verrons plus clair dans nos affaires et aurons réglé nos problèmes d'approvisionnement en ville — mobilisé aussi un escadron de femmes de ménage pour commencer à déblayer la poussière de cet endroit!

J'en termine — il me reste tant de choses à voir, de pièces à explorer, et, j'imagine, des milliers de meubles exécrables à découvrir pour la plus grande douleur de mes pauvres yeux! Encore merci pour cette bouffée d'air plus familier apportée par ta lettre et pour ta fidèle amitié.

Transmets à ta femme les sentiments affectueux que tous deux vous m'inspirez.

CHARLES.

Cher Bones,

Quel endroit !

Il ne laisse pas de me surprendre — non plus que le comportement des habitants du village voisin. C'est une étrange bourgade au nom pittoresque de Preacher's Corners. Calvin y a passé commande de nos provisions hebdomadaires. Il s'y est aussi assuré que nous ne manquerions pas de bois cet hiver. Mais Cal en est revenu d'humeur sombre et, comme je lui en demandais la raison, il m'a répondu d'un air lugubre :

— Ils vous croient fou, Mr Boone !

Je lui dis en riant que peut-être ils avaient entendu parler de la fièvre cérébrale qui me terrassa après la mort de Sarah.

Mais Cal rétorqua qu'on ne savait ici rien de moi dont mon cousin Stephen, qui allait s'approvisionner aux mêmes endroits que nous, n'eût été la source.

— Ce qu'on m'a dit, monsieur, c'est que quiconque vit à Chapelwaite est soit déjà cinglé, soit promis à le devenir.

Cette surprenante communication me laissa, comme tu le devines, assez perplexe, et je demandai à Cal de qui il la tenait. L'opinion avait été émise par un exploitant forestier renfrogné et passablement abruti nommé Thompson qui possède quatre cents acres de pin, de bouleau et de sapin qu'il débite avec l'aide de ses cinq fils pour le compte des fabriques de Portland et des propriétaires du voisinage immédiat.

Quand Cal, encore ignorant de ses étranges préjugés, lui avait indiqué en quel lieu il devait livrer le bois, ce Thompson, bouche bée, l'avait fixé des yeux puis avait assuré qu'il chargerait ses fils de transporter le bois, au grand soleil et par bateau.

Calvin, prenant ma stupeur pour de la consternation, s'empressa alors d'ajouter que l'homme empestait le mauvais whisky, et qu'il s'était mis à marmonner toutes sortes de fariboles à propos d'un village abandonné, du cousin Stephen et... de vers ! Calvin régla donc l'affaire avec l'un des fils Thompson, lequel n'avait guère l'haleine plus fraîche. Il semble cependant que l'opinion émise par le bûcheron soit assez partagée dans Preacher's Corners, car, lorsque Cal s'entretint avec le tenancier du bazar, elle lui revint sous des formes plus détournées.

Je ne m'en suis pas fait pour autant; on sait comme les paysans se plaisent à agrémenter leur existence d'un soupçon de scandale et de mythe, et j'imagine qu'avec ce pauvre Stephen et cette branche de la famille ils peuvent s'en donner à cœur joie. Comme je l'ai dit à Cal, un homme que la mort a emporté presque devant sa porte a tout pour alimenter la chronique.

La maison elle-même est la source d'un étonnement de chaque instant. Vingt-trois pièces, Bones! Les lambris qui ornent les étages supérieurs et la galerie des portraits sont patinés mais encore superbes. Alors que je me tenais dans la dernière chambre qu'ait occupée mon cousin, mon attention a été attirée par la cavalcade des rats derrière les cloisons et ils devaient être de belle taille à en juger par le bruit — presque des pas, eût-on dit. Le ciel me garde d'en rencontrer un. Pourtant, je n'ai remarqué ni trous ni déjections.

La galerie supérieure est conduite par de mauvais portraits dont les cadres doivent valoir une fortune. Certains évoquent Stephen tel que je me souviens de lui. Il me semble avoir repéré mon oncle Henry Boone et sa femme Judith; je n'ai pu identifier les autres. Je suppose que l'un d'eux est mon illustre grand-père Robert. Mais, à mon grand regret, du côté de Stephen, la famille m'est complètement inconnue. Aussi médiocres qu'ils soient, je retrouve dans ces portraits la lueur d'ironie qui brillait dans les lettres que Stephen nous adressait, à Sarah et à moi, et, aussi, l'éclat de sa très haute intelligence. Comme il faut parfois peu de choses pour briser une famille! Quelques papiers volés, quelques paroles cinglantes échangées entre des frères morts maintenant depuis trois générations, et voici que, pour un rien, leurs innocents descendants sont les uns pour les autres des étrangers. Souvent, je me réjouis de ce que toi et John Petty ayez réussi à prendre contact avec Stephen en un moment où je semblais si près de devoir suivre ma Sarah de l'Autre Côté — et je m'afflige du malheur qui me priva de cette rencontre.

Les goûts de Stephen n'étaient certes pas les miens mais, noyées dans cette accumulation, il y a des pièces (la plupart d'entre elles se trouvant dans les chambres du haut sous des housses de poussière) qui sont de véritables chefs-d'œuvre. J'ai admiré certains lits, des tables, de sombres et imposantes moulures en teck ou en acajou; et la plupart des chambres et des salles de réception, le bureau d'en haut et le petit salon, sont d'un charme ténébreux. Les planchers en sapin précieux distillent un éclat discret. Tout cela ne manque pas de cette dignité que confèrent les ans, et si je ne suis encore séduit, du moins en ai-je le respect. Je suis impatient de voir comment cet endroit va évoluer au fil des saisons que nous allons maintenant traverser.

Mais j'anticipe! Ecris-moi sans tarder, Bones! Parle-moi de ta santé, donne-moi des nouvelles de Petty et des autres.

Ton ami affectionné,

CHARLES.

Le 16 octobre 1850.

Cher Richard,

Salut, comment vas-tu? J'ai souvent pensé à toi depuis que je me suis installé ici à Chapelwaite, escomptant plus ou moins une lettre de ta part — et voici que Bones m'écrit que j'ai négligé de laisser mon adresse au club! Crois bien que j'aurais de toute façon fini par te donner de mes nouvelles, tant il me semble parfois que je ne puis plus compter en ce monde que sur mes sincères et loyaux amis. Ah! Seigneur, comme nous voici dispersés! Toi à Boston, prêtant ta plume passionnée au *Libérateur* (auquel, incidemment, j'ai aussi envoyé mon adresse), Hanson, toujours par monts et par vaux, présentement en Angleterre, et ce pauvre vieux Bones parti soigner ses poumons.

Ici, Dick, tout va aussi bien que possible, et je ne manquerai pas de te fournir un récit détaillé dès que certains événements m'en auront laissé le loisir; il se passe à Chapelwaite et dans les environs des choses qui piqueraient sans doute ton esprit raisonnable.

En attendant, j'ai, si tu le permets, une faveur à te demander. Te souviens-tu de l'historien que tu me présentas au dîner de bienfaisance de Mr Clary? Son nom était Bigelow. A un moment donné, il nous parla de sa passion pour le curieux folklore qui trouve son origine dans la région où j'habite désormais. Voici donc ce que j'attends de toi : pourrais-tu lui demander s'il a eu vent de faits, de légendes ou d'une *simple rumeur* ayant trait à un village appelé Jerusalem's Lot, non loin de Preacher's Corners, sur la Royal River? Cette rivière est un affluent de l'Androscoggin qu'elle rejoint à environ onze miles en amont de son ancien lit, maintenant desséché, près de Chapelwaite. Je t'en serais reconnaissant et d'autant plus que tu feras diligence.

En relisant cette lettre, je m'aperçois que j'ai été un peu bref avec toi, Dick, et tu m'en vois sincèrement désolé. Je te promets pour bientôt des explications plus complètes et, en attendant, reçois, ainsi que ta femme et tes deux adorables fils, mes sentiments les plus affectueux.

Ton ami,

CHARLES.

Le 16 octobre 1850.

Cher Bones,

J'ai une histoire à te raconter qui nous a paru à Cal et à moi bizarre, pour ne pas dire inquiétante. Dis-nous ce que tu en penses. Faute de mieux, elle aura peut-être le mérite de te distraire pendant que tu te bagarres contre les moustiques !

Deux jours après l'envoi de ma dernière lettre, nous avons vu arriver de Corners quatre jeunes femmes placées sous la férule de Mrs Cloris, une matrone au visage rébarbatif, avec pour mission de vaincre le désordre et d'ôter une partie de la poussière qui me faisait éternuer tous les deux pas. Le moins qu'on puisse dire est qu'elles ne paraissaient pas très à leur aise; d'ailleurs, l'une de ces demoiselles, occupée à épousseter le salon d'en haut, ne put retenir un petit cri en me voyant entrer.

Comme j'en demandais la raison à Mrs Cloris, elle me fit face et me lança avec un air farouche :

— Elles n'aiment pas la maison, monsieur, et moi non plus, car cette maison a toujours été un *mauvais* endroit.

J'en restais bouche bée tandis que, se radoucissant, elle poursuivait :

— Je ne veux pas dire que Stephen Boone n'était pas un monsieur bien, au contraire. Je venais lui faire son ménage tous les seconds mardis du mois, comme je l'ai fait pour son père, Mr Randolph Boone, jusqu'à ce que lui et sa femme nous quittent, en 1816. Mr Stephen était un bien brave homme et sûr que vous aussi, monsieur, si vous voulez me permettre, car j'ai mon franc-parler, mais c'est un *mauvais* endroit; aucun Boone n'y a jamais été heureux depuis que votre grand-père Robert et son frère Philip se sont disputés à propos de choses volées, en 1789.

Il y a des gens qui en ont de la mémoire !

Mrs Cloris poursuivit :

— Cette maison a été marquée par le malheur depuis qu'on en a posé la première pierre, du sang en a rougi le sol, il y a eu des disparitions et des accidents.

Comme tu le sais peut-être, Bones, mon oncle Randolph eut sa part de responsabilité dans l'accident qui coûta la vie à sa fille Marcella, tombée dans l'escalier qui mène à la cave; de remords, il se suicida. Stephen me rapporta le fait dans une lettre qu'il écrivit en la triste occasion de l'anniversaire du drame.

— J'en ai passé des heures, ici, et je ne suis ni sourde ni aveugle. J'ai entendu des bruits affreux dans les murs, monsieur, des coups sourds et des craquements et même, une fois, une étrange plainte qui faisait penser à un ricanement. Ça m'a glacé les sangs. C'est un endroit maudit, monsieur.

Elle en resta là, de peur peut-être d'en avoir déjà trop dit.

Quant à moi, je ne savais trop si je devais m'en offenser ou m'en amuser, l'inciter à poursuivre ou la rappeler à la raison. Je crains que l'amusement ne l'ait emporté.

— Et de quoi s'agit-il à votre avis, Mrs Cloris ? De fantômes traînant leurs chaînes ?

Elle me regarda de travers :

— Il y a peut-être des fantômes, mais sûrement pas dans les murs. Ce ne sont pas des fantômes qui gémissent et sanglotent comme des damnés, qui font ce bruit d'enfer dans l'obscurité. C'est...

— Allez, Mrs Cloris, la pressai-je, vous en avez trop dit. Finissez, maintenant !

Son visage exprima tour à tour de la terreur, du ressentiment, et, j'en jurerais, une superstition toute religieuse.

— Ils ne meurent pas tous, chuchota-t-elle. Certains vivent là-bas, dans les ombres crépusculaires, pour le servir... Lui !

Je n'en appris pas davantage. Elle se renfrogna et refusa d'en dire plus.

L'incident en resta là, mais un second marqua l'après-midi suivant. Calvin avait dressé un feu en bas et je m'étais installé dans la salle de séjour, somnolant sur un exemplaire de *The Intelligencer* tout en écoutant le bruit de la pluie que le vent rabattait sur la grande baie vitrée. Je ressentais ce bien-être que seule peut vous apporter une telle nuit, quand tout n'est que tristesse au-dehors et que la chaleur et le confort vous protègent. Soudain, Cal parut à la porte, visiblement excité.

— Dormez-vous, monsieur ? demanda-t-il.

— Presque. Que se passe-t-il ?

— Vous devriez venir voir ce que j'ai trouvé là-haut.

Je me levai et le suivis. Dans le grand escalier, Calvin me dit :

— J'étais dans le bureau, en train de lire un livre —

un curieux ouvrage, ma foi — quand j'entendis des bruits dans le mur.

— Des rats, je suppose.

Il s'arrêta sur le palier, me regardant avec gravité. La lampe qu'il tenait à la main projetait des ombres inquiétantes qui jouaient sur les sombres tentures et sur les portraits dont l'obscurité transformait les sourires en rictus. Au-dehors, le vent poussa une brève plainte avant de s'apaiser en grognant.

— Pas des rats, dit Cal. Il y a eu des coups sourds, des sons étouffés derrière la bibliothèque, puis un horrible gargouillis. Ensuite, j'ai perçu un raclement, comme si quelque chose essayait désespérément de sortir... de m'attraper !

Tu imagineras sans peine ma stupéfaction, Bones. Calvin n'est pas du genre à se laisser abuser par des hallucinations. Je commençais à croire qu'il y avait en effet quelque mystère là-dessous — un mystère plutôt effrayant.

— Et puis ? lui demandai-je.

Nous avions traversé la grande salle et, devant moi, maintenant, la lumière du bureau inondait le plancher de la galerie. Une certaine nervosité me gagna. J'avais perdu le sentiment de paix qui avait enchanté ma soirée.

— Le raclement cessa. Ensuite, les bruits sourds reprirent et j'entendis comme des bruits de pas s'éloignant de moi. Il y eut un instant de répit puis, j'en jurerais, une sorte de rire à peine audible ! Je m'approchai de la bibliothèque et exerçai sur elle une poussée, pensant que peut-être elle pivotait ou bien cachait une porte secrète.

— Eh bien, y a-t-il un passage ?

Cal s'immobilisa devant la porte du bureau :

— Non..., mais j'ai découvert ceci !

Nous entrâmes. A gauche, les étagères abritaient une niche sombre et carrée. Les livres qui la dissimulaient étaient factices. A la lueur de ma lanterne, je ne décelai rien d'autre qu'une épaisse couche de poussière, vieille sans doute de plusieurs décennies.

— Voilà tout ce que j'ai trouvé, me dit tranquillement Cal en me tendant un parchemin jauni.

Il s'agissait d'une carte finement dessinée à l'encre noire — le plan d'une ville ou d'un village. Quelque sept bâtiments y figuraient et, sous l'un d'eux, nettement couronné d'un clocher, étaient inscrits ces mots : *Le Ver Qui Corrompt*.

Dans le coin supérieur gauche, qui devait correspondre au nord-ouest du petit village, une flèche indiquait la direction de... Chapelwaite.

— En ville, monsieur, me déclara Calvin, un personnage plutôt superstitieux m'a parlé d'un village abandonné du nom de Jerusalem's Lot. C'est un endroit qu'ils préfèrent éviter.

— Et ceci ? demandai-je en désignant la curieuse légende sous le clocher.

— Je ne sais pas.

L'image d'une Mrs Cloris inébranlable malgré sa frayeur me traversa l'esprit. « Le Ver... » marmonnai-je.

— Cela vous dit quelque chose, Mr Boone ?

— Peut-être..., il serait amusant d'aller y faire un tour dès demain, vous ne croyez pas, Cal ?

Il acquiesça, les yeux brillants. Ensuite, nous passâmes près d'une heure à sonder le mur autour de la niche, mais en vain. Aucun des bruits que Cal m'avait décrits ne se fit plus entendre.

L'aventure en resta là pour cette nuit.

Le matin suivant, Calvin et moi partîmes pour notre excursion à travers bois. La pluie avait cessé mais le ciel demeurait sombre. Ayant remarqué les coups d'œils dubitatifs que me lançait Cal, je m'empressai de l'assurer que si la marche devait par trop me fatiguer, je n'hésiterais pas à décider d'une halte. Nous nous étions munis d'un pique-nique, d'une boussole et, bien sûr, de l'étrange et vieille carte de Jerusalem's Lot.

Il régnait une atmosphère pesante et singulière; pas un oiseau ne chanta, pas le moindre animal ne détala sur notre passage tandis que nous traversions en direction du sud-ouest les épaisses plantations de sapins. Seuls parvenaient à nos oreilles le bruit de nos pas et celui de l'Atlantique partant inlassablement à l'assaut des rochers. L'odeur de la mer, incroyablement dense, nous accompagna tout le long du chemin.

A peine avions-nous franchi deux miles que le chemin disparaissait sous les branchages pour devenir ce que l'on appelait autrefois une route « fascinée »; comme elle suivait notre direction, nous décidâmes de l'emprunter. Nous parlions peu. L'air, lourd de menaces, interdisait toute quiétude à nos esprits.

Vers 11 heures, le fracas d'un torrent attira notre attention. Le chemin tourna brusquement à gauche; là, de l'autre côté de la petite source bouillonnante aux reflets d'ardoise, telle une apparition, surgit Jerusalem's Lot!

Un petit pont couvert de mousse enjambait le ruisseau large d'environ huit pieds. Tu ne peux imaginer, Bones, de plus parfait petit village que celui que nous aperçûmes sur l'autre rive; le temps, bien sûr, y avait fait son œuvre, mais il était étonnamment bien conservé. Les quelques maisons rassemblées près de la berge escarpée répondaient pleinement aux exigences d'austérité qui ont fait le renom du style puritain. Plus loin, le long d'une rue envahie par les mauvaises herbes, subsistaient les vestiges de quelques magasins et, plus loin encore, s'élevait dans le ciel gris la flèche de l'église indiquée sur la carte; elle était sinistre au delà de toute description avec sa croix penchée dont les couleurs ternes s'écaillaient.

— La ville porte bien son nom, me glissa Cal.

Nous franchîmes enfin le petit pont et nous mîmes à inspecter les lieux. C'est ici que l'histoire devient stupéfiante.

Nous marchâmes entre les bâtisses sous un ciel de plomb. Elles tombaient en ruine : volets arrachés, toits défoncés par le poids des neiges hivernales, méchantes fenêtres poussiéreuses... Les ombres jetées par les angles gauchis et les encoignures difformes semblaient se rejoindre en de sinistres flaques.

Nous visitâmes pour commencer une vieille taverne pourrissante. Au-dessus de la porte fracassée, une enseigne usée par les ans annonçait que nous entrions à l'*Auberge du cochon sauvage*. La porte fit un bruit de tous les diables en pivotant sur son unique gond, et l'obscurité nous engloutit. Un entêtant relent de pourriture et de moisi flottait dans l'air. Mais, bientôt, venue du fond des âges, à la fois ténue et pestilentielle, nous enveloppa une autre odeur, une odeur de décrépitude vieille comme le temps. Une telle puanteur eût pu provenir de sépultures putréfiées ou de tombes violées. Ayant porté un mouchoir devant notre nez, Cal et moi nous mîmes à examiner l'endroit.

— Bon sang !... proféra Cal, défaillant.

— Tout est resté intact, complétai-je.

Poussiéreuse, gondolée par les brusques variations de température dont la Nouvelle-Angleterre est coutumière, mais pour le reste en parfait état, la pendule était entourée de tables et de chaises qui en semblaient les fantomatiques gardiennes, comme si, tout au long de décennies nostalgiques et silencieuses, elles avaient attendu le retour des clients d'autrefois. Près du règlement de la taverne était accroché un petit miroir carré, *pas même brisé*. Comprends-tu ce que cela signifie, Bones ? Rien n'échappe à la curiosité et à l'instinct destructeur des enfants ; il n'existe pas de maison « hantée » dont les vitres soient intactes, quelque effrayante puisse être la réputation de ses abominables locataires, pas le moindre ténébreux cimetière dont une tombe au moins n'ait été malmenée par de jeunes voyous. Il doit bien se trouver à Preacher's Corners, que deux miles à peine séparent de Jerusalem's Lot, une bande de vauriens. Pourtant, les vitres de l'auberge avaient toutes été respectées, de même que les autres objets fragiles que nous découvrîmes au cours de notre inspection. Seule l'aveugle nature avait fait subir à Jerusalem's Lot ses outrages. La conclusion s'imposait : on fuit cette ville comme la peste. Pourquoi ? J'ai mon idée là-dessus mais, avant d'oser l'avancer ici, il me faut te décrire le troublant dénouement de notre expédition.

Nous montâmes jusqu'aux chambres : les lits étaient faits et, près d'eux, étaient soigneusement disposées des cruches en étain. Si l'on oubliait la poussière accumulée par les ans et l'affreuse puanteur due à la décomposition, on était pareillement frappé par l'ordre qui régnait dans la cuisine.

— Qu'en pensez-vous, Cal ? lui demandai-je alors que nous venions de retrouver la lumière incertaine du jour.

— Tout cela ne me dit rien de bon, Mr Boone, me répondit-il à sa manière indolente, mais nous n'en saurons plus qu'en continuant.

Nous jetâmes un coup d'œil sur les autres commerces. Il y avait une auberge où des sacs de cuir encore pendus à des crochets rouillés tombaient en poussière, une épicerie, un entrepôt où le chêne et le pin étaient encore empilés, une forge.

Alors que nous marchions en direction de l'église et du centre du village, nous fîmes halte pour visiter deux maisons. Elles aussi relevaient du plus pur style puritain, recelant mille trésors pour lesquels un collectionneur tuerait père et mère, toutes deux abandonnées et envahies par la même odeur de pourriture.

Nous ne rencontrâmes âme qui vive, pas un insecte, pas un oiseau, pas même une toile d'araignée tissée au coin d'une fenêtre. De la poussière, rien que de la poussière.

Nous atteignîmes enfin l'église. Elle se dressait devant nous, sinistre, inhospitalière, glacée. La lumière du dehors se heurtait à ses vitres obscures; tout caractère sacré l'avait désertée depuis longtemps. Nous gravîmes les marches et je posai la main sur la grande poignée de fer. Calvin et moi échangeâmes un regard grave. J'ouvris le portail. Quand, pour la dernière fois, avait-on touché cette porte ? Je suis persuadé que ma main était la première à l'effleurer depuis cinquante ans; ou peut-être plus. Les gonds perclus de rouille gémirent comme je poussai le battant. La puanteur qui flottait sur toute la ville était ici presque palpable. Cal réprima un hoquet puis agita involontairement la tête, en quête d'un peu d'air pur.

— Monsieur, êtes-vous sûr que...

— Tout va bien, l'assurai-je tranquillement.

Mais je ne me sentais pas si serein, Bones, pas plus que maintenant. Je crois, comme Moïse, comme Jéroboam, et comme notre cher Hanson (quand il est en veine de philosophie), qu'il existe des lieux spirituellement malfaisants où les transparences de l'espace se troublent et deviennent opaques. L'église est de ces endroits; j'en jurerais.

Nous traversâmes un long vestibule où l'on pouvait voir des portemanteaux poussiéreux et des missels empilés sur des étagères. Ici et là, dans cette pièce aveugle, des niches abritaient des lampes à huile. Rien de bien remarquable en somme, pensai-je jusqu'au moment où Calvin, par son exclamation, m'eût signalé quelque chose qui m'avait échappé.

C'était une obscénité.

Je me contenterai de donner de ce tableau richement encadré la description suivante : les chairs étaient représentées avec la générosité propre au style de Rubens; y figurait une grotesque caricature de la Madone à l'enfant; l'arrière-plan exhibait d'étranges créatures rampantes à demi enveloppées dans les ténèbres.

— Seigneur, murmurai-je.

— Ici, vous l'invoquerez en vain, m'assura Calvin, et il sembla que ses paroles restaient suspendues dans l'air.

Je poussai la porte ouvrant sur l'église elle-même où les exhalaisons devenaient proprement méphitiques.

Dans la lumière vacillante de l'après-midi, les bancs montaient à l'assaut de l'autel, pareils à des fantômes. Une haute chaire en bois de chêne les dominait.

Etouffant un sanglot, Calvin, ce fervent protestant, se signa, et je l'imitai. Nous venions en effet de découvrir une croix immense et magnifiquement ouvrée — mais elle avait été retournée, signe caractéristique du culte de Satan.

— Du calme, m'entendis-je proférer. Du calme, Calvin.

Mais jamais semblable peur ne m'avait étreint. Pour avoir frôlé la mort de très près, il m'avait semblé que rien d'aussi terrifiant ne se pouvait vivre. Mais si, il y a pire encore.

Nous arpentâmes le bas-côté, emplissant l'église du

bruit de nos pas. La poussière garda l'empreinte de notre passage. Le chœur recelait d'autres maléfiques *objets d'art* (1).

J'entrepris de monter au sommet de la chaire.

— Ne faites pas ça, Mr Boone! hurla Cal. J'ai peur...

Mais c'était fait. Un énorme livre était ouvert sur le pupitre, rédigé aussi bien en latin qu'en d'indéchiffrables runes qui, pour le profane que j'étais, pouvaient évoquer la langue des druides ou le vieux gaélique. Tu trouveras ci-joint, sur une note, certains de ces symboles que j'ai reproduits de mémoire.

Je fermai le livre et lus ces mots gravés sur le cuir : *De Vermis Mysteriis.* Quoique rudimentaire, mon latin me permit de traduire : *Les Mystères du Ver.*

Aussitôt, cette église maudite et le visage bouleversé de Calvin se brouillèrent devant mes yeux. Mes oreilles s'emplirent de chants psalmodiés d'où suintait une peur à la fois intense et hideuse, puis, plus profond, monta un autre son, venu des entrailles de la terre. Une hallucination, je n'en doute pas — mais, au même moment, un autre bruit, bien réel, ébranla l'église, que je comparerai à un énorme et macabre *pivotement* sous mes pieds. Et la chaire et la grande croix impie en tremblèrent.

Cal et moi prîmes la fuite, abandonnant l'endroit à ses ténèbres, et nous n'osâmes pas le moindre regard en arrière avant d'avoir franchi le petit pont de bois. Je mentirais en prétendant que nous avons flâné.

Voici donc l'histoire. N'imagine pas que je suis de nouveau en proie aux fièvres. Cal pourrait confirmer chacune de ces lignes, y compris celle où j'évoque ce *bruit* hideux.

Avant d'en terminer, laisse-moi te dire combien je souhaite te voir (sachant que toute ma confusion s'évanouirait sur l'instant) et que je demeure ton ami et ton admirateur.

CHARLES.

(1) En français dans le texte.

Le 17 octobre 1850.

Messieurs,

Dans la dernière édition de votre catalogue d'articles ménagers (été 1850) figure un produit vendu sous le nom de *Mort aux rats*. Je voudrais vous en commander une boîte de cinq livres au prix indiqué de trente cents. Ci-joint les frais de poste. Veuillez adresser le colis à : Calvin McCann, Chapelwaite, Preacher's Corners, Cumberland County, Maine.

En vous remerciant par avance,
Votre dévoué,

CALVIN McCANN.

Le 19 octobre 1850.

Cher Bones,

L'affaire prend une tournure pas très rassurante.

Les bruits dans la maison ne font qu'amplifier et j'en suis venu à penser que les rats n'en sont pas les seuls responsables. Calvin et moi avons, en vain, tenté de découvrir de nouvelles niches ou passages secrets. Cependant, Cal affirme que la plupart des bruits émanent de la cave et nous irons l'explorer demain. Quand je songe que la sœur du cousin Stephen trouva la mort en y descendant, je ne me sens pas très fier.

A propos, son portrait est accroché dans la galerie d'en haut. Si l'artiste l'a rendue fidèlement, Marcella Boone était une bien jolie personne et, pourtant, je sais qu'elle ne s'est jamais mariée. Parfois, je pense que Mrs Cloris a raison de dire que cette maison est maudite. Elle n'a certainement voulu que du malheur à ceux qui l'ont habitée.

Mais il me faut revenir sur cette redoutable Mrs Cloris, car j'ai eu aujourd'hui une seconde conversation avec elle. A l'issue d'un incident plutôt pénible que je vais te relater, j'ai été la trouver cet après-midi, comme étant la personne la plus sensée de Corners, du moins à ma connaissance.

J'attendais le bois pour ce matin mais, comme à midi il n'était toujours pas livré, j'ai décidé de prendre la ville pour but de ma promenade quotidienne. Mon intention était de rendre visite à Thompson, l'homme avec qui Cal avait conclu l'affaire.

C'était une belle journée, pleine des miroitements de la lumière d'automne et, au fil du chemin qui me conduisait à l'exploitation de Thompson (Cal, qui était resté à la maison pour examiner plus avant la bibliothèque du cousin Stephen, m'avait indiqué la route à suivre), je me sentis, pour la première fois depuis plusieurs jours, d'excellente humeur, au point d'avoir, par avance, excusé le retard du marchand.

Les bâtiments vétustes devant lesquels je parvins après avoir traversé un enchevêtrement d'herbes folles avaient besoin d'un bon coup de peinture. A gauche de la grange, une énorme truie, à point pour l'abattage de novembre, se vautrait en grognant dans la fange; dans la cour malpropre qui séparait la maison des dépendances, une femme vêtue d'une misérable robe de guingan tirait de son tablier le grain qu'elle jetait aux poulets. Lorsque je la saluai, elle tourna vers moi son visage blême et sans charme.

Je ressentis une sorte de jouissance à voir s'inscrire sur ses traits imbéciles et inexpressifs la marque d'une terreur panique. Je suppose qu'elle dut me prendre pour Stephen lui-même, car elle croisa les doigts comme pour éloigner le diable, et se mit à hurler. Tout le grain se répandit sur le sol et la volaille s'éparpilla en caquetant.

Je n'avais pas ouvert la bouche qu'une espèce de gros lourdaud en maillot de corps émergeait pesamment de la maison, un fusil de chasse dans une main et un cruchon dans l'autre. A ses yeux injectés de sang et à sa démarche vacillante, je présumai qu'il s'agissait de Thompson le bûcheron en personne.

— Un Boone! rugit-il. Allez vous faire voir!

Il envoya rouler le pichet et, lui aussi, fit le Signe.

— Je suis venu ici, dis-je sur un ton aussi égal que me le permettaient les circonstances, parce que mon bois s'y trouve encore. D'après l'accord que vous avez passé avec mon intendant...

— Qu'il aille se faire voir aussi, que je vous dis !

C'est alors que je me rendis compte que ses airs arrogants et menaçants cachaient un homme mort de peur. Je commençai à me demander sérieusement si, dans son état de surexcitation, il n'allait pas finir par faire usage de son arme.

— Ne serait-ce que par courtoisie, vous pourriez... fis-je prudemment.

— Allez vous faire voir avec votre courtoisie !

— Parfait. En ce cas..., dis-je avec un grand effort de dignité, bien le bonjour en attendant que vous ayez retrouvé votre calme.

Sur ces mots, je tournai le dos et repris la route du village.

— Et r'mettez plus les pieds ici, hurla-t-il. Bougez plus de c't'endroit maudit ! Arrière ! Arrière ! Arrière !

Il me jeta une pierre qui m'atteignit à l'épaule. Je ne lui aurais pas fait le plaisir de l'esquiver.

Je me mis donc en quête de Mrs Cloris, résolu à éclaircir le mystère que constituait pour moi l'hostilité de Thompson. Elle est veuve et vit seule dans une ravissante maisonnette, à deux pas de l'Océan. Je la surpris en train d'étendre du linge et elle sembla sincèrement contente de me voir. J'en éprouvai un grand soulagement ; il est humiliant au delà de toute expression d'être traité comme un paria sans en comprendre la raison.

— Mr Boone, fit-elle en esquissant une révérence. Si vous venez pour du lavage, je n'en prends plus passé septembre. Le mien suffit largement à mes rhumatismes.

— J'aurais préféré que le lavage fût en effet l'objet de ma visite. Mais je viens vous demander de l'aide, Mrs Cloris. Il faut que vous me disiez tout ce que vous savez à propos de Chapelwaite et de Jerusalem's Lot et pourquoi les gens du pays n'éprouvent que peur et méfiance à mon égard.

— Jerusalem's Lot ! Alors, vous *savez*...

— Oui. Calvin et moi y avons été voici une semaine.

— Mon Dieu !

Elle chancela, soudain pâle comme une morte. Je tendis le bras pour la soutenir. Ses yeux étaient révulsés et, un instant, je crus qu'elle allait s'évanouir.

— Mrs Cloris, je suis navré si j'ai dit quelque chose qui...

— Entrez, souffla-t-elle. Il faut que vous sachiez. Seigneur Jésus, les temps maudits sont de retour !

Elle ne voulut plus rien ajouter avant d'avoir préparé du thé bien fort dans sa cuisine ensoleillée. Quand il fut servi, elle laissa son regard s'attarder pensivement sur le spectacle de la mer. Comme il était fatal, ses yeux et les miens furent attirés par le promontoire de Chapelwaite Head. Là-haut, la maison faisait face à l'Océan ; la grande baie vitrée scintillait comme un diamant dans les rayons du soleil couchant. Le tableau était magnifique mais étrangement troublant. Brusquement, Mrs Cloris se tourna vers moi et, avec véhémence, me déclara :

— Quittez Chapelwaite immédiatement, Mr Boone !

J'en restai abasourdi.

— Ça sent le soufre depuis que vous vous y êtes installé. Toute la semaine dernière — depuis que vous avez mis le pied dans cet endroit maudit — les signes de mauvais augure se sont multipliés. La lune est dans l'eau ; des flopées d'engoulevents ont envahi les cimetières ; un enfant monstrueux est né. Vous *devez* partir !

Lorsque l'usage de la parole me fut revenu, je répondis avec tout le calme dont j'étais capable :

— Ce sont des histoires à dormir debout, Mrs Cloris, et vous le savez très bien.

— Et que Barbara Brown a donné naissance à un bébé sans yeux, je l'ai rêvé ? Ou que Clifton Brockett a découvert dans les bois, près de Chapelwaite, une longue trace large de cinq pieds où tout est devenu blanc, *blanc et desséché* ? Et vous, vous qui avez été à Jerusalem's Lot, infirmeriez-vous que rien n'y vit plus ?

Je ne pus protester ; l'épouvantable scène de l'église se déroulait à nouveau devant mes yeux.

Elle pressa l'une contre l'autre ses mains déformées pour essayer d'apaiser ses nerfs.

— Tout ce que je sais me vient de ma mère qui,

elle-même, le tenait de la sienne. Connaissez-vous ce qui se rapporte à Chapelwaite dans l'histoire de votre famille ?

— Vaguement, répondis-je. Les descendants de Philip Boone habitent la maison depuis les années 1780. Son frère Robert, mon grand-père, émigra au Massachusetts à la suite d'une dispute concernant des papiers volés. Je ne sais pas grand-chose de la branche issue de Philip, sinon qu'elle a toujours été marquée par un sort contraire : Marcella perdit la vie dans un tragique accident et voici qu'un semblable destin vient de frapper Stephen. Son désir était que je m'installe avec les miens dans la maison et qu'un point final soit ainsi mis à cette longue brouille.

— Jamais. Ce ne sont pas des choses qu'on efface, jeta-t-elle dans un souffle. Vous ne connaissez donc pas l'origine de la dispute ?

— Robert Boone fut surpris en train de forcer le bureau de son frère.

— Philip Boone était fou, dit-elle. Cet homme pactisait avec le diable. Ce que Robert Boone *tentait* de subtiliser était une bible impie rédigée en langues anciennes : en latin, en gaélique, en d'autres... Un livre démoniaque !

— *De Vermis Mysteriis.*

Elle vacilla.

— Comment savez-vous ?

— Je l'ai vu..., touché, même. (Elle sembla de nouveau sur le point de s'évanouir, puis porta la main à sa bouche, comme pour étouffer un cri.) Oui. À Jerusalem's Lot. Sur la chaire d'une église souillée et profanée.

— Il y est toujours, alors, il y est toujours... (Elle s'agita sur sa chaise.) J'espérais que Dieu, dans Sa grande Sagesse, l'avait confié au feu de l'enfer.

— Qu'avait donc à voir Philip Boone avec Jerusalem's Lot ?

— Il y était lié par le sang, affirma-t-elle sombrement. La Bête l'avait frappé de son Empreinte, même s'il présentait aux autres le visage de l'Agneau. C'est pendant la nuit du 31 octobre 1789 que Philip Boone disparut... et, avec lui, toute la population de ce village maudit.

C'est tout ce que je pus en tirer; d'ailleurs, elle ne semblait pas en savoir davantage. De nouveau, elle me supplia de partir, prétextant que « le sang appelle le sang », puis marmonna je ne sais quoi à propos de « ceux qui guettent et ceux qui veillent ». Elle montrait une agitation croissante à mesure que la nuit approchait et, pour l'apaiser, je lui promis de méditer ses paroles.

Je repris le chemin de la maison parmi les ombres étirées par le soir. Ma bonne humeur s'était envolée et, dans ma tête, tourbillonnaient mille questions qui me hantent encore. En guise d'accueil, Cal m'apprit que les bruits dans les murs ne faisaient qu'amplifier.

La lune est suspendue au-dessus des eaux, pleine, boursouflée, et jette sur l'Océan des lueurs sanglantes et malsaines. Le souvenir de cette église me harcèle une fois de plus et... (ici, une ligne a été raturée). Mais mieux vaut te faire grâce de ceci, Bones. C'est trop fou. Il est temps que j'aille dormir, je crois. Je pense bien à toi. Amitiés.

CHARLES.

(Ce qui suit est extrait du journal de Calvin McCann.)

Le 20 octobre 50.

Ai pris ce matin la liberté de faire sauter le fermoir du livre; l'ai fait avant le réveil de Mr Boone. Peine perdue : c'est tout en langage chiffré. Un code plutôt simple, il me semble. J'en viendrai peut-être aussi facilement à bout que du fermoir. C'est un journal, j'en suis sûr, et l'écriture me rappelle étrangement celle de Mr Boone lui-même. Qui donc a rangé ce livre dans le coin le plus obscur de la bibliothèque? Il paraît vieux, mais comment savoir? Ses pages ont été préservées des outrages du temps.

Bien plus tard, si le temps existe.

Mr Boone s'est mis en tête d'inspecter la cave. Espérons que sa santé toute neuve résistera à ces événements. Je dois essayer de le convaincre... Mais le voilà.

Le 20 octobre 1850.

Bones,

Je ne peux écrire je ne peut *(sic)* pas en parler encore je je je.

(Extrait du journal de Calvin McCann.)

Le 20 octobre 1850.

Comme je le craignais, sa santé n'a pas résisté.
Oh! mon Dieu! Notre Père qui êtes aux Cieux!
Cette pensée m'est insupportable; mais elle est là, lancinante, gravée à jamais dans ma mémoire; une telle monstruosité; dans la cave!
Suis seul; 8 heures et demie; la maison est silencieuse, mais...
Je l'ai découvert, sans connaissance, affalé sur son secrétaire; il dort toujours; et pourtant, sur l'instant, comme il se comporta vaillamment tandis que je restais paralysé, anéanti!
Sa peau est fraîche, cireuse. Dieu soit loué, il n'a plus de fièvre. Je n'ose pas le transporter, ni l'abandonner pour aller au village. Et, si je m'y rendais, y aurait-il quelqu'un pour accepter de lui venir en aide? Qui donc pénétrerait dans cette maison maudite?
Ah! cette cave! Ces choses, dans la cave, qui hantent nos murs!

Je suis de nouveau moi-même, quoique faible encore, après avoir passé trente-six heures dans le coma. De nouveau moi-même... quelle sinistre, quelle amère plaisanterie! Je ne serai plus jamais moi-même. J'ai affronté la démence et l'horreur, quelque chose qui dépasse l'entendement humain. Et ce n'est pas fini.

Si Cal n'était pas là, je crois que j'en terminerais avec l'existence en cet instant même. Il est le seul îlot de raison dans cette mer de folie.

Mais il faut que je te raconte.

Nous nous étions, pour aller explorer la cave, munis de bougies qui dispensaient une lumière rougeâtre parfaitement adaptée aux circonstances... une clarté d'enfer! Calvin avait essayé de me faire changer d'avis, arguant de ma récente maladie, affirmant qu'au mieux nous découvririons quelques gros rats à empoisonner.

Je restai inébranlable. Calvin soupira, résigné :

— Puisque vous croyez devoir le faire, Mr Boone.

On accède à la cave par une trappe dans le plancher de la cuisine (Cal m'assure l'avoir, depuis, condamnée à l'aide de planches) que nous ne soulevâmes pas sans un grand effort.

Des ténèbres jaillit une odeur fétide et oppressante qui n'était pas sans rappeler celle qui empuantissait la ville abandonnée située sur l'autre rive de la Royal River. Le halo rougeâtre de ma bougie nous révéla une volée de marches qui descendait abruptement dans l'obscurité. L'escalier était dans un état lamentable — l'une des contremarches manquait, laissant un vide béant — et il n'est pas difficile de comprendre de quelle façon l'infortunée Marcella y a pu trouver la mort.

— Soyez prudent, Mr Boone, me conseilla Cal.

Je lui répondis que telle était bien mon intention, et nous entreprîmes de descendre.

Le sol était de terre, les murs de granit brut et à peine humides. L'endroit n'avait rien d'un paradis pour les rats. On n'y trouvait rien de ce qui leur permet ordinairement de faire leurs nids : vieilles boîtes, meubles au rebut, piles de papier et ainsi de suite. Nous levâmes nos bougies pour gagner un peu sur l'ombre, mais cela n'élargit guère notre champ de vision. Le sol accusait une certaine inclinaison qui semblait conduire sous le grand séjour et la salle à manger — c'est-à-dire vers l'ouest. Nous la suivîmes. Tout n'était que silence. La puanteur s'intensifia et l'obscurité environnante semblait maintenant plus dense et comme jalouse de la lumière qui l'avait détrônée après tant d'années d'un règne sans partage.

Tout au bout, les murs de granit laissaient place à du bois verni qui semblait d'un noir absolu et dépourvu de toute propriété réfléchissante. La cave proprement dite n'allait pas plus loin, ici prolongée par ce qui ressemblait à l'alcôve de sa salle principale. Le renfoncement était situé dans un angle et nous devions, pour l'examiner, approcher encore.

Ce fut comme si le spectre pourrissant du sinistre passé de ces lieux resurgissait devant nos yeux. Une unique chaise occupait l'alcôve et, au-dessus d'elle, tombant d'un croc fixé à une forte poutre, subsistait la boucle d'une corde de chanvre.

— C'est donc ici qu'il s'est pendu, murmura Cal.

— Oui..., alors que le corps de sa fille gisait au pied de l'escalier, juste derrière lui.

Cal commença à parler; mais quelque chose qui se trouvait derrière moi happa son regard, et ses mots se muèrent en un hurlement.

Comment te décrire, Bones, la vision qui nous assaillit? Que te dire des hideuses créatures qu'abritent nos murs?

Le mur du fond s'effaça et des ténèbres surgit une face grimaçante — une face dont les yeux étaient du même noir d'ébène que le Styx. Sa bouche édentée s'ouvrit en un rictus d'agonie; une main jaunie par la putréfaction se tendit vers nous. Poussant un hideux piaillement, la chose avança péniblement d'un pas. La lueur de ma bougie l'enveloppa et...

Et je vis l'empreinte livide de la corde autour de son cou!

Quelque chose d'autre bougea derrière elle, dont mon sommeil sera hanté jusqu'à mon dernier jour : une jeune fille dont le visage blême aux chairs décomposées était fendu par un rictus de cadavre; une jeune fille dont le cou rompu formait un angle étrange.

Ils venaient nous chercher; je le sais. Et je sais qu'ils nous auraient attirés dans leurs ténèbres, si je n'avais lancé dans leur direction ma bougie et la chaise de l'alcôve.

Puis, tout ne fut plus qu'obscurité et confusion. Mon esprit aussi fit le noir. Quand je m'éveillai dans ma chambre, comme je l'ai dit, Cal était à mon chevet.

Si je le pouvais, je fuirais loin des horreurs de cette maison, ma chemise de nuit me battant les mollets. Mais je ne le puis. Je ne suis plus qu'un pion dans un sombre drame qui me dépasse. Mrs Cloris avait raison de dire que le sang appelle le sang; et raison, ô combien, d'évoquer ceux qui *guettent* et ceux qui *veillent*. J'ai bien peur d'avoir réveillé une force qui dormait dans le sinistre village de 'Salem's Lot depuis un demi-siècle, une force qui a massacré mes ancêtres et en a fait les esclaves du mal, à l'image de Nosferatu, Celui Qui n'est pas Mort. Et ce n'est que la moindre de mes peurs, Bones, mais tout cela est encore brumeux dans mon esprit. Si je savais..., si seulement je savais tout!

CHARLES.

Post-scriptum. — De toute façon, tu ne pourras lire cette lettre; nous sommes coupés de Preacher's Corners. Je n'ose aller là-bas porter le mal et Calvin ne me laissera pas seul. Peut-être, si Dieu est bon, cette lettre te parviendra-t-elle quand même d'une façon ou d'une autre.

(Extrait du journal de Calvin McCann.)

Le 23 octobre 1850.

Il reprend des forces; nous avons évoqué brièvement les *apparitions* de la cave; d'accord pour dire qu'elles n'étaient ni des hallucinations ni des *ectoplasmes,* mais bien réelles. Les bruits sont toujours là; tout est comme recouvert d'un voile noir et les augures ne sont pas meilleurs. Il semble que ce soit le calme avant la tempête...

J'ai trouvé une pile de papiers dans la chambre du haut, dans le dernier tiroir d'un vieux bureau à cylindre. Quelques lettres et factures m'amènent à penser que la chambre était celle de Robert Boone. Ma découverte la plus intéressante me semble cependant constituée par quelques gribouillages au dos d'une publicité pour des chapeaux en poil de castor. En haut de la feuille sont inscrits ces mots :

Heureux les débonnaires

Puis, en dessous, figure cette suite de lettres apparemment dépourvue de signification :

h k u e e m x h e s d h b r n i a e r t s
o e r r r u s l a s s e a o d n m i l e d

Je crois que c'est la clé du code qui a servi à la rédaction du livre à fermoir trouvé dans la bibliothèque. Il s'agit certainement d'un des systèmes primaires employés pour chiffrer les messages pendant la guerre d'Indépendance, comme le *Fence-Rail.* En supprimant les nulles de la formule codée, on obtient ceci :

h u e x e d b n a r s
e r u l s e o n i e

Si on lit en zigzag et non de gauche à droite, on découvre la citation originale, tirée des *Béatitudes.*

Je n'ose pas faire part de ceci à Mr Boone avant d'avoir pris connaissance de ce que contient le livre...

Le 24 octobre 1850.

Cher Bones.

Surprenante nouvelle : Cal, qui ne parle jamais sans être sûr de ce qu'il dit (qualité aussi rare qu'admirable) a découvert le journal de mon grand-père Robert. Cal a percé le code en lequel il était rédigé. Il m'a affirmé l'avoir déchiffré par hasard, mais je le soupçonne de s'y être employé avec patience et ténacité.

De quelle terrible lumière les mystères de cette maison ne s'en trouvent-ils pas éclairés!

Le premier élément est daté du 1er juin 1789 et le dernier du 27 octobre 1789, soit quatre jours avant la phénoménale disparition que nous rapporta Mrs Cloris. Le journal relate l'évolution progressive d'une obsession — pour ne pas dire d'une folie — et nous fait comprendre quelles hideuses relations unirent mon grand-oncle Philip, la ville de Jerusalem's Lot et le livre qu'abrite encore cette église impie.

D'après Robert Boone, la ville fut fondée avant Chapelwaite (construit en 1782) et Preacher's Corners (qu'on nommait en ce temps Preacher's Rest et dont l'origine remonte à 1741); les premières maisons de Jerusalem's Lot furent bâties en 1710 par un groupe détaché de la foi puritaine, une secte menée par un fanatique religieux, l'austère James Boon. Quel choc ai-je ressenti en lisant ce nom! Il est peu douteux que ce Boon fasse partie de ma famille. Mrs Cloris ne pouvait tomber plus juste en affirmant que, dans toute cette affaire, les liens du sang étaient d'une importance capitale; et ce n'est pas sans terreur que je me souviens de sa réponse quand je l'interrogeai au sujet des relations qu'entretenaient Philip et 'Salem's Lot. « Il y était lié par le sang », avait-elle dit, et je crains qu'elle n'ait dit vrai.

La communauté s'organisa autour de l'église où Boon prêchait... et rendait justice. Mon grand-père laisse également entendre qu'il faisait commerce avec les femmes de la ville, les assurant que telle était la volonté du Seigneur. En conséquence, la ville dégénéra en une monstruosité comme seule en produisit cette époque unique et étrange où cohabitaient la crainte des sorcières et le culte de la Vierge Immaculée : un village peuplé de consanguins portés au mysticisme et dirigé par un prédicateur à demi fou dont les deux catéchismes étaient la Bible et le sinistre ouvrage de de Goudge, *les Demeures du Démon*; une communauté qui pratiquait régulièrement l'exorcisme. Une communauté incestueuse frappée par toutes les tares physiques et mentales dont ce péché est si souvent la cause. Je suppose que l'un des bâtards nés de Boon dut quitter (ou fut chassé) Jerusalem's Lot pour aller chercher fortune dans le Sud..., où il fonda notre actuelle lignée. On estime généralement dans ma famille que notre clan est originaire de cette partie du Massachusetts qui devait devenir l'Etat souverain du Maine. Mon arrière-grand-père Kenneth Boone s'enrichit dans le commerce alors florissant de la fourrure. Son argent, que le temps et de judicieux investissements avaient fait fructifier, permit, bien après sa mort survenue en 1763, de construire la maison familiale. Chapelwaite fut l'œuvre de ses fils Philip et Robert. Le sang appelle le sang, avait prophétisé Mrs Cloris. Peut-on croire que ce Kenneth soit né de James Boon, ait fui la folie de son père et de sa ville, pour que ses fils, en toute innocence, fassent bâtir leur demeure *à moins de deux miles du berceau familial*? En ce cas, ne semble-t-il pas qu'une main invisible et toute-puissante les ait guidés?

D'après le journal de Robert, James Boon, en 1789, avait atteint un âge canonique. En effet, si on lui accorde l'âge de vingt ans lors de la fondation de la ville, cela lui faisait, en 1789, l'âge prodigieux de cent quatre ans. Ce qui suit est directement emprunté au journal de Robert Boone :

4 août 1789.

Aujourd'hui, j'ai rencontré pour la première fois l'Homme qui exerce sur mon frère une influence aussi malsaine. Je dois admettre que je. suis moi-même impressionné par le Magnétisme qui émane de ce Boon. Il a tout du Patriarche avec sa barbe blanche et sa soutane noire qui a quelque chose d'obscène. Plus choquant encore était le fait qu'il était entouré de Femmes comme un Sultan au milieu de son Harem. Et P. m'assure qu'il est toujours vert, bien qu'étant pour le moins octogénaire...

Ce n'était que la deuxième fois que j'allais au village, et je n'y retournerai jamais. Ses rues sont silencieuses et lourdes de la Peur qu'inspire le Vieil Homme du haut de sa Chaire. Je crains aussi que le Sang ne s'accouple au Sang, tant l'on voit de Visages semblables. Où que l'on se tourne, on croit reconnaître les traits du Vieil Homme... ils sont tous si blêmes; ils ont le regard vide, comme exprimé de toute Vitalité; j'ai vu des enfants dépourvus d'Yeux et de Nez, des Femmes pleurer, divaguer, désigner le Ciel sans Raison; j'ai entendu des passages dénaturés des Ecritures où intervenaient des Démons...

P. souhaitait me voir rester aux Offices, mais la pensée que ce sinistre Patriarche y tenait la Chaire devant une assistance de villageois dégénérés me fit horreur, et je m'excusai...

En bref, les éléments précédant et suivant ce récit de la fascination grandissante de Philip pour James Boon : Le 1er septembre 1789, Philip fut baptisé dans l'église de Boon. Robert écrit : *Je suis accablé de stupéfaction et d'horreur : mon frère s'est métamorphosé sous mes propres yeux... on dirait même qu'il commence à ressembler à ce satané Vieillard.*

Le 23 juillet, il est fait mention du livre pour la première fois :

Cette nuit, en revenant du petit village, P. semblait bouleversé. N'a rien voulu dire avant l'heure du coucher, quand il m'a annoncé que Boon était à la recherche d'un livre intitulé *les Mystères du Ver*. Pour lui faire plaisir, je lui ai promis d'adresser à Johns & Goodfellow une demande de renseignements. P. s'en est montré éperdument reconnaissant.

Daté du 12 août :

Deux lettres au courrier d'aujourd'hui, dont une de Johns & Goodfellow, à Boston. Ils se sont renseignés au sujet du Volume qui intéresse tellement P. Il n'en existe que cinq exemplaires dans le pays. Le ton de la lettre est plutôt froid; bizarre. Je connais Henry Goodfellow depuis des années.

La lettre de Goodfellow a rendu P. comme fou; refuse de dire pourquoi. Il a seulement expliqué que Boon est *excessivement impatient* de s'en procurer un exemplaire. Je ne vois pas pourquoi car le Titre ne semble annoncer qu'un inoffensif traité de jardinage...

Philip m'inquiète; je le sens s'éloigner de moi chaque jour davantage. Je regrette maintenant que nous soyons revenus à Chapelwaite. L'Eté est chaud, oppressant, et comme lourd de Menaces...

On ne trouve que deux autres allusions au livre infâme dans le journal de Robert (il paraît n'en avoir jamais évalué la portée, même à la fin). A la date du 4 septembre :

J'ai prié Goodfellow de servir d'intermédiaire à P. pour l'achat du Livre, refusant en cela de suivre ce que me dicte la Raison. A quoi bon m'y opposer? En échange, j'ai arraché à Philip sa promesse de renier son baptême sacrilège... Cependant, il semble tellement souffrant, presque Fiévreux. Je ne lui fais pas confiance. Je ne sais plus où j'en suis dans toute cette Affaire...

Enfin, le 16 septembre :

> Le Livre est arrivé aujourd'hui, accompagné d'un mot de Goodfellow me disant qu'il ne veut plus avoir affaire à moi... Cela a mis P. dans un état invraisemblable; il ne pensait qu'à m'arracher le Livre des mains. Il est écrit en latin de cuisine ainsi qu'en Caractères Runiques auxquels je n'entends rien. La Chose semblait presque chaude au Toucher et vibrer dans mes mains, comme si elle recelait un Pouvoir immense... Je rappelai à P. sa promesse mais il partit d'un rire affreux, m'agitant le Livre sous le nez et criant inlassablement : « Nous l'avons! Nous l'avons! Le Ver! Le secret du Ver! »
>
> Je suppose qu'il s'en est maintenant allé rejoindre son Bienfaiteur dément car je ne l'ai pas revu de la Journée...

Il n'est plus fait mention du livre, mais j'ai fait à son sujet certaines déductions qui me semblent plausibles. Premièrement, que ce livre fut, comme le disait Mrs Cloris, le principal objet de la dispute qui opposa Robert à Philip. Deuxièmement, qu'il s'agit d'un recueil d'indications blasphématoires probablement d'origine celtique. (Nombre des rites sacrificiels druidiques de l'ancienne Bretagne ont été décrits par l'envahisseur romain pour que le savoir ne s'en perde pas et beaucoup de ces recettes infernales font partie de la littérature maudite de notre monde.) Troisièmement, que Boon et Philip avaient l'intention de se servir du livre pour parvenir à leurs fins. Je crois qu'ils s'étaient enchaînés depuis longtemps à je ne sais quelles forces innommables venues des confins de l'univers; des forces qui échappent aux lois du temps. Le dernier élément du journal de Robert Boone semble confusément venir à l'appui de ces spéculations, comme on peut en juger par ces lignes :

Le 26 octobre 1789.

Ce jour, une terrible Rumeur court à Preacher's Corners : Frawley, le Maréchal-Ferrant,
m'a attrapé le bras et m'a demandé : « Qu'est-ce
que votre frère et cette espèce d'Antéchrist
manigancent là-haut ? » Goody Randall affirme
qu'on a vu dans le Ciel des *Signes* annonciateurs
d'une *catastrophe imminente.* Il est né un veau à
deux têtes. En ce qui me concerne, je ne sais que
craindre; que toute raison n'abandonne mon
frère, peut-être. Une nuit a presque suffi à blanchir ses cheveux; ses yeux sont devenus deux
grosses billes injectées de sang que toute lucidité
semble avoir désertées. Il grimace, il marmonne,
et, pour une Raison connue de lui Seul, s'est mis
à hanter notre cave lorsqu'il ne se trouve pas à
Jerusalem's Lot.

Les Engoulevents infestent les alentours de la
Maison et grouillent sur l'Herbe; leurs appels
conjugués perçant la brume se mêlent à ceux de
la Mer dans un hurlement surnaturel qui interdit
toute idée de sommeil.

Le 27 octobre 1789.

Ai suivi P., ce soir, jusqu'à Jerusalem's Lot, à
bonne Distance pour ne pas être découvert. Ces
Engoulevents maudits se pressent en nuées dans
les bois, emplissant l'air d'un Chant psycho-
pompe et lugubre. Je n'ai pas osé franchir le
pont; la ville n'était qu'obscurité, excepté l'église
d'où émanait un effroyable rougeoiement qui, derrière les hautes Fenêtres ogivales, révélait les
Yeux de l'Enfer. Des litanies démoniaques s'éle-
vaient puis retombaient, parfois accompagnées
de rires, parfois de sanglots. Le Sol semblait
enfler et gronder sous mes pieds, comme s'il portait un Poids épouvantable, et je m'enfuis, stupé-
fait et empli de Terreur, les cris perçants et infer-
naux des Engoulevents déchirant mes oreilles

tandis que je traversais en courant les bois ténébreux.

Tout cela tend vers un paroxysme encore imprévisible. Je crains le sommeil pour les rêves qui le hantent; je crains l'éveil pour les Folles Terreurs que j'y puis éprouver. La nuit résonne de sons hideux et j'ai peur... Cependant, je ressens le besoin d'y retourner, de regarder, de *voir*. C'est comme si Philip lui-même m'appelait, et aussi le vieil Homme.

Les Oiseaux... arrière arrière arrière

Ainsi s'achève le journal de Robert Boone.

Tu auras remarqué, Bones, que, tout à la fin, il prétend que Philip lui-même semble l'appeler. Ces lignes, les paroles de Mrs Cloris et de quelques autres, mais surtout ces formes terrifiantes dans la cave, mortes et pourtant vivantes, m'ont conduit à ce qui sera ma conclusion. Le malheur s'acharne toujours sur notre famille, Bones. La malédiction qui pèse sur nous refuse de rendre les armes. Et l'apogée du cycle semble à nouveau proche. Le sang des Boone ne coule plus que dans mes veines. J'ai peur que quelque chose ne le sache et de me trouver au centre d'une entreprise diabolique qui échappe à l'entendement humain. Le grand jour tombe la veille de la Toussaint, c'est-à-dire dans une semaine.

Que dois-je faire? Si seulement tu étais là pour me conseiller, pour m'aider!

Il faut que je sache; il faut que je retourne dans cette ville abandonnée. Que Dieu me vienne en aide!

CHARLES.

(Extrait du journal de Calvin McCann.)

Le 25 octobre 1850.

Mr Boone a dormi pendant presque toute la journée. Son visage est devenu hâve. La fièvre semble devoir le reprendre.

En changeant l'eau de sa carafe, j'ai aperçu deux lettres adressées à Mr Granson, en Floride, qui n'ont pas été postées. Il projette de retourner à Jerusalem's Lot; il serait criminel de le laisser aller. Oserai-je m'esquiver pour aller louer une voiture à Preacher's Corners? Je le devrais, oui, mais s'il s'éveille? Si, en revenant, je le trouvais parti?

Les bruits retentissent à nouveau dans nos murs. Dieu merci, il dort! Quand je pense à tout ce que cela signifie, j'en frémis.

Plus tard.

Je lui ai apporté son dîner sur un plateau. Il envisage de se lever tout à l'heure et, en dépit de ses faux-fuyants, je sais bien ce qu'il médite; cependant, j'irai à Preacher's Corners. J'avais conservé certains des somnifères qui lui ont été prescrits lors de sa maladie; il en a pris un dans son thé, à son insu. Il dort de nouveau.

Le laisser seul avec les Choses qui errent derrière nos murs me terrifie; le laisser ne serait-ce qu'un jour supplémentaire entre ces murs m'effraie plus encore. Je l'ai enfermé.

Dieu fasse qu'il soit toujours là, sain et sauf dans son lit, lorsque je reviendrai avec la voiture!

Encore plus tard.

Ils m'ont accueilli avec des pierres! Ils m'ont bombardé de cailloux comme un chien enragé! Monstres! Démons! Et ils se considèrent comme des *hommes*! Nous sommes prisonniers, ici...

Les oiseaux, les engoulevents commencent à se rassembler.

Le 26 octobre 1850.

Cher Bones,

Il fait presque nuit, et je viens juste de m'éveiller, après avoir dormi pendant près de vingt-quatre heures d'affilée. Bien que Cal n'en ait rien dit, je le soupçonne d'avoir versé un somnifère dans mon thé pour contrarier mes projets. C'est un ami loyal qui ne me veut que du bien, aussi ne puis-je l'en blâmer.

Pourtant, c'est décidé. Ce sera pour demain. Je me sens calme et résolu, mais je crois aussi déceler les premières atteintes de mes vieilles fièvres. Je ne peux attendre plus tard que demain. Sans doute devrais-je même y aller dès ce soir; mais pour rien au monde, je ne voudrais mettre les pieds dans ce village une fois la nuit tombée.

Dieu te bénisse, Bones, car ceci est peut-être ma dernière lettre.

CHARLES.

Post-scriptum. — Les oiseaux ne cessent plus de crier, et cet horrible bruit de pas traînants a repris. Cal pense que je n'entends rien, mais il se trompe.

(Extrait du journal de Calvin McCann.)

Le 27 octobre 50,
5 heures du matin.

Impossible de le faire changer d'avis. Très bien. Je pars avec lui.

Le 4 novembre 1850.

Cher Bones,

Faible, peut-être, mais lucide. Je ne suis pas sûr de la date mais d'après les horaires des marées et des mouvements du soleil qui figurent sur mon almanach, elle doit être exacte. Je suis assis à ce même bureau d'où je t'écrivis pour la première fois de Chapelwaite, et je contemple la mer sombre qui engloutit rapidement les ultimes lueurs du jour. Je la vois pour la dernière fois. Cette nuit sera ma nuit; vers quelles ombres m'en vais-je aller?

La vitre me renvoie l'image d'un homme aussi livide

qu'un vampire. Je n'ai absorbé aucune nourriture depuis le 27 octobre et aurais même été privé d'eau si, ce jour-là, Cal n'avait placé une carafe au chevet de mon lit.

O Cal! Cal n'est plus, Bones. Il est mort à ma place, à la place de ce misérable aux bras squelettiques et au visage décharné dont j'aperçois le reflet. Mais peut-être a-t-il été plus heureux que moi, car aucun des rêves qui me hantent depuis ces derniers jours ne le tourmente plus... Mes mains tremblent encore; j'ai éclaboussé ma page d'encre.

J'eus une discussion avec Calvin en ce matin où j'avais décidé de m'esquiver. Je lui avais annoncé mon intention de quitter Chapelwaite et lui avais demandé de se rendre à Tandrell, qui est distant d'une dizaine de miles, pour louer une voiture dans un endroit où nous ne serions pas connus. Il accepta, et je le vis s'éloigner par la route du bord de mer. Lorsqu'il fut hors de vue, je me préparai rapidement, passant un manteau et me munissant d'un cache-nez. (Le temps s'était refroidi; ce matin-là, la brise cinglante nous apportait les premiers signes annonciateurs de l'hiver.) Je regrettai un instant de ne pas posséder de revolver, mais je ris aussitôt d'une telle idée. Que faire d'une arme en ces circonstances?

Je sortis par la porte de service, m'arrêtant le temps d'admirer une dernière fois la mer et le ciel; le temps d'emplir une dernière fois mes poumons d'air pur avant d'affronter les odeurs putrides qui bientôt m'assailliraient; le temps d'apercevoir le vol circulaire d'une mouette aux aguets sous les nuages.

Je me retournai... Calvin McCann était là, devant moi.

— Je ne vous laisserai pas y aller seul, me dit-il.

Et jamais, je n'avais lu sur ses traits une telle gravité.

— Mais, Calvin..., commençai-je.

— Non, n'insistez pas! Nous irons ensemble accomplir ce qui doit être accompli... ou je vous ramène de force à la maison. Vous n'êtes pas en état. Vous n'irez pas tout seul.

Il m'est impossible de décrire les émotions contradictoires qui m'envahirent alors : stupeur, irritation, gratitude, mais ce fut l'affection qui l'emporta.

Marchant en silence, nous passâmes le pavillon d'été et le cadran solaire, puis descendîmes le chemin moussu qui conduisait aux bois. Tout était comme mort..., pas un chant d'oiseau, pas une stridulation de criquet. Le monde semblait recouvert d'un manteau de silence. Seuls subsistaient les omniprésents effluves salins, et, venu du lointain, un léger fumet de bois brûlé. Les arbres étaient une explosion de couleurs où dominait l'écarlate.

Bientôt, le parfum de sel s'évanouit, laissant place à une bien sinistre odeur. Quand nous arrivâmes au pont qui enjambe la Royal, je m'attendais à ce que Cal me demande à nouveau de renoncer, mais il s'abstint. Il s'arrêta, contempla la sinistre flèche qui semblait défier le ciel bleu, puis se tourna vers moi. Nous repartîmes.

Nous marchâmes d'un pas rapide, quoique peu assuré, jusqu'à l'église de James Boon. La porte était restée entrouverte depuis notre dernière visite, et, à l'intérieur, l'obscurité paraissait nous narguer. Comme nous gravissions les quelques marches, mon cœur devint de plomb; je posai sur la poignée de la porte une main tremblante, et tirai. Jamais la puanteur n'avait été aussi intense, aussi hostile.

Nous traversâmes le vestibule pour pénétrer directement dans la nef de l'église.

C'était un carnage.

Quelque chose d'énorme avait fondu sur ces lieux, qui avait tout saccagé sur son passage. Les bancs avaient été balayés puis entassés comme pour former un gigantesque jeu de jonchets. La croix sacrilège reposait contre le mur est et, juste au-dessus d'elle, le plâtre défoncé témoignait de la force avec laquelle elle avait été lancée. Plus haut, les lampes à huile avaient été arrachées de leurs supports, et des relents d'huile de baleine se mêlaient à la terrible puanteur qui régnait dans la ville. Au bas de la nef, tel un monstrueux tapis de noces, s'étendait une traînée d'ichor noirâtre veiné de sang. Nos yeux la suivirent jusqu'à la chaire qui seule, apparemment, avait été épargnée. Elle était occupée par un agneau massacré qui, par-dessus le livre blasphématoire, nous fixait de ses yeux vitreux.

— Seigneur! murmura Calvin.

Nous approchâmes, marchant à l'écart de l'humeur visqueuse qui maculait le sol. Lorsqu'il revenait à nos oreilles, l'écho de nos pas semblait s'être mué en un rire tonitruant.

Nous montâmes au sommet de la chaire. L'agneau ne portait aucune blessure apparente; il semblait plutôt qu'on l'eût comprimé jusqu'à faire éclater ses vaisseaux sanguins. Le sang formait des flaques épaisses et nauséeuses sur le lutrin, duquel il avait coulé... Cependant, sur le livre, il devenait transparent, et l'on pouvait y lire les runes indéchiffrables comme à travers du verre teinté.

— Faut-il le prendre? demanda Cal d'une voix ferme.

— Oui. Il le faut.

— Qu'allez-vous faire?

— Ce qui aurait dû être fait il y a soixante ans. Je vais le détruire.

Nous éloignâmes du livre le cadavre de l'agneau; puis nous le fîmes basculer et il s'écrasa sur le sol avec un bruit écœurant. Nimbées d'une lueur écarlate, les pages tachées de sang semblaient avoir pris vie.

Mes oreilles commencèrent à tinter et à bourdonner; un chant à peine audible émanait du cœur même des murs. Un coup d'œil sur le visage de Cal me confirma qu'il l'entendait aussi. Le sol trembla sous nos pieds, comme si la créature qui hantait l'église venait maintenant vers nous pour protéger son bien. La texture de l'espace et du temps normaux sembla se tordre, se fissurer; on eût dit que l'église grouillait de spectres, incendiée par l'éclat infernal du feu glacé de l'éternité. Je crus voir James Boon, hideux et contrefait, cabrioler autour du corps inerte d'une femme, et, derrière lui, mon grand-oncle Philip, vêtu d'une noire soutane à capuche, brandissant un couteau et une coupe.

Deum vobiscum magna vermis...

Devant moi, sur la page, les mots s'animèrent, serpentèrent, trempés dans le sang du sacrifice, esclaves d'une créature qui erre au delà des étoiles...

Une assemblée de consanguins aveugles se balançant au rythme d'incantations démentes et démoniaques; des visages torturés par quelque avide, quelque inexprimable attente...

Et le latin fit place à une langue plus ancienne, déjà vieille quand l'Egypte était jeune et que ses pyramides n'étaient que sable, déjà vieille quand la Terre n'était encore qu'une boule instable de gaz incandescents.

Gyyagin vardar Yogsoggoth! Verminis! Gyyagin! Gyyagin!

La chaire commença à se fendre, se dilatant vers le haut...

Calvin hurla, levant son bras pour se protéger le visage. La chaire fut ballottée par d'énormes secousses, tel un navire pris dans la tempête. Je m'emparai du livre et le tins à bout de bras; il me parut rayonner comme un astre, pouvoir m'aveugler, me réduire en cendres.

— Fuyez! hurla Calvin. Fuyez!

Mais je restai pétrifié et la force surnaturelle m'investit.

— Gyyagin vardar! tonnai-je. Serviteur de Yogsoggoth, Celui qu'on ne peut Nommer! Le Ver d'Outre-Monde! Celui qui gobe les Etoiles! Celui qui aveugle le Temps! Verminis! Voici venue l'Heure de l'Assouvissement, le Temps de la Soumission! Verminis! Alyah! Alyah! Gyyagin!

Je chancelai sous la poussée que me donna Calvin, l'église tournoya autour de moi, et je m'affalai sur le sol. Ma tête heurta le bord d'un banc retourné, un éclair rouge me vrilla le cerveau... et, du coup, je retrouvai mes esprits.

Je cherchai à tâtons les allumettes soufrées que j'avais apportées.

Un grondement souterrain envahit les lieux. Une pluie de plâtre s'abattit. Résonnant par sympathie, la cloche rouillée de l'église égrena quelques notes diaboliques.

Mon allumette flamba. Je la portai au livre au moment précis où la chaire volait en éclats de bois; elle révéla une énorme et ténébreuse cavité. Tendant deux bras impuissants, le visage déformé par un hurlement inarticulé dont mes oreilles ne cesseront jamais de vibrer, Cal trébucha à son bord.

Il y eut alors une énorme vague de chair grisâtre et tremblotante. L'odeur devint une marée cauchemardesque. C'était un immense épanchement de gelée visqueuse et pustuleuse, une forme gigantesque et hideuse qui semblait jaillir des entrailles mêmes de la terre. Alors, frappé par un éclair de compréhension tel qu'aucun autre que moi n'en a jamais pu connaître, je sus *qu'il ne s'agissait là que d'un anneau, du segment d'un ver monstrueux qui végétait, aveugle, depuis des années dans les ténèbres creusées sous cette église abominable !*

Le livre s'incendia dans mes mains et la Chose, au-dessus de moi, sembla pousser un hurlement muet. Sous le choc, Calvin fut propulsé sur toute la longueur de l'église, semblable à une poupée désarticulée.

La chose disparut... Ne laissant derrière elle qu'un trou abyssal bordé d'une humeur noirâtre..., elle s'évanouit dans un vagissement monstrueux qui, avant de s'éteindre, se perdit dans l'infini des espaces.

Le livre à mes pieds n'était plus que cendres.

Je me mis à rire, puis à hurler tel un animal blessé.

Toute raison m'abandonna. Je m'assis sur le sol, le visage ensanglanté, gémissant et marmonnant des mots sans suite parmi les ombres démoniaques, cependant que Calvin, affalé à l'autre extrémité de l'église, me fixait de ses yeux écarquillés par l'épouvante.

Je ne pourrais dire combien de temps je restai ainsi. Mais, lorsque j'eus repris mes esprits, les ombres étaient longues autour de moi, poussées par un jour crépusculaire. Un mouvement attira mon regard : quelque chose bougeait au bord du trou qui béait dans le sol.

Une main tentait de s'agripper aux lattes qui bordaient le gouffre.

Mon rire de dément s'étrangla dans ma gorge. La crise d'hystérie qui me secouait reflua avec mon sang.

Avec une effroyable lenteur, la forme ravagée s'extirpa des ténèbres et une tête à demi décharnée me dévisagea. Des blattes grouillaient sur les os dénudés de son front. Une soutane pourrie était accrochée aux aspérités de ses clavicules rongées. Seules traces de vie, deux brasiers qu'abritaient des yeux profonds comme des puits et qui lançaient dans ma direction des éclairs fous. Ils reflétaient l'abîme des déserts où rien ne vit qui bordent l'Univers.

La chose venait me chercher au nom des ténèbres.

Je m'enfuis en hurlant, abandonnant le corps de mon ami de toujours aux maléfices de ces lieux. Quand je cessai de courir, l'air en fusion qui emplissait mon cerveau et mes poumons me paraissait près de les faire éclater. Je me précipitai dans la demeure démoniaque et infestée, puis gagnai ma chambre où je m'effondrai pour y gésir, tel un homme mort, jusqu'à aujourd'hui. J'avais fui car, même dans mon délire, même devant l'apparence ravagée de cette créature morte-sans-être-morte, *j'avais été frappé par l'impensable ressemblance.* Il ne s'agissait cependant ni de Robert ni de Philip dont les portraits sont suspendus dans la galerie du haut. *Ce visage putréfié appartenait à James Boon, Celui qui Garde le Ver !*

Il erre encore, quelque part dans les méandres obscurs et souterrains entre Jerusalem's Lot et Chapelwaite... Oui, *Cela* vit encore. La destruction du Livre l'a ébranlé, mais il en existe d'autres exemplaires.

La malédiction pèse maintenant sur moi, car je suis le dernier du sang des Boone. Pour la sauvegarde de l'humanité, je dois mourir..., mourir et briser la chaîne pour toujours.

La mer m'appelle, maintenant, Bones. Mon voyage, comme mon récit, tire à sa fin. Dieu te garde et te donne la paix.

CHARLES.

Cette étrange série de documents parvint finalement à Mr Everett Granson, qui en était le destinataire. On suppose qu'une recrudescence de la fièvre cérébrale dont les premières atteintes remontaient à 1848, peu après la mort de sa femme, provoqua chez Charles

Boone un soudain accès de folie meurtrière dont fut victime son compagnon et ami, Mr Calvin McCann.

Les éléments du journal de Mr McCann constituent un fascinant exercice de falsification; sans nul doute, il s'agit là d'une tentative de Charles Boone pour se conforter dans ses hallucinations paranoïaques.

On peut relever dans son récit au moins deux inexactitudes majeures. Premièrement, lorsque la ville de Jerusalem's Lot fut « réinventée » (au sens archéologique du terme, bien sûr), le sol du narthex, quoique pourri, ne montrait aucun signe d'explosion ou de dégâts importants. Bien que les vieux bancs *fussent* retournés et plusieurs fenêtres brisées, cela a très bien pu être l'œuvre, au cours des années, de vandales habitant les agglomérations voisines. A Preacher's Corners et à Tandrell, les plus anciens colportent encore certaines rumeurs sans fondement à propos de Jerusalem's Lot (peut-être fut-ce à l'époque l'une de ces innocentes légendes qui déclencha le processus fatal qui coûta à Charles Boone sa raison), mais il n'y a pas lieu de s'attarder là-dessus.

Deuxièmement, Charles Boone n'était pas le dernier de sa lignée. Son grand-père, Robert Boone, engendra au moins deux bâtards. L'un mourut en bas âge. L'autre s'installa sous le nom de Boone à Central Falls, dans Rhode Island. Je suis le dernier descendant de cette ramification de la lignée des Boone. Trois générations après sa mort, je suis le petit-cousin de Charles Boone. Ces documents m'ont été légués il y a dix ans. Je les rends publics à l'occasion de mon arrivée à Chapelwaite, dans la demeure ancestrale des Boone, en espérant que le lecteur trouvera quelque pitié pour l'âme torturée du pauvre Charles Boone. Je puis au moins témoigner qu'il avait raison sur un point : la maison a grandement besoin d'être dératisée.

A en juger par le bruit, il y a dans les murs quelques bêtes d'une taille peu commune.

signé :

JAMES ROBERT BOONE,
le 2 octobre 1971.

POSTE DE NUIT

Hall était assis sur le banc près de l'ascenseur, le seul endroit du troisième étage où un mec au boulot pouvait fumer tranquillement une sèche, quand Warwick monta. Il n'était pas spécialement content de voir Warwick. Le chef d'équipe n'était pas censé se pointer au troisième pendant le poste de nuit; il était censé rester dans son bureau du sous-sol à boire le café qu'il tenait toujours prêt sur le coin de sa table de travail.

Hall travaillait sur la trieuse, un énorme engin fabriqué en 1934 par une boîte qui avait maintenant fermé ses portes. Il ne bossait à la filature que depuis avril, ce qui signifiait qu'il ne se faisait toujours que le minimum, soit 1,78 dollar de l'heure, mais ça pouvait aller. Pas de femme, ni de régulière, ni de pension alimentaire. Il était du genre bohème et, au cours des trois dernières années, avait roulé sa bosse de Berkeley (étudiant) à Lake Tahoe (chauffeur d'autobus), en passant par Galveston (docker), Miami (cuistot) et Gates Fall, Maine (ouvrier sur trieuse). Il n'avait pas l'intention de repartir avant les premières neiges. C'était un solitaire et il aimait ces heures de 11 à 7 quand la tension qui régnait dans l'usine était à son plus bas.

La seule chose qu'il ne supportait pas, c'étaient les rats.

Ce troisième étage tout en longueur était un désert abandonné à la lumière crépitante des néons. Contrairement aux autres niveaux de l'usine, il était relativement silencieux et peu encombré... par des humains, en tout cas. Quant aux rats, c'était une autre affaire. La seule machine du troisième était la trieuse; la surface restante était occupée par des sacs d'une quarantaine de kilos contenant les fibres en attente d'être triées par l'engin aux longues dents que conduisait Hall.

Les empilements de sacs formaient de longues rangées qui évoquaient des chapelets de saucisses. C'était un repaire idéal pour les rats, d'énormes créatures ventrues aux yeux méchants qui faisaient bon ménage avec la vermine et les puces.

Pendant la pause, Hall avait pris l'habitude de se constituer un petit arsenal en récupérant les boîtes de coca qui encombraient la poubelle. Il les balançait sur les rats quand son travail lui en laissait le loisir. Seulement, cette fois, Grand-Chef l'avait surpris, montant par l'escalier au lieu de prendre l'ascenseur en enfant de salaud qu'il était.

— Qu'est-ce que tu fabriques, Hall ?

— Les rats, dit Hall, se rendant compte combien cette réponse pouvait paraître stupide maintenant que plus aucun rat n'était en vue. J' leur balance des boîtes quand j'en vois.

Warwick hocha sèchement la tête. C'était un gros tas de muscles aux cheveux coupés en brosse. Les manches de sa chemise étaient roulées et sa cravate desserrée. Il regarda Hall droit dans les yeux.

— On ne te paie pas pour lancer des boîtes sur les rats, mon bonhomme.

— Harry ne m'a pas donné de boulot depuis vingt minutes, répondit Hall en pensant : « *Pourquoi bordel tu restes pas en bas à boire ton café ?* »

Warwick secoua la tête comme si la conversation ne l'intéressait plus.

— Peut-être que je vais faire un petit tour là-haut voir ce que fabrique Wisconsky, dit-il. J' parie qu'il est en train de lire un magazine cochon pendant que la merde s'entasse dans les bacs.

Hall ne répondit rien.

Soudain, Warwick s'agita :

« Tiens ! En voilà un ! Attrape-moi cette saloperie !

D'un geste ample qui la fit siffler, Hall jeta la boîte de coca qu'il tenait à la main. Le rat, qui du haut d'un des sacs les observait de ses petits yeux brillants en bou-

tons de bottine, fila en poussant un couinement. Warwick fut secoué d'un rire moqueur tandis que Hall allait
récupérer la boîte.

— Je venais te voir à propos d'autre chose, dit le
contremaître.

— Ah! oui?

— Le 4 juillet tombe la semaine prochaine.

Hall acquiesça. L'usine serait fermée du lundi au
samedi... Une semaine de vacances pour les gars qui
avaient au moins un an d'ancienneté; sans paie pour les
autres.

— Tu veux travailler?

Hall haussa les épaules :

— Quel genre?

— On va nettoyer tout le sous-sol. Ça fait douze ans
qu'on n'y a pas touché. Le vrai bordel. On va faire ça au
jet.

— Vous avez les services d'hygiène sur le dos?

Warwick appuya un peu plus son regard.

— Tu veux bosser ou non? Deux dollars de l'heure,
journée double le quatre. On fera la nuit à cause de la
chaleur.

Hall fit un rapide calcul. Ça lui ferait dans les soixante-quinze billets après impôts. Toujours mieux que les
clopinettes sur lesquelles il comptait.

— D'accord.

— Pointe-toi donc à la teinturerie, lundi prochain.

Hall le suivit du regard tandis qu'il se dirigeait vers
les escaliers. Warwick s'arrêta à mi-chemin et se
retourna :

— T'étais étudiant, dans le temps, hein?

Hall fit signe que oui.

— Okay, l'intellectuel. Je m'en souviendrai.

Il partit. Hall s'assit pour fumer une nouvelle cigarette, guettant les rats, une boîte de soda à la main. Il
songea à ce qui l'attendait au sous-sol..., au deuxième
sous-sol, en fait, en dessous de la teinturerie. Humide,
sombre, plein d'araignées et de vêtements pourris,
inondé par les infiltrations de la rivière... et grouillant
de rats. Peut-être même des chauves-souris. *Pouah!*

Bientôt, les rats réapparurent, s'installant sur les sacs

au fond de la grande salle, l'observant de leurs yeux noirs et fixes. On aurait dit des jurés.

Lundi, 23 heures

Trente-six hommes environ étaient assis là lorsque Warwick arriva, son vieux jean rentré dans de hautes bottes de caoutchouc. Hall écoutait Harry Wisconsky, toujours aussi gras, toujours aussi paresseux, toujours aussi sinistre.

— Ça va être un sacré merdier, disait-il quand Grand-Chef fit son entrée. On va ressortir de là plus noir qu'une mine de charbon.

— T'en fais pas ! lança Warwick. On vous a suspendu soixante ampoules en bas, comme ça vous verrez ce que vous faites. Vous là... (il désigna un groupe d'hommes qui s'étaient adossés aux bobinots) vous me brancherez ces tuyaux à la conduite d'eau principale près de la cage d'escalier. Il y a de la longueur pour aller jusqu'en bas. Près de soixante-quinze mètres par tête de pipe, ça devrait largement suffire. Ne faites pas les malins en arrosant un de vos copains ou vous allez l'envoyer à l'hôpital. Il y a une drôle de pression là-dedans.

— Il va y avoir de la casse, prophétisa Wisconsky avec aigreur. Vous allez voir.

— Vous autres, dit Warwick en se tournant vers le groupe dont Hall et Wisconsky faisaient partie, cette nuit, c'est vous qui êtes de corvée. Vous y allez deux par deux avec un chariot électrique par équipe. Il y a des vieux meubles de bureau, des sacs de vêtements, des monceaux de pièces de machines, et ce que vous pensez. On va empiler tout ça près de la bouche d'aération ouest. Quelqu'un qui ne sait pas conduire un chariot ?

Aucune main ne se leva.

— Bon, fit Warwick, on va diviser le sous-sol en secteurs et, jeudi, il faut que tout soit fini. Vendredi, nous évacuerons toute cette saloperie. Des questions ?

Pas de questions. Hall étudia attentivement le visage du chef d'équipe, et il eut la soudaine prémonition que quelque chose de pas ordinaire allait se produire. L'idée lui plut. Il n'aimait pas beaucoup Warwick.

— Très bien, dit Warwick. Au boulot.

Mardi, 2 heures du matin.

Hall s'était attendu à quelque chose de dur mais là, c'était franchement épouvantable. Pour commencer, il n'avait pas prévu l'odeur. Les émanations de la rivière polluée s'alliaient à la puanteur des tissus en décomposition, des plâtres pourrissant, de la moisissure. Tout au fond, là où ils avaient commencé, Hall découvrit une colonie de champignons vénéneux énormes et blancs qui s'accrochaient au ciment fissuré. Ses mains les avaient effleurés alors qu'il s'escrimait sur une roue dentée couverte de rouille et ils lui avaient semblé curieusement chauds et bouffis, comme la chair d'un homme affligé d'hydropisie.

Les ampoules ne pouvaient vaincre douze années de ténèbres; elles ne parvenaient qu'à les repousser un peu et à jeter sur ce capharnaüm une lumière d'un jaune maladif. L'endroit évoquait la nef délabrée d'une église désacralisée, avec ses hauts plafonds et ses gigantesques machines disloquées que l'équipe n'arriverait jamais à déplacer, avec ses murs humides où une mousse jaunâtre poussait par plaques, et le chœur discordant de l'eau jaillissant des tuyaux puis s'écoulant dans le réseau des rigoles à demi bouchées avant de se perdre finalement dans la rivière souterraine.

Et des rats..., d'énormes bêtes auprès desquelles celles du troisième semblaient naines. Dieu seul savait de quoi ils se nourrissaient ici. Ils ne cessaient de renverser des planches et des sacs qui révélaient d'énormes nids faits de journaux déchiquetés, leur regard trahissant un dégoût atavique tandis que leurs petits se réfugiaient dans des fentes ou des niches; dans cette perpétuelle obscurité, les yeux immenses des ratons étaient restés aveugles.

— On s'arrête pour en fumer une, proposa Wisconsky.

Il paraissait hors d'haleine mais Hall se demandait bien pourquoi; il n'avait rien fichu de toute la nuit.

— Si tu veux.

Hall s'appuya contre le chariot électrique et alluma une cigarette.

Il pensait à Warwick, et aux rats. Etrange comme les deux choses semblaient liées. Les rats paraissaient avoir tout oublié de l'homme au cours de leur long séjour sous l'usine; ils étaient narquois et téméraires. L'un d'eux s'était assis sur ses pattes arrière, laissant Hall s'approcher à moins d'un mètre, puis il s'était jeté sur sa botte et avait mordu le cuir. Des centaines, peut-être des milliers. Il se demandait combien de foyers d'infection abritait ce puits sombre. Et Warwick... Il y avait quelque chose en lui...

— J'ai besoin de fric, disait Wisconsky. Mais, bon Dieu, mec, c'est pas un boulot humain. Tous ces rats... (Il jeta un coup d'œil craintif autour de lui.) On dirait presque qu'ils pensent. On se demande toujours comment ce serait si nous étions les petits et eux les gros.

— Oh! la ferme! fit Hall.

Wisconsky le regarda, blessé.

— Ecoute, mec, je suis désolé. C'est juste que... (Il s'éloigna en traînant des pieds.) Dieu que cet endroit pue! cria-t-il. C'est vraiment pas un boulot humain!

Une araignée tombée du bord du chariot s'accrocha à son bras. Il la balaya de la main en étouffant une exclamation de dégoût.

— Allez! fit Hall en écrasant sa cigarette. Plus on fera vite, plus tôt ce sera fini.

— Sans doute, approuva Wisconsky à contrecœur. Sans doute.

Mardi, 4 heures du matin

La pause.

Hall et Wisconsky étaient assis en compagnie de trois ou quatre autres hommes, tenant leurs sandwiches de leurs mains noires que même un détergent industriel n'aurait pu nettoyer. Hall mangeait en contemplant le bureau vitré du chef d'équipe. Warwick avalait son café et ses hamburgers froids avec délices.

— Ray Upson a dû rentrer chez lui, annonça Charlie Brochu.

— Ça l'a rendu malade? demanda quelqu'un. J'en ai presque dégueulé aussi.

— Bah! Y'a que de la bouse de vache qui pourrait le faire dégueuler. C'est un rat qui l'a mordu.

Hall s'arracha à la contemplation de Warwick.

— C'est vrai? demanda-t-il.

— Ouais, acquiesça Brochu. Je faisais équipe avec lui. J'ai jamais vu un truc pareil. Il a sauté d'un de ces sacs de vieux vêtements. Devait être gros comme un chat. S'est jeté sur sa main et s'est mis à la bouffer.

— Bon sang! laissa échapper l'un des hommes, virant au vert.

— Ouais, raconta Brochu. Ray poussait des vrais cris de femelle, et tout le monde en aurait fait autant. Il saignait comme un porc. Tu crois que ça l'aurait lâché? Rien à faire. J'ai dû lui flanquer trois ou quatre coups de planche avant d'y arriver. Ray en est presque devenu dingue. Il l'a aplati comme une crêpe à coups de talon. Warwick lui a mis un bandage et l'a renvoyé chez lui. Il lui a dit d'aller au docteur, demain.

— C'était trop gentil de la part de ce salaud, dit quelqu'un.

Comme s'il avait entendu depuis son bureau, Warwick se leva, s'étira, puis s'approcha de la porte.

— C'est le moment de s'y remettre.

Les hommes se relevèrent lentement, faisant traîner au maximum, rangèrent leurs gamelles, allèrent chercher des friandises et des boissons fraîches aux distributeurs. Ils reprirent le chemin du sous-sol, leurs talons martelant avec lassitude les marches d'acier de l'escalier.

Warwick dépassa Hall, le gratifiant d'une tape sur l'épaule.

— Comment ça va, l'intellectuel?

Il n'attendit pas la réponse.

— On y va? fit patiemment Hall à l'adresse de Wisconsky qui relaçait sa chaussure.

Ils descendirent.

Mardi, 7 heures du matin

Hall et Wisconsky sortirent ensemble. Hall avait l'impression d'avoir plus ou moins hérité du gros Pollack.

Les autres avaient ravalé les plaisanteries épaisses

dont ils étaient coutumiers. Rien que le silence et, de temps en temps, le bruit mouillé d'un crachat s'écrasant sur le sol maculé.

— Je te dépose quelque part? lui proposa Wisconsky avec hésitation.

— Merci.

Pas un mot ne fut prononcé le temps de remonter Mill Street et de traverser le pont. Ils n'échangèrent quelques paroles qu'au moment où Wisconsky s'arrêta pour le déposer devant chez lui.

Hall se précipita sous la douche, sans cesser de penser à Warwick, essayant de déterminer pourquoi, dans son esprit, Grand-Chef et lui étaient devenus liés l'un à l'autre d'une quelconque façon.

Il s'endormit dès qu'il eut posé la tête sur l'oreiller mais son sommeil fut agité : il rêva de rats.

Mercredi, 13 heures

Mieux valait être chargé du jet.

Les tuyaux ne pouvaient entrer en action que quand l'équipe affectée au déblayage en avait terminé et, la plupart du temps, l'arrosage était fini avant que le secteur suivant ne soit débarrassé... Ce qui laissait un peu de répit pour une cigarette. Hall tenait le jet d'une des longues lances tandis que Wisconsky dansait un petit ballet autour de lui, libérant des longueurs de tuyau, ouvrant ou coupant l'eau, déplaçant les obstacles.

Warwick était de mauvaise humeur parce que le travail avançait lentement. Au train où ça allait, ils n'auraient jamais fini jeudi.

Maintenant, ils s'échinaient sur un bric-à-brac sorti de locaux du siècle dernier qu'on avait empilé dans un coin — un vrai paradis pour les rats. Par centaines, ils trottinaient en couinant dans les galeries sombres et tortueuses qui trouaient le monceau et, après que deux hommes eurent été mordus, les autres refusèrent de continuer à travailler tant que Warwick n'aurait pas envoyé quelqu'un chercher en haut d'épais gants de caoutchouc, les mêmes qu'utilisaient les types de la teinturerie pour se protéger des acides.

Hall et Wisconsky attendaient leur tour lorsqu'un

gaillard blond au cou de taureau nommé Carmichael se mit à déverser des injures et à reculer en se frappant la poitrine.

Un énorme rat au pelage rayé gris et aux méchants yeux exorbités était resté suspendu à la chemise de Carmichael où il avait planté les dents, couinant et martelant le ventre de sa victime de ses pattes arrière. Carmichael finit par l'envoyer bouler d'un coup de poing, mais une grande déchirure béait dans sa chemise, révélant un filet de sang au-dessus de son sein. La fureur s'effaça de son visage. Il se retourna en hoquetant.

Hall dirigea sa lance vers l'animal, un vieux rat qui se déplaçait lentement. Le jet puissant le projeta contre le mur, sur lequel il s'écrasa.

Warwick surgit, un sourire étrange et contraint sur les lèvres. Il donna une tape sur l'épaule de Hall.

— Drôlement plus efficace que de jeter des boîtes vides sur ces petits salopards, pas vrai l'intellectuel ?

— Ton petit salopard, répondit Wisconsky, il faisait dans les trente centimètres.

— Braque ta lance par là. (Warwick désigna l'amoncellement de meubles.) Vous autres, tirez-vous de là !

— Avec plaisir, grommela quelqu'un.

Carmichael fonça sur son chef, le visage verdâtre et décomposé.

— J'ai droit à un dédommagement ! J'y ai droit !

— Sûr, dit Warwick en souriant. T'as été mordu au téton. Ote-toi de là avant que le jet ne te flanque par terre.

Hall orienta sa lance, et ouvrit l'eau. Elle explosa en une gerbe d'écume blanche, renversant un bureau, faisant voler deux portemanteaux poussiéreux et des missels empilés sur des étagères. Jamais Hall n'en avait vu de si gros. La fuite de ces monstres aux yeux immenses, au corps luisant et obèse, fut accompagnée de cris d'horreur et de dégoût. Hall en aperçut un qui paraissait de la taille d'un chiot de six semaines bien nourri. Il ne coupa l'eau que quand plus un seul ne fut en vue.

— Ça va, lança Warwick. Ramassons tout ça !

— Je n'ai pas été embauché pour dératiser ! se rebella Cy Ippeston.

Hall avait eu l'occasion de bavarder un peu avec lui la semaine précédente. C'était un jeune type, qui arborait un T-shirt et une casquette de base-ball maculée.

— C'est toi, Ippeston? demanda Warwick.

Ippeston parut hésiter, mais avança d'un pas.

— Ouais. J'en ai marre de tous ces rats. J'ai été engagé pour nettoyer, pas pour attraper la rage, la typhoïde ou un truc de ce genre. Comptez plus sur moi.

Il y eut un murmure d'approbation. Wisconsky jeta un regard vers Hall mais ce dernier était plongé dans l'examen du jet qu'il tenait à la main. Ça avait la puissance d'un 45 et pouvait probablement envoyer promener son homme à dix pas.

— Tu dis que tu veux laisser tomber, Cy?

— J'y pense, répondit Ippeston.

Warwick hocha la tête.

— D'accord. Toi, et tous ceux qui voudront. Mais y'a pas de syndicat dans cette boîte, et y'en a jamais eu. Tirez-vous maintenant mais n'espérez pas revenir un jour. J'y veillerai.

— Tu crois pas que tu y vas un peu fort? marmonna Hall.

Warwick se retourna.

— T'as dit quelque chose, l'intellectuel?

Hall le regarda d'un air narquois.

— Je me raclais juste la gorge, patron.

Warwick lui grimaça un sourire.

— Quelque chose qui te plaît pas?

Hall ne répondit rien.

— Allez! Enlevez-moi tout ça!

Ils se remirent au travail.

Jeudi, 2 heures du matin

Hall et Wisconsky étaient retournés à leur chariot, déblayant le fatras. Ils n'en finissaient pas d'alimenter la montagne qui s'élevait près de la bouche d'aération ouest et, pourtant, il leur en restait encore au moins autant à faire.

— Ah! le bon temps du quatrième! se lamenta Wisconsky alors qu'ils venaient d'arrêter pour fumer une cigarette.

Ils travaillaient près du mur nord, loin des escaliers. La clarté était extrêmement ténue et, par quelque caprice de l'acoustique, leurs camarades leur paraissaient à des kilomètres de là.

— J'ai pas vu beaucoup de rats, cette nuit, fit Hall.

— Non. Personne, répondit Wisconsky. Peut-être qu'ils ont compris.

Ils se tenaient au bout d'un chemin étrange et zigzaguant, tracé par des piles de vieux livres de comptes et de sacs d'étoffe en décomposition, plus deux énormes métiers à tisser.

— Où crois-tu que les rats se sont fourrés ? demanda Hall, presque pour lui-même. Pas dans les murs... (Il regarda la maçonnerie humide et détériorée qui prenait assise sur les énormes pierres de fondation.) Ils ont dû se noyer. La rivière bouche toutes les issues.

Une forme noire s'abattit soudain sur eux en battant des ailes. Wisconsky hurla, se protégeant le visage de ses mains.

— Une chauve-souris, affirma Hall en la suivant des yeux tandis que son camarade se remettait.

— Une chauve-souris ! Une chauve souris ! pesta Wisconsky. Qu'est-ce qu'elle vient faire dans les sous-sols ? Elle devrait se trouver dans les arbres ou accrochée à une gouttière ou...

— Elle était de belle taille, dit doucement Hall. Et qu'est-ce qu'une chauve-souris sinon un rat avec des ailes ?

— Seigneur ! gémit Wisconsky. Comment a-t-elle pu ?...

— Entrer ? Peut-être de la même façon que les rats sont sortis.

— Qu'est-ce qui se passe là-bas ? cria Warwick, quelque part derrière eux. Où êtes-vous ?

— Motus, souffla Hall.

Ses yeux étincelaient dans l'obscurité.

— C'est toi l'intellectuel ? brailla Warwick.

La voix paraissait plus proche.

— Tout va bien ! hurla Hall. Je me suis juste éraflé le tibia.

Pour toute réponse, Warwick aboya un rire bref.

— Tu veux la Croix de guerre?

Wisconsky dévisagea Hall.

— Pourquoi t'as dit ça?

— Regarde. (Hall s'agenouilla et fit craquer une allu-mette. Un carré se découpait dans le ciment désagrégé par l'humidité.) Tape là-dessus.

Wisconsky s'exécuta.

— C'est du bois.

Hall acquiesça :

— C'est une trappe. J'en ai remarqué d'autres dans le coin. Il y a encore un niveau sous cette partie du sous-sol.

— Bon sang, jeta Wisconsky sans dissimuler sa répulsion.

Jeudi, 3 h 30 du matin

Ils progressaient dans le secteur nord-est, précédant Ippeston et Brochu qui tenaient l'un des jets à haute pression, lorsque Hall s'arrêta et désigna le sol :

— Voilà, je pense que nous sommes juste au-dessus.

Au milieu de la trappe de bois était fixé un anneau de fer rouillé.

Il recula jusqu'à Ippeston et dit :

— Coupez l'eau pendant une minute. (Quand le tuyau ne laissa plus passer qu'un filet d'eau, il éleva la voix pour crier.) Hé! Hé! Warwick! Viens donc voir ça!

Le chef d'équipe se fraya un chemin dans la boue, gratifiant Hall d'un regard acide.

— Ton lacet est défait, l'intellectuel?

— Regarde. (Hall frappa la trappe du talon.) Encore une cave.

— Et alors? demanda Warwick. C'est pas encore la pause, l'intel...

— Voilà où ils sont, tes rats. C'est là qu'ils prolifè-rent. On a même vu une chauve-souris, tout à l'heure, avec Wisconsky.

D'autres hommes commençaient à se grouper autour de la trappe.

— Je m'en fous, jeta Warwick. Votre boulot, c'est le sous-sol et pas...

— Il va te falloir une vingtaine de types de la dératisation, des mecs entraînés, coupa Hall. Ça va coûter un paquet à la boîte. C'est pas de veine.

Quelqu'un se mit à rire.

Le manque de bol.

Warwick examina Hall comme si c'était une blatte sous un microscope.

— T'es vraiment un cas, toi, fit-il en prenant des airs faussement fascinés. Tu crois sérieusement que j'ai quelque chose à foutre du nombre de rats qu'il y a là-dessous ?

— J'ai passé l'après-midi et la journée d'hier à la bibliothèque, commença Hall. T'as bien fait de me rappeler que j'étais un intellectuel. J'ai parcouru les arrêtés municipaux concernant la ville, Warwick…, ceux dont je te parle ont été édictés en 1911, à une époque où cette usine n'était pas assez importante pour être intéressée par le plan d'occupation des sols. Tu sais ce que j'ai trouvé ?

Warwick le fusilla des yeux.

— Te fatigue pas, l'intellectuel. T'es viré.

— J'ai découvert, poursuivit Hall comme s'il n'avait pas entendu, j'ai découvert un arrêté traitant des nuisibles à Gates Falls. Ça s'écrit *n-u-i-s-i-b-l-e,* si tu veux savoir. Ça veut dire des animaux porteurs de germes comme les chauves-souris, les skons, les chiens errants… et les rats. Surtout les rats. En deux paragraphes, Grand-Chef, le mot rat revient quatorze fois. Dis-toi bien qu'à la minute même où je serai foutu dehors je prendrai le chemin des services sanitaires de la ville pour leur glisser deux mots sur ce qui se passe ici. (Il s'interrompit, contemplant avec délectation le visage de Warwick déformé par la haine.) Je pense qu'entre moi, les services sanitaires et la municipalité, on peut obtenir la fermeture de la boîte. Tu vas pouvoir prolonger les vacances bien au delà de samedi, Grand-Chef. Et j'ai une vague idée de ce que *ton* patron va dire quand il va se ramener. J'espère que tes cotisations chômage sont à jour.

Les mains de Warwick se plièrent en forme de serres :

— Sale blanc-bec, je devrais te… (Son regard se posa

sur la trappe et, soudain, son sourire réapparut.) Considère-toi comme réembauché, l'intellectuel.

— J'étais sûr que tu allais redevenir raisonnable.

Warwick hocha la tête, sans perdre son sourire énigmatique.

— Puisque tu es si futé, Hall, pourquoi tu ne descendrais pas ? Comme ça, nous pourrons recueillir l'opinion avertie de quelqu'un qui a de l'éducation. Toi et Wisconsky.

— Pas moi ! hurla Wisconsky. Pas moi, je...

— Tu quoi ?...

Wisconsky n'insista pas.

— Parfait, fit Hall avec entrain. Nous allons avoir besoin de trois torches électriques. Il me semble que j'en ai vu tout un tas dans le grand bureau. Je me trompe ?

— Tu veux quelqu'un d'autre avec toi ? proposa généreusement Warwick. D'accord, prends qui tu veux.

— Toi, fit doucement Hall. Après tout, il faut que la direction soit représentée, tu ne crois pas ? Juste au cas où Wisconsky et moi on aurait tendance à voir *vraiment* trop de rats là-dessous.

Quelqu'un (on aurait dit Ippeston) éclata de rire.

Warwick étudia attentivement ses hommes. Ils contemplaient le bout de leurs chaussures. Finalement, il désigna Brochu.

— Brochu, monte au bureau et rapporte trois torches. Tu diras au gardien que c'est moi qui t'envoie.

— Pourquoi tu m'as embarqué là-dedans ? gémit Wisconsky à l'adresse de Hall. Tu sais comme je hais ces...

— Je n'y suis pour rien, répondit Hall en se tournant vers Warwick.

Le chef d'équipe lui rendit son regard ; ni l'un ni l'autre n'était disposé à baisser les yeux.

Jeudi, 4 heures du matin

Brochu revint avec les torches. Il les distribua aux trois hommes.

— Ippeston ! Passe la lance à Wisconsky.

Ippeston s'exécuta. Le jet tremblait imperceptiblement entre les mains du Polonais.

— Allons-y, dit Warwick à Wisconsky. Mets-toi au milieu. Et s'il y a des rats, vas-y carrément.

C'est ça, pensa Hall. Et s'il y a des rats, évidemment, Warwick ne les verra pas. Pas plus que Wisconsky, une fois qu'il aura trouvé un billet de dix supplémentaire dans son enveloppe.

Warwick désigna deux des hommes.

— Soulevez-moi ça.

L'un d'eux se baissa au-dessus de l'anneau, et tira. Un instant, Hall pensa que la trappe allait résister mais, soudain, elle céda avec un craquement sinistre. Son camarade glissa pour l'aider ses doigts sous la trappe, mais il les retira dans un cri. Ses mains étaient couvertes d'énormes blattes aveugles.

Avec un grognement d'horreur, l'homme qui tenait l'anneau tira sur la trappe qui bascula vers lui. La face cachée était toute noire de champignons dont Hall n'avait jamais vu les pareils. Les blattes tombèrent dans le puits de ténèbres ou bien s'éparpillèrent sur le sol, vouées à être piétinées.

— Regardez! fit Hall.

Il venait d'apercevoir, à l'intérieur de l'abattant, un loquet rouillé et désormais hors d'usage.

— Mais il ne devrait pas être en dessous, remarqua Warwick. Il devrait être sur la trappe. Pourquoi...

— Les possibilités ne manquent pas, répondit Hall. Peut-être pour qu'on ne puisse pas l'ouvrir de l'extérieur..., du moins quand le loquet était neuf. Peut-être pour que rien ne puisse sortir de l'intérieur.

— Mais qui l'a refermé? demanda Wisconsky.

— Ça! s'exclama Hall d'un ton moqueur en regardant Warwick. Mystère!

— Ecoutez! chuchota Brochu.

— Seigneur Jésus! sanglota Wisconsky. J'veux pas descendre là-dedans.

C'était un bruit très léger; le trottinement furtif et précipité de milliers de pattes, des couinements de rats.

— Ça pourrait être des grenouilles, dit Warwick.

Hall éclata de rire.

Warwick inclina sa torche. Les marches gauchies

d'un escalier en bois menaient à un sol de pierres noires. Il n'y avait pas un rat en vue.

— Ces marches ne résisteront jamais, affirma catégoriquement Warwick.

Brochu martela des pieds les deux premières pour en éprouver la solidité. Elles gémirent mais parurent devoir tenir.

— Je ne t'avais rien demandé, dit Warwick.

— Tu n'étais pas là quand ce rat a mordu Ray, répondit calmement Brochu.

— Allons-y, insista Hall.

Warwick jeta sur ses hommes un regard sardonique, puis s'approcha du trou en compagnie de Hall. Wisconsky se plaça entre eux à contrecœur. Ils descendirent. Les faisceaux de leurs torches jouèrent sur un sol au relief tourmenté. Le tuyau se tortillait derrière Wisconsky, tel un serpent pris de frénésie.

Quand ils furent parvenus en bas, Warwick inspecta les alentours à l'aide de sa lampe. Elle révéla quelques boîtes pourries, quelques tonneaux, pas grand-chose d'autre. Leurs bottes étaient noyées jusqu'à la cheville dans les flaques formées par les infiltrations de la rivière.

— Je ne les entends plus, chuchota Wisconsky.

Ils s'éloignèrent lentement de la trappe, leurs pieds clapotant dans la boue. Hall s'arrêta pour éclairer un grand coffre en bois portant une inscription en lettres blanches. Il lut :

— *Elias Varney, 1841.* Est-ce que l'usine existait déjà ?

— Non, répondit Warwick. Elle a été fondée en 1897. Quelle importance ?

Hall n'insista pas. Ils continuèrent. Apparemment, ce sous-sol était plus long qu'il ne l'aurait dû. La puanteur s'intensifiait, un parfum de pourriture et de mort. Le seul son audible restait le bruit étouffé des eaux souterraines qui s'écoulaient.

— Qu'est-ce que c'est ? demanda Hall en braquant sa torche sur une saillie de béton qui épaississait la paroi d'environ soixante centimètres.

84

Au delà, les ténèbres continuaient, et Hall crut entendre, venant de là-bas, une étrange rumeur.

Warwick examina l'avancée.

— C'est... Non, ce n'est pas possible.

— Le mur extérieur de l'usine, n'est-ce pas? Et après...

— Je rentre, annonça Warwick en faisait brusquement demi-tour.

Hall l'attrapa rudement au collet :

— Tu rentres nulle part, Grand-Chef.

Warwick le dévisagea.

— T'es cinglé, l'intellectuel. T'es devenu complètement dingue!

— Fallait pas me pousser à bout, mec. Continue.

— Hall, émit Wisconsky.

— Donne-moi ça.

Hall s'empara de la lance. Il lâcha le col de Warwick et pointa le jet vers sa tête. Wisconsky tourna brusquement des talons et se précipita en direction de la trappe. Hall ne le gratifia pas même d'un regard.

— Après vous, Grand-Chef.

Warwick avança, passant sous les fondations de l'usine. Hall promena sa lampe autour de lui avec une satisfaction dépourvue de joie... Ses prévisions se révélaient exactes. Les rats avaient fait cercle autour d'eux, silencieux comme la mort. Massés en rangs serrés. Des milliers d'yeux l'observaient avec avidité. Certains lui arrivaient largement à mi-mollet.

Warwick, qui les avait aperçus avec un instant de retard, s'arrêta net.

— Nous sommes cernés, l'intellectuel.

Sa voix restait calme, contrôlée, mais semblait au bord de la rupture.

— Je sais, fit Hall. Continue.

Ils repartirent, traînant la lance derrière eux. Jetant un coup d'œil par-dessus son épaule, Hall vit que les rats avaient refermé le cercle derrière eux et qu'ils s'attaquaient maintenant à la trame épaisse du tuyau.

L'un d'eux lui rendit son regard et parut presque lui grimacer un sourire avant de baisser à nouveau la tête.

Puis ce fut le tour des chauves-souris. Elles étaient suspendues aux voûtes, énormes, de la taille de corbeaux.

— Regarde, fit Hall en braquant sa lampe sur un point situé environ un mètre cinquante plus loin.

Un crâne les narguait, tout vert de moisissure. Plus loin, Hall aperçut un cubitus, un os iliaque, un morceau de cage thoracique.

— Avance, fit-il.

Il sentit quelque chose exploser en lui, quelque chose d'insensé, à la fois sombre et éblouissant. « *Tu vas craquer avant moi, Grand-Chef, mon Dieu aidez-moi.* »

Ils dépassèrent les ossements. Les rats restaient à distance respectable, toujours la même. Un peu plus loin, l'un des rongeurs coupa leur chemin. L'obscurité le dissimulait mais Hall eut le temps d'apercevoir sa queue rose et torsadée, épaisse comme un câble téléphonique.

Plus loin encore, le sol montait selon une pente abrupte puis plongeait. Une sorte de bruissement emplit l'air, à la fois intense et sourd. Sans doute aucun homme vivant n'en avait-il jamais entendu de semblable. Hall eut l'impression que peut-être il avait, tout au long de ses errances passées, vécu dans l'attente de ce jour.

Les rats s'approchaient en rampant, les contraignant à avancer.

— Regarde ça, dit Warwick d'une voix blanche.

Hall vit. Quelque chose était arrivé à ces rats-là, quelque horrible mutation qui n'aurait jamais pu se produire sous la lumière du soleil; la nature ne l'aurait pas permis. Mais, ici, en bas, la nature s'était parée d'un masque d'épouvante.

Ces rats étaient gigantesques, certains mesuraient près d'un mètre. Mais leurs pattes arrière avaient disparu et ils étaient aussi aveugles que des taupes, tout comme leurs cousins ailés. Ils se traînaient en avant avec une effroyable avidité.

Warwick fit face à Hall, se contraignant farouchement à sourire. Hall ne put s'empêcher de l'admirer.

— On ne peut pas aller plus loin, Hall. Tu dois bien t'en rendre compte.

— Je pense que toi et les rats avez des affaires à régler, rétorqua Hall.

Warwick s'effondra.

— Je t'en prie, fit-il. Je t'en prie.

Hall sourit.

— Avance.

Warwick regardait par-dessus son épaule.

— Ils ont entamé le tuyau. Quand ils en seront venus à bout, ce sera fini pour nous.

— Je sais. Avance.

— T'es complètement dingue...

Un rat frôla la botte de Warwick qui laissa échapper un cri. Hall sourit et agita sa torche. Ils étaient partout, le plus proche se tenant à moins de trente centimètres.

Warwick recommença à marcher. Les rats reculèrent.

Les deux hommes gravirent la petite bosse et regardèrent de l'autre côté. Hall vit se décomposer le visage de Warwick qui l'avait précédé. Un filet de bave coulait le long de son menton.

— Oh! mon Dieu! Seigneur Jésus!

Il s'apprêta à fuir.

Hall ouvrit le jet et l'eau sous pression frappa le chef d'équipe en pleine poitrine, le propulsant hors de vue. Il y eut un long hurlement qui couvrit le rugissement de l'eau.

— *Hall!*

Des grognements. Un énorme, un monstrueux couinement qui semblait sortir des entrailles de la terre.

— HALL! POUR L'AMOUR DE DIEU!...

Puis, soudain, l'écho d'un bouillonnement. Un autre cri, plus faible. Quelque chose de gigantesque s'ébranla, pivota. Hall perçut distinctement le bruit mouillé et craquant que fait un os en se rompant.

Un rat privé de pattes, s'orientant à l'aide de Dieu savait quelle sorte de radar, s'attaqua à lui, toutes dents dehors. Ses chairs étaient chaudes et flasques. Presque sans le vouloir, Hall dirigea le jet contre lui et l'envoya bouler. Il n'y avait plus autant de pression dans le tuyau, maintenant.

Hall avança jusqu'au sommet du monticule humide et regarda à son tour.

Au fond de cette sinistre tombe, un unique rat emplissait tout le boyau. C'était une bête énorme, une masse grise et frémissante qui ne possédait pas plus d'yeux que de pattes. Quand la lumière de Hall la frappa, elle poussa un vagissement hideux. C'était donc leur reine, la *magna mater*. Une chose monstrueuse, innommable, dont la progéniture, peut-être, serait un jour pourvue d'ailes. Les restes de Warwick semblaient ceux d'un nain, mais ce n'était qu'illusion. Une illusion provoquée par la découverte d'un rat aussi gros qu'un veau Holstein.

— Adieu, Warwick.

Le rat couvait jalousement le corps du Grand-Chef, auquel il avait déjà arraché un bras.

Hall fit demi-tour, entreprenant de rebrousser chemin avec hâte, repoussant les rats à l'aide de son jet qui perdait peu à peu de sa puissance. Ceux qui échappaient à la lance l'attaquaient aux jambes, au-dessus des bottes, mordant de leurs crocs acérés. L'un d'eux se suspendit farouchement à sa cuisse, déchirant son pantalon. Hall s'en débarrassa d'un coup de poing.

Il avait parcouru à peu près les trois quarts du chemin de retour quand un tourbillon colossal emplit les ténèbres. Il leva les yeux au moment où la gigantesque masse volante s'abattait sur son visage.

La chauve-souris mutante qui n'avait pas encore perdu sa queue. L'appendice cingla le cou de Hall dans un tumulte répugnant. Puis la bête s'agrippa à sa gorge, cherchant à atteindre de ses dents le point vital. Elle se trémoussait en battant de ses ailes membraneuses, arrachant par lambeaux sa chemise.

Hall leva sa lance et frappa aveuglément, encore et encore, la chauve-souris piaillante. Elle se disloqua et Hall piétina le monstre tombé à terre, à peine conscient qu'il hurlait. Une horde de rats accourut, couvrant ses pieds, grimpant à ses jambes.

Il se lança dans une course vacillante, balayant quelques-uns des affreux rongeurs. Les autres le mordirent au ventre, à la poitrine. Un rat escalada son épaule, fourrant un museau vorace dans le creux de son oreille.

Une nouvelle chauve-souris lui barrait le chemin. Elle

se jucha un instant sur sa tête en poussant des cris aigus puis lui arracha un lambeau du cuir chevelu.

Il sentit son corps s'engourdir. Ses oreilles s'emplirent des cris lancinants et plaintifs poussés par des rats sans nombre. Il fit un dernier effort, trébucha sur les monstres déchaînés, et tomba sur les genoux. Il partit d'un rire énorme qui se mua en un hurlement.

Jeudi, 5 heures du matin

— Faudrait que quelqu'un aille voir, suggéra Brochu.

— Pas moi, souffla Wisconsky. Pas moi.

— Non, pas toi, gros tas, répliqua Ippeston avec mépris.

— *C'est bon. Allons-y,* décida Brogan en brandissant une nouvelle lance. Moi, Ippeston, Dangerfield et Nedeau. Stevenson, monte au bureau et rapporte d'autres torches!

Ippeston scruta pensivement le sombre gouffre.

— Peut-être qu'ils ont fait une pause pour fumer une cigarette, dit-il. Quelques rats, c'est pas la mort.

Stevenson revint avec les torches; quelques instants plus tard, ils commençaient à descendre.

UNE SALE GRIPPE

Lorsque le type fut bien mort et que l'odeur de sa chair calcinée se fut dissipée, nous reprîmes tous le chemin de la plage. Corey trimbalait sa radio, un de ces transistors de la taille d'une mallette où il faut mettre au moins quarante piles et sur lesquels il est possible d'enregistrer ou d'écouter des cassettes. On ne pouvait pas dire que le son était fameux mais, en tout cas, il était puissant.

La station du Massachusetts était la meilleure, mais nous ne pouvions la capter que de nuit. Elle était aux mains d'une bande de gamins. Je suppose qu'ils s'étaient emparés des studios de la W.R.K.O ou de la W.B.Z., une fois tout le monde parti ou mort. Ils intitulaient leur station de façon fantaisiste, comme W.C.A.M.E. ou K.O.N. ou W.A.6., rien que des trucs dans ce style. Vraiment crevant, tu vois..., à mourir de rire. C'était ça que nous écoutions en revenant vers la plage. Je tenais Susie par la main; Kelly et Joan marchaient devant nous, et Needles était déjà de l'autre côté des dunes, hors de vue. Corey fermait la marche, balançant sa radio au bout de son bras. Les Stones chantaient *Angie*.

— Tu m'*aimes ?* me demandait sans arrêt Susie. C'est tout ce que je te demande, est-ce que tu m'*aimes ?*

Susie avait constamment besoin d'être rassurée. J'étais son gros nounours.

— Non, répondis-je.

Elle engraissait à vue d'œil et, si elle vivait assez longtemps, ce qui était peu probable, elle allait devenir carrément énorme. Pour le moment, c'était une sacrée enquiquineuse.

— T'es dégueulasse, fit-elle en portant la main à son visage.

90

La demi-lune qui s'était levée depuis une heure environ fit jouer sur ses ongles laqués des reflets sombres.

— Tu vas encore pleurer ?

— Ferme-la !

Eh bien, qu'elle pleure !

Je m'arrêtai en haut de la butte. J'ai tout le temps besoin de m'arrêter. Avant l'A.6., c'était une plage ouverte à tous. Aux touristes, aux pique-niqueurs, aux gosses morveux, aux mémés ventripotentes dont le soleil avait rougi les coudes. Des papiers de bonbon et des bâtons de sucette sur le sable, tous ces corps magnifiques se pelotant sur des serviettes de plage, la puanteur où se mêlaient les gaz d'échappement, le parfum des algues et l'huile solaire.

Mais, maintenant, toute la saleté, toutes les ordures avaient disparu. L'Océan avait tout avalé, tout, comme vous mangeriez une poignée de cacahuètes. Il n'y avait plus personne pour revenir souiller le sable. Il n'y avait plus que nous, et nous n'étions pas assez nombreux pour remettre une telle pagaille. Et puis nous aimions cette plage, aussi, je pense... Ne venions-nous pas de lui offrir une sorte de sacrifice ?

Le sable était blanc et ridé, délimité par la ligne d'algues entrelacées, de varech et de lagons abandonnés par la marée haute. Le clair de lune dessinait des ombres d'un noir d'encre en forme de croissant et des ondulations un peu partout. Le phare déserté se dressait, blanc et spectral, à quelque cinquante mètres des cabines de douche, pointé vers le ciel tel un index décharné.

Et le ressac, le ressac nocturne, jetant de grandes gerbes d'écume, se brisant à perte de vue contre la jetée, inlassablement. Peut-être cette vague s'était-elle trouvée au milieu de l'Atlantique, la nuit précédente ?

Le type de la radio débitait des petits quatrains cochons ; en arrière-fond, une fille lui demanda où il avait mis la bière. Il lui répondit quelque chose mais, déjà, nous arrivions sur la plage. Je regardai derrière moi pour voir ce que fabriquait Corey. Comme d'habitude, il descendait sur les fesses et avait l'air tellement ridicule qu'il me faisait un peu pitié.

— On fait la course ? lançai-je à Susie.

— Pour quoi faire ?

Je lui donnai une tape sur les fesses, lui arrachant un glapissement.

— Juste parce que ça fait du bien de courir.

Nous courûmes. Elle tomba bientôt, soufflant comme un cheval, me hurlant de ralentir, mais je ne lui prêtais plus la moindre attention. Le vent me sifflait aux oreilles et rejetait mes cheveux en arrière. L'air charriait une odeur de sel, âpre et piquante. Les vagues déferlaient, tel du verre noir empanaché d'écume. J'envoyai promener mes sandales de caoutchouc et piétinai le sable de mes pieds nus sans me soucier des coquillages aux bords coupants.

Puis ce fut la cabane, déjà occupée par Needles et devant laquelle se trouvaient Kelly et Joan qui regardaient l'eau en se tenant par la main. J'exécutai une roulade, sentis le sable glisser sur le dos de ma chemise, puis atterris contre les jambes de Kelly. Il se laissa tomber sur moi et m'écrasa le visage dans le sable, au grand amusement de Joan.

Nous nous relevâmes en échangeant des grimaces. Susie avait abandonné la course et se traînait péniblement vers nous. Corey l'avait presque rattrapée.

— Tu as vu ce feu ! fit Kelly.

— Tu crois vraiment qu'il a fait tout le trajet depuis New York comme il a dit ? demanda Joan.

— Je ne sais pas.

Je ne voyais pas ce que ça pouvait bien faire. Nous l'avions découvert derrière le volant de sa grosse Lincoln, délirant et à demi conscient. Sa tête était gonflée comme un ballon de football et son cou avait l'air d'une saucisse. La Katmandou le tenait et il n'en avait plus pour longtemps, de toute façon. Donc, nous l'avons porté jusqu'à la grande dune qui surplombe la plage, et l'avons brûlé. Il prétendait s'appeler Alvin Sackheim. Il réclamait sans arrêt sa grand-mère. Il croyait que c'était Susie. Ça lui a donné un drôle de choc, Dieu sait pourquoi.

C'est Corey qui a eu l'idée de le brûler, mais ça a commencé comme une blague. Il a lu plein de livres sur la sorcellerie et la magie noire au collège et il s'est mis à nous sourire étrangement dans l'obscurité près de la Lincoln d'Alvin Sackheim en nous disant que si on le sacrifiait aux dieux des ténèbres, les esprits nous protégeraient peut-être de l'A.6.

Bien sûr, aucun d'entre nous ne croyait vraiment à ces bêtises, mais la discussion prit un tour de plus en plus sérieux. C'était un truc nouveau et, finalement, on s'y est mis et on l'a fait. Nous l'avons attaché à la lunette, là-haut — on met une pièce dedans et, par temps clair, on voit tout jusqu'à Portland Headlight. Nous l'avons ligoté avec nos ceintures puis nous sommes allés ramasser des branches sèches et des bouts de bois rejetés par la mer. Pendant ce temps-là, Alvin Sackheim resta affalé contre la lunette en baragouinant je ne sais quoi à sa grand-mère. Les yeux de Susie se mirent à briller et sa respiration à s'accélérer. Ça l'excitait pour de bon. Quand nous fûmes en bas de la butte, elle se pressa contre moi et m'embrassa. Elle avait mis trop de rouge à lèvres et cela me fit l'effet d'embrasser une assiette grasse.

Je la repoussai et c'est à partir de là qu'elle s'est mise à bouder.

Puis nous sommes tous remontés là-haut et nous avons empilé branches mortes et brindilles jusqu'à la taille d'Alvin Sackheim. C'est Needles qui a allumé le bûcher avec son Zippo et le feu a pris sacrément vite. A la fin, juste avant que ses cheveux ne s'enflamment, le type s'est mis à hurler. Ça sentait exactement comme le porc au caramel chinois.

— T'as une sèche, Bernie ? demanda Needles.

— Y en a environ cinquante cartouches juste derrière toi.

Il grimaça en écrasant un moustique qui lui piquait le bras.

— Pas envie de bouger.

Je lui donnai sa cigarette et m'assis. Susie et moi avions rencontré Needles à Portland. Il était installé sur le bord du trottoir en face du Théâtre national et jouait un air de Leadbelly sur une vieille Gibson qu'il avait piquée quelque part. Les notes résonnaient dans

Congress Street comme dans une véritable salle de concert.

Susie se planta devant nous, encore essoufflée :

— T'es dégueulasse, Bernie.

— Ça va, Sue. Change un peu de disque. La face est rayée.

— Salaud ! Crétin ! Fils de pute dégénéré ! *Péquenot !*

— Tire-toi, fis-je, ou je te flanque un œil au beurre noir.

Elle se remit à pleurer. Elle n'avait pas sa pareille pour ça. Corey s'approcha et essaya de passer un bras autour d'elle. Elle lui fila un coup de coude dans les couilles et il lui cracha au visage.

— Je vais te *tuer* !

Elle se jeta sur lui, hurlant et sanglotant, faisant des moulinets avec ses bras. Corey recula, faillit même tomber, puis tourna les talons et s'enfuit. Susie le poursuivit, en déversant des obscénités d'une voix hystérique. Needles rejeta la tête en arrière et éclata de rire.

Kelly et Joan étaient partis se promener. Je les apercevais près du rivage, marchant en se tenant par la taille. On aurait dit une pub dans une vitrine d'agence de voyages... *Envolez-vous pour St Lorca la magnifique.* Tant mieux pour eux.

— Bernie ?

— Quoi ?

Tout en fumant, je revoyais Needles ouvrant son Zippo, battant la molette, faisant jaillir le feu à partir d'une pierre et d'un morceau de métal comme un homme des cavernes.

— Je l'ai attrapée, fit Needles.

— Ouais ? (Je le dévisageai.) T'en es sûr ?

— Aucun doute. J'ai mal à la tête, j'ai mal à l'estomac, j'ai mal en pissant.

— Peut-être que c'est juste la grippe de Hong Kong. Susie l'a eue. Elle réclamait déjà une Bible.

Je me mis à rire. C'était alors que nous nous trouvions encore à l'université, environ une semaine avant qu'ils ne ferment pour de bon, environ un mois avant qu'ils ne commencent à évacuer les corps par camions-bennes entiers pour aller enterrer le tout dans des fosses communes.

— Regarde.

Il gratta une allumette et l'approcha de son cou. J'aperçus les premières taches triangulaires, les premières boursouflures. D'accord, c'était l'A.6.

— C'est bien ça, reconnus-je.

— Je ne me sens pourtant pas si mal, dit-il. Moralement, je veux dire. Toi, en revanche..., t'y penses sans arrêt. Ça se voit.

— Moi ? Non, mentis-je.

— Bien sûr que si. C'est comme pour le gars de cette nuit. Ça aussi, ça te turlupine. Mais, si t'y réfléchis, on lui a sans doute rendu service. Je crois qu'il ne s'est même pas rendu compte de ce qui lui arrivait.

— Il était conscient.

Needles haussa les épaules puis s'allongea sur le côté.

— Aucune importance.

Je contemplais le flux et le reflux des eaux. Needles avait la grippe de Katmandou. Voilà qui vous ramenait les deux pieds sur terre. Nous étions déjà fin août et, dans une quinzaine, les premiers froids annonceraient l'automne. Il serait temps de trouver un abri. Puis l'hiver. Peut-être serions-nous tous morts avant Noël. Dans une quelconque salle de séjour, la coûteuse radio-cassette de Corey posée sur une bibliothèque pleine de *Sélection du Reader's Digest* et le faible soleil d'hiver découpant sur la couverture le dessin d'une fenêtre désormais inutile.

L'image était d'une telle précision qu'elle me fit frémir. On ne devrait jamais penser à l'hiver en plein mois d'août. Il n'y a rien de tel pour vous filer le cafard.

Needles se mit à rire :

— Tu vois ? Ça te travaille.

Que pouvais-je répondre ? Je me levai.

— Je vais voir ce que Susie fabrique.

— Peut-être que nous sommes les derniers survivants sur cette terre, Bernie ? T'as déjà pensé à ça ?

Dans le clair de lune blafard, il paraissait déjà à moitié mort, les yeux cernés, les doigts livides et raides comme des crayons.

Susie et Corey étaient un peu plus loin sur la plage. Susie le montait comme un cheval de rodéo, lui enfonçant la tête dans l'eau bouillonnante. Corey pataugeait avec force éclaboussures. Ils étaient trempés. Je les rejoignis et, du pied, fit culbuter Susie. Corey s'étala dans l'eau, barbotant et crachotant.

— *Je te hais!* me hurla Susie.

— Viens ici, Susie. Attrape, Médor.

Je lui tendis la main. Elle la saisit avec méfiance et se leva. Son corsage et sa peau étaient couverts de sable humide.

— T'avais pas à me faire tomber, Bernie. Si jamais tu...

— Arrête.

Nous remontâmes la plage jusqu'à la concession principale. L'homme qui gérait l'endroit avait eu un petit appartement à l'étage. Il y avait un lit. Susie ne méritait pas vraiment un lit mais, comme disait Needles, tout ça n'avait aucune importance. Dans ce jeu, il n'y avait plus de gagnants.

On accédait aux étages grâce à un escalier extérieur, mais je m'arrêtai une minute pour contempler par une vitre brisée les marchandises poussiéreuses qui avaient échappé au pillage — des lots de sweatshirts (portant l'inscription *Anson Beach* et un paysage de mer et de ciel bleu), des bracelets scintillants qui vous noircissent le poignet au bout de deux jours, des boucles d'oreilles de quatre sous, des ballons de plage, des cartes de vœux polissonnes, d'affreuses madones en céramique peinte, des imitations de vomissures en plastique (*on jurerait des vraies! Essayez sur votre femme!*), des feux de bengale pour un 4 juillet qui ne devait jamais arriver, des serviettes de plage où une beauté pulpeuse en bikini était entourée des noms d'une centaine de stations fameuses, des fanions (*souvenir d'Anson Beach et de son parc*), des baudruches et des maillots de bain. Près de l'entrée, il y avait un snack avec une grande enseigne : *Essayez nos bouchées spéciales fruits de mer.*

Je venais souvent à Anson Beach quand j'étais encore au collège. C'était sept ans avant l'A.6. et je sortais avec une fille nommée Maureen. C'était une sacrée nana.

Elle avait un maillot de bain à petits carreaux roses. Je lui disais tout le temps qu'il ressemblait à une nappe. Nous nous sommes promenés sur le caillebotis d'en face, pieds nus sur les planches brûlantes et couvertes de sable. Nous n'avons jamais essayé les bouchées spéciales fruits de mer.

— Qu'est-ce que tu regardes?
— Rien. Avance.

Je me réveillai en nage après avoir fait d'horribles cauchemars à propos d'Alvin Sackheim. Il était calé derrière le volant de sa Lincoln d'un jaune lumineux et il parlait de sa grand-mère. Il ne restait plus de lui qu'une tête noirâtre et bouffie sur un squelette carbonisé. Il sentait le cramé. Il pérorait et pérorait, mais, au bout d'un moment, je ne pus plus comprendre le moindre mot. Je m'éveillai le souffle court.

Susie était étalée en travers de mes cuisses, pâle et boursouflée. Ma montre indiquait 3 h 50, mais elle était arrêtée. Dehors, il faisait encore sombre. On entendait les coup réguliers du ressac. Marée haute. Il devait donc être 4 h 15. Il ferait bientôt jour. Je me levai et me dirigeai vers la porte. L'air marin rafraîchit agréablement mon corps brûlant. En dépit de tout, je ne désirais pas mourir.

Voilà donc où nous en étions : la race humaine tout entière balayée, pas par des armes atomiques, pas par une guerre biologique, pas par la pollution, ni par rien de *grandiose* comme ça... Non, par la *grippe*. Je voudrais poser une énorme plaque, peut-être sur le lac Salé. Un carré en bronze de cinq kilomètres de côté. Et, pour le plus grand profit des extra-terrestres qui viendraient à atterrir, elle indiquerait en lettres au relief immense : UNE SIMPLE GRIPPE.

Je me demandai si Needles était réveillé. L'aurais-je été, à sa place?

— Bernie?

Susie se tenait dans l'embrasure de la porte, affublée d'une de mes chemises. J'ai horreur de ça. Elle sue comme une vache.

— Je ne te plais plus tellement, hein, Bernie?

Je ne répondis pas. Il y avait des moments où j'aurais pris n'importe quoi en pitié. Elle avec moi et moi avec elle... ni l'un ni l'autre nous ne méritions cela.

— Je peux m'asseoir à côté de toi?

— Je ne crois pas qu'il y ait de la place pour deux.

Elle émit un hoquet et battit en retraite.

— Needles à chopé l'A.6., lui annonçai-je.

Elle s'arrêta net et me regarda, le visage calme :

— Plaisante pas avec ça, Bernie.

J'allumai une cigarette.

— C'est pas possible! Il a eu...

— Oui, il a eu l'A.2. La grippe de Hong Kong. Comme toi, comme moi, Corey, Kelly et Joan.

— Mais ça voudrait dire qu'il n'est pas...

— Immunisé.

— Alors, on pourrait l'attraper aussi?

— Peut-être qu'il a menti en prétendant qu'il a eu l'A.2. Pour qu'on l'emmène avec nous.

Ses traits trahirent son soulagement.

— C'est sûrement ça. A sa place, moi, j'aurais menti. Personne n'aime rester tout seul, tu ne crois pas? (Elle hésita.) Tu reviens au lit?

— Non, pas maintenant.

Elle rentra. Inutile de lui dire que l'A.2. n'immunisait pas contre l'A.6. Elle le savait déjà. Mais elle avait fait le blocage. Je contemplai les vagues. Elles étaient sacrément hautes. Des années auparavant, Anson avait été seul endroit à peu près décent de l'Etat pour faire du surf. La butte découpait sa pointe saillante en sombre contre le ciel. Il me semblait aussi deviner la forme de la lunette, mais ce n'était sans doute qu'une impression. Il arrivait à Kelly d'emmener Joan là-haut. Mais, cette nuit, je ne pensais pas qu'ils s'y trouvaient.

Je me pris le visage dans les mains et le palpai, sentant le grain, la texture de ma peau. Ça avait si vite fait de vous tomber dessus, c'était tellement minable.... aucune noblesse là-dedans.

Le flux et le reflux, le flux et le reflux. Infiniment. Eau pure et profonde. C'était l'été; Maureen et moi étions venus ici, après le collège, avant l'université, la vie n'était pas encore commencée et ce fut l'A.6., venue d'Asie et s'étendant sur le monde comme un suaire, juillet nous mangions des pizzas, l'oreille collée à son transistor, je lui avais passé le dos à l'huile solaire et elle en avait mis sur le mien, il faisait chaud, le sable était clair, et le soleil comme un miroir ardent.

COMME UNE PASSERELLE

Assis sur le perron de ma maison, Richard et moi regardions le golfe qui se profilait au delà des dunes. La fumée de son cigare flottait dans l'air, éloignant les moustiques. L'eau de la mer était fraîche sous un ciel du bleu le plus profond, le plus intense.

— Une passerelle, dis-tu, une tête de pont..., intervint pensivement Richard. Tu es sûr que tu as tué ce garçon..., tu n'as pas rêvé?

— Non, je n'ai pas rêvé. Et je ne l'ai pas tué non plus... Je te l'ai déjà expliqué. Ce sont eux. Je ne suis que la passerelle.

Richard soupira.

— Tu l'as enterré?

— Oui.

— Tu te rappelles où?

— Oui.

Je fourrageai dans ma poche de poitrine et en extirpai une cigarette. Les bandages qui les emmaillotaient rendaient mes mains malhabiles. Elles me démangeaient horriblement.

— Si tu veux le voir, il va falloir que tu prennes la tout-terrain. Tu ne pourras pas pousser ça... (je désignai ma chaise roulante)... sur le sable.

La tout-terrain de Richard était une VW 59 montée sur des pneus larges comme des traversins. Il s'en servait pour ramasser le bois des épaves. Depuis qu'il s'était retiré des affaires qui le retenaient au Maryland, il s'était installé sur l'île de Key Caroline où il sculptait ses trouvailles avant de les vendre aux hivernants à des prix éhontés.

Il tira sur son cigare, le regard rivé au golfe.

— Pas maintenant. Veux-tu reprendre depuis le début ?

Je poussai un soupir puis tentai d'allumer ma cigarette. Richard me prit les allumettes des mains et le fit à ma place. J'inhalai deux longues bouffées. Les démangeaisons de mes doigts devenaient intolérables.

— C'est bon, commençai-je. Hier soir, à 7 heures, je me trouvais ici même, à fumer en contemplant le golfe, exactement comme en ce moment et...

— Remonte plus loin, me pressa-t-il.

— Plus loin ?

— Parle-moi du vol.

Je secouai la tête.

— Nous avons déjà passé tout cela au crible, Richard.

Son visage tanné et buriné était aussi énigmatique que celui d'une de ses statuettes en bois.

— Tu pourrais te souvenir de quelque chose maintenant, dit-il.

— Tu crois vraiment ?

— On ne sait jamais. Et, quand nous en aurons fini, nous partirons à la recherche de la tombe.

— La tombe, repris-je.

Ce mot réveilla en moi de vertigineuses sensations, sinistres au delà de toute expression, plus sinistres encore que les espaces impitoyables que Cory et moi avions explorés cinq années durant.

Sous les bandages, les petits yeux tentaient en vain de percer l'obscurité dans laquelle ils étaient confinés. Ils me démangeaient.

Cory et moi avions été placés en orbite par Saturne 16, que tout le monde avait surnommée l'Empire State Building. Il faut dire que cet engin, c'était quelque chose : pour éviter qu'il n'emporte la moitié de cap Kennedy avec lui, il fallut lui creuser un silo profond de deux cents mètres.

Nous tournâmes autour de la Terre le temps de vérifier que tout était en ordre puis quittâmes l'orbite. Direction Vénus. Nous laissions des sénateurs s'entre-déchirant à propos du vote de nouveaux crédits pour l'exploration spatiale, et des scientifiques de la N.A.S.A. priant pour que nous découvrions quelque chose; n'importe quoi, mais quelque chose.

Rien n'avait milité en faveur du programme spatial. Depuis Borman, Anders et Lovell qui avaient orbité autour de la Lune en 1968 et n'avaient découvert qu'un monde sans vie, un désert poussiéreux, jusqu'à Markam et Jacks qui avaient atterri sur Mars onze ans plus tard pour y trouver des étendues désolées de sable gelé où s'accrochaient quelques maigres lichens, le programme spatial avait été un gouffre à finances. Et il y avait eu des accidents... Pedersen et Lederer condamnés à tourner éternellement autour du soleil parce que, tout à coup, plus rien n'avait fonctionné à bord de l'avant-dernière capsule Apollo. John Davis, dont le petit observatoire orbital avait été percuté par une météorite. Au train où allaient les choses, Vénus risquait bien d'être la dernière étape avant longtemps.

Le voyage aller était l'affaire de seize jours — nous mangions de la nourriture en tube, nous jouions au gin, nous nous repassions sans cesse le même rhume — et, côté technique, tout baignait dans l'huile. D'une étoile, Vénus devint un croissant puis une boule de cristal laiteux; nous échangions des plaisanteries avec la salle de contrôle de Huntsville, écoutions des enregistrements de Wagner et des Beatles, surveillions les instruments automatiques qui se rapportaient à toutes sortes d'expériences concernant aussi bien les vents solaires que la navigation intersidérale. Nous effectuâmes deux corrections de trajectoire et, le neuvième jour, Cory fit une sortie pour aller taper sur l'anipe rétractable jusqu'à ce qu'elle se décide à fonctionner. Rien d'autre à signaler avant...

— L'anipe? m'interrompit Richard. Qu'est-ce que c'est que ça?

— Antenne interplanétaire dans le jargon de la N.A.S.A. Nous émettions le nombre pi en ondes haute fréquence... pour qui voudrait bien l'entendre. (Je frottai mes mains contre mon pantalon mais cela ne me soulagea pas; quoi que je fasse, c'était encore pire.) Nous émettions essentiellement en direction des planètes les plus éloignées, Jupiter, Saturne, Uranus. Ma foi, s'il existe une quelconque vie intelligente là-bas, elle doit être encore au biberon.

— Seul Cory est sorti ?

— Oui. S'il a ramené quelque virus interstellaire, la télémesure n'y a vu que du feu.

— Pourtant...

— Peu importe, répondis-je avec irritation. Seul le présent m'importe désormais. Ils ont tué ce garçon la nuit dernière, Richard. Et ce n'était pas beau à voir... ni à sentir. Sa tête..., elle a explosé. Comme si quelqu'un lui avait ôté le cerveau pour placer une grenade sous son crâne.

— Achève ton histoire, me pressa Richard.

Mon rire sonna creux.

— Qu'y a-t-il donc à dire ?

Nous prîmes une orbite excentrique autour de la planète. Nous décrivions des ellipses aplaties et de valeur inconstante. La première nous amena au plus loin à cinq cents kilomètres de Vénus et, au plus près, à cent vingt kilomètres. Nous devions accomplir un maximum de quatre orbites. Nous les décrivîmes toutes quatre. Nous avons eu un bon aperçu de la planète. Nous avons pris aussi plus de six cents clichés.

La couverture nuageuse était constituée en parties égales de méthane, d'ammoniac, de poussière et autres saloperies flottantes. La planète tout entière ressemblait au Grand Canyon qu'on aurait plongé dans une soufflerie géante. Cory estima la vitesse du vent en surface à environ mille kilomètres à l'heure. Nous reçûmes le bip-bip de notre sonde tant qu'elle descendit et, soudain, il y eut un couac... puis plus rien. Nous ne remarquâmes ni végétation ni signe d'une vie quelconque. Le spectroscope ne nous indiqua la présence de minéraux de valeur que sous la forme de traces. Et voilà pour Vénus. Rien, absolument rien..., sinon qu'elle m'effrayait. C'était comme tourner autour d'une maison hantée en plein cœur des espaces intersidéraux. Je sais à quel point cela peut paraître indigne d'un scientifique, mais je crois que, si nos réacteurs n'avaient pas fonctionné, je me serais coupé la gorge plutôt que d'atterrir sur cette planète. Ce n'est pas comme la Lune qui est un monde désolé mais, d'une certaine façon, aseptisé. Celui-ci ne ressemblait à rien que l'homme eût jamais contemplé. On eût dit un crâne aux os nettoyés.

Lors du vol de retour, nous apprîmes que le Sénat avait réduit de moitié les crédits alloués à l'exploration spatiale. Mais j'étais presque content. Peut-être ces espaces ne sont-ils pas faits pour nous.

Douze jours plus tard, Cory était mort et j'étais estropié pour la vie. Ils ratèrent la rentrée. Voilà bien l'ironie de l'histoire. Nous avions passé plus d'un mois dans l'espace, avions repoussé les frontières de l'exploration humaine, et tout se terminait stupidement parce qu'un type qui avait hâte d'aller faire sa pause café avait relâché son attention.

L'amerrissage fut terrible. Un type qui se trouvait dans l'un des hélicoptères nous compara à un bébé gigantesque traînant son placenta après lui. Le choc me fit perdre conscience.

Je revins à moi tandis qu'on me faisait traverser le pont du *Portland.* Ils n'eurent pas le temps d'enrouler le tapis rouge qu'ils avaient prévu à notre intention. Je saignais, et ils me charriaient vers l'infirmerie sur un tapis qui, loin s'en fallait, ne paraissait pas aussi rouge que moi...

— ... Je suis resté à Bethesda pendant deux ans. Ils m'ont donné la médaille du Mérite, plein d'argent, et ce fauteuil roulant. L'année suivante, je m'installais ici. J'aime regarder décoller les fusées.

— Je sais tout ça, dit Richard. (Il fit une pause.) Montre-moi tes mains.

— Non. (Le mot avait claqué.) Je ne dois pas les laisser voir.

— Cela fait cinq ans, répondit Richard. Pourquoi maintenant, Arthur ?

— Je ne sais pas ! Il se peut que cette chose, quelle qu'elle soit, ait besoin d'une longue période de gestation. Qui peut même prétendre que je l'ai vraiment ramenée de là-haut ? Peut-être s'est-elle introduite en moi à Fort Lauderdale ? Ou ici, sous ce porche ?

Richard soupira, promenant son regard sur l'eau que rougissaient les derniers rayons du soleil.

— Je refuse de croire que tu sois simplement en train de perdre la raison, Arthur.

— S'il le faut, je te montrerai mes mains, prononçai-je avec effort. Mais uniquement si c'est nécessaire.

Richard se leva et saisit sa canne. Il m'apparut vieux et vulnérable.

— Je vais chercher la tout-terrain. Nous allons essayer de retrouver le corps.

— Merci, Richard.

Il remonta le chemin poussiéreux et creusé d'ornières qui menait à son bungalow — je n'en apercevais que le toit, derrière la grande dune, celle qui s'étend sur presque toute la longueur de Key Caroline. En direction du cap, le ciel avait pris au-dessus des eaux une vilaine teinte violacée, et, déjà, l'écho du tonnerre parvenait faiblement à mes oreilles.

Ce garçon, je ne connaissais pas son nom, mais je l'apercevais régulièrement, au coucher du soleil, arpentant la plage, un tamis sous le bras. Comme il ne portait jamais rien d'autre qu'un jean coupé, sa peau exposée au soleil avait presque viré au noir. Les jours fastes, sur la plage qui se trouve à l'autre bout de Key Caroline, un jeune garçon débrouillard pouvait se faire dans les cinq dollars rien qu'en tamisant patiemment le sable en quête de piécettes oubliées. Chaque fois, je lui adressais un salut qu'il me rendait, un salut qui ne nous engageait ni l'un ni l'autre, à la fois distant et fraternel, mais qui nous distinguait, nous les insulaires, de la marée des touristes au verbe haut et aux Cadillac rutilantes. Je suppose qu'il habitait le petit village bâti autour de la poste, à environ un kilomètre d'ici.

Quand il passa ce soir-là, je me tenais depuis une heure déjà sur le perron, immobile, aux aguets. Un peu plus tôt, j'avais retiré mes bandages. Les démangeaisons étaient devenues intolérables, et elles s'apaisaient toujours quand ils pouvaient voir par leurs propres yeux.

C'était une sensation à nulle autre pareille... J'étais comme un portail à peine entrouvert par lequel ils épiaient un monde qu'ils haïssaient et craignaient à la fois. Mais le pire était que, d'une certaine façon, je voyais, moi aussi. Imaginez que votre esprit soit prisonnier du corps d'une mouche, une mouche dont les yeux aux mille facettes observeraient votre propre visage. Peut-être alors comprendrez-vous pourquoi je gardais mes mains bandées, même lorsque personne ne risquait de les apercevoir.

Tout a commencé à Miami. Je devais rencontrer un certain Cresswell, un enquêteur du ministère de la Marine. Il me faisait passer une visite de contrôle une fois par an — personne n'a jamais été aussi près que moi d'être classé top secret à l'instar de tout ce que notre programme spatial peut comporter de hautement confidentiel. Je ne sais pas ce qu'il cherchait au juste; une brève lueur dans l'œil, peut-être, ou bien une lettre rouge sur le front. Dieu sait pourquoi. Ma pension est confortable au point que c'en est presque gênant.

Nous étions assis sur la terrasse de sa chambre d'hôtel et sirotions un verre tout en discutant de l'avenir du programme spatial américain. Il était environ 3 heures et quart. Les doigts commencèrent à me démanger. Cela arrivait sans prévenir. J'en parlai à Cresswell.

— Vous avez dû ramasser quelque plante vénéneuse sur votre petite île malsaine, répondit-il en faisant la moue.

— La seule chose qui ait réussi à pousser sur Key Caroline est un petit palmier rabougri. C'est peut-être la gale.

J'examinai mes mains. C'étaient des mains parfaitement normales. Mais elles me grattaient.

Plus tard dans l'après-midi, je signai le même sempiternel document (*Je jure solennellement n'avoir ni reçu, ni mentionné, ni divulgué d'informations susceptibles de...*) puis retournai aux Key par mes propres moyens. Je possède une vieille Ford équipée d'un frein et d'un accélérateur au volant. Je l'adore : grâce à elle, je me sens autonome.

Le trajet est long depuis Miami et, au moment où je

quittais la route n° 1 pour prendre la bretelle en direction de Key Caroline, j'étais au bord de la crise nerveuse. Mes mains me torturaient à hurler. On eût dit qu'une fourmilière tout entière était à l'ouvrage à l'intérieur même de ma chair.

La nuit était presque tombée et j'examinai attentivement mes mains à la lueur du tableau de bord. Juste au-dessus de la pelote digitale, là où se forment les cals du guitariste, apparaissaient de petits cercles rouges parfaitement dessinés. Je remarquai les mêmes signes d'inflammation sur toutes les phalanges et phalangines de mes doigts. Je pressai les doigts de ma main droite entre mes lèvres et les retirai avec un soudain dégoût. La chair où s'étaient manifestés les points rouges était chaude, fiévreuse, et cependant molle et gélatineuse comme la pulpe d'une pomme blette.

Je fis le reste du trajet en essayant de me persuader que j'avais en effet ramassé quelque plante vénéneuse. Mais une idée terrifiante germait dans mon esprit. J'avais, lorsque j'étais enfant, une tante qui passa les dix dernières années de sa vie recluse dans une chambre isolée. Ma mère lui montait ses repas et on nous interdisait de prononcer son nom. Je découvris plus tard qu'elle était atteinte de la maladie de Hansen..., la lèpre.

Arrivé chez moi, je téléphonai sur le continent au Dr Flanders. Son assistante me répondit. Le Dr Flanders était parti à la pêche, mais, en cas d'urgence, le Dr Ballanger...

Je raccrochai lentement puis composai le numéro de Richard. Je laissai sonner une douzaine de fois avant d'abandonner. Je connus un moment d'indécision. La démangeaison avait empiré. Elle semblait émaner du plus profond de ma chair.

Je fis rouler ma chaise jusqu'à la bibliothèque et en sortis la vieille encyclopédie médicale dont je me servais depuis des années. Le livre était affreusement vague.

Je m'adossai et fermai les yeux. J'entendais le tic-tac de ma vieille horloge de bateau, là-bas, sur son étagère. Plus lointain, je perçus le bourdonnement d'un jet volant vers Miami. Et puis il y avait le doux murmure de mon propre souffle.

Je n'avais pas cessé de regarder le livre.

La conscience de ce phénomène me gagna peu à peu puis soudain me frappa dans toute sa violence. Mes yeux étaient clos et, pourtant, je continuais de regarder le livre. L'image qui m'apparaissait était floue et monstrueuse mais néanmoins parfaitement identifiable : c'était la vision déformée et quadridimensionnelle de l'encyclopédie.

Et je n'étais pas le seul à regarder.

Je me forçais à ouvrir les yeux, le cœur broyé dans un étau. L'impression subsista, quoique affaiblie. Je regardais le livre, déchiffrant les caractères et les graphiques à l'aide de mes propres yeux, de la façon la plus naturelle qui soit, mais je les voyais aussi, selon un angle différent, à l'aide d'autres yeux, situés plus bas. Ceux-là ne contemplaient pas un livre mais un objet inconnu à la forme démentielle et aux inquiétantes propriétés.

Je levai lentement mes mains vers mon visage, saisissant une vision fantastique de ma salle de séjour muée en un lieu d'épouvante.

Je hurlai.

Des yeux m'examinaient par des fentes taillées dans la pulpe de mes doigts. La chair se dilatait et se rétractait sous l'effort forcené qu'ils accomplissaient pour atteindre la surface.

Mais ce n'était pas ce qui m'avait fait hurler. Je venais de voir mon propre visage et c'était celui d'un monstre.

La tout-terrain franchit le sommet de la colline et Richard la gara juste devant le perron. Je fis descendre mon fauteuil roulant sur le plan incliné qui se trouvait à droite des marches puis Richard m'aida à prendre place dans son véhicule.

— Alors, Arthur, fit-il. Où est-ce qu'on va, maintenant ?

Je fis un geste en direction de l'eau, plus bas, là où la grande dune vient enfin mourir. Richard acquiesça.

Puis les roues arrière patinèrent un instant dans le sable et nous démarrâmes. J'avais l'habitude de plaisanter Richard au sujet de sa conduite, mais, ce soir-là, je n'étais pas d'humeur à le faire. Tant d'autres choses me tourmentaient l'esprit... et les sens; les bandages ne supportaient pas l'obscurité et je sentais qu'ils luttaient pour me convaincre de les ôter.

La tout-terrain bondissait en rugissant sur le sable, semblant presque décoller quand une petite dune se présentait. Sur notre gauche, le soleil disparaissait dans une gloire sanglante. Droit devant nous, sur l'horizon, les gros nuages qui s'amoncelaient nous promettaient l'orage.

— Sur ta droite, indiquai-je. Près de cette cabane.

Richard conduisit le véhicule sur une petite aire couverte de sable, près des planches pourries de la cabane, fourragea derrière lui et extirpa une pelle. Je tressaillis en l'apercevant.

— Où ? demanda Richard sans s'émouvoir.

— Juste là, fis-je en désignant l'endroit.

Il sortit et se dirigea lentement vers le point indiqué. Il hésita un instant puis plongea la pelle dans le sable. J'eus l'impression qu'il creusait pendant un temps infini. Le sable qu'il projetait par-dessus son épaule paraissait humide et lourd. De plus en plus sombres, les cumulus mêlaient leurs ombres aux lueurs du couchant sur la mer déchaînée.

Bien avant qu'il cesse de creuser, je sus qu'il ne trouverait pas le corps. Ils l'avaient retiré. Comme je n'avais pas bandé mes mains la nuit précédente, ils avaient pu voir... et agir. S'ils avaient pu se servir de moi pour tuer le garçon, ils avaient aussi bien pu le faire pour déplacer le corps, même pendant mon sommeil.

— Il n'y a rien, Arthur.

Il jeta la pelle maculée dans la tout-terrain et prit place sur son siège avec lassitude. L'orage en marche vers nous dessinait sur le sable des ombres mouvantes en forme de croissant. Mes doigts me démangeaient.

— Ils se sont servis de moi pour le déplacer, fis-je sombrement. Ils ouvrent la porte, un peu plus tous les jours. Combien de fois me suis-je retrouvé debout devant un objet des plus familiers — une cuiller, une photo, ou même une boîte de haricots — sans comprendre comment j'étais arrivé là, les bras tendus, présentant l'objet à mes doigts, et le voyant de *leur* point de vue, c'est-à-dire comme une obscénité, comme une chose difforme et grotesque...

— Arthur, m'interrompit-il. Arthur, arrête! (La compassion gagna son visage baigné par les dernières lueurs du jour.) *Je me suis retrouvé debout,* as-tu dit. Tu aurais, dis-tu, *déplacé* le corps du garçon. Mais tu es *incapable de marcher,* Arthur. Tes jambes sont paralysées.

Je désignai le tableau de bord de la tout-terrain.

— Ça non plus, ça ne pourrait pas marcher tout seul. Mais dès que tu es à l'intérieur, tu peux la faire avancer. Tu pourrais t'en servir pour tuer. Et elle ne pourrait t'en empêcher même si elle le voulait. (Ma voix devenait hystérique.) Je suis leur passerelle, est-ce que tu comprends? Ils ont tué le garçon, Richard! Ils ont déplacé le corps!

— Je pense que tu ferais mieux de voir un médecin, répondit-il calmement.

— Vérifie! Renseigne-toi à propos du garçon! Essaie de trouver...

— Tu m'as dit que tu ne connaissais même pas son nom.

— Il devait venir du village. C'est un petit village. Demande...

— J'ai téléphoné à Maud Harrington quand je suis allé chercher la tout-terrain. Il ne peut rien se passer dans tout l'Etat sans qu'elle en soit la première avertie. Je lui ai demandé si elle avait entendu parler d'un garçon qui ne serait pas rentré chez lui la nuit dernière. Elle m'a dit n'être au courant de rien.

— Mais il est d'ici! Il est forcément d'ici!

Richard était sur le point de mettre le contact, mais je l'en empêchai. Il se tourna vers moi... et je commençai de dérouler mes bandages.

Le tonnerre gronda au-dessus du golfe.

Je ne me rendis pas chez le médecin et ne rappelai pas Richard. Au cours des trois semaines qui suivirent, je ne sortis jamais sans avoir les mains bandées. Trois semaines pendant lesquelles je me contentai d'espérer que les yeux disparaîtraient. Je reconnais que ce n'était pas une attitude rationnelle. Si j'avais été un homme valide, un homme menant une vie normale, je serais sans doute allé voir le Dr Flanders ou Richard. Ou peut-être, à vrai dire, l'aurais-je fait de toute façon, si je n'avais été hanté par le souvenir de ma tante, morte-vivante aux chairs rongées par la maladie. Je me murai donc dans un silence désespéré, priant pour que je me réveille un jour et que cesse enfin cet affreux cauchemar.

Et, peu à peu, je les sentis. Eux. Une intelligence occulte. Je ne me suis jamais vraiment demandé à quoi ils ressemblaient ni d'où ils étaient venus. J'étais leur passerelle, leur fenêtre sur le monde. L'écho de leurs réactions me parvenait d'une façon suffisamment nette pour que je puisse savoir tout leur dégoût et leur horreur, et aussi combien notre monde était différent du leur. Je percevais leur haine sourde. Ils observaient sans répit. Leur chair était incrustée dans la mienne. Ils m'utilisaient, ils me manipulaient.

Lorsque le garçon passa, levant la main pour m'adresser son salut habituel, j'étais sur le point d'appeler Cresswell au ministère. Richard avait raison sur un point au moins : très certainement, ce qui s'était emparé de moi était devenu mon hôte au cours de la traversée des espaces interplanétaires ou bien du vol orbital autour de la maléfique planète. Les services compétents de la Navy m'examineraient, mais pas comme on examine un monstre.

Mes bras se tendirent vers le garçon et je m'aperçus que je n'avais pas bandé mes mains. Immenses, écarquillés, pailletés d'or, les yeux scrutaient avidement la nuit tombante. Une fois, j'avais essayé d'en crever un à l'aide d'un crayon pointu, mais une douleur intolérable avait envahi mon bras. Mais pire encore que la souffrance physique fut le regard de pure haine que l'œil me lança. Je ne recommençai pas.

Et maintenant ils observaient le garçon. Je sentis que peu à peu ils prenaient l'ascendant sur moi; bientôt, je fus sous leur contrôle. La porte était ouverte. L'infirme que j'étais foula le sable en direction du garçon, la démarche mécanique et vacillante. Sans doute mes propres yeux se fermèrent-ils car, dès lors, je ne vis plus que par l'entremise de ces yeux étrangers — le ciel et la mer, un rivage d'albâtre sous une grande traînée pourpre, la cabane en ruine, et puis cette créature, qui bougeait, qui respirait et qui transportait sous son bras un outil de bois et de fer dont la géométrie faisait appel à d'inconcevables angles droits.

Je me demande ce qui a pu traverser l'esprit de ce malheureux garçon dont j'ignore toujours le nom, avec son tamis sous le bras et ses poches pleines de sable et de piécettes oubliées par les touristes, oui, je me demande ce qu'il a bien pu penser en me voyant tituber vers lui tel un chef aveugle marquant la mesure pour un orchestre dément, puis, lorsque le dernier rayon du soleil accrocha mes mains rouges et crevassées, révélant tout un fardeau de petits yeux, je me demande ce que fut sa dernière pensée quand les mains fendirent brusquement les airs, juste avant que sa tête n'éclate.

Mais je sais ce que moi j'ai pensé.

Il me sembla qu'une brèche s'était ouverte dans l'univers et que j'avais entrevu les feux de l'enfer.

Au fur et à mesure que je les déroulais, les bandages étaient aspirés par le vent qui les agitait comme de petits serpentins. Les nuages avaient englouti les derniers rougeoiements du soleil; les dunes étaient sombres et peuplées d'ombres. Les nuages se pressaient et se bousculaient au-dessus de nous.

— Il faut que tu me promettes une chose, Richard. (Ma voix luttait contre le vent.) Fuis immédiatement si tu as l'impression que je pourrais... t'agresser. Est-ce que tu me comprends bien?

— Oui.

Les rafales battaient et tordaient sa chemise ouverte.

Le soir tombant avait noyé son regard; il paraissait calme.

La dernière bande s'envola.

Je regardais Richard et ils regardaient Richard. Je vis un visage qu'en cinq ans de temps j'avais appris à aimer. Ils virent une masse vivante et difforme.

— Tu les vois maintenant, fis-je d'une voix rauque.

Il ne put s'empêcher de reculer. Ses traits exprimaient une terreur indicible. Des éclairs zébrèrent le ciel. Le tonnerre roula au-dessus d'eaux noires comme le Styx.

— Arthur...

Quel monstre c'était! Comment avais-je pu vivre à ses côtés, parler avec lui? Ce n'était pas une créature mais pure pestilence.

— Cours! Cours, Richard!

Et il courut. Il ne fut plus qu'une flèche pointée vers un sinistre ciel. Mes mains volèrent, s'étirèrent démesurément au-dessus de ma tête, mes doigts atteignant le seul havre restant dans ce monde cauchemardesque... atteignant les nuages.

Et les nuages répondirent.

Il y eut un gigantesque éclair bleuté qui sembla annoncer la fin du monde. Il frappa Richard, l'enveloppa. La dernière chose dont je me souvienne est un parfum électrique d'ozone et de chair carbonisée.

Lorsque je revins à moi, j'étais tranquillement installé sur le perron, et je contemplais la grande dune. L'orage s'était éloigné mais l'air était resté agréablement frais. Il y avait un mince croissant de lune. Le sable était immaculé... aucune trace de Richard ni de la tout-terrain.

Je regardai mes mains. Les yeux étaient ouverts mais vitreux. Ils étaient venus à bout de leurs propres forces. Ils se reposaient.

Je savais ce qu'il me restait à faire. Il me fallait couper la passerelle avant qu'elle ne soit jetée à jamais. Déjà, je pouvais remarquer les premiers signes d'une profonde mutation physique de mes mains. Les doigts étaient en train de raccourcir...

Il y avait un petit âtre dans la salle de séjour et,

l'hiver, pour lutter contre le froid humide de Floride, j'y faisais fréquemment du feu. J'en dressai un en toute hâte. A tout moment, ils pouvaient se réveiller.

Lorsque le feu eut bien pris, je me dirigeai vers la cuve de fuel et y plongeai les mains. Ils s'éveillèrent immédiatement, poussant des hurlements d'agonie. Je crus bien que jamais je ne réussirais à revenir dans la salle de séjour... et devant le feu.

Mais j'y parvins.

Sept ans ont passé.

J'habite toujours au même endroit, d'où je peux voir décoller les fusées. Il y en a eu beaucoup ces derniers temps. La conquête spatiale fait partie des objectifs de notre gouvernement. Il est question d'envoyer d'autres vaisseaux habités en direction de Vénus.

J'ai découvert le nom du garçon, si cela a la moindre importance. Il vivait au village, comme je le pensais. Mais, cette nuit-là, sa mère le croyait sur le continent, en compagnie d'un ami, si bien que l'alarme ne fut donnée que le lundi suivant. Richard... eh bien, de toute façon, tout le monde le considérait comme un type un peu bizarre. Les gens se sont dit qu'il était retourné dans le Maryland ou bien qu'il était parti avec une femme...

Quant à moi, on m'accepte, bien que ma réputation d'excentrique soit faite. Après tout, combien d'anciens astronautes écrivent-ils régulièrement aux autorités élues de Washington pour leur dire que l'argent consacré à l'exploration spatiale pourrait être employé à meilleur escient ?

Je ne me débrouille pas mal avec mes crochets. La douleur a été atroce pendant la première année mais le corps humain s'habitue à presque tout. J'arrive à me raser et même à lacer mes chaussures. Et, comme vous pouvez le voir, je tape plutôt bien. Je ne pense pas que j'aurai trop de mal à introduire le canon du revolver dans ma bouche et à appuyer sur la gâchette. Ça a recommencé il y a trois semaines, vous comprenez.

Douze petits yeux d'or dessinent un cercle parfait sur ma poitrine.

LA PRESSEUSE

L'inspecteur Hunton arriva à la blanchisserie au moment où l'ambulance repartit. Epouvantable. A l'intérieur, le bureau était bondé de gens qui s'agitaient en silence; certains pleuraient. L'usine proprement dite était déserte. On n'avait pas même pris la peine d'arrêter les grandes machines à laver automatiques. Hunton s'attendit au pire. La foule aurait dû se presser autour du carnage et non dans le bureau : il est dans la nature de l'animal humain de se précipiter sur les lieux de l'accident. Ça ne devait pas être beau à voir. Comme toujours en pareille situation, Hunton sentit son estomac se nouer. Quatorze années passées à nettoyer les débris humains éparpillés sur les autoroutes, les chaussées et les trottoirs au pied des gratte-ciel, n'avaient pu avoir raison de cette petite boule qui semblait toujours sommeiller dans son ventre.

Un homme en chemise blanche aperçut Hunton et le rejoignit à contrecœur. C'était un colosse à la tête directement vissée aux épaules, aux joues et au nez couperosés soit par l'hypertension, soit par de trop nombreuses conversations avec la bouteille. Comme, après deux tentatives, il ne parvenait toujours pas à trouver ses mots, Hunton le coupa sèchement :

— Vous êtes le propriétaire, Mr Gartley?

— Non... Moi, c'est Stanner. Le contremaître.

Hunton sortit son calepin.

— Veuillez me conduire sur les lieux de l'accident, Mr Stanner, et racontez-moi ce qui s'est passé.

Le visage de Stanner se décomposa encore un peu plus.

— Il..., il le faut vraiment?

Hunton haussa les sourcils.

— J'ai peur que oui. Au téléphone, on m'a dit que c'était sérieux.

— Sérieux...

Les mots paraissaient se bloquer dans la gorge de Stanner; sa pomme d'Adam montait et descendait comme un ludion dans une bouteille.

— Mrs Frawley est morte. Seigneur, pourquoi Bill Gartley n'est-il pas là?

— Qu'est-il arrivé?

— Venez plutôt voir, dit Stanner.

Hunton franchit sous sa conduite la rangée de presses, puis l'atelier de pliage. Le contremaître s'arrêta près d'une étiqueteuse. Il s'essuya le front d'une main tremblante.

— Vous allez continuer tout seul, inspecteur. Je ne peux pas voir ça de nouveau. Excusez-moi.

Hunton contourna l'étiqueteuse, non sans éprouver pour l'homme un certain mépris. Ils dirigent une boîte pourrie, font des économies de bouts de ficelle, font passer la vapeur dans des tuyaux bricolés maison, ils fournissent les produits chimiques de nettoyage les plus dangereux mais pas l'équipement de protection approprié, et, finalement, quelqu'un est blessé. Ou tué. Et ensuite, ils ne peuvent pas voir ça...

Hunton vit.

La machine fonctionnait encore. Personne ne l'avait arrêtée. Une machine qu'il connaîtrait bientôt sur le bout des doigts : la repasseuse-plieuse grande vitesse modèle 6 Hadley-Watson. Les gens qui travaillaient ici lui avaient trouvé un nom qui lui convenait bien mieux : la presseuse.

Hunton lui jeta un long regard pétrifié puis, pour la première fois en quatorze ans de carrière dans la police, il se détourna, mit convulsivement une main devant sa bouche et vomit.

— Tu n'as pas mangé grand-chose, fit remarquer Jackson.

Les femmes étaient à l'intérieur, faisant la vaisselle en parlant biberons, tandis que John Hunton et Mark Jackson se prélassaient dans des chaises longues près du barbecue. La litote amena un léger sourire sur les lèvres de Hunton. Il n'avait rien mangé du tout.

— J'en ai vu un vraiment vilain, aujourd'hui, dit-il.

— Accident d'auto ?

— Non. Du travail.

— Y'en avait partout ?

Hunton ne répondit pas immédiatement, mais une grimace involontaire trahit sa nervosité. Il sortit une bière de la glacière, l'ouvrit, et en vida la moitié.

— Je suppose qu'un prof de fac comme toi ne connaît rien aux blanchisseries industrielles ?

Jackson étouffa un rire :

— Eh bien, figure-toi que si. J'y ai travaillé tout un été comme manutentionnaire.

— Alors, tu as entendu parler de cette machine qu'ils appellent une repasseuse à grande vitesse ?

Jackson acquiesça :

— Bien sûr. Ils y enfilent principalement les draps et du linge de table humide. Une machine aussi grosse que longue.

— C'est ça, fit Hunton. Une certaine Adelle Frawley a été prise dedans à la blanchisserie du Ruban-Bleu, de l'autre côté de la ville. Elle y est passée entièrement.

Jackson blêmit :

— Mais... c'est impossible, Johnny. Il y a une barre de sécurité. Si l'une des femmes qui alimentent la machine s'y coince la main, la barre se relève aussitôt et stoppe l'engin.

Hunton hocha la tête :

— C'est une obligation légale. Mais les faits sont là.

L'inspecteur ferma les yeux ; aussitôt se forma devant lui l'image de la Hadley-Watson telle qu'il l'avait vue dans l'après-midi. Elle affectait la forme d'une immense boîte rectangulaire de neuf mètres sur deux. A l'une des extrémités, là où travaillait l'ouvrière, un tapis de toile animé d'un mouvement de translation défilait sous la barre de sécurité. Le tapis conduisait les draps entre seize énormes cylindres rotatifs qui constituaient le corps principal de la machine. Passant successivement entre huit paires de cylindres, les draps étaient pressés comme une fine tranche de jambon dans un croque-monsieur. On pouvait, pour obtenir un séchage parfait, élever la température de la vapeur contenue dans les cylindres jusqu'à cent cinquante degrés. Pour éliminer le moindre pli, les draps étaient soumis à une pression de trois cent cinquante kilos par pied carré.

Et, on ne savait comment, Mrs Frawley s'était retrouvée happée par l'infernale machine. Les cylindres d'acier recouverts d'amiante semblaient avoir été barbouillés à la peinture au minium, et la vapeur qui s'échappait de la machine répandait dans l'air une écœurante odeur de sang chaud. Des lambeaux de sa blouse blanche et de ses pantalons bleus, et même des lanières de ses sous-vêtements avaient été arrachés puis éjectés à l'autre bout de l'engin, neuf mètres plus loin; sinistre détail, la machine automatique avait restitué les plus grands fragments d'étoffe maculée de sang, pliés avec soin. Mais il y avait pire encore.

Elle aurait bien voulu tout plier, dit-il à Jackson, un goût de bile lui remontant à la bouche. Mais on ne plie pas un être humain comme un drap, Mark. Ce que j'ai vu..., ce qui restait de cette femme... (Pas plus que Stanner, le malheureux contremaître, il ne put achever la description.) Tout tenait dans un panier, ajouta-t-il doucement.

Jackson émit un sifflement.

— Et qui est-ce qui va en prendre pour son grade? La blanchisserie ou l'inspection du travail?

— Je ne sais pas encore, répondit Hunton. Je ne sais pas qui a déclaré cette satanée barre conforme aux normes de sécurité ni dans quelles circonstances.

— Est-ce que la direction va s'en tirer comme ça, si elle est responsable?

L'inspecteur eut un sourire sans joie.

— Une femme est morte, Mark. Si Gartley et Stanner rabotaient sur les frais d'entretien de la repasseuse, ils seront envoyés en prison. Même leurs relations haut placées ne pourront pas les tirer de là.

— Et tu crois qu'ils faisaient ce genre d'économies sordides?

Hunton revit la blanchisserie du Ruban-Bleu, mal

éclairée, aux sols humides et glissants, recelant certaines machines d'une incroyable vétusté.

— Ça m'en a tout l'air, répondit-il tranquillement.

Ils se levèrent et rentrèrent dans la maison.

— Tiens-moi au courant, Johnny, dit Jackson. Cette affaire m'intéresse.

Hunton s'était trompé à propos de la presseuse; elle était impeccable comme un sou neuf.

Six inspecteurs du travail l'examinèrent, pièce après pièce, avant que ne commence l'enquête judiciaire. Résultat : strictement rien. Verdict de l'enquête : mort accidentelle.

Abasourdi, Hunton interpella l'un des inspecteurs, Roger Martin, sitôt après son audition. Martin était un grand type insignifiant qui portait des lunettes aux verres épais comme des culs de bouteille. Il triturait nerveusement un stylo-bille pendant qu'Hunton lui posait des questions.

— Rien ? Il n'y a absolument rien qui cloche dans cette machine ?

— Non, affirma Martin. Bien sûr, dans cette histoire, la barre de sécurité était le principal accusé. Elle est en parfait état de marche. Vous avez entendu le témoignage de cette Mrs Gillian. Mrs Frawley a dû aventurer la main un peu trop loin. Mais personne ne s'en est rendu compte. Ils étaient tous concentrés sur leur propre tâche. Elle s'est mise à hurler. Sa main était déjà coincée et la machine commençait à happer son bras. Ils ont essayé de la tirer en arrière au lieu de couper le moteur..., pure panique. Une autre femme, Mrs Keene, affirme avoir tenté de stopper la machine, mais on peut supposer que, dans son affolement, elle s'est trompée de bouton. Ensuite, il était déjà trop tard.

— Donc, la barre de sécurité n'a pas fonctionné, conclut Hunton. A moins qu'elle n'ait passé la main par-dessus la barre et non en dessous ?

— C'est impossible. Il y a une plaque d'acier au-dessus de la barre qui est elle-même directement connectée au moteur de la repasseuse. La machine ne peut tourner que si la barre est en mesure de remplir sa fonction.

— Mais alors, bon sang, dites-moi donc ce qui s'est passé !

— Nous n'en savons rien. Mes collègues et moi-même en sommes réduits à retenir cette unique possibilité : Mrs Frawley a dû tomber d'un point situé au-dessus de la repasseuse. Or elle avait les deux pieds sur le sol quand c'est arrivé. Une douzaine de personnes peuvent en témoigner.

— Vous avancez une hypothèse tout à fait invraisemblable, fit remarquer Hunton.

— Non. Il s'agit simplement d'un accident que nous ne comprenons pas. (Il s'interrompit, hésita, puis reprit :) Je vais vous dire une chose, Hunton, puisque vous semblez prendre cette affaire à cœur. Mais, si vous en faites état devant un tiers, je démentirai immédiatement. Je n'aime pas cette machine. On aurait presque dit... qu'elle nous narguait. J'ai examiné plus d'une douzaine de repasseuses de ce type au cours des cinq dernières années. Certaines sont dans une telle condition que je ne voudrais pas laisser un chien en liberté rôder autour. Dans cet Etat, les lois sont d'un laxisme coupable. Mais, bon, ce n'étaient que des machines. Celle-ci..., celle-ci est hantée. Je ne saurais l'expliquer, mais j'en suis sûr. Si j'avais découvert la moindre bricole qui cloche, j'aurais interdit sa mise en activité.

— J'ai ressenti la même chose, confessa Hunton.

— Je vais vous raconter quelque chose qui s'est produit il y a deux ans à Milton, dit l'inspecteur. (Il ôta ses lunettes et entreprit de les essuyer sur sa veste.) Un type avait relégué un vieux frigidaire au fond de sa cour. La femme qui nous téléphona nous affirma que son chien s'y était fait piéger et en était mort asphyxié. Nous avons envoyé un flic pour demander au propriétaire d'aller porter son réfrigérateur à la décharge. Un type plutôt gentil, sincèrement désolé pour le chien. Il transporta le frigo à la décharge le matin suivant. Cet après-midi là, une femme du voisinage signala la disparition de son fils.

— Bon Dieu ! lâcha Hunton.

— On retrouva le garçon mort, enfermé dans le réfrigérateur. Un gamin dégourdi, d'après sa mère, pas du genre à aller jouer dans un frigo vide. Il l'avait quand même fait. Telle fut en tout cas notre conclusion. Une affaire close ?

— Je le suppose, dit Hunton.

— Eh bien, non. Selon le décret N° 58 réglementant l'entretien des décharges municipales, le préposé responsable doit veiller à ce qu'aucune poche de gaz ne se forme à l'intérieur d'un objet fermé. (Martin jeta à Hunton un regard dépourvu d'expression.) Le lendemain, lorsqu'il ouvrit la porte du frigidaire, il découvrit qu'il contenait six oiseaux crevés. Des mouettes, des moineaux et un rouge-gorge. Et il raconta que la porte s'était refermée sur son bras pendant qu'il ôtait les cadavres. Ça lui a donné une sacrée frousse. La presseuse du Ruban-Bleu me fait le même effet, Hunton. Elle me met mal à l'aise.

Ils se regardèrent en silence dans la grande salle d'audience déserte, à quelque six pâtés de maisons de l'endroit où la Hadley-Watson crachait sa vapeur, au milieu de la blanchisserie en effervescence.

L'affaire lui sortit de l'esprit en l'espace d'une semaine, chassée par la routine de son travail de policier. Elle ne redevint sa principale préoccupation qu'à partir du jour où lui et sa femme se rendirent chez les Jackson pour une soirée whist.

Jackson l'accueillit par ces mots :

— Ça ne t'est pas venu à l'idée que cette machine dont tu m'as parlé pourrait être hantée, Johnny ?

Hunton tiqua, pris au dépourvu :

— Quoi ?

— La repasseuse de la blanchisserie du Ruban-Bleu. Ce n'est pas toi qu'on a mis sur le coup, cette fois-ci, on dirait ?

— Quel coup ? demanda Hunton, intrigué.

Jackson lui donna le journal du soir, lui désignant un article qui figurait au bas de la page 2. L'entrefilet rapportait qu'un jet de vapeur s'était échappé de la grande repasseuse de la blanchisserie du Ruban-Bleu, brûlant trois des six femmes qui l'alimentaient. L'accident, qui s'était produit à 3 h 45 de l'après-midi, était mis sur le compte d'une montée de la pression dans la chaudière de la blanchisserie. L'une des femmes, Mrs Annette Gillian, brûlée au second degré, avait été transportée à l'hôpital.

— Curieuse coïncidence, fit Hunton.

Mais les mots qu'avait prononcés l'inspecteur Martin dans la salle d'audience lui revinrent brusquement en mémoire. Et puis l'histoire du chien, de l'enfant et des oiseaux pris au piège dans le réfrigérateur mis au rebut.

Ce soir-là, il joua très mal aux cartes.

Hunton trouva Mrs Gillian dans l'un des quatre lits de la chambre d'hôpital. Un gros bandage l'emmaillotait du cou jusqu'au bout du bras droit. Son unique compagne de chambre, une jeune femme au visage blême, était endormie.

Mrs Gillian cilla à la vue de l'uniforme bleu puis ébaucha un sourire.

— Si vous venez pour Mrs Cherinikov, il faudra que vous repassiez plus tard. Elle vient juste de prendre son médicament.

— Mais non, Mrs Gillian, c'est vous que je viens voir.

Le visage de la malade s'assombrit.

— Je suis là à titre privé... J'aimerais en savoir plus sur l'accident. John Hunton.

Il tendit la main.

C'était ce qu'il fallait faire. Le sourire de Mrs Gillian s'épanouit et elle lui offrit maladroitement sa main valide.

— Comptez sur moi, Mr Hunton. Mon Dieu, je pensais que mon Andy avait encore fait des bêtises à l'école.

— Comment cela s'est-il passé ?

— On était en train de mettre les draps dans la repasseuse quand ça a sauté..., enfin, c'est ce qu'on a cru. Il y a eu une espèce de grand bang, comme une bombe, de la vapeur partout et puis ce sifflement... affreux. (Le sourire s'éteignit sur ses lèvres tremblantes.) C'était à croire que la repasseuse respirait. Un vrai dragon. Et Alberta — son nom c'est Alberta Keene — s'est mise à crier que quelque chose explosait et tout le monde a couru dans tous les sens en hurlant et Ginny Jason qui gueulait qu'elle était brûlée. Je suis partie à courir et je suis tombée. Je savais pas encore que c'était moi la plus atteinte. Grâce à Dieu, ça n'est pas plus grave que ça. Cette vapeur fait dans les cent cinquante degrés.

— D'après le journal, un conduit de vapeur a cédé. Qu'est-ce que ça signifie?

— La conduite du dessus est reliée à la machine par une sorte de tuyau flexible. George — Mr Stanner — a dit qu'il y avait eu un trop de pression dans la chaudière ou quelque chose comme ça. Le tuyau était complètement fendu.

Hunton ne voyait rien d'autre à lui demander. Il s'apprêtait à partir quand Mrs Gillian ajouta pensivement:

— On n'avait jamais eu d'ennuis avec cette machine. Seulement ces derniers temps. Le tuyau de la vapeur. Cet accident horrible de Mrs Frawley, Dieu ait son âme. Et puis des petites choses. Comme le jour où Essie s'est pris la robe dans une courroie de transmission. Ç'aurait pu tourner mal si elle ne l'avait pas arrachée aussitôt. Des boulons et des pièces qui ont commencé à tomber. Des draps se prennent dans la plieuse. George dit que c'est parce qu'ils mettent trop d'eau de javel dans les machines à laver, mais avant ça n'arrivait jamais. Maintenant, les filles ont horreur de travailler dessus. On dirait qu'il y a une malédiction. C'est comme ça depuis que Sherry s'est coupée à la main sur un des crampons.

— Sherry? interrogea Hunton.

— Sherry Ouelette. Un joli brin de fille, tout juste sortie du collège. Et bonne travailleuse avec ça. Mais un peu maladroite, des fois. Vous savez comment sont les jeunes d'aujourd'hui.

— Elle s'est coupée à la main sur quelque chose?

— Rien d'étonnant à ça. Il y a des crampons pour régler le tapis roulant. Sherry était en train de les ajuster pour qu'ils puissent convenir à une charge plus lourde et sans doute qu'elle rêvassait à un garçon. Elle s'est coupée au doigt et ça saignait partout. (Mrs Gillian parut intriguée.) Et ce n'est qu'à partir de là que les boulons ont commencé à tomber. Puis Adelle a été..., enfin, vous savez..., environ une semaine après. Exactement comme si la machine avait pris le goût du sang. Les femmes ont de drôles d'idées, des fois, vous pensez pas, inspecteur Hinton ?

— Hunton, corrigea-t-il d'un air absent, les yeux fixés sur un point situé au-dessus de la tête de Mrs Gillian.

Ironie du sort, il avait fait la connaissance de Mark Jackson dans une laverie installée dans le bloc qui séparait leurs deux maisons, et c'était toujours là que le flic et le professeur d'anglais tenaient leurs conversations les plus intéressantes.

Ils étaient assis côte à côte sur de tristes chaises de plastique tandis que leur linge tournait inlassablement derrière les hublots des machines à pièces. Jackson écoutait Hunton lui rapporter les propos de Mrs Gillian.

Quand l'inspecteur en eut terminé, Jackson dit :

— Je t'ai déjà demandé si, à ton avis, la presseuse pouvait être hantée. Je ne plaisantais qu'à moitié. Et maintenant, je te repose la question.

— Bien sûr que non, répondit Hunton, mal à l'aise. Ne sois pas stupide.

Jackson regardait pensivement tourner le linge.

— Hantée n'est pas le mot approprié. Disons plutôt possédée. On invoque aussi souvent les démons pour les faire venir que pour les chasser. Frazer cite de nombreuses invocations de ce genre dans *The Golden Bough* (1). On en trouve d'autres dans les traditions druidiques ou aztèques. Ou de plus vieilles encore, en remontant à l'Egypte. Mais il est étonnant de constater que l'on peut réduire tout cela à un petit nombre de dénominateurs communs. L'une des méthodes les plus couramment employées pour rendre l'invocation efficace est bien sûr de répandre le sang d'une vierge. (Il fixa Hunton des yeux.) D'après cette Mrs Gillian, les

(1) *The Golden Bough* est l'œuvre la plus célèbre de Jane George Frazer, éminent anthropologue britannique (1854-1941). (*N.d.T.*)

ennuis ont commencé après que Sherry Ouelette se fut coupée.

— Oh! Ça va..., fit Hunton.

— Admets qu'elle semble répondre à la définition, insista Jackson.

— Je me précipite tout droit chez elle, dit Hunton avec un léger sourire. Je vois déjà la scène : « Je me présente. Inspecteur John Hunton. J'enquête sur une sale affaire de possession démoniaque intéressant une repasseuse et j'aurais besoin de savoir si vous êtes toujours vierge. » Tu crois que j'aurais une chance de dire au revoir à Sandra et aux enfants avant qu'ils ne me bouclent à l'asile ?

— J'aurais parié que tu allais finir par me sortir un truc de ce genre, affirma Jackson sans sourire. Je suis sérieux, Johnny. Cette machine me flanque une trouille verte, et je ne l'ai jamais vue.

— En admettant que cette conversation ait un sens, dit Hunton, peux-tu me citer quelques autres de ces prétendus dénominateurs communs ?

Jackson haussa les épaules.

— Il faudrait étudier ça de plus près. La plupart des formules cabalistiques anglo-saxonnes font appel à de la poussière prélevée dans un cimetière et à un œil de crapaud. Les formules européennes mentionnent fréquemment la mandragore ou main de gloire; il peut s'agir soit de la véritable main d'un homme mort, soit d'une plante hallucinogène consommée au cours des sabbats de sorcières. Cette plante s'apparente à la belladone et a les mêmes effets qu'un dérivé de la psilocybine. Bien d'autres ingrédients peuvent être utilisés.

— Et tu penses que tu pourras trouver tout ça dans la repasseuse du Ruban-Bleu ? Seigneur, Mark, il ne doit pas pousser la moindre belladone à mille bornes à la ronde ! A moins que quelqu'un n'ait arraché la main de son oncle Fred pour la cacher dans la Hadley-Watson ?

— Si sept cents singes tapaient à la machine pendant sept cents années...

— L'un d'entre eux finirait par composer les œuvres de Shakespeare, acheva Hunton sur un ton aigre. Va au diable. C'est à ton tour d'aller faire de la monnaie au drugstore pour le séchage.

George Stanner perdit son bras dans la presseuse d'une drôle de façon.

Seuls Stanner et Herb Diment, le préposé à l'entretien, se trouvaient dans la blanchisserie déserte ce lundi matin vers 7 heures. Les deux hommes procédaient au graissage semestriel des paliers de la presseuse, avant que les ouvrières n'investissent la blanchisserie, une demi-heure plus tard. Diment était à l'autre bout, graissant les quatre paliers secondaires, songeant combien, depuis quelque temps, cette machine lui était devenue antipathique lorsque, dans un rugissement, la repasseuse s'anima soudain.

Il soulevait quatre des tapis roulants pour avoir accès au moteur quand ils se mirent brusquement à défiler entre ses mains, écorchant ses paumes, et l'entraînant à leur suite.

Il se dégagea avec un sursaut convulsif, une fraction de seconde avant que les tapis n'engloutissent ses mains dans la plieuse.

— Bon Dieu! George! hurla-t-il. Eteins-moi cette salope!

George Stanner commença à brailler.

Un cri aigu et plaintif exprimant une terreur sans nom emplit la blanchisserie. Stanner avala bruyamment une grande goulée d'air puis se remit à hurler :

— *Oh! Seigneur Jésus, je suis pris dedans, JE SUIS PRIS...*

Les cylindres commencèrent à projeter des jets de vapeur. La plieuse grinça, cogna. Les paliers et le moteur lançaient des cris quasi humains.

Diment se précipita vers l'autre extrémité de la machine. Le premier cylindre avait déjà pris une sinistre teinte rouge. Diment ravala un haut-le-cœur. La presseuse mugissait.

L'avant-bras de Stanner, engagé sous la barre de sécurité, disparaissait sous le premier cylindre. La manche de sa chemise avait été arrachée à la couture de l'épaule et son bras se dilatait d'une façon grotesque sous la poussée du sang qui refluait vers le haut.

— Arrête-la ! hurlait Stanner.

On entendit le craquement qu'émit son coude en se brisant.

Diment enfonça le bouton d'arrêt.

La presseuse s'obstina à tourner, grognant, ronronnant.

Abasourdi, il pressa le bouton encore et encore..., en vain. La peau se tendait, luisante, sur le bras de Stanner. Sous les assauts du cylindre, elle ne tarderait pas à éclater; pourtant, il lui restait assez de forces pour hurler.

— Les fusibles..., supplia Stanner d'une voix rauque.

Au fur et à mesure qu'il était aspiré, sa tête se tordait.

Diment pivota et courut en direction de la chaudière, poursuivi par les cris de Stanner. Une odeur où se mêlaient le sang et la vapeur emplit l'atmosphère.

Tous les fusibles de la blanchisserie se trouvaient dans les trois grosses boîtes grises accrochées sur le mur de gauche. Diment les ouvrit précipitamment et entreprit frénétiquement d'arracher les grands fusibles oblongs. Les néons s'éteignirent; puis ce fut le compresseur; puis la chaudière elle-même lança une longue plainte d'agonie.

Et la presseuse tournait toujours. Les hurlements de Stanner n'étaient plus qu'un lointain gargouillis.

Le regard de Diment tomba sur la hache à incendie dans sa petite cage de verre. Laissant échapper une exclamation de dégoût, il s'en saisit puis rebroussa chemin à toute vitesse. La machine avait avalé le bras de Stanner presque jusqu'à l'épaule. Quelques secondes encore et son cou arqué à rompre vers l'arrière viendrait se briser contre la barre de sécurité.

— Je ne peux pas, gémit Diment, les mains crispées sur la hache. Seigneur, George, je ne peux pas...

On se serait cru au milieu d'un abattoir. La plieuse cracha des morceaux de tissu arraché à la chemise, des lambeaux de chair, un doigt. Stanner poussa un épouvantable hurlement de souffrance; Diment leva sa hache puis l'abattit dans la clarté glauque de la blanchisserie. Il recommença. Encore.

Stanner s'effondra, inconscient, un sang rouge giclant par saccades du moignon qui pendait sous son épaule. La presseuse engloutit ce qu'on lui avait abandonné en pâture... puis s'arrêta.

Sanglotant, Diment libéra sa ceinture des passants et entreprit de confectionner un tourniquet.

Hunton parlait au téléphone avec Roger Martin, l'inspecteur du travail. Jackson l'observait tout en jouant patiemment à la balle avec la petite Patty Hunton âgée de trois ans.

— Il a retiré *tous* les fusibles? demandait Hunton. Et le bouton d'arrêt a refusé de fonctionner, c'est ça?... Est-ce qu'on a remis la repasseuse en service?... Bon. Comment?... Non, rien d'officiel. (Hunton fronça les sourcils puis jeta un regard de côté à Jackson.) Vous pensez toujours à cette histoire de réfrigérateur, Roger?... Moi aussi. Au revoir.

Il raccrocha et se tourna vers Jackson.

— Allons voir cette fille, Mark.

Sherry avait son propre appartement (et, à la façon dont elle se comportait, on pouvait deviner qu'elle n'y vivait pas depuis très longtemps); elle les introduisit timidement dans le minuscule salon qu'elle avait décoré avec minutie.

— Je suis l'inspecteur Hunton et voici mon collègue, Mr Jackson. C'est au sujet de l'accident dans la blanchisserie.

Il se sentit soudain très mal à l'aise face à cette jolie petite brunette.

— Horrible, murmura Sherry Ouelette. C'est le seul endroit où j'aie jamais travaillé, Mr Gartley est mon oncle. Ce qui me plaisait, c'était de pouvoir payer l'appartement et de me faire mes propres amis. Mais maintenant... c'est un endroit *maudit*.

— L'inspection du travail a ordonné l'immobilisation de la repasseuse en attendant les conclusions de l'enquête, dit Hunton. Vous étiez au courant?

— Oui, on m'a dit. (L'incertitude la fit soupirer.) Je ne sais pas ce que je vais faire...

— Miss Ouelette, l'interrompit Jackson, vous avez eu un accident en travaillant sur cette repasseuse, n'est-ce pas ? On m'a dit que vous vous étiez coupée sur un crampon.

— Oui, je me suis coupée au doigt. (Son visage s'assombrit.) C'était le premier incident de la série. (Elle les regarda tristement.) Depuis, il me semble parfois que mes camarades ne me traitent plus de la même façon... comme si elles m'en voulaient.

— J'ai une question délicate à vous poser, prononça lentement Jackson. Une question qui risque de vous choquer. Elle va vous sembler absurde parce que trop intime, et hors du sujet, mais je puis vous assurer qu'il n'en est rien. Votre réponse ne figurera en aucun cas dans un dossier ou dans un rapport.

Sherry parut prendre peur.

— Est..., est-ce que j'ai fait quelque chose de mal ?

Jackson secoua la tête en souriant; elle était à point.

— Laissez-moi ajouter ceci : de votre réponse peuvent dépendre le sort de ce ravissant petit appartement, celui de votre travail, et le retour à la normale dans la blanchisserie.

— Je ferai tout pour qu'il en soit ainsi, assura-t-elle.

— Etes-vous encore vierge, Sherry ?

La jeune fille en resta éberluée, aussi choquée que si un prêtre l'avait giflée tout de suite après lui avoir donné la communion. Puis elle redressa la tête et embrassa d'un geste le petit appartement propret et fonctionnel comme pour leur demander si ce pouvait être là un abri pour des rendez-vous galants.

— Mon mari sera le premier, dit-elle simplement.

Calmement, Mark et Johnny échangèrent un regard et, en cet instant précis, Hunton sut que tout était vrai : un démon s'était emparé de la masse d'acier de la presseuse, de ses rouages et de ses leviers, et lui avait insufflé une vie propre.

— Merci, fit doucement Jackson.

— Et maintenant ? demanda Hunton d'un ton morne sur le chemin du retour. Devons-nous chercher un prêtre pour l'exorciser ?

Jackson grogna :

— Tu vas en passer pas mal en revue avant d'en trouver un qui ne te collera pas un opuscule entre les mains le temps d'aller téléphoner à l'asile le plus proche. C'est à nous de jouer, Johnny.

— Y pouvons-nous quelque chose ?

— Peut-être. Voilà comment s'énonce le problème : nous savons que quelque chose s'est introduit dans la presseuse..., mais nous ne savons pas *quoi*. (Hunton se sentit traversé par un frisson, comme si les doigts décharnés d'un spectre l'avaient effleuré.) Il existe toutes sortes de démons. Celui auquel nous avons affaire appartient-il au cercle de Bubastis ou de Pan ? Ou bien de Baal ? Ou bien est-ce l'ange déchu que les chrétiens nomment Satan ? Nous l'ignorons. Si ce démon a été délibérément invoqué par quelqu'un, notre tâche sera plus facile. Mais il semble bien que ce soit un cas de possession spontanée. (Jackson se passa la main dans les cheveux.) Le sang d'une vierge, d'accord. Mais cela ne réduit guère le champ des possibilités. Nous avons besoin d'être absolument sûrs.

— Pourquoi ? demanda Hunton. Pourquoi ne pas recopier un paquet de formules d'exorcisme et les essayer les unes après les autres ?

Le visage de Jackson se figea.

— On ne joue plus aux gendarmes et aux voleurs, cette fois-ci, Johnny. Pour l'amour de Dieu, ne t'imagine surtout pas ça. Procéder à un exorcisme est terriblement dangereux. C'est comme provoquer la fission nucléaire, d'une certaine façon. La moindre erreur pourrait nous anéantir. Le démon est prisonnier de cette machine. Mais donnons-lui une chance et...

— Il pourrait s'échapper ?

— Il ne demande que ça, répondit Jackson d'un air lugubre. Et il se plaît à tuer.

Le lendemain soir, ayant tenu à être seul lorsque Jackson arriverait, Hunton avait envoyé sa femme et sa fille au cinéma. Il avait encore du mal à croire qu'il s'était laissé entraîner dans une histoire pareille.

— J'ai annulé mes cours, lui annonça Jackson, pour pouvoir passer la journée à consulter les livres les plus diaboliques que tu puisses imaginer. Cet après-midi, j'ai introduit plus de trente formules d'invocation dans l'ordinateur. J'ai dégagé un certain nombre d'éléments récurrents. Etonnamment peu.

Il tendit la liste à Hunton : le sang d'une vierge, de la poussière prélevée dans un cimetière, la mandragore, le sang de chauve-souris, de la mousse cueillie de nuit, le sabot d'un cheval et l'œil d'un crapaud.

Il y en avait d'autres, d'une importance secondaire.

— Le sabot d'un cheval, fit pensivement Hunton. C'est drôle...

— Très fréquent. En fait...

— Peut-on donner un sens plus ou moins large à toutes ces indications ? l'interrompit Hunton.

— Comme, par exemple, de cueillir de nuit du lichen et non de la mousse ?

— Voilà.

— Sans problème, expliqua Jackson. Toutes ces formules magiques, souvent très ambiguës, peuvent être interprétées de différentes manières. La magie noire a toujours laissé beaucoup de place à l'imagination créatrice.

— Remplace le sabot de cheval par de la gelée, dit Hunton, et tu trouveras ça dans n'importe quel panier-repas. J'en ai justement aperçu une boîte hermétique pleine sous la plate-forme de la repasseuse, le jour où Mrs Frawley est morte. On fait de la gélatine avec les sabots des chevaux.

Jackson acquiesça.

— A part ça ?

— Du sang de chauve-souris... Eh bien, la blanchisserie est vaste. Les coins sombres n'y manquent pas. Il ne serait pas étonnant qu'il y ait des chauves-souris. L'une d'elles a très bien pu se laisser piéger dans la presseuse.

Jackson rejeta la tête en arrière.

— Ça colle... Tout ça colle parfaitement.

— Vraiment?

— Vraiment. Je pense que nous pouvons éliminer la mandragore. On ne peut sérieusement supposer que quelqu'un ait introduit une main dans la repasseuse *avant* la mort de Mrs Frawley; quant à la belladone, elle n'est pas cultivée sous nos climats.

— Et la poussière de cimetière?

— Tu as une idée?

— Ce serait une sacrée coïncidence, répondit Hunton. Le cimetière le plus proche est celui de Pleasant Hill, à quelque huit kilomètres du Ruban-Bleu.

— Admettons, dit Jackson. J'ai demandé au programmeur — qui pensait que je me préparais déjà pour Halloween — de panacher les éléments principaux et secondaires figurant sur la liste, afin d'obtenir toutes les combinaisons possibles. J'en ai écarté environ deux douzaines apparemment dépourvues de toute signification. Les autres peuvent être réparties selon des catégories relativement précises. Les éléments que nous venons de retenir ressortissent à l'une d'entre elles.

— De quelle catégorie s'agit-il?

Jackson grimaça un sourire.

— L'une des plus simples. Elle se rattache à l'Amérique du Sud et se ramifie dans les Caraïbes. Elle est apparentée au vaudou. Dans la littérature que j'ai consultée à ce sujet, les divinités sont considérées comme plutôt minables comparées aux super-grands que sont Saddath ou Celui-Qui-Ne-Peut-Etre-Nommé. On va faire déguerpir ce qui hante cette machine comme le premier malfrat venu.

— Comment procéderons-nous?

— Un peu d'eau bénite et un fragment d'hostie consacrée devraient suffire. Nous pourrons lire aussi quelques passages du Lévitique. De la magie blanche à caractère typiquement chrétien.

— Mais... es-tu sûr que le remède ne sera pas pire que le mal?

— Je ne vois pas comment, affirma pensivement Jackson. Je dois t'avouer que ce qui m'ennuyait le plus c'était la mandragore. Celui qui l'utilise détient des pouvoirs considérables.

— Et l'eau bénite n'y suffirait plus ?

— Un démon invoqué en conjonction avec la mandragore pourrait se taper une pile de bibles au petit déjeuner. Mieux vaut ne pas songer à ce qui se passerait si on avait affaire à quelque chose de ce genre.

— Oui, mais es-tu absolument certain...

— Non..., mais presque. Tout va dans ce sens.

— Alors, quand ?

— Le plus tôt sera le mieux, répondit Jackson. Comment entrerons-nous ? En brisant une vitre ?

Hunton sourit puis extirpa une clé de sa poche et la brandit sous le nez de Jackson.

— Qui t'a donné ça ? Gartley ?

— Non. Un inspecteur du travail nommé Martin.

— Il connaît nos intentions ?

— Je pense qu'il les a devinées. Il m'a raconté une drôle d'histoire, il y a une quinzaine de jours.

— A propos de la presseuse ?

— Non, dit Hunton. A propos d'un réfrigérateur. On y va ?

Adelle Frawley reposait dans un cercueil, patiemment recousue par l'entrepreneur des pompes funèbres. Mrs Frawley avait été sujette aux indigestions et, pour remédier à ce petit ennui, avait eu coutume d'avaler de banals cachets, du Gel E-Z, qu'elle pouvait se procurer dans n'importe quelle pharmacie pour la somme de soixante-dix-neuf cents. Elle aurait pu se rappeler le jour où, peu après l'incident dont avait été victime Sherry Ouelette, elle avait laissé tomber accidentellement une pleine boîte de Gel E-Z dans la presseuse. Mais elle était morte et ne saurait jamais qu'un des constituants actifs qui calmaient ses brûlures d'estomac était un dérivé de la belladone, qu'on assimilait autrefois dans certains pays européens à la mandragore.

Le silence spectral de la blanchisserie du Ruban-Bleu fut brusquement déchiré par un horrible piaillement : une chauve-souris voletait frénétiquement à la recherche du trou par lequel elle était venue, un trou situé dans l'isolation, au-dessus des séchoirs.

Soudain, dans un grincement saccadé, la presseuse se mit en marche — les tapis défilant dans l'obscurité, les roues s'engrenant en gémissant, les lourds cylindres à vapeur tournant et tournant.

Ils étaient attendus.

Peu après minuit, Hunton gara sa voiture dans le parking; de grosses masses nuageuses se pressaient devant la lune.

Hunton coupa le contact et le martèlement régulier se fit plus distinct.

— C'est la presseuse, prononça-t-il lentement. Elle s'est mise en route toute seule. Au milieu de la nuit.

Ils observèrent un moment de silence, sentant la peur les agripper.

— C'est bon. Allons-y, décida Hunton.

Tandis qu'ils marchaient vers le bâtiment, le vacarme se fit de plus en plus assourdissant. Comme il introduisait la clé dans la porte de service, Hunton se dit que la machine semblait bel et bien *vivante* — une machine respirant à grandes goulées brûlantes puis émettant pour elle-même des chuchotements sardoniques et sifflants.

— Tout d'un coup, je me sens bien content d'être en compagnie d'un flic, dit Jackson.

Il tenait sous son bras un sac brun contenant une fiole d'eau bénite enveloppée dans du papier paraffiné et un exemplaire de la Bible.

Ils pénétrèrent dans l'usine et, à l'instant précis où Hunton allumait les néons, la presseuse cessa de tourner.

Un voile de vapeur flottait au-dessus des cylindres. Dans un silence lourd de menaces, la machine les attendait.

— Bon sang qu'elle est laide! souffla Jackson.

— Allons-y, sinon nos nerfs vont craquer.

Ils s'approchèrent. La barre de sécurité était baissée, juste au-dessus du tapis roulant qui alimentait la machine.

Hunton tendit la main.

— Donne-moi tout ça et dis-moi ce qu'il faut faire.

— Mais...

— Discute pas.

Jackson tendit le sac à Hunton qui le posa sur la table où les ouvrières empilaient les draps, à côté de la repasseuse. Il rendit la Bible à Jackson.

— Je vais lire, expliqua Jackson, et, quand je te ferai signe, tu aspergeras la machine d'eau bénite. Et tu diras : « Au nom du Père, du Fils et du Saint-Esprit, ô présence impure, sors de cet endroit, je te l'ordonne. » Compris ?

— Compris.

— A mon second signe, romps l'hostie puis répète le même exorcisme.

— Comment saurons-nous s'il opère ?

— Tu le sauras. Pour sortir, le démon est capable de fracasser n'importe quelle fenêtre de ce bâtiment. Nous répéterons l'exorcisme autant de fois qu'il le faudra.

— Je dois être vert de trouille, avoua Hunton.

— Pour être franc, moi aussi.

— Et si nous nous étions trompés à propos de la mandragore ?

— Il n'en est pas question, trancha Jackson. Commençons. (Sa voix résonna dans la blanchisserie déserte.) Ne tourne pas tes regards vers les idoles ni n'adore tes propres dieux. Je suis le Seigneur ton Dieu...

Les mots tombèrent comme des pierres dans le silence sépulcral et glacé. Quoique toujours inerte sous la lumière des néons, la presseuse semblait les narguer.

— ... et, pour l'avoir souillée, la terre te vomira de ses entrailles, comme elle a vomi des peuples avant toi.

Le visage crispé, Jackson leva les yeux et fit signe à Hunton qui aspergea d'eau bénite les tapis roulants.

Il y eut un grincement de métal torturé. Là où l'eau bénite était tombée, sur la toile fumante, apparurent de curieuses formes rougeâtres. Et la presseuse s'anima.

— Nous le tenons ! s'exclama Jackson dans le tumulte grandissant. Il abandonne !

Il se remit à lire, sa voix luttant contre le vacarme mécanique. Obéissant à un second signe, Hunton éparpilla quelques fragments d'hostie. Au même instant, une soudaine terreur lui glaça les sangs, et il sut qu'ils s'étaient trompés, que la machine leur avait fait abattre leurs cartes pour leur montrer qu'elle était la plus forte.

La voix de Jackson s'amplifiait, atteignant un paroxysme.

Des étincelles commencèrent à parcourir l'axe qui reliait le moteur principal au moteur auxiliaire. Une odeur d'ozone flotta dans l'air, semblable au parfum cuivré du sang chaud. Le moteur principal fumait. La presseuse tournait à une vitesse frénétique. Il eût suffi de poser le doigt sur le tapis principal pour être entraîné tout entier dans la machine, puis transformé en l'espace de quelques secondes en une loque sanglante. Sous leurs pieds, le béton était ébranlé par de tonitruantes vibrations.

L'un des supports principaux explosa dans un éclair aveuglant de lumière écarlate, distillant dans l'air froid un parfum d'orage, tandis que la presseuse continuait de tourner, toujours plus vite...

Hunton, qui était resté presque hypnotisé par ce spectacle, fit soudain un pas en arrière.

— Fuyons! hurla-t-il dans le vacarme.

— Nous l'avons presque! cria Jackson en retour. Pourquoi?...

Il y eut un craquement indescriptible et une fissure s'ouvrit dans le sol en béton, courant vers eux puis les dépassant, de plus en plus large. Des gerbes de ciment fusèrent.

Les yeux fixés sur la presseuse, Jackson hurla.

La machine essayait d'échapper à sa prison de béton, tel un dinosaure tentant de s'extirper de sa fosse de goudron. Déjà, on ne pouvait plus parler d'une repasseuse. Elle se transformait, mutait. Le câble de 550 volts tomba en crachant son feu bleu entre les cylindres; il fut avalé. L'espace d'un instant, ils se crurent observés par deux boules de feu, semblables à deux yeux à l'éclat blafard, deux yeux voraces et sans pitié.

Une autre lézarde s'ouvrit. La presseuse s'inclina vers les deux hommes, sur le point de se libérer de l'emprise du béton. Elle les menaçait. La barre de sécurité s'était relevée, révélant la gueule béante et affamée d'un monstre écumant.

Ils voulurent fuir mais une autre fissure s'ouvrait à leurs pieds. Derrière eux, un terrible rugissement leur annonça la libération du monstre. Hunton franchit la faille d'un bond mais Jackson trébucha et s'écroula.

Hunton voulut secourir son ami mais une ombre gigantesque le recouvrit, occultant les néons.

Elle dominait Jackson qui, couché sur le dos, lui faisait face, un rictus de terreur paralysant ses lèvres... prêt pour le sacrifice. Hunton ne percevait que l'image confuse d'une masse noire obscurcissant tout son horizon, d'une masse qui le contemplait de ses deux énormes yeux électriques, ouvrant grande sa gueule où palpitait une langue de toile.

Il s'enfuit, poursuivi par les cris d'agonie de Jackson.

Quand Roger Martin quitta enfin son lit pour aller ouvrir la porte, il n'était encore qu'à demi éveillé; mais, lorsque Hunton se rua dans son appartement, il reprit brutalement contact avec la réalité.

Les yeux exorbités, le policier s'agrippa au peignoir de Martin. Le sang coulait encore d'une petite coupure à sa joue et le ciment pulvérisé l'avait couvert d'une multitude d'éclaboussures grisâtres.

La terreur avait blanchi ses cheveux.

— Aidez-moi..., pour l'amour de Dieu, aidez-moi! Mark est mort.

— Doucement, dit Martin. Venez dans le salon.

Hunton le suivit, geignant comme un chien.

Martin lui versa une bonne rasade de Jim Beam; Hunton prit le verre à deux mains et le vida d'un trait. Le verre tomba sur la moquette et les mains de Hunton cherchèrent à nouveau les revers de Martin.

— La presseuse a tué Mark Jackson. Elle... Oh! mon Dieu! Et si elle s'échappait! Il ne faut pas qu'elle sorte de là...

Il se mit à hurler, poussant une plainte qui s'amplifiait puis retombait en vagues chaotiques.

Martin voulut lui offrir un second verre mais Hunton le repoussa.

— Nous devons la brûler, dit-il. La brûler avant qu'elle ne s'échappe. Oh! Que se passerait-il si... Oh! Seigneur!

Ses yeux se révulsèrent soudain, et, telle une pierre, il s'écroula sur la moquette, inconscient.

Mrs Martin se tenait dans l'embrasure de la porte, maintenant rassemblés sous sa gorge les deux pans de sa robe de chambre.

— Qui est-ce, Rog? Il est fou? J'ai cru...

Elle frissonna.

— Je ne pense pas qu'il soit fou.

Le masque terrifié qui déformait le visage de son mari l'effraya soudain.

— Mon Dieu, j'espère qu'il est encore temps.

Martin se tourna vers le téléphone, le décrocha : pas de tonalité.

A l'est de la maison, dans la direction d'où Hunton était venu, s'élevait une rumeur, de plus en plus proche. Un grincement sonore et continu qui s'intensifiait. La fenêtre du salon était à demi ouverte et Martin percevait maintenant une sinistre odeur..., celle de l'ozone... ou celle du sang.

Son combiné muet toujours à la main, il entendit que le bruit se faisait plus intense... Grincements, sifflements..., quelque chose répandait dans les rues une vapeur brûlante. L'odeur de sang envahit la pièce.

Sa main laissa échapper le combiné.

Elle était déjà dehors.

LE CROQUE-MITAINE

— Je suis venu vous voir parce que j'ai besoin de raconter mon histoire, dit l'homme qui était allongé sur le divan du Dr Harper.

Il s'appelait Lester Billings et venait de Waterbury, dans le Connecticut. D'après la fiche remplie par Mrs Vickers, l'assistante du docteur, il était âgé de vingt-huit ans, travaillait dans l'industrie à New York, était divorcé et père de trois enfants. Tous trois étaient décédés.

— Je ne suis pas allé voir un prêtre parce que je ne suis pas catholique. Je ne suis pas allé voir un avocat parce que je n'ai rien fait qui intéresse la justice. J'ai tué mes enfants. Un par un. Je les ai tués tous les trois.

Le Dr Harper mit le magnétophone en marche.

Raide comme un double décimètre, le corps de Billings se refusait à épouser les formes du divan d'où dépassaient nettement ses deux pieds. L'attitude d'un homme s'infligeant une humiliation nécessaire. Tel un défunt, ses mains étaient croisées sur sa poitrine. Aucune émotion ne transparaissait sur son visage. Il observait le plafond d'un blanc uni comme s'il y voyait s'animer des scènes et des images.

— Voulez-vous dire que vous les avez réellement tués ou bien...

— Non. (Un spasme d'impatience agita sa main.) Mais c'est moi le responsable. Denny en 1967. Shirl en 1971. Et Andy cette année.

Le Dr Harper ne répondit rien. Il fut frappé par l'air hagard et prématurément vieilli de Billings. Sa chevelure s'éclaircissait et son teint était jaunâtre. Son regard trahissait la fréquentation assidue du whisky.

— On les a assassinés, vous comprenez ? Seulement,

139

personne ne veut le croire. Si on voulait l'admettre, les choses pourraient s'arranger.

— Comment cela ?

— Parce que...

Billings s'interrompit net, se redressa brusquement sur ses coudes et fixa des yeux un point situé à l'autre bout de la pièce. Ses paupières ne laissaient plus voir que deux fentes noires.

— Qu'est-ce que c'est que ça ? aboya-t-il.

— Ça quoi ?

— Cette porte.

— Un placard, répondit le Dr Harper. C'est là que je suspends mon manteau et que je range mes chaussures.

— Ouvrez-le. Je veux voir.

Le Dr Harper se leva sans un mot, traversa la pièce et ouvrit le placard. A l'intérieur, un vieil imperméable était accroché à l'un des cintres. En dessous luisait une paire de bottes de caoutchouc. De l'une d'elles dépassait un exemplaire du *New York Times*. C'était tout.

— Tout va bien ?

— Ça va.

Billings se détendit, reprenant sa position initiale.

— Vous disiez, dit le Dr Harper en revenant vers sa chaise, que vos ennuis disparaîtraient si l'on pouvait admettre que vos trois enfants ont été assassinés. Vous êtes en mesure de m'expliquer cela ?

— J'irai en prison, répondit immédiatement Billings. Jusqu'à la fin de mes jours. Et, dans une prison, on peut surveiller tout ce qui se passe. Partout.

Il sourit dans le vide.

— Comment vos enfants ont-ils été assassinés ?

— Ne me brusquez pas !

Billings eut un mouvement spasmodique en direction de Harper qu'il fixa de ses yeux mornes.

— Je vous le dirai, ne craignez rien. Je sais que vous ne me croirez pas mais je m'en fous. J'ai seulement besoin de raconter mon histoire.

— C'est bon.

Le Dr Harper sortit sa pipe.

— J'ai épousé Rita en 1965. J'avais vingt et un ans et elle en avait dix-huit. Elle était enceinte de Denny. (Une

grimace effrayante passa fugitivement sur ses lèvres.)
J'ai dû quitter la fac et trouver du travail, mais ça
m'était égal. Je les aimais tous les deux. Nous étions
très heureux.

» Rita tomba de nouveau enceinte peu après la naissance de Denny et Shirl vint au monde en décembre
1966. Quand Andy naquit, pendant l'été 1969, Denny
était déjà mort. Andy fut un accident. Du moins, c'est ce
que Rita disait. A mon avis, ce n'était pas tout à fait un
accident. Les enfants, ça accapare un homme. Les femmes aiment ça, surtout quand l'homme est plus intelligent qu'elles. Vous ne croyez pas ?

Harper grogna sans se compromettre.

— Aucune importance. De toute façon, j'aimais cet
enfant.

Il avait dit cela d'un ton presque vengeur, comme s'il
avait aimé Andy pour contrarier sa femme.

— Qui a tué les enfants ? demanda Harper.

— Le croque-mitaine, répondit sans hésiter Lester
Billings. Il est simplement sorti du placard et il les a
tués tous les trois. (Il se tortilla sur le divan.) D'accord,
vous pensez que je suis fou. Je le lis sur votre figure.
Mais je m'en fous.

— Je vous écoute, l'assura Harper.

Quand tout a commencé, Denny avait presque deux
ans et Shirl n'était encore qu'un bébé. Denny avait
attrapé la manie de pleurer chaque fois que Rita la
mettait au lit. Il n'y avait que deux chambres, vous comprenez, et Shirl dormait dans la nôtre. Au début, je
pensais qu'il pleurait parce qu'il n'avait plus de biberon
dans son lit avec lui. Rita disait de ne pas en faire une
question de principe; laisse-lui son biberon, il s'en fati-
guera bien tout seul. Mais c'est comme ça que les gosses tournent mal. En leur passant tout, on les pourrit.
Et puis ils vous brisent le cœur.

» Au bout d'un moment, comme ça ne s'arrêtait pas,
j'ai pris l'habitude de le mettre moi-même au lit. Et s'il
ne voulait pas cesser de pleurer, je lui flanquais une
fessée. Rita disait qu'il réclamait sans arrêt de la
lumière. Elle voulait mettre une veilleuse dans sa chambre. Je ne l'ai pas laissée faire. Si un enfant ne réussit

pas à surmonter sa peur du noir quand il est petit, il n'y arrivera jamais.

» Bref, il est mort pendant l'été qui a suivi la naissance de Shirl. Je l'avais mis au lit, cette nuit-là, et, aussitôt, il avait commencé à pleurer. Cette fois-ci, j'entendais ce qu'il disait. Il me montrait le placard et il faisait : « Le croque-mitaine ! Le croque-mitaine, papa ! »

» J'éteignis la lumière et revins dans notre chambre où je demandai à Rita quelle idée elle avait eu d'apprendre au gosse un mot pareil. Elle me répondit qu'elle ne lui avait jamais appris à dire ça. Je la traitai de fieffée menteuse.

» L'été ne fut pas facile. Le seul boulot que j'avais pu trouver consistait à charger des caisses de Pepsi-Cola dans un entrepôt, et j'étais tout le temps crevé. Shirl se réveillait et se mettait à pleurer toutes les nuits, alors Rita allait la prendre en reniflant. Je vous jure, certaines fois, je les aurais bien balancées par la fenêtre toutes les deux.

» Donc, le gosse me réveille à 3 heures du matin pile. Je vais dans la salle de bains, à moitié réveillé, et Rita me demande si j'ai jeté un coup d'œil sur Denny. Je lui réponds de le faire elle-même et retourne au lit. A peine rendormi, j'entends Rita qui hurle.

» Je me lève pour aller voir. Le gamin était sur le dos, mort. Blanc comme un linge sauf là où le sang était... était tombé. L'arrière des jambes, la tête, le c..., les fesses. Ses yeux étaient ouverts. C'est ça le pire, vous comprenez. Grands ouverts et vitreux comme les yeux des gosses de viets qu'on voit sur les photos. Mais un gamin de chez nous avec des yeux comme ça, non. C'était horrible... je l'aimais, ce gosse. (Billings secoua lentement la tête ; à nouveau, une grimace déforma ses traits.) Rita hurlait comme une folle. Elle a voulu prendre Denny dans ses bras pour le bercer, mais je ne l'ai pas laissée. Les flics n'aiment pas qu'on touche à quoi que ce soit.

— Saviez-vous déjà que c'était le croque-mitaine ? demanda doucement le Dr Harper.

— Oh ! non. Pas à ce moment-là. Mais j'avais remarqué quelque chose. Sur le coup, je n'y ai pas accordé d'importance, mais ma mémoire l'a enregistré.

— De quoi s'agit-il ?

— La porte du placard était ouverte. Pas beaucoup. Juste entrebâillée. Mais je savais bien que je l'avais laissée fermée, vous comprenez. Il y avait des sacs en plastique dedans. Il suffit qu'un môme s'amuse avec ça et, hop ! asphyxié. Vous me suivez ?

— Oui. Et ensuite, que s'est-il passé ?

Billings haussa les épaules.

— Nous l'avons enterré.

Il posa un regard morbide sur les mains qui avaient jeté la première poignée de terre sur trois petits cercueils.

— Y eut-il une enquête ?

— Vous pensez bien ! (Une lueur sardonique s'alluma dans les yeux de Billings.) J'ai eu droit à une espèce de bouseux qui avait obtenu son diplôme dans je ne sais quel trou perdu. Il a appelé ça « mort subite du nourrisson ». Avez-vous déjà entendu une connerie pareille ? C'était un gosse de trois ans !

— Ce type de décès brutal et inexplicable survient surtout pendant la première année, avança prudemment Harper. Mais on trouve ce genre de diagnostic sur des certificats de décès concernant des enfants ayant jusqu'à cinq ans...

— Une connerie, je vous dis ! cracha Billings avec colère.

Harper ralluma sa pipe.

— Un mois après l'enterrement, on a mis Shirl dans l'ancienne chambre de Denny. Rita a fait tout ce qu'elle a pu, mais j'ai eu le dernier mot. Ça m'a fait mal, croyez-moi, bon sang j'aimais bien avoir la gosse avec nous. Mais il ne faut pas trop les couver. Après, ils deviennent incapables de se défendre dans la vie. Et il ne faut pas trop s'écouter non plus. C'est la vie. On a mis Shirl dans le berceau de Denny. On a quand même balancé le vieux matelas. Je ne voulais pas que ma fille attrape des microbes.

» Une année est passée. Une nuit, alors que je mets

Shirl au lit, voilà qu'elle commence à crier et à pleurni-
cher. « Le croque-mitaine, papa, le croque-mitaine ! »

» Ça m'a donné un choc. Juste comme pour Denny.
Et je me suis souvenu de cette porte de placard entrebâillée quand nous l'avons trouvé. J'ai eu envie de la
prendre avec nous pour la nuit.

— Vous l'avez fait ?

— Non. (Billings contempla ses mains et son visage
se contracta.) Je ne pouvais pas avouer à Rita que
j'avais eu tort. Il *fallait* que je sois fort. Elle n'a jamais
su dire non, Rita... Vous n'avez qu'à voir avec quelle
facilité elle a couché avec moi avant qu'on soit mariés.

— D'un autre côté, dit Harper, voyez avec quelle facilité *vous* avez couché avec *elle*.

Billings se figea puis tourna lentement la tête en
direction de Harper.

— Laissez-moi raconter à ma façon, fit-il, avec irritation. Je suis venu ici pour me soulager d'un poids. Pour
raconter mon histoire. Pas pour vous parler de ma vie
sexuelle. Rita et moi avions une vie sexuelle parfaitement normale ; on n'a jamais rien fait de ces choses
dégoûtantes. Je sais que ça en défoule certains de parler
de ça, mais je n'en fais pas partie.

— Très bien.

— Très bien, répéta Billings avec une feinte assu-
rance.

Il semblait avoir perdu le fil de sa pensée et ses yeux
jetaient des regards inquiets vers la porte du placard.

— Voulez-vous que je l'ouvre ? demanda Harper.

— Non ! s'exclama aussitôt Billings... (Il émit un petit
rire nerveux.) Pourquoi est-ce que je voudrais regarder
vos bottes ?

» Le croque-mitaine l'a eue aussi, reprit-il. (Il se
passa un doigt sur le front, comme pour suivre le tracé
de ses souvenirs.) Un mois plus tard. Mais avant, il
s'était passé des choses. Une nuit, j'ai entendu un bruit
dans sa chambre. Et puis elle s'est mise à crier. J'ai
ouvert la porte à toute vitesse — la lumière du couloir
était allumée — et... elle était assise sur son lit en pleurant et... il y avait quelque chose qui *remuait*. Dans
l'ombre, près du placard. Quelque chose qui *glissait*.

— La porte du placard était-elle ouverte ?

— Un petit peu. Juste une fente. (Billings se passa la langue sur les lèvres.) Shirl criait : « Le croque-mitaine ! » Et autre chose qui ressemblait à « pattes ». En fait, elle disait plutôt « pote ». Les petits confondent souvent le o avec le a, vous comprenez. Rita est arrivée en courant et elle a demandé ce qui se passait. Je lui ai dit que Shirl avait été effrayée par les ombres que font les branches sur le plafond.

— Pote ?

— Hein ?

— Pote..., porte. Peut-être essayait-elle de dire porte ?

— Peut-être..., fit Billings, mais je ne crois pas. Il me semble bien que c'était « pattes ». (Ses yeux étaient de nouveau rivés à la porte du placard.) Des pattes..., de grosses pattes griffues.

Sa voix n'était plus qu'un murmure.

— Avez-vous regardé dans le placard ?

— Ou-oui.

Ses mains étaient étroitement enlacées sur sa poitrine, et il serrait si fort qu'un croissant blanc apparaissait sur chaque jointure.

— Y avait-il quelque chose à l'intérieur ? Avez-vous vu le...

Billings se mit brusquement à hurler :

— Rien ! Je n'ai rien vu ! (Puis ce fut comme s'il lâchait aux mots la bonde de son âme :) Quand elle est morte, c'est moi qui l'ai trouvée, vous comprenez. Elle avait avalé sa langue. Elle avait la figure noire et elle me regardait. Ses yeux... on aurait dit ceux d'un animal traqué, brillants et terrifiés, et ils me criaient : « Il m'a attrapée, papa, tu l'as laissé m'attraper, tu l'as aidé à me tuer... » (Sa voix s'éteignit. Silencieux, il laissa couler une unique larme le long de sa joue.) Elle est morte de convulsions, vous comprenez ? Ils ont fait une autopsie à l'hôpital de Hartford et ils nous ont dit qu'elle s'était étouffée en avalant sa langue à cause des convulsions. Ils ont gardé Rita sous sédatif. Elle était devenue hystérique. Il a donc fallu que je rentre tout seul en sachant très bien qu'un gosse a pas des convulsions comme ça juste parce qu'il a le cerveau baisé. Mais de terreur, oui. Et il fallait que je rentre dans cette maison où *il* était.

» J'ai dormi sur le divan, murmura-t-il. Avec la lumière allumée.

— S'est-il produit quelque chose ?

— J'ai fait un rêve, dit Billings. J'étais dans une chambre sombre et il y avait quelque chose que je ne distinguais pas très bien, dans le placard. Ça a fait un bruit..., un bruit mou. Ça m'a rappelé les bandes dessinées que je lisais quand j'étais gosse. *Tales from the Crypt*... c'était l'histoire de cette femme qui voulait noyer son mari. Elle lui attachait un bloc de ciment aux pieds et le balançait dans un puits. Seulement, il revenait. Il était tout pourri, verdâtre, avec un œil bouffé par les poissons et des algues plein les cheveux. Il revenait et il la tuait. Donc, quand je me suis réveillé au milieu de la nuit, j'avais l'impression qu'il était penché au-dessus de moi. Avec ses longues pattes griffues...

Le Dr Harper jeta un coup d'œil sur l'horloge digitale encastrée dans son bureau. Lester Billings parlait depuis près d'une demi-heure.

— Quelle fut l'attitude de votre femme envers vous lorsqu'elle revint à la maison ?

— Elle m'aimait toujours, répondit Billings avec fierté. Elle continuait à faire ce que je lui disais. C'est le rôle d'une épouse, n'est-ce pas ? Ce M.L.F. ne sert qu'à rendre les gens malades. Ce qu'il y a de plus important dans la vie c'est de savoir où est sa place. Sa... euh...

— La position qu'on doit occuper dans l'existence ?

— Exactement ! (Billings fit claquer ses doigts.) C'est exactement ça ! Une épouse doit suivre son mari. Oh ! elle est restée un peu apathique pendant les quatre ou cinq premiers mois... Elle traînait dans la maison, elle ne chantait pas, ne regardait plus la télé, ne riait jamais. Mais je savais qu'elle reprendrait le dessus. Quand ils sont si petits, on n'a pas eu le temps de s'y attacher autant.

» Elle voulait un autre bébé, ajouta-t-il sombrement. Je lui ai dit que ce n'était pas une très bonne idée. Oh ! pas pour toujours, mais au moins pour un moment. Je lui ai dit que maintenant il était temps d'oublier le passé et de profiter enfin de la vie. On n'avait jamais eu l'occasion de le faire, avant. On ne pouvait pas aller voir jouer les Mets en ville à moins que ses vieux ne prennent les gosses, parce que ma mère ne voulait pas en entendre parler. Denny était né trop tôt après notre mariage, vous comprenez? Elle disait que Rita était une allumeuse, une vulgaire fille de petite vertu. Des filles de petite vertu, c'est comme ça que ma mère les appelait toujours. Vous ne trouvez pas ça drôle? Elle n'a même pas voulu venir au mariage. (Billings tambourinait des doigts sur sa poitrine.) Le gynécologue de Rita lui a vendu un machin qu'on appelle un stérilet. Infaillible, avait dit le docteur. (Il eut un sourire amer.) Résultat, l'année d'après, elle était encore enceinte. Infaillible!

— Il n'existe pas de méthode de contraception parfaite, intervint Harper. La pilule n'est efficace qu'à quatre-vingt-dix-huit pour cent. Le stérilet peut être éjecté par de simples crampes, une forte menstruation, et, dans des cas exceptionnels, à cause d'un phénomène de rejet.

— Oui. Ou alors vous pouvez l'enlever.

— C'est possible.

— Et ensuite, vous voulez savoir? Elle s'est mise à tricoter des petites affaires, à chanter sous la douche, à grignoter des pickles toute la journée. S'asseyant sur mes genoux pour me raconter que Dieu l'avait voulu. *Conneries.*

— L'enfant est venu au monde un an après la mort de Shirl?

— C'est ça. Un garçon. Elle l'a appelé Andrew Lester Billings. J'ai fait comme s'il n'existait pas, au début. Elle s'était laissé engrosser, qu'elle s'en occupe. Je sais que ça va vous paraître dur, mais il faut que vous vous souveniez par quoi je suis passé.

» Mais je n'ai pas pu lui résister longtemps, vous savez. D'abord, c'était le premier de la nichée qui me ressemblait. Denny ressemblait à sa mère et Shirl ne ressemblait à personne, à part peut-être à ma grand-mère Ann. Andy, c'était mon portrait tout craché.

» Je jouais avec lui dans son parc en rentrant du

boulot. Il m'attrapait le doigt et il me souriait en gazouillant. A peine neuf semaines et il souriait déjà à son vieux papa.

» Et puis un soir je suis ressorti d'un drugstore avec un mobile à accrocher au-dessus du berceau du gosse. Moi! Je disais toujours que les mouflets n'apprécient pas vraiment les cadeaux jusqu'au jour où ils sont assez grands pour dire merci. Et voilà que je lui achetais des babioles idiotes et, tout d'un coup, je me suis rendu compte que, de tous, c'était lui mon préféré. J'avais changé de boulot, une bonne place cette fois-là; je vendais des accessoires de perceuse chez Cluett and Sons. Je me débrouillais bien et, quand Andy a eu un an, nous avons déménagé à Waterbury. Cet endroit nous rappelait trop de mauvais souvenirs.

» Et il y avait trop de placards.

» L'année suivante fut la meilleure que nous ayons connue. Je donnerais ma main droite pour la faire revenir. Nous vivions dans une rue calme, entourés de voisins agréables. Nous étions heureux. Une fois, j'ai demandé à Rita si elle n'était pas un peu inquiète. Vous savez, comme on dit, jamais deux sans trois. Mais elle m'a répondu qu'elle avait confiance, qu'Andy n'était pas comme les autres et que Dieu l'avait pris sous sa protection. (Il contemplait le plafond d'une façon morbide.) Tout a recommencé l'année dernière. Quelque chose s'est mis à changer dans la maison. J'ai pris l'habitude de laisser mes bottes dans l'entrée par crainte d'ouvrir la porte du placard. J'avais l'impression d'entendre des bruits mous comme si quelque chose de noir, de vert et d'humide palpitait dans le placard.

» Rita m'ayant demandé si je ne travaillais pas trop, je me suis remis à la battre, comme avant. Ça me rendait malade de les laisser tout seuls quand j'allais au boulot mais, malgré tout, j'étais content de sortir. Il m'était venu à l'idée que nous l'avions semé quand nous avions déménagé. Qu'il lui avait fallu partir en chasse, rôdant dans les rues pendant la nuit ou rampant dans les égouts. Il suivait notre piste. Ça lui avait pris un an, mais il nous avait retrouvés. Il en a après Andy et après moi, pensai-je. Je me suis dit aussi que, peut-être, si on pense très fort à quelque chose, que si on finit par y croire, eh bien, ça devient vrai. Peut-être que tous les monstres qui nous terrifient quand on est gosse, Frankenstein, les loups-garous et Dracula, peut-être qu'après tout ils existent vraiment. Peut-être qu'ils ont tué ces enfants prétendument tombés dans des puits, ou bien noyés dans un lac ou qu'on n'a tout simplement jamais retrouvés.

— Rattacheriez-vous un souvenir personnel à ces considérations, Mr Billings ?

Billings resta silencieux un long moment... Le chiffre des minutes cliqueta deux fois à l'horloge digitale. Puis, soudain, il reprit :

— Andy est mort en février. Rita était absente. Son père venait de lui téléphoner que sa mère avait eu un accident d'auto et qu'elle était dans un état désespéré. Elle était partie par le premier car, cette nuit-là.

» Sa mère est restée dans un état critique pendant plus de deux mois. J'avais trouvé une femme très bien pour garder Andy pendant la journée. Le soir, on était tout seuls, lui et moi. Et, de plus en plus fréquemment, je retrouvais les portes des placards ouvertes. (Billings se mouilla les lèvres.) Le gosse dormait dans la même chambre que moi. Ça aussi, c'est drôle. Une fois, quand il avait deux ans, Rita m'avait demandé si je voulais qu'on l'installe dans une autre chambre. D'après Spock, ou je ne sais quel autre charlatan dans ce genre, il paraît que c'est mauvais pour les enfants de dormir dans la même chambre que leurs parents. Mais, je ne voulais pas le changer de chambre. J'avais trop peur, après Denny et Shirl.

— Mais vous vous y êtes cependant résolu, n'est-ce pas ? demanda le Dr Harper.

— Ouais, fit Billings. (Il eut un sourire contraint.) Je l'ai fait. (Nouveau silence. Billings sembla ne plus savoir comment le rompre.) J'ai été obligé ! aboya-t-il enfin. J'ai bien été obligé ! Quand Rita était là, ça allait encore, mais, depuis qu'elle était partie, il ne se gênait plus. (Il tourna les yeux vers Harper et découvrit ses dents en une grimace féroce.) Oh ! vous ne me croirez jamais. Je sais ce que vous pensez, que je suis un dingue de plus à inscrire sur vos tablettes, mais vous n'étiez pas là, vous, espèce de fouille-merde pouilleux.

» Une nuit, toutes les portes de la maison se sont ouvertes brusquement. Et, un matin, en me levant, j'ai découvert une traînée de boue et de saletés qui traversait le vestibule du placard à manteaux jusqu'à la porte d'entrée. Est-ce qu'il sortait? Est-ce qu'il rentrait? Dieu m'est témoin que j'en sais rien. Tous les disques étaient rayés et couverts de vase, les miroirs étaient brisés... et ces bruits... (Il se passa la main dans les cheveux.) Vous vous réveillez à 3 heures du matin, tout est noir et, au début, vous vous dites : « Ça doit être la pendule. » Mais, en faisant attention, vous entendez quelque chose qui bouge furtivement, mais pas trop furtivement, parce qu'il veut que vous l'entendiez. Un bruit glissant et un peu humide, comme celui que fait l'évier de la cuisine en se vidant. Ou un grattement comme feraient des griffes qui déraperaient sur la rampe de l'escalier. Et vous fermez les yeux en vous disant que c'est *mal* d'entendre toutes ces choses mais que le risque serait plus grand encore si soudain vous le *voyiez*, là...

» Et vous n'avez qu'une peur, c'est que les bruits ne s'arrêtent un instant et puis qu'un rire vous éclate à la figure, vous emplissant les narines d'une haleine puant le chou fermenté, et qu'alors des pattes se posent sur votre gorge... (Billings était livide; il tremblait.) Alors, j'ai mis Andy dans l'autre chambre. Je savais qu'*il* s'attaquerait à lui. Parce qu'il était le plus faible. Et c'est ce qui s'est passé. Dès la première fois, il s'est mis à hurler au milieu de la nuit et, finalement, lorsque j'ai levé le loquet pour entrer, je l'ai trouvé debout sur son lit qui criait : « Le croque-mitaine, Papa... croque-mitaine... veux aller 'vec Papa, aller 'vec Papa. »

Les yeux de Billings semblèrent emplir tout son visage; il paraissait presque avoir rétréci sur le divan.

— Mais je ne pouvais pas. (Billings continuait de s'exprimer sur le mode aigu des enfant.) Une heure plus tard il y eut un horrible cri étranglé. Et je sus soudain combien j'aimais cet enfant, parce que je me précipitai dans la chambre sans même avoir allumé la lumière, j'ai couru, couru. Oh! Jésus, Marie, Joseph. *Il* était là; il le secouait exactement comme un chien secoue un morceau d'étoffe entre ses dents, et j'ai aperçu une forme aux épaules affaissées, avec une tête d'épouvantail, et j'ai senti une odeur qui me rappelait celle que répand une bouteille contenant une souris crevée et j'ai entendu... (Sa voix s'éteignit puis reprit des intonations d'adulte.) J'ai entendu le bruit que faisait le cou d'Andy en se rompant. (Billings s'exprimait maintenant d'une façon froide et morne.) On aurait dit le craquement qu'émet la glace quand vous patinez sur une mare gelée.

— Continuez...

— Oh! j'ai couru, fit Billings sans changer de ton. Je suis allé dans un bar qui ne fermait pas de la nuit. Peut-on imaginer pire lâcheté? Se précipiter dans un bar et boire six tasses de café. Je ne suis revenu à la maison qu'à l'aube. J'ai appelé la police avant même de monter dans la chambre. Il était allongé sur le sol et me fixait des yeux. Il m'accusait. Un petit filet de sang avait coulé de son oreille. Juste une goutte, en fait. Et la porte du placard était entrouverte..., à peine entrebâillée.

Il se tut. Harper jeta un coup d'œil sur la pendule digitale. Cinquante minutes s'étaient écoulées.

— Prenez rendez-vous avec mon assistante, dit-il. Ou plutôt, prenez-en plusieurs. Les mardis et les jeudis?

— Je suis seulement venu pour vous raconter mon histoire, protesta Billings. Pour me débarrasser du poids qui pèse sur ma poitrine. J'ai menti à la police, vous comprenez? Je leur ai dit que le gosse avait dû essayer de descendre de son lit en pleine nuit et... ils ont tout avalé. Evidemment. C'est exactement à ça que ça ressemblait. Un accident, comme pour les deux autres. Mais Rita savait. Rita... avait fini par comprendre...

Il enfouit son visage dans son bras droit et se mit à pleurer.

— Mr Billings, dit Harper après un instant de silence, il faudrait examiner tout cela en détail. Je pense que nous pouvons nous soulager d'une partie de la culpabilité que nous ressentons mais, pour cela, il faut en avoir le désir.

— Vous croyez que c'est ça ce que je veux ? hurla Billings en abaissant son bras.

On pouvait lire sa souffrance dans ses yeux gonflés et injectés de sang.

— Pas encore..., répondit tranquillement le Dr Harper. Alors, le mardi et le jeudi ?

— Maudit réducteur de crânes, marmonna Billings. C'est bon, c'est bon...

— Prenez rendez-vous avec mon assistante, Mr Billings. Et bonne journée.

Billings émit un rire sans joie et sortit hâtivement du salon, sans un regard en arrière.

Le bureau de l'assistante était vide. Posé sur la table, un petit écriteau portait ces mots : *Je reviens dans un instant.*

Billings fit demi-tour et retourna dans le salon.

— Docteur, votre assistante n'est...

La pièce était déserte.

Mais la porte du placard était ouverte. A peine entrebâillée.

— Eh oui, fit la voix à l'intérieur du placard. Eh oui.

On eût dit que les mots étaient prononcés par une bouche emplie d'algues pourries.

Billings resta cloué au sol tandis que la porte du placard s'ouvrait brusquement. Il eut la sensation confuse d'un liquide chaud lui coulant le long des cuisses.

— Eh oui, fit le croque-mitaine en s'extirpant du placard.

Il tenait encore son masque de Dr Harper d'une patte griffue.

MATIÈRE GRISE

Ils nous avaient annoncé la tempête depuis le début de la semaine et c'est jeudi qu'elle nous est tombée dessus; une vraie tornade qui ne semblait pas décidée à se calmer. Nous étions cinq ou six habitués à traîner autour d'une bonne pinte « Aux Oiseaux de Nuit », dans le petit magasin d'Henry qui était le seul de ce côté-ci de Bangor à rester ouvert vingt-quatre heures sur vingt-quatre.

On ne peut pas dire que Henry soit débordé — ses principaux clients sont les étudiants du coin — mais il s'en tire et nous permet à nous autres, les vieux gâteux, de nous retrouver pour échanger des considérations sur les derniers décès en date ou sur la façon dont le monde court à sa perte.

Cet après-midi-là, Henry se trouvait derrière son comptoir; Bill Pelham, Bertie Connors, Carl Littlefield et moi-même nous disputions la chaleur du poêle. Dehors, pas une voiture ne s'aventurait dans Ohio Street et même les chasse-neige n'étaient pas à la fête.

Henry n'avait vu que trois clients de tout l'après-midi.

La porte s'ouvrit, laissant pénétrer une bouffée de l'air froid et gris du dehors, et un gamin entra, secouant la neige de ses bottes. Je ne le remis pas tout de suite. C'était le fils de Richie Grenadine et on aurait dit que le ciel venait de lui tomber sur la tête. Sa pomme d'Adam montait et descendait, et son visage avait pris l'aspect d'une vieille toile cirée.

— Mr Parmalee, supplia-t-il en roulant des yeux, il faut que vous veniez. Il faut que vous veniez lui apporter sa bière. J' veux pas retourner là-bas. J'ai peur.

— Eh! doucement! répondit Henry qui fit le tour du

comptoir en enlevant son tablier blanc de boucher. Qu'est-ce qui se passe ? Ton père a trop bu ?

Je me dis soudain qu'on n'avait pas vu Richie depuis un bon bout de temps. D'habitude, cet homme gros et gras, aux bajoues de bouledogue et aux bras épais comme des jambons, venait chercher chaque jour une caisse de bière bon marché. Richie a toujours descendu des canettes de qualité inférieure mais, tant qu'il a travaillé à la scierie de Clifton, il l'a bien supporté. Puis un incident s'est produit — Richie a pilonné la mauvaise charge avec le désintégrateur, enfin, si l'on en croit ses dires — et il s'est retrouvé invalide du travail, libre comme l'air, vivant sur les indemnités que lui versait la compagnie. Quelque chose au dos. Quoi qu'il en soit, il s'est mis à grossir d'une façon phénoménale. Donc, on ne l'avait pas vu depuis quelque temps mais, plusieurs fois, j'avais aperçu son gamin qui venait lui chercher sa caisse de bière pour la nuit. Un brave gosse. Henry lui vendait la bière, sachant bien qu'il ne faisait qu'obéir aux ordres de son père.

— Bien sûr qu'il est soûl, répondit le môme, mais ce n'est pas de ça qu'il s'agit. C'est..., c'est... Oh ! mon Dieu ! c'est horrible !

Voyant qu'il allait se mettre à chialer, Henry fit précipitamment :

— Ça ne t'ennuie pas de tenir la caisse pendant une minute, Carl ?

— Pas du tout.

— Et maintenant, Timmy, tu vas venir avec moi dans la réserve et me dire de quoi il retourne.

Tandis qu'il emmenait le garçon, Carl alla se poster sur le tabouret de Henry, derrière le comptoir. Personne ne souffla mot pendant un moment. Nous pouvions les entendre, là-bas, Henry avec sa voix lente et grave, Timmy avec son timbre aigu et son débit précipité. Puis le gosse se mit à pleurer ; Bill Pelham se racla la gorge et entreprit de bourrer sa pipe.

— Ça fait bien deux mois que je n'ai pas vu Richie, remarquai-je.

— C'est pas une perte, grogna Bill.

— On l'a vu... Oh ! c'était bien la fin octobre, intervint

Carl. Juste avant la Toussaint. Il a pris une caisse de Schlitz. Il faisait du lard comme pas possible.

Il n'y avait pas grand-chose d'autre à dire. Le garçon sanglotait toujours mais cela ne l'empêchait pas de parler. Dehors, le vent continuait de hurler. C'était la mi-janvier et je me demandai si quiconque avait vu Richie depuis octobre, à part son fils, évidemment.

La discussion se prolongea encore un peu, puis Henry réapparut en compagnie du gamin. Timmy avait ôté son manteau mais Henry avait enfilé le sien. Le garçon se grattait la poitrine comme on le fait quand le moment le plus pénible est passé, mais ses yeux étaient rouges et, quand il nous faisait face, il baissait la tête.

Henry paraissait préoccupé.

— Je me suis dit que j'allais envoyer Timmy là-haut pour que ma femme lui prépare une tartine de fromage. Dites, vous autres, y en a bien deux qui vont m'accompagner chez Richie ? Timmy dit qu'il réclame de la bière. Il m'a réglé.

Henry tenta de sourire mais le moment ne s'y prêtait guère et il laissa vite tomber.

— Mais oui, bien sûr, fit Bertie. Je vais chercher la bière.

Je me levai aussi. Bertie et moi étions désignés d'office. L'arthrite de Carl le fait trop souffrir par un temps pareil et Bill Pelham ne peut plus guère se servir de son bras droit.

Bertie rapporta quatre packs d'Harrow's et je les entassai dans un carton pendant que Henry conduisait le garçon dans l'appartement qui se trouvait juste au-dessus.

Il confia le môme à sa femme, puis redescendit, regardant par-dessus son épaule pour s'assurer que la porte d'en haut était bien fermée. On entendit la voix un peu excitée de Billy :

— Qu'est-ce qui se passe ? Est-ce que Richie a tabassé son gamin ?

— Non, répondit Henry. Je préfère rien dire maintenant. C'est une histoire de fous. Mais je vais vous montrer quelque chose. L'argent qu'il a donné à Timmy pour la bière.

Il extirpa quatre billets d'un dollar de sa poche, puis les brandit en les tenant par le coin, et ça se comprenait. Ils étaient tout couverts d'une mousse grisâtre. Il les posa sur le comptoir avec un drôle de sourire puis dit à Carl :

— Ne laisse personne y toucher. Pas même s'il n'y a que la moitié à garder dans ce que m'a raconté le gamin.

Il alla se laver les mains dans l'évier qui se trouvait près du comptoir où il découpait la viande.

Je m'emmitouflai dans mon caban et passai une écharpe. Ça ne valait pas la peine de prendre une voiture. Richie vivait dans un appartement tout en bas de Curve Street, c'est-à-dire aussi près que faire se peut; de plus, c'était le dernier endroit à être dégagé par les chasse-neige.

Au moment où nous sortions, Bill Pelham nous lança :

— Soyez prudents, les gars !

Henry se contenta de hocher la tête et plaça le carton d'Harrow's sur un diable qu'il gardait près de la porte; nous tirâmes.

Le vent nous sciait le visage et je dus couvrir mes oreilles de mon écharpe. Nous fîmes une pause sur le pas de la porte pour permettre à Bertie de tirer sur ses gants.

— C'est pas que je veuille vous effrayer, les gars, dit Henry en nous gratifiant à nouveau d'un sourire un peu contraint, mais je dois vous répéter tout ce que m'a dit le gamin avant qu'on arrive là-haut... je peux pas garder ça pour moi, vous comprenez ?

Il sortit un six-coups de calibre 45 de la poche de son manteau — c'était le revolver qu'il gardait chargé et prêt à servir sous son comptoir depuis le jour de 1958 où il avait décidé d'ouvrir jour et nuit. Je ne sais pas où il l'avait déniché mais je me rappelle qu'un jour il l'a brandi sous le nez d'un braqueur et que le mec est parti sans demander son reste. C'est d'accord, Henry n'était pas du genre à s'affoler.

Cela pour dire que Henry voulait que Bertie et moi sachions qu'il parlait sérieusement.

Nous avançâmes, le vent nous courbant comme des lavandières, tandis que Henry, qui tirait le diable, nous répétait ce que le garçon lui avait raconté. Les bourrasques tentaient d'emporter les mots avant qu'ils ne parviennent à nos oreilles, mais nous pûmes saisir l'essentiel de l'histoire. J'étais sacrément content que Henry ait eu son pétard bien au chaud dans la poche de son manteau.

D'après le gosse, c'était à cause de la bière... Vous savez, on peut toujours tomber sur une boîte pourrie. De la bière éventée, malodorante ou verte comme la pisse d'un singe. Une fois, un type m'a dit qu'il suffisait d'un minuscule petit trou pour laisser entrer les bactéries qui sont responsables de ce résultat dégoûtant. Même si le trou est minuscule au point que la bière ne s'écoule pas, les bactéries peuvent entrer. Et la bière fait les délices de ces bestioles.

Quoi qu'il en soit, le gosse racontait qu'une nuit d'octobre Richie avait rapporté une caisse de Golden Light et qu'il s'était assis pour la siffler pendant que Timmy faisait ses devoirs.

Timmy allait se mettre au lit lorsqu'il entendit son père s'exclamer :

— Bon Dieu ! C'est dégueulasse !

— Qu'est-ce qu'il y a, p'pa ?

— La bière, fit Richie. J'ai jamais eu un goût aussi dégueulasse dans la bouche.

La plupart des gens se demanderont pourquoi diable il a bu sa bière si elle avait un goût aussi épouvantable, mais je leur répondrai qu'ils n'ont sans doute jamais vu Richie Grenadine à l'œuvre. Un après-midi, je l'ai vu gagner le pari le plus incroyable auquel j'ai jamais assisté. Il avait assuré à un type qu'il pouvait descendre vingt bocks de bière en une minute. Personne d'ici n'aurait relevé le défi, mais ce représentant de Montpelier allongea un billet de vingt dollars et Richie couvrit l'enjeu. Il finit le vingtième avec sept secondes d'avance... Je suppose donc que Richie s'est envoyé la quasi-totalité de cette bière avariée avant que son cerveau n'ait eu l'occasion de réagir.

— Je vais dégueuler, annonça Richie. Regarde ailleurs.

Mais la bière avait déjà trouvé sa place et elle y resta. Timmy dit qu'il avait reniflé la boîte et que ça puait la charogne. Il y avait des petites gouttes grises autour du couvercle.

Deux jours plus tard, le gosse revient de l'école et trouve Richie en train de regarder le mélo de l'après-midi à la télé; la pièce est plongée dans l'obscurité, tous les stores étant baissés.

— Qu'est-ce qui se passe? demande Timmy, car son père rentre rarement avant 9 heures.

— Je regarde la télé, répond Richie. J'avais pas envie de sortir, aujourd'hui.

Timmy allume la lumière au-dessus de l'évier; aussitôt, Richie se met à gueuler :

— Et éteins-moi cette putain de lampe!

Alors Timmy a éteint sans même lui demander comment il allait se débrouiller pour faire ses devoirs dans le noir. Quand Richie est de cette humeur, mieux vaut le laisser tranquille.

— Va plutôt me chercher une caisse de bière, fait Richie. L'argent est sur la table.

Quand le gamin revient, son père est toujours assis dans l'obscurité, seulement, maintenant, il fait nuit aussi dehors. Et la télé est éteinte. Timmy commence à avoir la trouille. Il pose la bière sur la table, sachant que quand Richie la boit trop froide ça lui fait comme une barre au front, et c'est en s'approchant de son vieux qu'il commence à remarquer une odeur de pourriture, un peu comme celle d'un bout de fromage qu'on aurait laissé traîner sur le comptoir pendant tout le week-end. Mais le gamin ne pipe pas mot car, de toute façon, le vieil homme n'a jamais été un maniaque de la propreté. Il va dans sa chambre, ferme la porte et se met à ses devoirs; au bout d'un moment, il entend que Richie a rallumé la télé puis qu'il fait claquer la languette de sa première boîte de la soirée.

Et ça a duré comme ça pendant deux semaines. Le gosse se levait le matin pour aller à l'école et lorsqu'il rentrait il trouvait Richie devant la télé et l'argent de la bière sur la table.

L'appartement empestait de plus en plus. Richie ne supportait plus que les stores soient levés et, à partir de la mi-novembre, il empêcha Timmy d'étudier dans sa chambre. Il disait que la lumière passait sous la porte. Timmy a pris l'habitude d'émigrer chez un camarade qui habitait dans le même pâté de maisons, tous les soirs, après avoir apporté la bière à son père.

Puis, un jour où Timmy rentrait de l'école — il était 4 heures et il faisait déjà presque nuit dehors — Richie lui dit :

— Allume la lumière.

Le gamin fait ce qu'on lui dit et voilà que Richie est emmitouflé des pieds à la tête dans une couverture.

— Regarde, fait Richie.

Et une de ses mains se faufile hors de la couverture. Seulement, c'était pas exactement une main. *Quelque chose de gris*, c'était tout ce que le gamin avait réussi à dire à Henry. *Ça ne ressemblait absolument plus à une main. Une grosse masse grise, voilà ce que c'était.*

Bref, Timmy Grenadine a eu une peur bleue. Il crie :

— P'pa, qu'est-ce qui t'arrive ?

Et Richie fait :

— J' sais pas. Mais ça fait pas mal. Ce serait même plutôt agréable.

Alors, Timmy a dit :

— J' vais appeler le Dr Westphail.

Et la couverture s'est mise à s'agiter tout entière, comme si je ne sais quelle horreur tremblotait là-dessous — *partout*. Alors, Richie a gueulé :

— Essaie un peu. Si tu fais ça, je vais te toucher et voilà ce que tu deviendras.

Et baissant la couverture, il lui montre son visage; juste une seconde.

A ce point du récit, nous parvînmes au croisement de Harlow et de Curve Street. Je me sentais encore plus froid que la température indiquée par le thermomètre publicitaire de Henry au moment où nous étions sortis. Un homme a du mal à croire de telles choses et, pourtant, des trucs incroyables, il s'en passe, de par le monde.

Nous nous arrêtâmes un instant au carrefour, en dépit du vent qui balayait la rue.

— Et alors, qu'est-ce qu'il a vu ? demanda Bertie.

— D'après lui, répondit Henry, il pouvait encore reconnaître son père, mais c'était comme si le vieux avait été enseveli dans de la gelée grise..., une vraie bouillie. Il a dit que ses vêtements étaient collés sur et *sous* sa peau, comme s'ils avaient fondu dans sa chair.

— Seigneur Jésus ! s'exclama Bertie.

— Ensuite, il a remonté la couverture et a braillé au gamin de fermer la lumière.

— C'est devenu un vrai champignon, dis-je.

— Oui, approuva Henry. Quelque chose comme ça.

— Garde ton revolver sous la main, lui conseilla Bertie.

— Oui, j'y veillerai.

Là-dessus, nous entreprîmes de tirer le diable dans Curve Street.

L'immeuble dans lequel Richie Grenadine avait son appartement était situé presque en haut de la colline; c'était l'un de ces gros monstres victoriens tels qu'en construisirent les rois de la pâte à papier à la fin du siècle dernier. Quand Bertie eut repris son souffle, il nous dit que Richie habitait au troisième étage. J'en profitai pour demander à Henry ce qui était arrivé au gamin après ça.

— Un jour qu'il revenait à la maison, environ trois semaines plus tard, le gosse s'aperçut que Richie ne se contentait plus de baisser les stores. Il avait cloué des couvertures devant chaque fenêtre de la pièce. La puanteur devenait de plus en plus épaisse — c'était une odeur chargée d'humidité qui pouvait rappeler celle que dégagent les fruits qu'on fait fermenter avec de la levure.

» A peu près une semaine plus tard, Richie a demandé au gamin de lui mettre sa bière à tiédir sur le poêle. Je vous laisse imaginer le tableau. Ce gosse, livré à lui-même dans l'appartement avec son père qui se transforme en... Enfin, en je ne sais quoi... Obligé de lui chauffer sa bière et de l'entendre boire en faisant des grands *slurp* comme un vieillard qui aspire sa soupe.

» Et ça a continué comme ça jusqu'à aujourd'hui où le gosse a été libéré de l'école plus tôt que d'habitude à cause de la tempête.

» Timmy dit qu'il est rentré directement chez lui, reprit Henry. Il n'y a plus de lumière sur le palier — le gamin pense que son père a dû se glisser dehors, une nuit, pour casser l'ampoule — si bien qu'il est obligé de trouver sa porte à tâtons.

» Bref, il entend quelque chose qui remue à l'intérieur, et il lui vient soudain à l'esprit qu'il ne sait pas ce que Richie fait de toute la journée. Ça fait un mois qu'il n'a pas vu son père bouger de sa chaise... Pourtant, un homme doit bien dormir ou aller aux toilettes, de temps en temps.

» Il y a un judas au milieu de la porte, qu'on peut fermer de l'intérieur avec un loquet, mais il a toujours été cassé depuis qu'ils habitent là. Alors le gosse s'est faufilé jusqu'à la porte, a entrebâillé le guichet et a jeté un œil à l'intérieur.

Nous étions maintenant parvenus au bas des marches et l'immeuble se profilait devant nous tel un visage long et grimaçant avec les fenêtres du troisième étage en guise d'yeux. Je levai la tête et, de fait, ces deux fenêtres étaient noires comme du charbon. Comme si quelqu'un les avait masquées avec des couvertures ou bien en avait passé les carreaux à la peinture.

— Il lui a fallu une minute pour que ses yeux s'habituent à l'obscurité. Alors, il a vu une énorme masse grise, sans le moindre rapport avec un homme, qui rampait sur le sol, laissant derrière elle une traînée grisâtre et visqueuse. Puis un bras s'est extirpé de ce tas — enfin, quelque chose qui pouvait passer pour un bras — et il a arraché l'une des lattes de la cloison. Il en a sorti un chat.

Henry s'interrompit une seconde. Bertie se battait les flancs pour lutter contre le froid sibérien qui régnait dans la rue, mais aucun d'entre nous ne se sentait encore prêt à monter.

— Un chat mort, reprit Henry. Putréfié. Timmy a dit

qu'il avait l'air tout gonflé et que des petites bestioles blanches grouillaient dessus...

— Tais-toi, fit Bertie. Ah! tais-toi, pour l'amour de Dieu!

— Et puis son père l'a mangé.

J'essayai de ravaler le goût de fiel qui m'était monté à la bouche.

— C'est à ce moment-là que Timmy s'est enfui, acheva Henry.

— Je ne crois pas que je vais grimper là-haut, fit Bertie.

Henry ne fit pas de commentaires, se contentant de nous regarder, Bertie, puis moi, puis encore Bertie.

— Nous ferions mieux d'y aller, fis-je. Nous avons la bière de Richie.

Bertie n'ayant rien répondu, nous montâmes les marches et traversâmes l'entrée de l'immeuble. L'odeur m'assaillit.

Avez-vous déjà pénétré dans une cidrerie en été? Le parfum des pommes y règne toute l'année, mais en été, l'odeur est juste à la limite du supportable. Ici, c'était comme ça, mais en légèrement pire.

Le rez-de-chaussée était éclairé par une lueur jaunâtre emprisonnée dans du verre dépoli. Ensuite, les marches se perdaient dans l'obscurité.

Henry redressa le diable et, tandis qu'il déchargeait la caisse de bière, j'appuyai sur le bouton de la minuterie pour éclairer les étages. L'ampoule du deuxième était morte, comme l'avait affirmé le garçon.

— Je monte la bière, dit Bertie d'une voix tremblante. Toi, tu t'occupes du revolver.

Henry ne discuta pas. Il sortit l'arme de sa poche et nous montâmes les escaliers, Henry le premier et Bertie fermant la marche avec sa caisse dans les bras. Comme nous approchions du deuxième étage, la puanteur se fit carrément intolérable. Derrière l'odeur de pommes pourries en était apparue une autre, plus nauséabonde encore.

Jusqu'alors je m'étais entêté à croire qu'il pouvait s'agir d'une quelconque plaisanterie, mais, cette fois-ci, je dus renoncer à cette idée :

— Bon sang, mais comment se fait-il que les voisins ne viennent pas se plaindre ? m'étonnai-je.

— Quels voisins ? demanda Henry.

Je jetai un coup d'œil autour de moi et remarquai qu'une couche de poussière recouvrait tout le palier; toutes les portes du deuxième étage paraissaient condamnées.

— Je me demande qui est le propriétaire ? fit Bertie, en se soulageant du poids de la caisse sur le pilastre de la rampe le temps de reprendre son souffle. Gaiteau ? J' suis étonné qu'il ne l'ait pas déjà foutu dehors.

— Qui voudrait grimper ici pour le vider ? demanda Henry.

Bertie n'insista pas.

Les marches qui menaient au troisième étage étaient plus étroites et plus raides que les précédentes. Et il faisait de plus en plus chaud. Mes tripes commençaient à faire des nœuds tant l'odeur devenait insoutenable.

Le dernier palier ne donnait que sur une seule porte dans laquelle se découpait un judas.

Bertie ne put réprimer un petit cri de dégoût puis chuchota :

— Regarde sur quoi on marche !

Je baissai les yeux et aperçus la matière visqueuse qui s'était répandue en petites flaques sur le sol. Il y avait sans doute eu un tapis mais cette substance grise l'avait complètement bouffé.

Henry s'approcha de la porte et nous l'imitâmes. Je ne sais pas comment se sentait Bertie mais, moi, je tremblais de tous mes membres. En tout cas, Henry n'a pas hésité une seconde; il leva son revolver et cogna à la porte avec la crosse.

— Richie ? appela-t-il. (Sa voix ne trahissait pas la moindre peur, bien que son visage fût pâle comme la mort.) C'est Henry Parmalee. Je t'apporte ta bière.

Il n'y eut pas de réponse pendant peut-être une minute puis une voix fit :

— Où est Timmy ? Où est mon fils ?

J'ai failli m'enfuir à ce moment-là. Cette voix n'avait plus rien d'humain. Elle était étrange, basse et glou-

gloutante comme si celui qui parlait avait la bouche pleine de saindoux.

— Il est au magasin, répondit Henry. Il a besoin d'un repas convenable. Ce gosse n'a plus que la peau sur les os, Richie.

Il y eut un silence puis d'horribles bruits de succion évoquant le pas d'un homme chaussé de bottes de caoutchouc marchant dans la boue. Une voix d'outre-tombe se fit entendre de l'autre côté de la porte.

— Ouvre la porte et pousse cette bière à l'intérieur, fit-elle. Mais il faut que tu arraches toutes les languettes des boîtes parce que, je peux pas.

— Une seconde, dit Henri. A quoi tu ressembles, Richie, là-dedans ?

— T'occupe, répondit la voix qui frémissait d'une écœurante impatience. Envoie la bière et tire-toi.

— T'as mieux que des chats crevés à bouffer, hein, maintenant ? dit Henry d'un ton empreint de tristesse.

Il ne tenait plus le revolver par le canon; maintenant, c'était du sérieux.

Et, brusquement, j'aboutis aux conclusions auxquelles Henry était déjà parvenu, peut-être même dès son entretien avec Timmy. Lorsque j'eus compris, l'odeur de pourriture me sembla soudain décupler. Au cours des trois dernières semaines, on avait signalé en ville la disparition de deux jeunes filles et d'un vieil ivrogne qui avait ses habitudes à l'Armée du Salut — chaque fois après la tombée de la nuit.

— Envoie la bière ou je vais la chercher, menaça la voix.

Henry nous fit signe de reculer.

— Je crois bien qu'il va falloir, Richie.

Il arma son revolver.

Il ne se passa plus rien pendant un bon moment. A la vérité, je commençais à croire que ça en resterait là. Puis la porte se bomba et céda si brutalement qu'elle alla se fracasser contre le mur. Richie apparut.

C'était juste une seconde avant que Bertie et moi ne nous mettions à dévaler les escaliers quatre à quatre comme des écoliers; nous nous retrouvâmes dans la neige, trébuchant et dérapant.

En descendant, nous avions entendu les trois coups de feu tirés par Henry dont les murs de cette maison vide et maudite transformèrent l'écho en déflagration de grenades.

Je me souviendrai de ce que nous avons vu pendant cette fraction de seconde jusqu'à la fin de ma vie — enfin, de ce qu'il en reste. C'était comme une énorme montagne de gelée grise, de la gelée qui aurait pris forme humaine et laissait derrière elle une traînée visqueuse.

Mais ce n'était pas le pire. Aplatis, jaunâtres et sauvages, ses yeux ne reflétaient plus la moindre humanité. Seulement, maintenant, il en avait quatre, et, juste entre les deux paires d'yeux, se trouvait un filament blanc qui laissait entrevoir une sorte de chair rose et palpitante; on aurait dit l'entaille ouverte par le couteau dans le ventre d'un porc.

Il se divisait, vous comprenez. Il était en train de se diviser en deux.

Bertie et moi retournâmes au magasin sans échanger le moindre mot. Je ne sais pas ce qu'étaient ses pensées mais je sais bien ce qui obsédait les miennes : la table de multiplication. Deux fois deux font quatre, deux fois quatre huit, deux fois huit seize, deux fois seize...

Quand nous arrivâmes, Carl et Bill Pelham se levèrent précipitamment et nous assaillirent de questions. Mais nous ne nous sentions pas le cœur de répondre. Nous nous contentâmes de tourner en rond, guettant si Henry apparaissait, dehors, sur la neige. J'en étais à deux fois trente-deux mille sept cent soixante-huit font la fin de l'espèce humaine et nous nous assîmes là, nous rassérénant à grand renfort de bière, et nous attendîmes de voir lequel des deux allait le premier ouvrir la porte. Et nous sommes toujours là.

Pourvu que ce soit Henry. Pourvu.

PETITS SOLDATS

— Mr Renshaw?

Rappelé à mi-chemin de l'ascenseur par la voix du réceptionniste, Renshaw se retourna impatiemment, faisant passer d'une main à l'autre son sac de voyage. L'enveloppe qui se trouvait dans la poche de son manteau était bourrée à craquer de billets de vingt et de cinquante. L'affaire avait été rondement menée et le salaire excellent — même une fois déduits les quinze pour cent que raflait l'Organisation en échange de ses services. Il n'avait plus envie que d'une douche bien chaude, d'un gin tonic et d'une bonne nuit de sommeil.

— Qu'est-ce qu'il y a?

— Un paquet, monsieur. Voulez-vous signer le reçu?

Renshaw signa puis regarda pensivement le paquet rectangulaire. Son nom et l'adresse de l'hôtel avaient été rédigés sur l'étiquette d'une écriture penchée et pointue qui ne lui était pas inconnue. Il secoua le paquet et entendit un petit cliquetis.

— Dois-je vous le faire monter, Mr Renshaw?

— Je le prends, merci.

Il mesurait près de cinquante centimètres de long et n'était pas facile à coincer sous le bras. Une fois dans l'ascenseur, Renshaw le posa sur le tapis puis fit jouer sa clé dans la serrure qui, placée au-dessus de la rangée des boutons, permettait d'accéder directement à l'appartement aménagé sous le toit. La cabine décolla silencieusement et sans heurts. Il ferma les yeux.

Comme toujours, tout avait commencé par un coup de téléphone de Cal Bates :

— Tu es libre, Johnny?

Il était libre deux fois par an, mais jamais à moins de dix mille dollars. C'était un vrai pro, digne de confiance, mais ses clients le recherchaient avant tout pour son infaillible instinct de prédateur. John Renshaw était un rapace humain que ses gènes et son environnement avaient conditionné à être inégalable en deux circonstances : quand il fallait tuer et quand il fallait survivre.

Ensuite, il avait trouvé une enveloppe de papier bulle dans sa boîte aux lettres. Un nom, une adresse, une photographie. Seule destinataire, sa mémoire. Puis, dévalant la pente du vide-ordures, les cendres de l'enveloppe et de son contenu.

Cette fois-ci, la photographie lui avait montré le visage d'un homme d'affaires au teint bistre, un certain Hans Morris, fondateur et propriétaire d'une fabrique de jouets, la Morris Toy Company. Quelqu'un voulait se débarrasser de Morris et avait pris contact avec l'Organisation. Et l'Organisation, en la personne de Calvin Bates, s'était adressée à John Renshaw. *Pan!* Sans fleurs ni couronnes.

Les portes s'écartèrent, il ramassa son paquet et sortit. Quelques instants plus tard, il pénétrait dans la suite. A ce moment de la journée, juste après 15 heures, la vaste salle de séjour était tout éclaboussée du soleil d'avril. Il s'approcha de la petite table près de la porte pour se débarrasser du paquet et de la précieuse enveloppe. Il desserra sa cravate et se dirigea vers la terrasse.

Il fit coulisser la grande baie vitrée et sortit. Il faisait si froid que la morsure du vent traversait son mince pardessus. Renshaw embrassa la ville du regard comme un général contemple un pays conquis. On était mieux ici. Sacrément mieux que dans le ruisseau.

Il rentra pour aller prendre une longue douche brûlante.

Lorsque quarante minutes plus tard, un verre à la main, il s'assit pour examiner enfin son paquet, l'ombre avait dévoré la moitié de la moquette lie-de-vin; l'après-midi tirait à sa fin.

C'était une bombe.

Non, bien sûr, ce n'en était pas une, mais en pareil cas, on commence par se méfier. Car c'est en commençant par se méfier qu'en pareil cas on continue à profiter de la vie au lieu, comme tant d'autres, d'aller pointer là-haut, au grand bureau de chômage dans le ciel.

En tout cas, ce n'était pas une bombe à retardement. Elle était là, devant lui, silencieuse, narquoise, énigmatique. Maintenant, de toute façon, on utilise plus facilement le plastic. C'est moins capricieux que ces minuteries fabriquées par Westclox et Big Ben.

Renshaw examina le cachet de la poste. Miami, le 15 avril. Ça faisait cinq jours. Non, si cela avait été une bombe à retardement, elle aurait déjà explosé dans le coffre-fort de l'hôtel.

Miami. Vu. Et cette écriture penchée, pointue. Il avait aperçu une photo encadrée sur le bureau de l'industriel au teint bistre. Affublée d'un fichu, la vieille taupe avait la figure encore plus jaune que Morris. En bas, coupant le coin, était inscrite cette dédicace : *De la part de ton idéal féminin. Ta maman.*

Immobile, les mains croisées, dans la plus extrême concentration, Renshaw observa le paquet. Il ne se laissa distraire par aucune préoccupation extérieure, ne se demandant même pas comment l'idéal féminin de Morris avait bien pu découvrir son adresse. Les questions, il les poserait plus tard, à Cal Bates. Pour l'instant, elles n'étaient pas d'actualité. D'un mouvement soudain et presque machinal, il tira de son portefeuille un petit calendrier de celluloïd et le glissa précautionneusement sous la ficelle qui emprisonnait le papier brun. Il souleva le morceau de scotch qui maintenait l'un des rabats de l'emballage. La pointe de papier se libéra, butant contre la ficelle.

Il s'interrompit, l'œil aux aguets, puis se pencha pour flairer le paquet. Du carton, du papier, de la ficelle. Rien d'autre. Il fit le tour de la boîte, s'accroupit, puis répéta l'opération.

L'un des rabats se libéra de l'emprise de la ficelle, révélant une boîte d'un vert sombre. Boîte métallique; couvercle à charnière. Il tira un canif de sa poche et coupa la ficelle. Elle tomba et, de la pointe de son couteau, Renshaw dégagea la boîte.

En blanc sur le fond vert se découpaient ces mots : G.I. JOE – BOITE VIETNAM. Et, juste en dessous, en noir, figurait cette liste : 20 fantassins, 10 hélicoptères, 2 hommes avec mitrailleuse, 2 hommes avec bazooka, 2 ambulanciers, 4 jeeps. Puis, encore en dessous : un drapeau en décalcomanie. Tout en bas, dans un coin : Morris Toy Company, Miami, Floride.

Il posa la main sur la boîte mais la retira aussitôt. Quelque chose avait bougé à l'intérieur.

Renshaw se leva puis posément traversa la pièce en direction de la cuisine et de l'entrée. Il fit de la lumière.

La Boîte G.I. Joe remuait, faisant glisser sous elle le papier brun. Soudain déséquilibrée, elle tomba sur la moquette avec un bruit sourd, atterrissant sur la tranche. Le couvercle s'entrebâilla de quelques centimètres.

De minuscules fantassins, hauts d'environ quatre centimètres, s'échappèrent en rampant de la boîte. Renshaw les observa sans ciller. Son esprit ne perdit pas de temps à mettre en doute ce qu'il voyait — seule l'évaluation de ses chances l'intéressait.

Chaque minuscule soldat portait un treillis, un casque et un paquetage. Une carbine miniature était jetée en travers de leurs épaules. Deux d'entre eux gratifièrent Renshaw d'un bref coup d'œil. Leurs yeux étincelaient, pas plus gros que des billes de stylo.

Cinq, dix, douze, tous les vingt furent là. L'un, qui faisait de grands gestes, commandait aux autres. Ils s'alignèrent le long du couvercle entrouvert par la chute et commencèrent à pousser. La fente s'élargit progressivement.

Renshaw saisit l'un des gros coussins du canapé et s'avança vers eux. L'officier se retourna en gesticulant. Les autres l'imitèrent, empoignant leur fusil. Renshaw entendit comme des claquements à peine perceptibles puis eut soudain l'impression d'être piqué par des abeilles.

Il jeta le coussin. La masse balaya les soldats puis rebondit contre la boîte qu'elle ouvrit toute grande. Tel un vol de moustiques bourdonnants, une nuée d'hélicoptères miniatures camouflés en vert s'en échappa.

Tac! Tac! Au moment où les infimes déflagrations parvenaient à ses oreilles, Renshaw vit, au milieu des portes ouvertes des hélicoptères, les éclairs que crachaient les gueules grandes comme des têtes d'épingle. De petits dards s'enfoncèrent dans son ventre, dans son bras droit et dans son cou. Sa main fondit sur l'un des engins, l'attrapa... une onde de douleur parcourut ses doigts; le sang jaillit. Les pales tourbillonnantes avaient entaillé ses phalanges jusqu'à l'os. Les autres hélicoptères quittèrent un à un l'alignement pour commencer à tourner autour de lui. Celui qu'il avait fauché piqua sur le tapis et s'écrasa.

Une douleur fulgurante traversa son pied; Renshaw ne put réprimer un cri. Grimpé sur sa chaussure, l'un des fantassins lui tailladait la cheville à coups de baïonnette.

D'un coup de pied, Renshaw l'envoya se fracasser sur le mur, de l'autre côté de la pièce. Ce ne fut pas du sang qui coula mais un liquide pourpre et visqueux.

Il y eut une explosion, presque un éternuement, et une sensation atroce lui déchira la cuisse. L'un des servants s'était posté à côté du nécessaire et un panache de fumée s'échappait paresseusement de son bazooka. Renshaw examina sa jambe et aperçut dans son pantalon un petit trou noir et fumant de la taille d'une pièce de monnaie. Dessous, la chair était carbonisée.

« *Il m'a eu, ce petit salaud!* »

Il traversa l'entrée en courant, se précipita dans sa chambre. L'un des hélicoptères frôla sa joue. Une mitrailleuse crépita. Puis il s'éloigna.

Le 44 Magnum qui se trouvait sous son oreiller était assez puissant pour faire un trou gros comme le poing dans n'importe quelle cible. Renshaw fit volte-face, tenant le revolver à deux mains. Froidement, il prit conscience qu'il devait abattre une cible mouvante pas plus grosse qu'une ampoule électrique.

Deux hélicoptères pénétrèrent dans la chambre. Assis sur le lit, Renshaw tira une première fois. L'un des engins se désintégra. Et de deux, pensa-t-il. Il visa de nouveau... pressa la gâchette.

« *Il a bougé! Saloperie! Il a bougé!* »

Décrivant un brusque arc de cercle, l'hélicoptère fondit sur lui. Accroupi dans l'encadrement de la porte, l'homme qui tenait la mitrailleuse de l'hélicoptère tira plusieurs rafales brèves. Renshaw se jeta sur le sol et roula sur lui-même.

« *Mes yeux! Le salaud voulait m'avoir aux yeux!* »

Il se retrouva sur le dos près du mur opposé, tenant son arme à hauteur de poitrine. Mais l'assaillant battait en retraite. Il sembla faire du surplace pendant un moment puis disparut en direction du salon, s'inclinant devant la force de feu supérieure de Renshaw.

Renshaw se leva, tressaillant de douleur quand il s'appuya sur sa jambe blessée. Elle saignait abondamment.

Il déchira la taie de l'oreiller en lanières dont il se servit pour bander sa jambe, ramassa le miroir de toilette qui se trouvait sur la commode et se posta près de la porte de l'entrée. Il s'agenouilla puis posa le miroir sur le tapis, l'orientant de façon à pouvoir tout observer.

Ils installaient un campement près de la boîte. Les soldats miniatures s'affairaient, montant les tentes. Des jeeps de cinq centimètres de haut semblaient accomplir des tâches de la plus haute importance. Un ambulancier s'occupait du soldat que Renshaw avait envoyé bouler. Au-dessus, les huit hélicoptères rescapés formaient un essaim protecteur, tournant à hauteur de table à thé.

Soudain, ils remarquèrent là présence du miroir et, mettant un genou à terre, trois fantassins commencèrent à tirer. Le miroir vola en éclats. « *C'est bon, c'est bon, j'ai compris.* »

Renshaw revint vers la commode et s'empara de la lourde boîte en acajou que Linda lui avait offerte à Noël. Il la soupesa, s'approcha de la porte de l'entrée puis la franchit d'un seul élan. Il banda ses muscles et balança la boîte. Elle fila à toute vitesse, fauchant les homoncules comme des quilles. L'une des jeeps décrivit deux tonneaux. Renshaw s'approcha de la porte du salon, repéra l'un des soldats étendus et lui régla son compte.

Plusieurs d'entre eux s'étaient remis. Certains étaient agenouillés, s'obstinant à tirer. D'autres s'abritaient. D'autres encore s'étaient réfugiés dans le nécessaire.

Les piqûres d'abeille commencèrent à cribler ses jambes et son torse, mais aucune ne l'atteignit plus haut que la cage thoracique. Peut-être n'était-ce pas à leur portée.

Il manqua son tir suivant — ils étaient si ridiculement petits — mais, la fois d'après, il écrabouilla un autre soldat.

Les hélicoptères le chargeaient férocement. Maintenant, les balles minuscules se fichaient dans son visage, au-dessus et au-dessous de ses yeux. Il abattit l'engin de tête, puis le second.

La formation se dédoubla pour battre en retraite. Il épongea de l'avant-bras le sang qui coulait sur son visage. Il s'apprêtait à tirer de nouveau quand il se figea. Les soldats qui s'étaient réfugiés dans la boîte avaient entrepris d'en extirper quelque chose. Quelque chose qui ressemblait à...

Il y eut une flamme jaune, un crépitement; une gerbe de bois pulvérisé et de plâtre jaillit du mur sur sa gauche.

« ... un lance-roquettes! »

Il le mit en joue, le manqua, fit volte-face et se précipita vers la salle de bains, tout au bout du couloir. Il verrouilla la porte. Le miroir lui renvoya l'image d'un Indien rendu fou par la bataille, au visage couvert de petites stries de peinture rouge dégoulinant d'alvéoles où l'on eût à peine pu loger un grain de poivre. Un lambeau de peau pendait encore à sa joue. Un profond sillon était creusé dans son cou.

« Je perds! »

Il passa une main tremblante dans sa chevelure. Ils avaient coupé l'accès à la porte d'entrée. L'accès à la cuisine et au téléphone. Et ils avaient ce satané lance-roquettes; un coup bien ajusté pouvait lui arracher la tête.

« Bon sang, celui-là ne figurait même pas sur la liste! »

Il avala un long trait d'air puis le recracha dans un grognement soudain car un morceau de la porte, à peine plus gros que le poing, venait de voler en éclats. De brèves flammes brûlèrent le bord déchiqueté du trou puis il aperçut l'éclair d'un second tir. Des fragments de bois incandescent tombèrent sur le tapis de bain. Il les dispersa du pied tandis que deux hélicoptères s'engouffraient dans l'orifice en bourdonnant agressivement. Les mitrailleuses lui dardaient la poitrine.

Avec un rugissement de rage, Renshaw gifla l'un des appareils de sa main nue; les pales se plantèrent dans sa paume. Mû par une inspiration désespérée, il jeta sur l'autre hélicoptère une lourde serviette de bain; l'engin tomba vers le sol en tournoyant; Renshaw le piétina. Son souffle se faisait de plus en plus rauque. Du sang coula dans son œil, chaud et piquant; il l'essuya.

« *Voilà. Voilà, bon Dieu. Ça les fera réfléchir.* »

Et, en effet, cela sembla les faire réfléchir. Ils se tinrent tranquilles pendant un quart d'heure. Renshaw s'assit sur le rebord de la baignoire, de fiévreuses pensées se bousculant dans sa tête. Il fallait trouver une issue à cette impasse. Il devait y en avoir une.

Il repéra la petite lucarne au-dessus de la baignoire. Il y avait un moyen.

Son regard accrocha le flacon d'éther sur l'armoire à pharmacie. Il s'apprêtait à s'en saisir quand un frottement attira son attention.

Il se retourna brusquement, braquant son Magnum... mais ce n'était qu'un petit bout de papier qu'on venait de glisser sous la porte. Renshaw remarqua avec une grimace sarcastique que l'interstice était trop étroit pour que l'un d'*eux* puisse passer.

Le morceau de papier portait deux mots tracés en lettres minuscules : .

Rends-toi!

Renshaw esquissa un rictus, confiant le flacon d'éther à sa poche de poitrine. Du même geste, il en extirpa un bout de crayon mordillé. A son tour, il griffonna deux mots au dos du papier qu'il retourna à l'envoyeur.

DES CLOUS!

Aussitôt, la salle de bains fut pilonnée par les roquettes et Renshaw dut reculer. Elles fusaient par le trou ouvert dans la porte puis explosaient contre le carrelage bleu pâle au-dessus du porte-serviettes, transformant le mur coquet en une maquette de paysage lunaire. Renshaw se protégea les yeux de la main tandis que le plâtre s'effritait sous la brûlante volée d'obus. Perçant de petits trous fumants dans sa chemise, les balles criblèrent son dos.

Le tir ayant cessé, Renshaw se mit en mouvement. Il grimpa sur la baignoire et ouvrit le vasistas. Les étoiles glacées le contemplaient. L'ouverture était étroite, et le rebord, en dessous, ne l'était pas moins.

Il se hissa jusqu'à la lucarne et l'air froid gifla de plein fouet son visage et son cou lacérés. En équilibre sur les mains, Renshaw regarda quarante étages plus bas. Vue du toit, la rue ne paraissait guère plus large qu'un petit train électrique.

Avec l'apparente facilité d'un gymnaste entraîné, Renshaw ramena ses jambes sur le rebord du vasistas. Si l'un des hélicoptères se faufilait maintenant par le trou de la porte, il suffirait d'une seule balle et il ferait le grand saut.

Rien.

Il fit glisser son pied jusqu'au rebord extérieur, agrippant la corniche d'une main. Une seconde plus tard, il était debout au-dessus du vide.

S'efforçant de ne pas penser au gouffre auquel il tournait le dos ou à ce qui arriverait si l'un des hélicoptères le prenait en chasse, Renshaw progressa vers l'angle de l'immeuble.

Cinq mètres..., trois... Ça y est. Il s'arrêta, la poitrine écrasée contre la paroi, les mains adhérant à la surface rugueuse.

Maintenant, ce satané coin.

Doucement, il fit passer un pied de l'autre côté de l'angle et reporta dessus tout son poids. L'arête lui scia le ventre et la poitrine.

Son pied gauche glissa.

Il chancela au-dessus du vide pendant une fraction de seconde, battant frénétiquement l'air de son bras droit pour retrouver l'équilibre, puis étreignit farouchement les deux côtés du bâtiment, le visage cisaillé par l'arête vive, et le souffle court.

Progressivement, il amena son second pied de l'autre côté.

Dix mètres plus loin, la terrasse de sa salle de séjour faisait saillie.

Il continua de se déplacer en crabe, hors d'haleine. Par deux fois, un coup de vent semblant vouloir lui faire perdre prise, il dut s'arrêter.

Il tenait enfin la balustrade de fer forgé.

Il l'escalada sans un bruit. Il avait laissé les rideaux à demi tirés sur la baie vitrée, et put donc risquer un coup d'œil prudent. Ils lui tournaient le dos, exactement comme il l'avait espéré.

Quatre soldats et un hélicoptère montaient la garde devant la boîte. Le reste de la troupe et le lance-roquettes devaient être postés face à la porte de la salle de bains.

Parfait. On fait irruption comme un flic. On liquide ceux du séjour et, hop, direction la sortie. A l'aéroport par le premier taxi. Une fois à Miami, trouver l'idéal féminin de Morris. Peut-être pourrait-il lui griller le visage au chalumeau. Ce serait un juste retour des choses.

Il ôta sa chemise et arracha une longue bande de tissu à l'une des manches. Il laissa tomber la loque à ses pieds puis fit sauter le bouchon du flacon d'éther. Il y enfonça une partie de la bande, la retira, puis inséra l'autre extrémité du lambeau de tissu dans la petite bouteille d'où sortait ainsi une mèche imbibée d'éther d'environ dix centimètres.

Il prit son briquet, inspira profondément, et battit la molette. Il enflamma le tissu, fit glisser la baie vitrée et plongea dans le salon.

L'hélicoptère réagit instantanément et le chargea à la façon des kamikazes.

Renshaw lança le bras en avant, remarquant à peine la vague de douleur qui déferla jusqu'à son épaule quand les pales tournoyantes lacérèrent sa chair.

Les fantassins lilliputiens se réfugièrent dans la boîte.

Ensuite, tout alla très vite.

Renshaw balança le flacon qui se transforma en une boule de feu. Il se rua en direction de la porte.

Il ne sut jamais ce qui lui était arrivé.

Le fracas qui retentit aurait pu faire penser à un coffre-fort tombant d'une hauteur respectable. Seulement, la vibration se propagea jusqu'aux fondations de l'immeuble.

La porte de la suite fut arrachée de ses gonds et alla s'écraser sur le mur opposé.

Un homme et une femme qui passaient devant l'hôtel levèrent les yeux, tous deux alertés par un grand éclair blanc; on eût dit que cent armes à feu avaient tiré au même instant.

— Quelqu'un a fait sauter les plombs, dit l'homme. Enfin, je suppose...

— Qu'est-ce que c'est que ça? demanda la jeune fille.

Quelque chose planait doucement vers eux. L'homme s'en saisit.

— Bon Dieu, une chemise. Il y a plein de petits trous. Et du sang.

— Je n'aime pas ça, fit nerveusement la fille. T'appelles un taxi, hein, Ralph? Les flics vont nous interroger s'il s'est passé quelque chose là-haut, et je ne suis pas censée me trouver avec toi.

— Mais oui, bien sûr.

Il jeta un coup d'œil alentour, aperçut un taxi et le siffla. Ils coururent.

Derrière eux, un petit morceau de papier qu'ils n'avaient pas remarqué atterrit près des vestiges de la chemise de John Renshaw. Une petite écriture penchée et pointue avait rédigé ces mots :

Hé! les gars! Un super-bonus dans cette Boîte Vietnam
  (Attention! Il s'agit d'une offre limitée.)
              1 lance-roquettes.
   20 missiles sol-air à tête chercheuse.
          1 mini-bombe atomique.

POIDS LOURDS

Le type s'appelait Snodgrass et, au point où il en était, je le sentais capable de n'importe quoi. Avec ses yeux écarquillés dont on ne voyait quasiment plus que le blanc, il avait l'air d'un animal qui va mordre. Les deux jeunes gens qui avaient atterri en catastrophe dans le parking à bord de leur vieille Fury essayaient de lui parler mais il regardait ailleurs, comme s'il entendait des voix. Sa bedaine était comprimée dans un complet de bonne qualité dont le fond du pantalon luisait d'usure. Il était représentant et sa mallette pleine d'échantillons montait la garde à ses pieds, tel un chien fidèle.

— Essayez encore la radio, dit le routier accoudé au comptoir.

Haussant les épaules, le cuistot tourna le bouton. Il chercha à capter une station mais n'obtint que des parasites.

— Vous allez trop vite, protesta le chauffeur. Vous avez bien dû en rater une.

— Merde, répliqua le cuistot.

C'était un vieux Noir dont le sourire jetait des reflets d'or. Il ne regardait pas le routier, observant le parking par la vitre qui faisait toute la longueur de la salle.

Il y avait là sept ou huit poids lourds dont les moteurs tournaient au ralenti, ronronnant comme de gros chats. Deux Mack, un Hemingway, et quatre ou cinq Reo. Des semi-remorques, spécialisés dans le transport longue distance, bardés de plaques de toutes sortes et à l'arrière desquels se dressaient des antennes.

La Fury du jeune couple était immobilisée sur le toit, tout au bout d'une longue et sinueuse traînée qui avait noirci le bitume irrégulier du parking. Elle avait été chahutée d'une façon insensée. A l'entrée de l'aire de stationnement gisait la carcasse d'une Cadillac. Ouvrant la bouche comme un poisson hors de l'eau, le conducteur scrutait son pare-brise étoilé. Ses lunettes d'écaille pendaient de l'une de ses oreilles.

A mi-chemin entre la Cadillac et le parking était étendu le corps d'une jeune femme vêtue d'une robe rose. Elle avait sauté de la voiture quand elle avait vu qu'ils ne pourraient plus leur échapper. Elle s'était mise à courir désespérément mais ils ne lui avaient laissé aucune chance. Bien qu'elle eût le visage tourné contre le sol, le spectacle de ce corps convoité par les mouches était ce qu'il y avait de pire.

De l'autre côté de la route, une vieille familiale Ford avait été projetée contre le rail de protection. Cela s'était passé une heure auparavant. Depuis, aucun nouveau véhicule n'était arrivé. D'ici, on ne pouvait pas voir l'autoroute, et le téléphone se trouvait à l'extérieur.

— Vous allez trop vite, protestait le routier. Vous devriez...

C'est alors que Snodgrass perdit la tête. En se levant, il renversa la table. Il roulait des yeux terrifiés et psalmodiait indistinctement, la mâchoire pendante :

— Il faut qu'on sorte, faut qu'on sorte, fautquonsorte...

Les deux jeunes se mirent à hurler.

Du haut de mon tabouret placé près de la porte, j'empoignai au passage la chemise de Snodgrass, mais il parvint à m'échapper. Il avait le feu aux fesses et même une porte de prison n'aurait pu l'arrêter.

Il ouvrit violemment et courut comme un fou sur le gravier, vers le fossé d'écoulement, à gauche. Deux des camions le prirent en chasse, crachant vers le ciel les émanations brunâtres du gasoil, faisant gicler des rafales de gravillons.

Il n'avait pas accompli six foulées depuis la berge du parking quand il se retourna, le visage déformé par la peur. Ses pieds s'emmêlèrent et il trébucha, à deux doigts de tomber. Quand il reprit son équilibre, il était déjà trop tard.

L'un des camions abandonna mais l'autre chargea,

son énorme grille de radiateur étincelant sauvagement sous le soleil. Snodgrass poussa un cri à la fois faible et aigu que couvrit presque le rugissement du gros Reo diesel.

Il ne l'écrasa pas carrément, ce qui, peut-être, eût mieux valu. Le camion poussa Snodgrass devant lui à petits coups, semblant dribbler ou shooter comme un joueur de football. Un instant, la silhouette du malheureux se découpa contre le ciel d'été, tel un pantin désarticulé, puis il disparut dans le fossé d'écoulement.

Les freins du semi-remorque lancèrent un mugissement de dragon et les roues avant, en se bloquant, creusèrent de profonds sillons dans la couche de gravier du parking; quelques centimètres de plus et il se plantait dans le fossé. Le salaud.

La fille hurla. Le visage transformé en un masque de sorcière, elle griffait ses joues des deux mains.

Un bruit de verre cassé. Je tournai la tête et vis que le routier avait serré son verre si fort qu'il l'avait brisé. Il ne semblait pas s'en être encore rendu compte.

Le cuistot noir restait comme pétrifié près de la radio. Tout fut silencieux pendant un moment à l'exception de la rumeur du Reo qui rejoignait ses pareils. Puis la fille se mit à pleurer et j'en éprouvai une sorte de soulagement.

Ma propre voiture était de l'autre côté, elle aussi réduite en bouillie. C'était une Camaro 1971 et je n'avais pas encore fini de la payer, mais cela n'importait déjà plus.

Il n'y avait personne dans les camions.

Le soleil faisait jouer des reflets sur les cabines vides. Les roues tournaient toutes seules. Mieux valait ne pas trop penser à tout ça, parce qu'on aurait vite fait d'en devenir fou. Comme Snodgrass.

Deux heures passèrent. Le soir tombait. Dehors, les camions patrouillaient, traçant lentement des cercles ou des huit; veilleuses et feux de gabarit étaient allumés.

Je marchai un moment le long du comptoir pour me dégourdir les jambes puis allai m'asseoir dans un box près de la grande vitre. C'était une banale aire d'arrêt destinée aux camionneurs, près de l'autoroute, rassemblant toutes les commodités, y compris des pompes pour l'essence et le gasoil. Les routiers venaient ici pour boire un café et manger un morceau.

— Monsieur?

La voix était hésitante.

Je levai les yeux. C'étaient les deux gosses de la Fury. Lui paraissait environ dix-neuf ans. Il portait les cheveux longs et une barbe encore maigre. Elle semblait plus jeune.

— Ouais?

— Et à vous, que vous est-il arrivé?

Je haussai les épaules.

— J'avais pris l'autoroute pour Pelson, racontai-je. Un camion roulait derrière moi — je l'avais vu arriver de loin dans mon rétroviseur — à fond de train. On pouvait l'entendre à un kilomètre. Il a fait une queue de poisson à une Coccinelle et l'a éjectée de la route avec le bout de sa remorque. J'ai cru que le camion allait verser aussi. Vu la façon dont la remorque s'était déportée sur le côté, aucun conducteur n'aurait pu redresser. Mais il s'en sortait très bien. La VW a fait cinq ou six tonneaux puis elle a explosé. Le poids lourd a fait subir le même sort à la voiture suivante. Voyant qu'il fonçait sur moi, j'ai pris la bretelle à toute vitesse. (Je ris mais le cœur n'y était pas.) Et il a fallu que j'atterrisse dans un rendez-vous de camionneurs. Ce qu'on appelle tomber dans la gueule du loup.

La fille déglutit.

— Nous avons vu un car Greyhound qui remontait la route du sud. Il..., il écrasait tout ce qui se trouvait devant lui. Il a explosé et brûlé mais..., mais avant, ça a été une vraie boucherie.

Un Greyhound. Voilà qui était nouveau; et qui n'arrangeait rien.

Dehors, tous les feux de route s'allumèrent en même temps, plongeant le parking dans une clarté glauque et inquiétante. Les camions poursuivaient leur ronde rugissante. Dans la nuit qui s'épaississait, les sombres remorques évoquaient les larges épaules voûtées de géants préhistoriques.

— Est-ce qu'on peut allumer les lumières sans danger ? demanda le cuistot.

— Allez-y, fis-je. Vous verrez bien.

Il tourna les interrupteurs et une enfilade de globes se mit à briller. Sur la façade, s'illumina l'enseigne au néon : *Chez Conant. Au rendez-vous des routiers.* Imperturbables, les camions continuaient de tourner.

— J'y comprends rien, fit le camionneur. (Il était descendu de son tabouret et marchait de long en large. C'était une bonne fille, elle ne m'a jamais causé d'ennuis. J'ai poussé jusqu'ici juste après 1 heure pour manger un plat de spaghetti, et voilà ce qui est arrivé. (Il balaya l'air de la main.) Tenez, c'est celui-là, celui qui a le feu arrière gauche un peu faiblard. J'ai eu son volant entre les mains pendant six ans. Et maintenant, il suffirait que je fasse un pas dehors...

— Ça ne fait que commencer, assura le cuistot. S'il n'y a plus de radio, c'est que ça doit aller mal.

La jeune fille était devenue pâle comme une morte.

— Ne nous occupons pas de cela pour le moment, fis-je.

— A quoi ça peut bien être dû ? demanda le routier. Des orages électriques dans l'atmosphère ? Des essais nucléaires ?

— Peut-être qu'ils sont devenus fous, répondis-je.

Vers 7 heures, je m'approchai du cuistot.

— Comment ça se présente, ici ? Je veux dire, si nous sommes bloqués un bon bout de temps ?

Il fronça les sourcils.

— Pas trop mal. On a été livrés hier. On a reçu deux ou trois cents hamburgers, des fruits et des légumes en boîte, des céréales, des œufs... tout ce qu'il reste de lait est au frigo, mais il y a l'eau du puits. En cas de besoin, on pourrait tenir tous les cinq pendant un bon mois.

Le routier se joignit à nous.

— Je suis en manque de cigarettes. Et maintenant, ce distributeur...

— Il n'est pas à moi, dit le barman. J'y peux rien.

Le camionneur avait déniché une paire de pinces dans la réserve. Il commença à s'occuper de la machine.

Le conducteur de la Fury s'approcha du juke-box et glissa une pièce dans la fente. John Fogarty entonna *Born on The Bayou.*

Je m'assis, regardant par la fenêtre, et, aussitôt, aperçus quelque chose qui ne me plut pas du tout. Un petit pick-up Chevrolet s'était joint à la horde, tel un poney Shetland parmi les percherons. Il passa sans broncher sur le corps de la jeune fille à la robe rose; je détournai les yeux.

— Ils ont été créés par l'homme! s'écria soudain la fille d'une voix pitoyable. Ils n'ont pas le *droit!*

Son petit ami lui dit de la fermer. Le routier eut raison du distributeur de cigarettes; il y puisa six ou sept paquets. Il les contemplait avec une telle voracité que je me demandai s'il allait les fumer ou bien les manger.

Le juke-box joua un nouveau disque; il était 8 heures.

Une demi-heure plus tard, nous fûmes privés d'électricité.

Lorsque les globes s'éteignirent, la fille poussa un hurlement qui s'interrompit net, comme si son compagnon lui avait bâillonné la bouche de la main. Le juke-box poussa une plainte grave puis mourut.

— Bon Dieu, qu'est-ce qui se passe? s'exclama le routier.

— S'il vous plaît! fis-je, vous avez des bougies?

— Je crois. Attendez... Ouais, en voilà.

Nous les plaçâmes un peu partout autour de nous.

— Attention, dis-je, si nous mettons le feu à la baraque, vous pouvez commencer à faire votre prière.

— Je vous le fais pas dire, répliqua le barman d'un ton morne.

La lumière des bougies nous permit de découvrir le jeune couple enlacé, puis le routier qui, près de la porte de derrière, observait le manège de six nouveaux poids lourds qui faisaient du gymkhana entre les postes d'essence.

— Ça bouleverse nos prévisions, n'est-ce pas? dis-je au barman.

— Ça oui, si l'électricité ne revient pas.

— Combien de temps?

— Les hamburgers seront immangeables dans trois jours. Pareil pour ce qui reste de viande et pour les œufs. Pas de problème pour les boîtes et pour ce qui est séché. Mais ce n'est pas le pire. On ne va plus avoir d'eau, sans la pompe.

— Et les réserves?

— On a à boire pour une semaine.

— Remplissez tous les récipients que vous pourrez trouver. Tirez l'eau jusqu'à la dernière goutte. Où sont les toilettes? Il y a de l'eau potable plein les réservoirs.

— Les commodités pour le personnel sont derrière. Mais les toilettes réservées aux clients sont à l'extérieur.

— A la station-service?

Je ne me sentais pas encore prêt à tenter le coup.

— Non. Vous sortez par la porte, sur le côté, et c'est un peu plus loin.

— Bon, donnez-moi deux seaux, alors.

Il m'en trouva deux en métal. Le gamin à la Fury s'avança.

— Qu'est-ce que vous fabriquez?

— Il nous faut de l'eau. Tout ce que nous pourrons recueillir.

— Donnez-moi un seau.

— Jerry! hurla la fille. Tu...

Il la fit taire du regard. Le camionneur fumait en silence.

Avant de franchir la porte, nous observâmes un instant les ombres des camions qui croissaient ou décroissaient au gré de leurs allées et venues.

— Maintenant? demanda le jeune homme.

Comme son bras frôlait le mien, je sentis ses muscles bandés comme des ressorts. Une simple bourrade et c'était la crise cardiaque.

— Du calme, lui fis-je.

Il m'adressa un pauvre sourire, mais c'était mieux que rien.

Nous nous faufilâmes à l'extérieur.

La nuit avait apporté un peu de fraîcheur. De l'herbe s'élevait la stridulation des criquets et, des fossés d'écoulement, le coassement des grenouilles. Dehors, le rugissement des camions se faisait plus tonitruant, plus menaçant, presque bestial. A l'intérieur, on était comme au cinéma. Mais ici, c'était du sérieux.

Nous nous glissâmes le long du mur tuilé, avançant sous la protection du léger rebord.

— Tu prends les « dames », murmurai-je. Remplis ton seau au réservoir de la chasse et attends-moi.

On se laissait facilement abuser par le grondement continu qu'émettaient les moteurs Diesel. Vous pensiez qu'ils venaient vers vous mais, en fait, ce n'était que l'écho renvoyé par la structure bizarre du bâtiment. Nous n'avions que six mètres à franchir. Cela nous parut beaucoup plus long.

Jerry ouvrit les toilettes des dames et entra. Une fois parvenu aux « messieurs », je sentis mes muscles se détendre et poussai un soupir de soulagement. J'entrevis mon visage pâle et crispé dans le miroir.

Je retirai le couvercle de porcelaine du réservoir et y remplis mon seau. Puis je m'approchai de la porte.

— Hé ?

— Ouais, souffla-t-il.

— T'es prêt ?

— Ouais.

Nous ressortîmes. A peine avions-nous franchi six pas que des phares nous aveuglaient. Il s'était approché tout doucement, ses roues énormes dérangeant à peine le gravier. Il était resté tapi dans l'obscurité et, maintenant, il fondait sur ses proies; ses phares étaient deux yeux fous et l'énorme grille chromée une gueule menaçante.

Jerry se pétrifia, le visage glacé d'horreur. Je lui donnai une poussée vigoureuse, répandant la moitié de son eau.

— *Vas-y!*

Le vacarme du moteur Diesel se mua en un hurlement strident. Je m'apprêtai à ouvrir la porte par-dessus l'épaule de Jerry mais quelqu'un le fit à ma place, de l'intérieur. Le gosse s'effondra dans l'entrée et je m'engouffrai à sa suite. Je me retournai pour jeter un coup d'œil sur le camion. Le gros Peterbilt heurta de biais le mur, arrachant des monceaux de tuiles. Il y eut un crissement à vous faire éclater les tympans. Puis le garde-boue droit et le coin de la grille de radiateur vinrent s'encastrer dans l'encadrement de la porte, projetant des gerbes de débris de verre et déchirant les gonds d'acier. La porte fut projetée dans la nuit, puis le camion reprit de la vitesse en direction du parking, crachotant de déception et de colère.

Jerry eut juste le temps de poser son seau avant de s'écrouler dans les bras de sa petite amie, tout secoué de frissons.

Mon cœur cognait dans ma poitrine et mes jambes se dérobaient sous moi. Quant à l'eau, nous n'en avions rapporté qu'environ un seau et quart à nous deux. Le jeu n'en valait pas la chandelle.

— Il faut bloquer cette entrée, dis-je au cuistot. Vous avez quelque chose qui pourrait faire l'affaire?

— Eh bien...

Le routier s'en mêla :

— Pourquoi? Une seule roue de ces mastodontes ne pourrait pas rentrer.

— Ce ne sont pas les mastodontes qui m'inquiètent.

Le camionneur se mit fébrilement en quête d'une cigarette.

— Il y a des planches dans la réserve, dit le barman. Le patron voulait construire une cabane pour stocker le butane.

— On va en mettre en travers et pousser un ou deux boxes contre.

— Allons-y, fit le routier.

L'affaire fut réglée en une heure; tout le monde s'y était mis, même la fille. C'était plutôt solide. Bien sûr, « plutôt solide », ce ne serait pas suffisant si quelque chose heurtait notre porte fortifiée à pleine vitesse. Je pense qu'ils en étaient tous conscients.

Je pris place dans l'un des trois boxes qui étaient restés près de la vitre. La pendule qui se trouvait derrière le comptoir s'était arrêtée sur 8 h 32, mais il devait bien être 10 heures. Dehors, les camions continuaient de rôder en grognant. Certains s'éloignaient parfois à toute vitesse pour une mission inconnue; d'autres arrivaient. Il y avait maintenant trois pick-up qui se pavanaient au milieu de leurs grands frères.

Je commençais à somnoler mais, au lieu de compter les moutons, je comptais les camions. Combien pouvait-il y en avoir dans cet état? Combien dans toute l'Amérique? Des remorques, des semi-remorques, des pick-up, des frigorifiques, des trente tonnes, des convoyeurs de l'armée, des milliers, des dizaines de milliers... et des cars. J'eus la vision de cauchemar d'un bus, deux roues dans le caniveau et deux sur le trottoir, poussant des rugissements tandis qu'il fauchait comme des quilles les malheureux passants.

Je chassai cette pensée puis sombrai dans un sommeil précaire et agité.

Il devait être très tôt le matin quand Snodgrass se mit à hurler. Un fin croissant de lune jetait une lueur froide filtrée par de hauts nuages. En contrepoint des gargouillis et des grondements des gros tonnages se faisait entendre un son nouveau : une moissonneuse-lieuse tournait en rond près de l'enseigne éteinte. La lune faisait luire les dents aiguisées de la machine.

Le cri retentit de nouveau, venu du fossé d'écoulement :

— Au secooouuuurs!

— Qu'est-ce que c'est?

La fille s'était réveillée. Ecarquillant les yeux dans l'obscurité, elle paraissait prête à mourir de peur.

— Rien du tout, la rassurai-je.

— Au secooouuuurs!

— Il est vivant, murmura-t-elle. Oh! mon Dieu, il est *vivant*.

Je n'avais pas besoin de voir Snodgrass pour l'imaginer, gisant, à demi englouti par le fossé, les reins et les jambes brisés, son costume impeccablement repassé, maculé de boue; son visage qui implorait une lune indifférente...

— Nous n'avons rien entendu, n'est-ce pas? fis-je.

Elle me fusilla du regard.

— Comment pouvez-vous! Comment...

— Maintenant, ajoutai-je en désignant son petit ami du pouce, peut-être que, *lui*, il entendra quelque chose. Peut-être qu'il va y aller. C'est ça que vous voulez?

Son visage se contracta.

— Rien, souffla-t-elle. Je n'ai rien entendu.

Elle retourna se blottir contre Jerry qui, sans se réveiller, l'enlaça de ses bras.

Personne d'autre ne s'éveilla. Snodgrass continua pendant un long moment de crier et de sangloter..., puis il se tut.

L'aube.

Un nouveau véhicule arriva. Celui-là était un énorme truck destiné au transport des automobiles. Pour ma plus grande inquiétude, un bulldozer le rejoignit.

Le routier me saisit par le bras.

— Viens voir derrière, me chuchota-t-il, tout excité. (Les autres dormaient encore.) Viens voir ça !

Je le suivis jusqu'à la réserve. Une dizaine de camions allaient et venaient derrière le bâtiment. Tout d'abord, je ne remarquai rien de nouveau.

— Tu vois ? fit-il en tendant la main. Juste là.

L'un des pick-up était immobilisé. Il gisait là comme une masse et avait perdu son air menaçant.

— Panne sèche ?

— T'as trouvé, mon gars. *Et ils ne peuvent pas faire le plein tout seuls.* On les aura à l'usure. Tout ce qu'on a à faire, c'est d'attendre.

Souriant, il se fouilla en quête d'une cigarette.

Il était 9 heures et je mangeais un sandwich de la veille en guise de petit déjeuner quand commença le concert de klaxon — c'était une longue plainte monotone qui vous faisait dresser les cheveux sur la tête. Nous nous approchâmes de la vitre et regardâmes dehors. Aucun des camions ne bougeait plus. Un énorme Reo à la cabine rouge, s'était arrêté à la lisière de la bande de gazon qui séparait le restaurant du parking. Vue d'aussi près, la grille de radiateur paraissait réellement énorme, terrifiante. Les pneus seraient arrivés à la poitrine d'un homme.

Les klaxons se remirent à hurler; des mugissements affamés, tantôt longs, tantôt brefs, auxquels répondaient d'autres appels. Il y avait un rythme, cela paraissait calculé.

— C'est du morse ! s'exclama soudain Jerry.

Le routier le regarda.

— Comment tu sais ça ?

Le gosse rosit.

— Je l'ai appris chez les scouts.

— Toi ? se moqua le camionneur. *Toi ?* Eh ben !

Il secoua la tête.

— Fais pas attention, dis-je. Tu t'en souviens assez pour...

— Bien sûr. Laissez-moi écouter. Vous avez un crayon ?

Le barman lui en tendit un et Jerry se .mit à écrire sur une serviette en papier. Au bout d'un moment, il leva son crayon.

— Ils ne font que répéter : « Attention ! Attention ! et... attendez ! »

Les avertisseurs reproduisaient inlassablement le même rythme. Puis, la séquence se modifia et Jerry recommença à écrire. Nous nous penchâmes au-dessus de son épaule pour regarder le message se former. « Quelqu'un doit remplir réservoirs. Aucun danger pour lui. Remplir jusqu'à vider les cuves. Maintenant. Quelqu'un doit remplir réservoirs maintenant. »

Le concert se poursuivit mais Jerry cessa d'écrire.

— Ils se remettent à répéter : « Attention », dit-il.

Le Reo reproduisait maintenant tout seul le message. Je n'aimais pas le ton de ces mots en capitales sur la serviette. Ils étaient sans pitié, et ne laissaient aucune place à la discussion.

— Alors, fit Jerry. Qu'est-ce qu'on fait ?

— Rien, répondit aussitôt le routier. (Son visage s'agitait nerveusement.) Tout ce qu'on a à faire, c'est d'attendre. Leurs réservoirs doivent être presque à sec. Il y en a un petit là-bas qui est déjà en panne. Tout ce qu'on a à faire...

Le Reo se tut. Il fit marche arrière et alla rejoindre ses semblables. Ils formèrent un demi-cercle, braquant leurs phares dans notre direction.

— Il y a un bulldozer, là-bas, dis-je.

Jerry me jeta un coup d'œil interrogateur.

— Vous pensez qu'ils vont raser le restaurant ?

— J'en ai peur.

— Ils ne pourraient pas faire ça, n'est-ce pas? fit Jerry, quêtant l'approbation du cuistot.

Le barman haussa les épaules.

— Il faut un vote, intervint le routier. On cédera pas au chantage, bon Dieu! Tout ce qu'on a à faire, c'est d'attendre.

Il le répétait pour la quatrième fois, comme une formule magique.

— D'accord pour le vote, dis-je.

— Attendons, insista le routier.

— Je pense qu'il est préférable de leur donner le gasoil, expliquai-je. Nous attendrons une meilleure occasion pour nous enfuir. Et vous, cuistot?

— Rester là! répondit-il. Vous voulez devenir leurs esclaves? Vous voulez passer le reste de votre vie à changer des filtres à huile à chaque fois qu'une de ces..., qu'un de ces machins vous klaxonnera? Eh bien, pas moi! (Il regarda par la vitre d'un air sinistre.) Qu'ils crèvent!

Je me tournai vers le jeune couple.

— Je crois qu'ils ont raison, approuva Jerry. C'est la seule façon d'en venir à bout. Si quelqu'un avait dû venir à notre secours, ça ferait longtemps qu'il serait là. Dieu seul sait ce qui peut bien se passer ailleurs.

La fille acquiesça et se rapprocha de Jerry, le souvenir de Snodgrass hantant toujours ses yeux.

— Comme vous voudrez, dis-je.

Je me dirigeai vers le distributeur de cigarettes et y pris un paquet sans prêter attention à la marque. J'avais cessé de fumer depuis un an mais c'était l'occasion rêvée de s'y remettre. La fumée me brûla les poumons.

Vingt minutes s'égrenèrent. Les camions de devant attendaient. Ceux de derrière formaient une file devant les pompes.

— C'était un coup de bluff, fit le routier. Tout ce qu'on a...

C'est alors que le hoquet d'un moteur qui démarre, cale, puis repart nous déchira les oreilles. Le bulldozer.

Il rutilait comme une pièce d'or au soleil. C'était un

Caterpillar aux grandes roues d'acier. Son court pot d'échappement vomissait une fumée noire tandis qu'il faisait demi-tour pour se présenter face à nous.

— Il va nous rentrer dedans! s'exclama le routier dont le visage exprimait une profonde surprise. Il va nous rentrer dedans!

— Reculez! criai-je. Tous derrière le comptoir!

Le moteur du bulldozer tournait à pleins gaz. Les vitesses s'enclenchaient d'elles-mêmes. La chaleur dégagée par le pot fumant troublait la qualité de l'air. Soudain, le bouteur leva sa lame, une lourde masse d'acier maculée de boue séchée. Puis, faisant rugir son moteur, il fonça sur nous.

— Derrière le comptoir!

Je poussai rudement le routier et les autres suivirent le mouvement.

Il y avait un petit rebord de béton entre l'herbe et le parking proprement dit. Le bulldozer le passa, relevant momentanément sa lame, puis attaqua violemment la façade. Frappée de plein fouet, la vitre explosa dans un bruit d'enfer tandis que le cadre de bois volait en éclats. L'un des globes qui pendaient au plafond s'ajouta aux débris de verre. La vaisselle fut vidée des étagères. La fille hurla mais le son de sa voix se perdit dans le grondement régulier du bouteur.

Il recula, ferraillant sur la bande de gazon labourée, puis chargea de nouveau, fracassant les boxes restants. Le présentoir qui se trouvait sur le comptoir tomba, éparpillant sur le sol ses sandwiches triangulaires.

Le barman s'était recroquevillé sur lui-même, les yeux fermés; Jerry étreignait sa compagne; le routier avait les yeux révulsés par la terreur.

— Il faut l'arrêter, bredouilla-t-il. Dites-leur qu'on fera tout ce qu'ils veulent...

— Un peu plus tard, vous ne croyez pas?

Le Caterpillar fit marche arrière et s'apprêta à charger pour la troisième fois. Il sembla nous jeter un regard menaçant, poussa un beuglement, et, cette fois-ci, s'attaqua au montant gauche de ce qui avait été la vitre. La portion de toit qui se trouvait au-dessus

190

s'effondra dans un grand fracas. Un nuage de plâtre se forma.

Le bulldozer se dégagea. Derrière lui attendait la horde des camions.

Je saisis le cuistot par le bras.

— Où sont les cuves de fuel?

Les fourneaux marchaient au butane mais j'avais aperçu la cheminée d'un poêle à mazout.

— Dans la réserve, répondit-il.

Je fis signe à Jerry.

— Viens.

Nous nous précipitâmes dans la réserve. Une nouvelle secousse ébranla le bâtiment. Encore deux ou trois coups comme celui-ci et il pourrait commander une tasse de café au comptoir.

Il y avait deux cuves de deux cents litres qui alimentaient directement le poêle. Mais on pouvait aussi y puiser du fuel grâce à deux robinets. Près de la porte se trouvait un carton plein de bouteilles de ketchup vides.

— Ramasse-moi ça, Jerry.

Pendant ce temps, j'ôtai ma chemise et la déchirai en lambeaux. Le bulldozer continuait ses ravages avec une rage obstinée.

Je remplis quatre des bouteilles de ketchup aux robinets, et Jerry y enfonça des bouts d'étoffe.

— Tu sais jouer au base-ball?

— J'y ai joué au collège.

— Parfait. C'est toi le lanceur.

Nous transportâmes les bouteilles dans la salle de restaurant. La façade avait été complètement défoncée. Une énorme poutre était tombée en travers de l'ouverture béante. Le bouteur reculait, essayant de sortir la solive à l'aide de sa lame, et je me préparai à l'assaut final.

Nous nous agenouillâmes, disposant les bouteilles devant nous.

— Allume-les, demandai-je au routier.

Il sortit ses allumettes mais ses mains tremblaient tellement qu'il les éparpilla. Le barman les ramassa, en craqua une, et les lanières de tissu prirent feu en grésillant.

— Vite! dis-je.

Nous courûmes, Jerry devant. Le verre crissait en s'émiettant sous nos pieds. Une odeur tiède et visqueuse de fuel flottait dans l'air. Tout n'était que vacarme et que lumière.

Le bouteur chargea.

Jerry se jeta sous la poutre, et sa silhouette se découpa contre l'énorme lame d'acier en furie. Je me plaçai sur sa droite. Pour son premier essai, Jerry tira trop court. La seconde fois, la bouteille explosa sur la pelle d'acier, sans dommages pour la lame.

Il tenta de s'enfuir, mais déjà la lame était au-dessus de lui, telle une hache sacrificielle de quatre tonnes. Ses mains battirent l'air mais il disparaissait déjà, broyé par l'énorme masse.

Je contcurnai la lame et balançai une bouteille dans la cabine ouverte puis l'autre dans le moteur. Elles explosèrent en même temps dans un bouquet de flammes.

Le bulldozer poussa un cri de rage et de douleur quasi humain. Il traça de frénétiques demi-cercles, arrachant le coin gauche de la salle de restaurant, puis se dirigea en zigzaguant vers le fossé d'écoulement.

Les roues d'acier étaient maculées de sang coagulé et, là où eût dû se trouver Jerry, ne restait plus qu'un tas de charpie.

Le bouteur avait presque atteint le fossé, le capot et la cabine en feu, quand, soudain, il explosa en un geyser de flammes.

En reculant, je faillis tomber sur une pile de moellons. Je perçus une odeur de brûlé qui n'était pas celle du mazout. Une odeur de cheveux brûlés. C'étaient les miens.

J'attrapai une nappe, la pressai contre ma tête, me précipitai derrière le comptoir, et plongeai si vivement mes cheveux en feu dans l'évier que j'en heurtai brutalement le fond. La fille criait le nom de Jerry, en une litanie qui frôlait la démence.

Je me retournai pour apercevoir l'énorme truck qui roulait en direction de la façade béante de la salle de restaurant.

Hurlant, le routier fonça sur la porte.

— Non! lui cria le barman. Ne faites pas ça!

Mais il était déjà dehors, se ruant en direction du fossé d'écoulement et du champ qui se trouvait de l'autre côté.

Sans doute le camion était-il resté en faction tout près de la porte; un véhicule sur les flancs duquel était inscrit : *Blanchisserie Wong — Service rapide*. En moins de temps qu'il n'en faut pour le dire, le fuyard était châtié. Puis le camion disparut, laissant le corps désarticulé du routier sur le gravier. Il avait été projeté hors de ses chaussures.

Le truck franchit lentement le rebord de béton, la bande de gazon, les restes de Jerry, et s'immobilisa, pointant un nez gigantesque dans la salle de restaurant.

Soudain, son klaxon se mit à pousser une série de brefs vagissements.

— Arrêtez ça! gémit la fille. Arrêtez! Je vous en prie!

Mais la corne s'obstina à nous fracasser les oreilles. En quelques instants, nous avions saisi la teneur du message. C'était le même qu'auparavant. Il voulait que nous remplissions son réservoir et celui des autres.

— J'y vais, annonçai-je. Les pompes sont déverrouillées?

Le barman acquiesça. Soudain, il paraissait dix ans de plus.

— Non! hurla la fille en se jetant sur moi. Il faut que vous les arrêtiez. Frappez-les! Brûlez-les! Détruisez-les!

Sa voix faiblit puis s'éteignit dans une amère plainte de douleur et de reproche.

Le barman la retint. Je fis le tour du comptoir, me frayant un chemin parmi les décombres, et sortis par la réserve. Mon cœur battait la chamade tandis que je m'avançais sous le soleil brûlant. J'avais envie d'une nouvelle cigarette mais on ne fume pas à l'approche des pompes.

Les camions étaient toujours à la queue leu leu. Le véhicule de la blanchisserie grognait et jappait, tapi sur le gravier comme un chien à l'affût. Un geste de trop et il me réduirait en bouillie. Je frissonnai en voyant le siège vide derrière le pare-brise qui miroitait au soleil.

Je mis la pompe sur la position « marche » et décrochai la lance. Je dévissai le premier bouchon de réservoir et commençai à tirer de l'essence.

Lorsqu'au bout d'une demi-heure la première cuve fut vide, je me dirigeai vers la seconde. Je faisais couler alternativement l'essence et le gasoil. L'un après l'autre, sans fin, les camions se présentaient devant moi. Maintenant, je commençais à comprendre. Des gens, actionnant des pompes dans tout le pays ou bien gisant, morts, comme le routier, portant, sur tout le corps, les stigmates laissés par les roues impitoyables.

La seconde cuve vidée, je passai à la troisième. Le soleil cognait dur et les vapeurs d'essence me donnaient la migraine. Des ampoules s'étaient formées entre le pouce et l'index de mes mains. Mais ce n'était pas leur problème. Eux, ce qui les intéressait, c'étaient le carburant, l'état de leurs joints de culasse, ou celui de leur batterie, mais certainement pas les coups de soleil, mes ampoules... ou mon terrible besoin de hurler. Une seule chose les intéressait de savoir au sujet de ceux qui les avaient si longtemps domestiqués : les hommes saignent.

Ayant vidé la troisième cuve jusqu'à la dernière goutte, je jetai ma lance à terre. Pourtant, la file des camions n'avait cessé de s'allonger. Sur deux ou trois rangs, la queue sortait du parking, continuait sur la route puis se perdait hors de vue. C'était une vision de cauchemar de la voie express de Los Angeles aux heures de pointe. Les gaz d'échappement troublaient l'horizon; une forte odeur d'essence empuantissait l'air.

— Eh non! fis-je, plus d'essence. On est à sec, les gars.

Il y eut une sourde rumeur, une note basse qui me fit claquer des dents. Un gros camion-citerne argenté remontait la file. Sur son flanc était écrit : *Faites le plein avec Phillips 66.*

Un énorme tuyau jaillit de l'arrière de la citerne.

Je le raccordai à la bouche de la première cuve. Le camion commença à se vider. L'odeur de pétrole me pénétra. Je remplis les deux autres cuves puis me remis à mon épuisante tâche de pompiste.

Je fus bientôt dans une sorte de brouillard, n'ayant plus conscience du temps, ne voyant plus les camions. Je dévissais le bouchon, enfonçais ma lance, pompant jusqu'à ce que le liquide chaud et dense déborde, puis replaçais le bouchon. Mes ampoules percèrent, et le pus coula jusqu'à mes poignets. Toute ma tête m'élançait comme une dent cariée et mon estomac se tordait désespérément, gavé d'hydrocarbures.

J'allais m'évanouir et ce serait la fin.

Deux mains sombres se posèrent sur mes épaules.

— Rentrez, fit le barman. Allez vous reposer. Je vous relaie jusqu'à la nuit. Essayez de dormir.

Je lui tendis la lance.

Mais je ne peux pas dormir.

La fille est assoupie. Elle est recroquevillée dans un coin, une nappe en guise d'oreiller, et le sommeil n'a pas suffi à détendre son visage. De toute éternité, l'épouse abandonnée par le combattant a eu ce visage. Je ne vais pas tarder à la réveiller. Le soir tombe et le cuistot est dehors depuis près de cinq heures.

Il en arrive toujours. Je regarde par la vitre défoncée et je vois le ruban des phares qui s'étire sur plus d'un kilomètre, telle une guirlande scintillant dans l'obscurité qui vient. La queue doit s'étendre jusqu'à l'autoroute, peut-être plus loin.

Il va falloir que la fille prenne son tour. Je vais lui montrer comment on fait. Peut-être qu'elle ne voudra pas, mais, si elle veut vivre, il faudra bien.

Vous voulez devenir leurs esclaves ? avait dit le barman. *Vous voulez passer le reste de votre vie à changer des filtres à huile à chaque fois qu'un de ces machins vous klaxonnera ?*

Peut-être pourrions-nous fuir ? Etant donné la façon dont ils se sont rangés les uns derrière les autres, il serait facile d'atteindre le fossé d'écoulement. Courir à travers champs, puis prendre par les marécages où ces mastodontes s'enliseraient. Ensuite...

L'homme des cavernes.

Réapprendre à dessiner au charbon de bois. Ceci est

un arbre. Et voici un semi-remorque Mack écrasant un chasseur.

Non, même pas. Nous vivons dans un monde de béton. Quant aux champs, aux marais et aux forêts épaisses, il y a des tanks, des half-tracks, des véhicules équipés de lasers, de masers, de radars. Et, petit à petit, ils pourront façonner le monde qu'ils désirent.

Je les vois déjà convoyant le sable par milliers pour combler les marais d'Okefenokee, je vois les bulldozers aplanissant les parcs nationaux et les terres en friches, faisant de la planète une unique et gigantesque plaine. Ensuite, la horde des poids lourds pourra déferler.

Mais ce ne sont que des machines. Quoi qu'il leur soit arrivé, quel que soit le degré de conscience que nous leur ayons permis d'acquérir, une chose est certaine : *ils ne peuvent pas se reproduire.*

Dans cinquante ou soixante ans, ils ne seront plus que d'impuissants tas de rouille que l'homme, à nouveau libre, pourra lapider et couvrir de crachats.

Mais, en fermant les yeux, j'imagine maintenant les chaînes de Detroit, de Dearborn, de Youngstown et de Mackinac, d'où sortent de nouveaux camions, assemblés par des ouvriers qui n'auront même plus la solution de rendre leur bleu de travail; quand la tâche les aura tués, on les remplacera.

Le barman chancèle un peu, maintenant. C'est qu'il n'est plus tout jeune. Il faut que je réveille la fille.

A l'est, deux avions tracent un sillon argenté dans le ciel obscur.

Je voudrais croire qu'il y a quelqu'un aux commandes.

COURS, JIMMY, COURS...

La femme de Jim Norman attendait son mari depuis 14 heures et, lorsqu'elle vit enfin la voiture se ranger devant l'immeuble, elle sortit pour aller à sa rencontre. Un peu plus tôt, elle avait acheté de quoi préparer un repas de fête — deux steaks, une bouteille de Lancer, une laitue et une petite bouteille de mayonnaise. Comme il descendait de la voiture, elle se prit à espérer ardemment qu'il y aurait quelque chose à célébrer.

Il remonta l'allée, tenant d'une main son attaché-case et, de l'autre, quatre fascicules. Elle déchiffra le titre de l'un d'eux : *Introduction à la grammaire*. Elle posa les mains sur ses épaules et lui demanda :

— Ça a marché ?

Il sourit.

Mais, cette nuit-là, pour la première fois depuis longtemps, son vieux rêve avait refait surface, et il s'était réveillé, trempé de sueur, prêt à crier.

Son entretien avait été mené par le principal du collège Harold Davis et le responsable de la section d'anglais. Comme il s'y était attendu, il fut question de ses difficultés de l'année précédente.

Fenton, le principal, un homme chauve au teint cadavérique, s'était rejeté en arrière pour contempler le plafond tandis que Simmons, le responsable de la section d'anglais, allumait sa pipe.

— J'avais beaucoup de problèmes, à cette époque, fit Jim.

Il avait toutes les peines du monde à empêcher ses doigts de s'agiter nerveusement sur ses genoux.

— Soyez assuré que nous le comprenons, répondit Fenton en souriant. Il n'est un secret pour personne qu'enseigner est une tâche particulièrement exténuante, surtout dans le secondaire. Vous êtes sur scène cinq heures sur sept et vous vous adressez au public le plus difficile qui soit. Voilà pourquoi..., acheva-t-il avec un soupçon de fierté, de toutes les catégories professionnelles, c'est, à l'exception des contrôleurs aériens, chez les professeurs qu'on dénombre le plus de cas d'ulcères.

— Les problèmes dont je vous parle, intervint Jim, étaient d'une tout autre nature.

Fenton et Simmons hochèrent la tête en signe d'encouragement. Soudain, le bureau paraissait très étroit, exigu. Jim eut l'étrange impression que quelqu'un braquait une lampe sur sa nuque. Il reprit le contrôle de ses doigts qui se tordaient sur son genou.

— C'était ma dernière année en tant que stagiaire. Ma mère était morte l'été précédent — d'un cancer — et ses dernières paroles furent pour que je continue mes études, et les réussisse. Mon frère aîné est mort alors que nous étions tous deux bien jeunes. Il rêvait d'enseigner, aussi ma mère a-t-elle pensé...

Il lut dans leur regard qu'il était en train de s'égarer et songea : « *Mon Dieu, je vais tout flanquer par terre.* »

— J'ai fait selon son désir, poursuivit-il en laissant de côté les relations complexes qui les avaient unis : sa mère, son frère Wayne — pauvre Wayne, qu'on avait assassiné — et, d'une certaine façon, lui-même. Pendant la seconde semaine de mon stage d'internat, ma fiancée a été renversée par un chauffard qui a filé sans demander son reste. Un de ces gosses qui conduisent une voiture bricolée... On ne l'a jamais retrouvé.

Simmons émit un petit grognement d'encouragement.

— J'ai tenu bon. Elle semblait devoir se remettre complètement. Elle souffrait terriblement — une jambe salement cassée, quatre côtes fracturées — mais rien d'irrémédiable. Je ne me rendais pas compte de l'état dans lequel je me trouvais vraiment.

« *Attention. Nous arrivons en terrain glissant.* »

— J'ai fait mon stage au Centre d'études commerciales.

— La crème de la ville! s'exclama Fenton. Les crans d'arrêt, les santiags, des pistolets bricolés maison, pour être sûr de garder l'argent du déjeuner c'est dix pour cent, et, si vous voyez trois gosses ensemble, c'est qu'il y en a un qui vend de la drogue aux deux autres. Je les connais, les études commerciales!

— Il y avait un gamin qui s'appelait Mack Zimmerman, reprit Jim. Un garçon très sensible. Il jouait de la guitare. Je l'avais en classe d'anglais. Il était doué. Un matin, en arrivant, j'ai vu deux élèves qui le maîtrisaient pendant qu'un troisième fracassait sa guitare Yamaha contre le radiateur. Zimmerman hurlait. Je leur criai d'arrêter et de me donner la guitare. Je suis allé vers eux et quelqu'un m'a flanqué un sacré coup de poing. (Jim haussa les épaules.) Et voilà. J'ai fait une dépression. Je n'ai pas eu de crise de nerfs, je ne suis pas resté prostré dans un coin. Je ne pouvais plus y retourner, c'est tout. Quand je m'approchais du Centre, ma poitrine se bloquait, je ne pouvais plus respirer, j'avais des sueurs froides...

— Ça m'arrive aussi, dit Fenton, compréhensif.

— J'ai suivi une analyse. Ça m'a fait du bien. Sally et moi nous sommes mariés. Elle boite légèrement et a gardé une cicatrice mais, autrement, tout est rentré dans l'ordre. (Il les regarda bien en face.) Je suppose que ce sera aussi votre avis.

— Donc, dit Fenton, vous avez fini votre stage au collège Cortez. C'est ça?

— Ce n'est pas un cadeau non plus, fit remarquer Simmons.

— Je voulais des classes dures, dit Jim. J'ai fait un échange avec un autre type pour aller à Cortez.

— Rien que des A de la part de vos responsables de stage, commenta Fenton.

— Oui. J'aime mon métier.

Fenton et Simmons échangèrent un coup d'œil, puis se levèrent. Jim les imita.

— Nous vous tiendrons au courant, Mr Norman, dit Fenton. Nous devons voir d'autres postulants.

— Oui, je comprends.

— Quant à moi, j'avoue avoir été très impressionné par vos antécédents et votre candeur.

— Je vous remercie.

— Sim ? Peut-être Mr Norman aimerait-il prendre un café avant de partir ?

Dans l'entrée, Simmons lui confia :

— Je pense que vous aurez le poste si vous le désirez vraiment. Cela reste entre nous, bien entendu.

Jim acquiesça. Il venait déjà de garder pour lui un certain nombre de choses.

Davis High était un énorme et sinistre sucre d'orge bâti selon les critères les plus modernes — la section scientifique pesait à elle seule un million et demi de dollars dans le budget de l'année précédente. Les classes étaient équipées de bureaux neufs et de tableaux noirs non réfléchissants. Les élèves étaient propres, bien habillés, éveillés et nombreux. En terminale, six étudiants sur dix possédaient déjà leur propre voiture. Une école où il était agréable d'enseigner pendant les difficiles années soixante-dix. A côté, le Centre d'études commerciales, c'était la brousse.

Mais, quand les gosses avaient déserté les classes, une présence intemporelle et lugubre semblait suinter des murs et chuchoter dans les salles vides. Noire, maléfique, insaisissable. Parfois, tandis qu'il descendait le couloir de l'aile 4 en direction du parking, Jim Norman, son attaché-case tout neuf à la main, se disait qu'il pouvait presque l'entendre respirer.

Le rêve revint peu avant la fin d'octobre et, cette fois, il cria. Quand il eut émergé des brumes du sommeil, il trouva Sally assise dans le lit à côté de lui ; elle lui tenait l'épaule. Son cœur battait à tout rompre.

— Mon Dieu ! s'exclama-t-il en se passant la main sur le visage.

— Tu te sens bien ?

— Oui. J'ai crié, n'est-ce pas ?

— Ça, tu peux le dire. Un cauchemar ?

— C'est ça.

— A propos de ces gosses qui ont cassé la guitare de Mack ?

— Non, répondit-il. Ça remonte à beaucoup plus longtemps que ça. Quelquefois, ça revient. Rien de grave.

— Tu en es bien sûr ?

Ses yeux étaient emplis de compassion.

— Sûr et certain. (Il l'embrassa sur l'épaule.) Rendors-toi.

Elle éteignit la lumière et il resta allongé, scrutant l'obscurité.

Pour un nouveau, il avait un emploi du temps plutôt favorable. Sa première heure était libre. Pendant les deuxième et troisième heures il avait des petites classes, l'une assez morne et l'autre délurée. En quatrième heure venait sa classe préférée : littérature américaine en compagnie d'une terminale qui se faisait une joie de disséquer les œuvres des grands maîtres pendant une heure chaque jour. L'heure suivante était consacrée à « l'orientation » : il était censé recevoir des étudiants qui avaient des problèmes personnels ou scolaires. Mais bien peu semblaient en avoir (ou alors, ils ne désiraient pas en discuter avec lui) et Jim en profitait généralement pour lire un bon roman. Arrivait ensuite un cours de grammaire, ennuyeux comme la pluie.

La septième heure était son calvaire. Le cours était intitulé « Littérature vivante » et il se tenait au troisième étage, dans une salle de classe grande comme une boîte à chaussures. La pièce était surchauffée au début de l'automne et glaciale quand l'hiver approchait. C'était ce que les dossiers de l'école qualifiaient prudemment de « classe de rattrapage ».

La classe de Jim était forte de vingt-sept élèves « retardés » qui, pour la plupart, étaient les sportifs de l'établissement. Le moindre des reproches qu'on aurait pu leur adresser était le manque d'intérêt, et certains d'entre eux se distinguaient par un mauvais esprit à toute épreuve. Un jour, en pénétrant dans la salle de classe, il trouva sur le tableau une caricature obscène qui était inutilement sous-titrée *Mr Norman*. Il l'effaça sans faire de commentaires puis commença sa leçon en ignorant les ricanements.

Il prépara des cours intéressants à l'aide de matériel audiovisuel et leur fit étudier des textes passionnants et d'un abord facile — tout cela en vain. L'ambiance de la classe passait de l'hilarité la plus agressive au plus morne silence. Début novembre, une bagarre éclata entre deux garçons au beau milieu d'une discussion à propos de *Des souris et des hommes*. Jim les sépara puis les envoya chez le principal. Quand il rouvrit son livre à la page où il en était resté, il découvrit ces deux mots : *Suce-la*.

Il fit part du problème à Simmons qui haussa les épaules en rallumant sa pipe.

— Je n'ai pas de solution à te proposer, Jim. La dernière heure, c'est toujours la corvée. Et, si tu colles un *D* à certains d'entre eux, ça veut dire plus de football ni de basket pour eux. Ils ont déjà obtenu les autres matières mais ils ont du mal avec celle-ci.

— Et moi donc ! s'exclama Jim.

Simmons hocha la tête.

— Montre-leur que tu ne plaisantes pas et, s'ils veulent rester qualifiés pour les épreuves sportives, ils la boucleront.

Mais cette septième heure restait un boulet à traîner.

L'une des plaies de la classe de littérature vivante était Chip Osway, une espèce d'armoire à glace qui ne brillait pas par la vivacité. Début décembre, pendant l'intersaison entre le football et le basket (Osway jouait aux deux), Jim le surprit en train de consulter des antisèches et le vida de la classe.

— Si tu me sacques, on aura ta peau, espèce de salaud ! hurla Osway dans le couloir du troisième étage. T'as pigé ?

— Ça suffit, répondit Jim. Gaspille pas ta salive.

— On t'aura, larbin !

Jim réintégra la salle de classe. Des visages vides et impénétrables le regardaient. Il eut l'impression que la réalité lui échappait, comme cette autre fois, il y avait longtemps... longtemps...

On t'aura, larbin !

Il prit son cahier de notes sur le bureau, l'ouvrit à la page « Littérature vivante », puis dessina soigneusement la lettre *F* sur la ligne qui suivait le nom de Chip Osway.

Cette nuit-là, le rêve le hanta de nouveau.

Le rêve se déroulait toujours avec une cruelle lenteur. Jim avait le temps de voir et de ressentir chaque chose. S'ajoutait à cela l'horreur de revivre des événements dont il connaissait l'inéluctable fin, aussi impuissant qu'un homme prisonnier de sa voiture tandis qu'elle bascule au sommet de la falaise.

Dans le rêve, il avait neuf ans et son frère Wayne en avait douze. Ils descendaient la grand-rue de Stratford, dans le Connecticut, en direction de la bibliothèque. Jim venait rendre ses livres avec deux jours de retard et il avait pris avant de partir quatre *cents* pour s'acquitter de l'amende. C'étaient les grandes vacances. On pouvait sentir l'odeur de l'herbe fraîchement tondue. Comme la nuit tombait, les ombres projetées par la Barrets Building Company s'allongeaient en travers de la rue.

Derrière la Barrets, il y avait le pont du chemin de fer et, de l'autre côté, une bande de voyous rôdait autour de la station-service fermée — cinq ou six gamins en blouson de cuir et jean moulant. D'habitude, Jim les évitait à tout prix. Ils leur criaient : « Hé ! le binoclard ! Hé ! écrase-merde ! » puis : « Hé ! t'as pas dix *cents* », et, une fois, ils les avaient coursés jusqu'au coin de la rue. Mais Wayne n'aurait pas accepté de faire le détour. Il ne voulait pas passer pour une poule mouillée.

Dans le rêve, l'image du petit pont se précisait de plus en plus, et une peur terrible commençait à vous étreindre la gorge.

Vous essayez de dire à Wayne que vous avez déjà vécu la scène une centaine de fois. Cette fois-ci, les voyous du coin ne traînent pas du côté de la station-service, cette fois-ci, ils se sont planqués sous la voûte du pont. Vous essayez de le lui dire, mais vous ne pouvez pas.

Puis vous êtes sous le pont et des ombres semblent se

détacher de la paroi et un grand blond aux cheveux en brosse et au nez cassé pousse Wayne contre le mur couvert de suie et lui dit : *Aboule la monnaie.*

— *Laisse-moi tranquille.*

Vous essayez de vous enfuir mais un grand costaud aux cheveux noirs et graisseux vous envoie contre la paroi au côté de votre frère. Sa paupière gauche est animée d'un tremblement nerveux et il dit : *Allez, môme, combien t'as ?*

— *Qua-quatre cents.*

— *Tu te fous de notre gueule ?*

Wayne essaie de se libérer mais un type aux cheveux drôlement teints en orange prête main-forte au blond pour le tenir. Le grand costaud aux cheveux noirs vous flanque son poing dans la figure. Vous sentez soudain votre vessie se relâcher et une auréole sombre apparaît sur votre jean.

— *Regarde, Vinnie, il pisse dans sa culotte !*

Wayne se débat comme un beau diable et il parvient presque — mais pas tout à fait — à se dégager. Un autre type, qui porte un coutil noir de l'armée et un T-shirt blanc, le repousse. Il y a une tache de naissance, une petite fraise, sur son menton. La bouche de pierre du pont de chemin de fer se met à vibrer. L'armature métallique roule comme un tambour. Un train approche.

Quelqu'un vous arrache les livres des mains et, d'un coup de pied, les envoie dans le caniveau. Soudain, Wayne flanque son pied droit dans le bas-ventre du grand costaud. Le type pousse un hurlement.

— *Vinnie ! Il va foutre le camp !*

Le grand costaud gueule en se tenant les parties mais ses beuglements se perdent dans le vacarme du train qui arrive. Puis il passe au-dessus d'eux et le monde n'est plus que fracas.

Des éclairs sur les crans d'arrêt. Le blond aux cheveux en brosse en tient un et La Fraise brandit l'autre. Vous ne pouvez pas entendre Wayne mais vous devinez les mots sur ses lèvres :

— *Cours, Jimmy, cours.*

Vous tombez sur vos genoux et les mains qui vous

204

retiennent glissent et vous vous faufilez comme une souris entre deux jambes. Une main s'abat sur votre dos, cherchant sa proie, mais reste bredouille. Puis vous courez en direction de la maison, tout englué dans cette matière dont sont faits les rêves. Puis vous regardez par-dessus votre épaule et...

Il s'éveilla dans le noir au côté de Sally qui dormait paisiblement. Assis dans le lit, il ravala son cri puis se laissa retomber en arrière.

Quand il avait regardé, perçant les ténèbres béantes du tunnel, il avait vu le blond et le type à la fraise plonger leur couteau dans le corps de son frère — celui du blond frappa sous le sternum et celui de La Fraise au ventre.

Dans cette zone scolaire de la ville, les vacances de Noël coïncidaient avec la coupure semestrielle, ce qui faisait presque un mois de congé. Le rêve le tourmenta deux fois, au début, puis le laissa en paix. Il alla avec Sally rendre visite à sa belle-sœur dans le Vermont, et tous deux firent beaucoup de ski. Ils étaient heureux.

Dans l'air pur de la montagne, le problème de la classe de littérature vivante parut à Jim un peu ridicule et de peu de conséquences. Quand il reprit ses cours, avec son hâle de montagnard, Jim se sentait un homme neuf.

Simmons l'intercepta juste avant sa classe de deuxième heure et lui tendit un dossier.

— Un nouvel étudiant pour la septième heure. Son nom est Robert Lawson. C'est un transfert.

— Eh! Sim! J'en ai déjà vingt-sept, là-haut. Je suis surchargé.

— Tu en as toujours vingt-sept. Bill Stearns s'est fait tuer par une voiture le mardi d'après Noël. Le chauffard a filé.

— *Billy?*

Une photo en noir et blanc s'imprima dans son esprit, comme collée sur une fiche d'identité. En dehors de ses prouesses sportives, il avait été l'un des rares bons éléments de la classe de littérature vivante. Mort?

A quinze ans. Jim sentit ses os se glacer, conscient de la précarité de sa propre existence.

— Mon Dieu! C'est horrible! Savent-ils comment c'est arrivé?

— Les flics enquêtent. Il allait traverser Rampart Street quand une vieille limousine Ford l'a fauché. Personne n'a relevé le numéro d'immatriculation mais il y avait écrit *Carré d'As* sur la portière. On a affaire à des gamins.

— Mon Dieu! répéta Jim.

— C'est l'heure, fit Simmons.

Il s'éloigna précipitamment, s'arrêtant pour rappeler à l'ordre un groupe d'élèves qui s'étaient massés autour de la fontaine d'eau potable. Désemparé, Jim regagna sa salle de classe.

Il profita de son heure de liberté pour jeter un coup d'œil sur le dossier de Robert Lawson. La première page était une feuille verte émanant de Milford High, dont il n'avait jamais entendu parler. La seconde donnait le profil de la personnalité de l'étudiant. Son quotient intellectuel était de 78. Quelques aptitudes manuelles, mais rien de transcendant. Jugé asocial en vertu des tests de comportement Barnett-Hudson. Facultés limitées. Jim pensa sombrement qu'il avait toutes les caractéristiques de l'élève moyen de littérature vivante.

La page suivante, une feuille jaune, relatait son passé disciplinaire. Le feuillet concernant son passage à Milford était désespérément bien rempli. Lawson avait trempé dans une centaine de coups.

Jim tourna la page pour jeter un coup d'œil sur la photo scolaire de Lawson; son regard se figea. Il sentit la terreur s'infiltrer jusqu'au creux de son ventre.

Lawson fixait l'objectif de ses yeux hostiles, comme s'il posait pour une fiche de police et non pour un établissement scolaire. Il avait une petite fraise sur le menton.

La septième heure arrivée, il avait fait appel à tout ce qu'il y avait de rationnel en lui. Il s'était dit qu'il devait y avoir des milliers de gosses avec une tache de naissance rouge sur le menton. Il s'était dit que le voyou qui avait assassiné son frère seize longues années auparavant devait avoir maintenant au moins trente-deux ans.

Mais, comme il montait les escaliers vers le troisième étage, son appréhension persistait. Une crainte le tenaillait : *C'est exactement dans cet état que tu étais quand tu as craqué.* La panique avait un goût métallique sur sa langue.

Les gosses traînaient devant la porte de la salle 33 et quelques-uns d'entre eux y pénétrèrent en voyant Jim arriver. D'autres s'attardaient, gloussant et faisant des messes basses. Il aperçut le nouveau à côté de Chip Osway. Robert Lawson portait une paire de jeans et de grosses bottes de caoutchouc jaunes — le dernier cri, cette année-là.

— A ta place, Chip.

— C'est un ordre ?

Il sourit bêtement, sans regarder Jim.

— Certainement.

— Vous m'avez sacqué à la compo ?

— Certainement.

— Ouais..., c'est...

La suite se perdit dans un marmonnement indistinct. Jim se tourna vers Robert Lawson.

— Vous êtes nouveau ici, fit-il. Je voudrais juste vous mettre au courant de la marche des choses.

— Bien sûr, Mr Norman.

Son sourcil droit était coupé par une petite cicatrice que Jim connaissait déjà. Aucune erreur possible. C'était dingue, ça n'avait pas de sens, mais le fait était là. Seize ans auparavant, ce gosse avait planté un couteau dans le corps de son frère.

Engourdi, comme si sa voix lui venait de très loin, il s'entendit expliquer le fonctionnement de son cours. Robert Lawson, les pouces enfoncés derrière sa ceinture de soldat, écoutait, souriait et hochait la tête comme si tous deux étaient de vieux amis.

Le rêve fut particulièrement pénible, cette nuit-là. Quand le gosse à la fraise sur le menton poignardait son frère, il jetait à Jim :

— Tu perds rien pour attendre, le môme. En plein dans le bide.

Il s'éveilla en hurlant.

Comme depuis le début de la semaine, il expliquait *Sa Majesté des Mouches*. Tandis qu'il parlait de la symbolique du texte, Lawson leva la main.

— Robert ? s'enquit-il.

— Pourquoi est-ce que vous me regardez tout le temps ?

Jim cilla, sentant sa bouche devenir cotonneuse.

— J'ai du vert ? Ou c'est ma braguette qu'est descendue ?

Petit rire nerveux dans la classe.

— Je ne vous regardais pas particulièrement, Mr Lawson. Pouvez-vous m'expliquer pourquoi Ralph et Jack sont en désaccord sur...

— Vous n'arrêtez pas de me regarder.

— Souhaitez-vous discuter de cela avec Mr Fenton ?

Lawson sembla y réfléchir à deux fois.

— Non.

— Parfait. Et maintenant, pouvez-vous me dire pourquoi Ralph et Jack...

— Je l'ai pas lu. Je trouve ce bouquin complètement idiot.

Jim eut un sourire contraint.

— Vraiment ? Dites-vous bien que si vous jugez le livre, le livre vous juge aussi. Maintenant, est-ce que quelqu'un d'autre peut me dire pourquoi ils sont en désaccord au sujet de l'existence de la bête ?

Kathy Slavin leva timidement la main, ce qui lui valut un regard de travers de la part de Lawson qui chuchota quelque chose à Chip Osway. Les mots qui s'étaient formés sur ses lèvres ressemblaient à « Vise les nénés ». Chip acquiesça en connaisseur.

— Oui, Kathy ?

— C'est parce que Jack voulait chasser la bête ?

— Très bien.

Jim se tourna pour écrire au tableau. L'instant d'après, un pamplemousse s'écrasait sur la surface noire, tout près de sa tête.

Il fit brusquement volte-face. Si certains des élèves ricanaient, Lawson et Osway se contentaient de regarder Jim d'un air innocent.

Jim ramassa le pamplemousse.

— Celui qui a fait ça mériterait qu'on le lui enfonce jusqu'au fond de la gorge, dit-il en regardant au fond de la salle.

Kathy Slavin sursauta.

Jim jeta le pamplemousse dans la corbeille à papiers puis retourna au tableau.

Tout en sirotant son café, il déplia son journal et, aussitôt, la manchette lui sauta aux yeux.

— Bon Dieu! s'exclama-t-il, interrompant le bavardage matinal de sa femme.

Il sentit soudain son estomac se nouer.

Une adolescente fait une chute mortelle.

Katherine Slavin, une jeune fille de dix-sept ans, élève au collège Harold Davis, est tombée, accidentellement ou non, du toît de son immeuble, hier en fin d'après-midi. Selon sa mère, la jeune fille, qui élevait des pigeons sur le toit de l'immeuble, était montée dans le but de leur donner à manger.

La police rapporte qu'une voisine a aperçu trois jeunes gens qui couraient sur le toit vers 18 h 45, soit quelques minutes seulement après qu'on ait trouvé... (suite page 3).

— Elle était dans ta classe, Jim?

Mais il se contenta de la regarder, sans pouvoir répondre.

Deux semaines plus tard, juste après la sonnerie du déjeuner, il rencontra dans l'entrée Simmons, qui s'avança vers lui, un dossier à la main. Son estomac se tordit.

— Un nouvel élève, fit-il à Simmons d'un ton morne. Pour la classe de littérature vivante.

— Comment t'as deviné?

Sans rien dire, Jim tendit la main.

— Il faut que je me dépêche, dit Simmons. Les responsables de section se réunissent pour faire le point. T'as pas l'air très en forme. Ça va ?

« *C'est ça, pas très en forme. Pas plus que Billy Stearns. Pas plus que Kathy Slavin.* »

— Mais oui, ça va, assura-t-il.

— C'est le métier qui rentre, dit Simmons en lui donnant une tape sur le dos.

Quand il fut seul, Jim s'apprêta à affronter la photo, serrant les mâchoires comme un homme qui s'attend à recevoir un coup.

Ce n'était qu'un visage de gosse. Peut-être l'avait-il déjà vu auparavant, peut-être non. L'élève, David Garcia, était un garçon costaud aux cheveux noirs, à la bouche lippue et foncée et aux yeux endormis. La feuille jaune indiquait qu'il venait lui aussi de Milford High et qu'il avait passé deux ans à Granville dans une maison de correction pour vol de voiture.

Jim referma la chemise d'une main tremblante.

— Sally ?

Elle leva les yeux de son repassage. Il était resté planté devant un match de basket à la télé mais ne l'avait pas réellement suivi.

— Rien, fit-il. Fais comme si je n'avais rien dit.

— Mettons que je n'aie rien entendu.

Il sourit machinalement, reportant son regard sur le petit écran. Il avait été à deux doigts de tout raconter. Mais comment aurait-ce été possible ? Démentiel était un mot trop faible. Par où commencer ? Le rêve ? La dépression nerveuse ? Une description de Robert Lawson ?

« *Non. C'est par Wayne — ton frère — qu'il faut commencer.* »

Mais il n'avait jamais parlé à personne de tout cela, pas même lors de son analyse. Le visage de David Garcia remonta à la surface de son esprit et, avec lui, la terreur familière qu'il avait éprouvée lorsqu'il avait croisé le garçon dans l'entrée.

Bien sûr, sur la photo, il ne l'avait pas reconnu. Mais un portrait ne bouge pas…, il n'a pas de tics.

Garcia bavardait avec Lawson et Chip Osway et, quand il avait aperçu Jim, il avait souri, et sa paupière s'était mise à palpiter nerveusement, et des voix d'une irréelle netteté s'étaient mises à parler dans l'esprit de Jim :

— *Allez, môme, combien t'as ?*

— *Qua-quatre cents.*

— *Tu te fous de notre gueule ?… Regarde, Vinnie, il pisse dans sa culotte !*

— Jim ? Tu as dit quelque chose ?

— Non, rien.

Mais il n'en était pas si sûr. Il sentait la peur le submerger.

Au début de février, un jour, après la classe, quelqu'un frappa à la porte de la salle des professeurs. Quant Jim l'eut ouverte, Chip Osway se tenait devant lui. Il ne paraissait pas très rassuré. Jim était seul; il était déjà 16 h 10 et son dernier collègue avait quitté les lieux depuis une heure. Il était resté pour corriger un paquet de copies.

— Chip ?

Osway dansait d'un pied sur l'autre.

— Je peux vous parler une minute, Mr Norman ?

— D'accord, mais si c'est encore au sujet de cette compo, tu perds ton…

— Non, c'est pas pour ça. Euh… J' peux fumer, ici ?

— Vas-y.

Chip alluma sa cigarette d'une main tremblante. Il resta silencieux pendant une bonne minute, comme incapable de prononcer le moindre mot.

Puis, soudain, ce fut un véritable flot.

— S'ils font ça, il faut que vous sachiez que je n'ai rien à voir dans tout ça. J'aime pas ces types ! Ils me foutent la trouille !

— Mais de qui parles-tu, Chip ?

— De Lawson et de ce Garcia, la vraie terreur.

— Ils complotent quelque chose contre moi ?

A nouveau envahi par la peur qui obsédait ses rêves, il n'eut pas besoin d'attendre la réponse.

— C'étaient mes potes, au début, avoua Chip. Et puis j'ai commencé à râler à propos de vous et de cette fameuse compo. Je voulais vous le faire payer. Mais c'était rien que des mots. Je vous le jure!

— Et alors?

— Ils ont sauté sur l'occasion. Ils ont voulu savoir à quelle heure vous quittez l'école, quelle voiture vous avez, ce genre de trucs. Je leur ai demandé ce qu'ils avaient contre vous, et Garcia a répondu qu'ils vous connaissaient depuis très longtemps... Eh! vous ne vous sentez pas bien?

— C'est la cigarette, assura Jim d'une voix rauque.

Chip écrasa aussitôt son mégot.

— Je leur ai demandé depuis quand ils vous connaissaient, et Bob Lawson m'a répondu que c'était à une époque où je pissais encore dans mes culottes. Mais ils n'ont que dix-sept ans, le même âge que moi.

— Ensuite?

— Bon. Garcia s'est penché au-dessus de la table et m'a dit : « Tu ne dois pas lui en vouloir beaucoup si tu ne sais même pas à quelle heure il quitte cette foutue école; qu'est-ce que t'as l'intention de faire? » Je lui ai dit que j'allais crever vos pneus et que vous les retrouveriez tous les quatre à plat. (Il jeta un regard suppliant à Jim.) J'allais même pas le faire, je l'ai juste dit parce que...

— Parce que t'avais la trouille? lui demanda doucement Jim.

— Ouais, et je l'ai toujours.

— Qu'est-ce qu'ils ont pensé de ton idée?

Chip frissonna.

— Bob Lawson m'a dit : « Et c'est tout ce que t'as trouvé, pauvre rigolo? » Alors je lui ai répondu, pour faire le dur : « Et toi, t'as trouvé mieux? » Alors Garcia — avec son tic à la paupière — il a pris quelque chose dans sa poche, ça a fait un déclic et j'ai vu que c'était un couteau à cran d'arrêt. Là-dessus, je me suis tiré.

— Ça s'est passé quand, Chip?

— Hier. Et maintenant, j'ai les jetons de m'asseoir à côté de ces mecs, Mr Norman.

— C'est bon, dit Jim. Merci.

Sans les voir, il baissa les yeux sur les copies qu'il était en train de corriger.

— Qu'est-ce que vous allez faire?

— Je ne sais pas. Je ne sais vraiment pas.

Le lundi matin, il ne savait toujours pas. Sa première pensée avait été de tout raconter à Sally, à commencer par le meurtre de son frère, seize ans auparavant. Mais c'était impossible. Elle compatirait mais serait terrifiée. Et puis, le croirait-elle seulement?

Simmons? Non, lui non plus. Simmons penserait qu'il était fou. Et peut-être n'aurait-il pas tort.

« *Suis-je donc fou pour de bon?* »

En ce cas, Chip Osway l'était aussi. Cette pensée le frappa alors qu'il montait dans sa voiture et, aussitôt, une bouffée d'excitation l'envahit.

Mais bien sûr! Lawson et Garcia avaient proféré des menaces à son endroit en présence de Chip Osway. Cela n'aurait été d'aucune valeur juridique mais, s'il pouvait convaincre Chip de répéter son histoire devant Fenton, tous deux seraient renvoyés de l'établissement. Il était presque certain que Chip accepterait de le faire. Osway avait ses propres raisons de désirer leur renvoi.

Alors qu'il arrivait sur le parking, il repensa à ce qui était arrivé à Billy Stearns et à Kathy Slavin.

Jim profita de son heure de liberté pour se rendre au secrétariat. Il se pencha sur le bureau de la surveillante qui établissait la liste des absents du jour.

— Chip Osway est là, aujourd'hui? demanda-t-il d'un ton neutre.

— Chip...?

Elle le regarda d'un air interrogateur.

— Charles Osway, rectifia Jim. Tout le monde l'appelle Chip.

Elle consulta une pile de fiches, en repéra une et la préleva du paquet.

— Il est absent, Mr Norman.

— Vous pouvez me trouver son numéro de téléphone ?

— Certainement, dit-elle en coinçant son crayon derrière son oreille.

Elle fouilla à la lettre O de son fichier et tendit un
carton à Jim. Il composa le numéro sur l'un des postes
téléphoniques du secrétariat.

La sonnerie avait retenti une douzaine de fois et il
était sur le point de raccrocher lorsqu'une voix pâteuse
et encore ensommeillée lui répondit :

— Ouais ?

— Mr Osway ?

— Barry Osway est mort depuis dix ans. Gary Den-
kinger à l'appareil.

— Vous êtes bien le beau-père de Chip Osway ?

— Qu'est-ce qu'il a fait ?

— Je vous demande pardon ?

— Il s'est barré. Je veux qu'on me dise ce qu'il a fait.

— Rien, autant que je sache. Je voulais juste lui parler. Vous avez une idée de l'endroit où il a pu aller ?

— Non. J' fais la nuit et j'ai jamais vu ses amis. Il a
pris une vieille valise et cinquante dollars qu'il s'est fait
en vendant des pièces de voitures volées ou en refour-
guant de la drogue à des gamins. Si vous voulez mon
avis, il a dû partir à San Francisco pour devenir hippie.

— Pouvez-vous m'appeler au collège si vous avez de
ses nouvelles ? Jim Norman, de la section d'anglais.

— Comptez sur moi.

Jim raccrocha. La surveillante leva les yeux et le gratifia d'un sourire mécanique. Jim ne le lui rendit pas.

Deux jours plus tard, sur la liste de présence, la
mention : *A quitté l'établissement* suivait le nom de
Chip Osway. Jim s'attendait à ce que Simmons l'inter-
pelle, un nouveau dossier sous le bras. Et c'est ce qui se
passa, une semaine plus tard.

Il examina sombrement la photo. Aucun doute n'était
permis. Les cheveux coupés en brosse avaient poussé
mais ils étaient toujours aussi blonds. Et le visage était
le même. Vincent Corey, Vinnie pour les intimes. Il

regardait fixement l'objectif, un sourire insolent sur les lèvres.

À l'approche de la septième heure, son cœur se mit à cogner à grands coups dans sa poitrine. Lawson, Garcia et Vinnie Corey s'étaient groupés dans le couloir près du panneau d'affichage... et tous trois se raidirent lorsqu'il vint vers eux.

Vinnie lui lança son sourire insolent mais ses yeux restèrent aussi froids et morts que des glaçons.

— C'est toi, Norman ? Salut mon pote !

Lawson et Garcia gloussèrent.

— Pour vous, ce sera Mr Norman, répondit Jim en ignorant la main que Vinnie lui tendait. J'espère que vous vous en souviendrez.

— Compte dessus et bois de l'eau. Et ton frère, ça va ?

Jim se figea. Il sentit sa vessie se relâcher, et, comme si une porte s'était entrebâillée tout au fond de sa mémoire, il entendit une voix sépulcrale qui disait : *Regarde, Vinnie, il pisse dans sa culotte !*

— Qu'est-ce que vous savez à propos de mon frère ? articula-t-il péniblement.

— Rien, fit Vinnie. Enfin, pas grand-chose.

Tous trois lui adressèrent ce sourire vide et sadique qui les caractérisait.

La sonnerie retentit et, nonchalamment, ils regagnèrent la salle de classe.

Une cabine téléphonique. 22 heures.

— Mademoiselle, je voudrais le commissariat de police de Stratford, dans le Connecticut.

Des cliquetis sur la ligne. Des bruits de voix.

Le policier qu'il recherchait s'appelait Mr Nell. À l'époque, il avait les cheveux blancs et probablement une bonne cinquantaine d'années.

Jim et son frère se retrouvaient tous les jours à l'heure du déjeuner et se rendaient au Stratford Diner, un petit café, pour y manger leur sandwich. Parfois, Mr Nell entrait, sa ceinture de cuir contenant avec peine son estomac proéminent et le P. 38, et leur offrait une tarte aux pommes à chacun.

La ligne avait été obtenue. La sonnerie ne retentit qu'une fois.

— Commissariat de Stratford.

— Bonjour, monsieur. Ici, James Norman. Je vous appelle de loin. Serait-il possible de parler à quelqu'un qui appartenait déjà au commissariat vers 1957 ?

— Ne quittez pas.

Un instant de silence, puis une autre voix.

— Ici le sergent Morton Livingston, Mr Norman. Vous recherchez quelqu'un ?

— Oui, fit Jim. Enfin... quand on était gosses, on l'appelait Mr Nell. Cela vous...

— Bon Dieu, oui ! Mais Don Nell est à la retraite, maintenant. Il doit avoir dans les soixante-treize, soixante-quatorze ans.

— Est-ce qu'il habite toujours Stratford ?

— Oui, Barnum Avenue. Vous voulez l'adresse exacte ?

— Et son numéro de téléphone, si vous avez ça.

— D'accord. Vous connaissiez bien Don ?

— Il nous payait des tartes aux pommes au Stratford Diner, à mon frère et à moi.

— Bon sang ! Il doit y avoir au moins dix ans de cela ! Attendez un instant.

La minute d'après, il lui dictait l'adresse et le numéro de téléphone. Jim nota, remercia Livingston et raccrocha.

Il rappela la standardiste, lui donna le numéro et attendit. Lorsqu'il entendit la tonalité, il sentit son pouls s'accélérer, et se rapprocha du téléphone, tournant instinctivement le dos au distributeur automatique de boissons bien qu'il n'y eût personne en vue, en dehors d'une adolescente rondelette qui était plongée dans un magazine.

Quelqu'un décrocha et, d'une belle voix grave, un homme sur qui le temps ne semblait pas avoir prise dit :

— Allô ?

Immédiatement, Jim se sentit submergé sous un flot d'émotions et de souvenirs qu'il croyait oubliés.

— Mr Nell ? Donald Nell ?

— Lui-même.

— James Norman à l'appareil. Est-ce que par hasard mon nom vous dit encore quelque chose ?

— Mais oui ! répondit aussitôt Nell. Les tartes aux pommes ! (Puis il ajouta :) Mais votre frère..., il a été tué, n'est-ce pas ? Poignardé. Quelle horreur. Un si brave gosse.

Jim s'effondra contre l'une des parois de verre de la cabine. Ses nerfs tendus se relâchèrent soudain, le laissant aussi mou qu'une poupée de chiffons. Il crut qu'il allait céder à l'envie de tout raconter mais, désespérément, ravala ses mots.

— On ne les a jamais arrêtés, n'est-ce pas, Mr Nell ?

— Non, répondit Nell. Mais il y avait eu des suspects. Si je me souviens bien, le commissariat de Bridgeport nous avait fourni une piste.

— M'avait-on donné les noms des suspects lors de la confrontation, à l'époque ?

— Non. La procédure légale exige qu'on les désigne par des numéros. Mais pourquoi remuer tout cela maintenant ?

— Laissez-moi vous citer quelques noms, dit Jim. Je voudrais savoir si cela vous rappelle quelque chose.

— Mais, mon p'tit gars, je ne saurais...

— On ne sait jamais, supplia Jim qui se sentait gagné par le désespoir. Robert Lawson, David Garcia, Vincent Corey. Est-ce que l'un de ces...

— Corey, répéta Nell. Je me souviens de celui-là. Vinnie la Vipère. Oui, il faisait partie des suspects. Sa mère lui avait fourni un alibi. Quant à Robert Lawson, ce nom ne me dit rien. Mais c'est tellement commun. Garcia... Garcia..., il me semble, mais je ne suis pas sûr. C'est que je ne suis plus tout jeune.

Cette constatation parut lui faire mal.

— Mr Nell, vous serait-il possible de vous renseigner au sujet de ces gosses ?

— Eh bien, ce ne seraient plus exactement des gosses, maintenant.

— *Vous croyez vraiment ?*

— Dis-moi la vérité, Jimmy. Il y en a un qui a refait surface et qui te cherche des noises ?

— Je ne peux pas vous dire. Il se passe des choses bizarres, qui ne sont pas sans rapport avec le meurtre de mon frère.

— Quoi exactement?

— Je ne peux pas, Mr Nell. Vous me croiriez fou.

— Bon, je te fais confiance. Je vais chercher les noms dans les archives de Stratford. Où puis-je te joindre?

Jim lui donna son numéro personnel.

— C'est le mardi soir que vous avez le plus de chances de me trouver.

En fait, il était chez lui presque tous les soirs mais, le mardi, Sally se rendait à son cours de céramique.

— Qu'est-ce que tu fais dans la vie, Jimmy?

— Je suis professeur.

— Très bien. Ça va peut-être me demander plusieurs jours, tu sais. Je suis à la retraite, maintenant.

— Vous avez toujours la même voix.

— Ah! oui, mais si tu me voyais! (Il eut un petit rire.) Tu aimes toujours autant les tartes aux pommes, Jimmy?

— Toujours, répondit Jim.

C'était un pieux mensonge. Il ne pouvait plus supporter les tartes aux pommes.

— Ça me fait bien plaisir. Bon, eh bien, si tu n'as rien à ajouter...

— Si. Une dernière chose. Existe-t-il un collège Milford à Stratford?

— Pas à ma connaissance. La seule chose qui porte ce nom ici, c'est le cimetière Milford. Et personne n'en est jamais sorti avec un diplôme.

Nell eut un rire rocailleux et Jim eut l'impression qu'on secouait un sac d'os à l'autre bout du fil.

— Je vous remercie, s'entendit-il répondre. Au revoir.

Mr Nell avait raccroché. Il se retourna. Un horrible visage au nez aplati contre la vitre le regardait; de chaque côté, comme soudées à la glace, deux mains aux doigts écartelés et blêmes.

C'était Vinnie.

Jim hurla.

En classe.

Les élèves de littérature vivante planchaient sur une composition. Suant à grosses gouttes sur leurs copies, ils alignaient leurs pensées aussi laborieusement que s'ils coupaient du bois. Tous sauf trois. Robert Lawson, qui s'était assis à la place de Billy Stearns; David Garcia, qui occupait celle de Kathy Slavin, et Vinnie Corey, installé sur la chaise de Chip Osway. Ils le dévisageaient, une copie blanche posée devant eux.

Juste avant que la sonnerie ne retentisse, Jim prononça doucement :

— J'aurai deux mots à vous dire après la classe, Mr Corey.

— Quand tu veux, mon pote.

Lawson et Garcia gloussèrent bruyamment, mais le reste de la classe ne broncha pas. A la sonnerie, les élèves remirent leurs copies, puis sortirent en bon ordre. Voyant que Lawson et Garcia s'attardaient, Jim sentit son cœur se serrer.

« *Le grand moment est arrivé?* »

Puis Lawson fit un signe de tête à Vinnie.

— A tout à l'heure?

— C'est ça.

Les deux garçons s'en allèrent. Lawson ferma la porte et, de l'autre côté de la vitre en verre dépoli, David Garcia jeta grossièrement :

— Quel connard, ce Norman !

Vinnie jeta un coup d'œil vers la porte puis fit face à Jim. Il souriait.

— Je me demandais si vous alliez finir par vous décider, dit-il.

— Vraiment ?

— J' t'ai bien flanqué la frousse, l'autre soir, dans la cabine, pas vrai, papa ?

— Ça ne se dit plus, ça, « papa », Vinnie. C'est plus dans le vent. C'est comme « dans le vent », d'ailleurs. Tout ça est aussi mort que James Dean.

— Je parle comme je veux, répondit Vinnie.

— Où il est passé, le quatrième ? Le type aux drôles de cheveux orange.

— Il nous a comme qui dirait lâchés.

Mais, derrière son air détaché, Jim devina la contra-
riété.

— Il est vivant, n'est-ce pas ? C'est pour cela qu'il
n'est pas ici. Il est vivant et il doit avoir dans les trente-
deux, trente-trois ans, l'âge que vous auriez si...

— Javel a toujours été un emmerdeur, un moins que
rien. (Vinnie s'assit derrière son bureau couvert de graf-
fiti. Ses yeux s'allumèrent) Eh! mec, je me souviens de
toi à cette séance d'identification. On aurait dit que
t'allais encore pisser dans ton froc. J'ai bien vu quand
tu nous regardais, moi et Davie. J' t'ai donné ma malédiction.

— Je veux bien te croire, répondit Jim. Tu m'as fait
subir seize années de cauchemar. Ça ne te suffit pas ?
Pourquoi maintenant ?

Vinnie parut perplexe, puis son sourire revint.

— Parce qu'on n'en a pas fini avec toi, mec. On aime
le travail bien fait.

— D'où venez-vous ? demanda Jim.

Vinnie serra les lèvres.

— Ça te regarde pas. Pigé ?

— On t'a creusé un beau trou, hein, Vinnie ? Six
pieds sous terre. Dans le cimetière de Milford, je me
trompe ?

— *Ta gueule!*

En se levant, il avait fait basculer le bureau dans
l'allée.

— Tu ne t'en tireras pas comme ça, jeta Jim. Je vais
vous mener la vie dure.

— On aura ta peau, papa. Comme ça, tu sauras comment ça se passe au fond du trou.

— Sors d'ici!

— Peut-être qu'on s'occupera aussi de ta petite
femme.

— P'tit fumier, si jamais tu la touches...

Aveuglé par la colère, il avança d'un pas, à la fois
terrifié et outré qu'on eût osé faire allusion à Sally.

Un rictus aux lèvres, Vinnie recula en direction de la
porte.

— Sois sage. Sage comme une image.

Il gloussa.

— Si tu touches un seul cheveu de ma femme, je te tuerai.

Le sourire de Vinnie s'élargit.

— Me tuer? Eh! mec, je croyais que t'avais compris. Mort, je le suis déjà.

Il s'en alla. Longtemps, le bruit de ses pas résonna dans le couloir.

— Qu'est-ce que tu lis, mon chéri?

Jim lui montra la couverture du livre : *Traité de démonologie*.

— Beurk.

Elle se tourna vers le miroir pour rectifier sa coiffure.

— Tu prendras un taxi pour revenir? lui demanda-t-il.

— Ce n'est qu'à quatre pâtés de maisons. Et puis, marcher, ça entretient la santé.

— L'une des mes élèves s'est fait attaquer dans Summer Street, mentit Jim. Elle croit qu'on voulait la violer.

— Quelle horreur! Qui ça?

— Dianne Snow, répondit-il, inventant un nom au hasard. Une fille équilibrée. Je préfère que tu prennes un taxi, d'accord?

— Entendu. (Elle s'agenouilla près de son fauteuil, posa ses mains sur ses joues et le regarda dans les yeux.) Que se passe-t-il, Jim?

— Rien, rien...

— Mais si. Je le sens bien.

— Rien de grave.

— C'est... au sujet de ton frère?

Une vague de terreur le submergea, comme si une porte secrète de son esprit avait été poussée.

— Qu'est-ce qui te fait dire cela?

— Tu gémissais son nom dans ton sommeil, la nuit dernière. Tu disais : « *Wayne, Wayne, cours, Wayne...* »

— C'est sans importance.

Mais cela en avait. Ils le savaient tous les deux. Il la regarda partir.

Mr Nell appela à 8 heures moins le quart.

— T'as pas à t'inquiéter à propos de ces types, lui dit-il. Ils sont tous morts.

— Vous en êtes sûr ?

— Accident d'auto. Six mois après le meurtre de ton frère. Un flic les avait pris en chasse.

— Et ils se sont foutus en l'air ?

— La voiture a quitté la route à plus de cent cinquante kilomètres à l'heure et elle s'est fracassée contre un pylône haute tension. Quand on a fini par couper l'électricité et par dégager les corps, ils étaient cuits à point.

Jim ferma les yeux.

— Vous avez vu le rapport ?

— De mes propres yeux.

— Rien de particulier sur la voiture ?

— C'était une auto gonflée.

— Y'a un descriptif ?

— Une limousine Ford noire 1954, avec *Carré d'As* écrit sur la portière. Des as du volant, sans doute.

— Il y en avait un quatrième, Mr Nell. Je ne connais pas son nom exact. On l'appelait Javel.

— Il s'agit probablement de Charlie Sponder, répondit sans hésiter Mr Nell. Une fois, il s'est décoloré les cheveux à l'eau de javel. Il avait les mèches toutes blanches et, quand il a essayé de récupérer sa teinte naturelle, elles sont devenues orange.

— Savez-vous ce qu'il est devenu ?

— Il est militaire de carrière. Il s'est engagé vers cinquante-huit, cinquante-neuf, après avoir mis une fille enceinte.

— Est-il possible de le joindre quelque part ?

— Sa mère habite Stratford. Elle pourrait te dire où il est.

— Vous pouvez me donner son adresse ?

— Non, Jimmy. Pas avant que tu m'aies dit de quoi il retourne.

— C'est impossible, Mr Nell. Vous me prendriez pour un fou.

— Fais-moi confiance.

— Je ne peux pas.

— Comme tu voudras, mon gars.

— Alors, vous...

Mais il avait raccroché.

— Le salaud, marmonna Jim en reposant le combiné.

Aussitôt, la sonnerie du téléphone retentit et Jim eut un sursaut, comme s'il s'était brûlé les doigts. Il contempla l'appareil, respirant avec difficulté. Il le laissa sonner trois fois, quatre fois, puis décrocha. Ecouta. Ferma les yeux.

Un flic le déposa devant l'hôpital, puis s'éloigna, toutes sirènes hurlantes. Il y avait un jeune médecin à la moustache en brosse dans la salle des urgences. Il jeta à Jim un regard sombre mais dénué de toute émotion.

— Veuillez m'excuser. Mon nom est James Norman et...

— Je suis désolé, Mr Norman. Elle est morte à 21 h 04.

Il se sentit mal. Les choses lui parurent s'éloigner, se brouiller; ses oreilles sifflaient. « *C'est pas le moment de s'évanouir, mon vieux.* » Un planton était appuyé contre le mur, près de la porte de la salle des urgences n° 1. Son uniforme blanc était sale et tacheté de sang sur le devant. Il se curait les ongles avec la pointe de son couteau. Le planton leva les yeux et gratifia Jim d'un sourire narquois. C'était David Garcia.

Jim s'évanouit.

L'enterrement. C'était comme un ballet en trois actes. La maison. Les condoléances. Le cimetière. Des visages sortis d'on ne savait où, qui se pressaient autour de lui puis retournaient à leur néant. La mère de Sally, dont les yeux versaient des torrents de larmes derrière un voile noir. Son père, effondré et vieilli. Simmons. D'autres. Ils se présentaient et lui serraient la main. Il secouait la tête, ne sachant déjà plus qui ils étaient.

Tandis qu'ils partaient, Jim se regardait, serrant des mains, hochant la tête, prononçant des : « Merci... Oui, je n'y manquerai pas... Merci encore... Je suis sûr qu'elle... Merci... », comme on se regarde évoluer sur un film de vacances.

Puis il fut seul, dans une maison qui lui appartenait de nouveau. Il s'approcha de la cheminée. Le dessus était couvert de souvenirs de leur mariage. Un petit chien en peluche qu'elle avait gagné à Coney Island pendant leur lune de miel. Leurs diplômes universitaires. Une paire de dés géants qu'elle lui avait donnés à la suite d'une mémorable partie de poker où il avait perdu seize dollars, environ un an auparavant. Et, au milieu, leur photo de mariage. Il retourna le cadre puis alla s'asseoir dans son fauteuil, contemplant l'écran vide du poste de télévision. Une idée commença à germer dans sa tête.

Une heure plus tard, la sonnerie du téléphone le tira de sa somnolence. Il tâtonna à la recherche du combiné.

— C'est ton tour, mon pote.

— Vinnie ?

— Dis donc, mec, on aurait dit un pigeon d'argile sur un champ de tir. En miette, la nana.

— Je serai au collège, cette nuit, Vinnie. Salle 33. Je laisserai toutes les lumières éteintes. Tu verras, ce sera comme dans le tunnel, ce jour-là. Je crois même que je pourrai fournir le train.

— Tu voudrais bien en finir avec tout ça, pas vrai ?

— Comme tu dis, répondit Jim. Alors, je compte sur toi ?

— On verra.

— C'est tout vu, répliqua Jim avant de raccrocher.

Il faisait déjà sombre quand il arriva au collège. Il se gara à sa place habituelle, entra par la porte réservée aux professeurs et se dirigea d'abord vers le bureau de la section d'anglais, au second étage. Il pénétra dans le labo et commença à fouiller dans les disques. Il tira au milieu de la pile un disque intitulé : *Effets spéciaux pour chaîne stéréo*. Il le retourna. La troisième plage de la face A s'appelait : *Train de marchandises : 3' 04"*. Il posa l'album sur le capot de l'électrophone portatif de la section puis sortit le *Traité de démonologie* de la poche de son pardessus. Il l'ouvrit à une page qu'il avait cornée, lut un passage, hocha la tête, puis éteignit les lumières.

Salle 33.

Il installa le tourne-disque, éloignant le plus possible les haut-parleurs l'un de l'autre, puis mit la troisième plage de la face A. Brisant le silence, s'amplifiant progressivement, s'éleva le vacarme des moteurs Diesel et de l'acier contre l'acier.

Les yeux fermés, il aurait pu se croire sous le petit pont de la grand-rue, à genoux tandis que devant lui le drame allait vers son inévitable conclusion...

Jim rouvrit les yeux et recula l'aiguille jusqu'au début de la plage. Il s'assit derrière son bureau et prit le livre au chapitre intitulé : *Les esprits maléfiques et comment les invoquer.* Il remuait les lèvres en lisant, s'interrompant de temps en temps pour tirer de sa poche des objets qu'il disposait devant lui.

D'abord, une vieille photo jaunie de lui et de son frère, posant dans la cour devant l'immeuble où ils avaient vécu. Ensuite, une petite bouteille pleine de sang. Il avait attrapé un chat de gouttière et lui avait tranché la gorge avec un couteau de poche. Puis le couteau en question. Enfin, une bande de tissu arrachée au rembourrage d'une casquette de base-ball. Celle de Wayne. Jim l'avait conservée dans le secret espoir qu'un jour lui et Sally auraient un fils qui la porterait.

Il se leva et alla regarder par la fenêtre. Le parking était désert.

Il entreprit de faire le vide au milieu de la salle de classe, poussant toutes les tables contre les murs. Alors, il prit une craie dans le tiroir de son bureau et, suivant scrupuleusement le diagramme du livre, à l'aide d'une règle, il traça un pentacle sur le sol.

Il avait de plus en plus de mal à respirer. Plaçant les objets dans une même main, les lumières éteintes, Jim commença de réciter.

— *O prince des Ténèbres, pour le salut de mon âme, écoute-moi. Ecoute-moi, car je te promets un sacrifice. Ecoute-moi, car en échange de ce sacrifice j'implore une funeste faveur. Ecoute-moi, car par le mal je cherche à tirer vengeance du mal. Dis-moi ta volonté, ô prince des Ténèbres, car pour toi je répands le sang.*

Il dévissa le bouchon de la petite bouteille et en versa le contenu sur le pentacle.

Quelque chose se produisit dans la salle de classe obscure. Quelque chose d'indéfinissable, sinon que l'air semblait devenu plus dense. Une invisible présence paraissait engloutir tous les sons.

Jim respecta les rites ancestraux.

La sensation qu'il éprouvait maintenant lui rappela une visite qu'il avait effectuée avec sa classe dans une énorme centrale électrique — la sensation que l'air vibrait, comme saturé d'électricité. Puis, étrangement basse et désagréable, une voix lui parla.

— Que désires-tu ?

Jim n'aurait su dire si les mots avaient réellement été prononcés ou s'ils avaient seulement résonné dans sa tête. En deux phrases, il présenta sa requête.

— Ce n'est pas une bien grande faveur. Que m'offres-tu en échange ?

En deux mots, il le dit.

— Je veux les deux, murmura la voix. Le droit et le gauche. Acceptes-tu ?

— Oui.

— Alors, donne-moi ce qui me revient.

Il ouvrit son couteau de poche, posa la main droite bien à plat sur le bureau, et, s'y reprenant à quatre fois, en trancha l'index. Le sang forma de sombres arabesques sur le buvard. Il ne sentit pas la douleur. Jim plaça le couteau dans sa main droite. Il eut beaucoup plus de mal à couper l'index gauche. Ainsi mutilée, sa main lui paraissait maladroite et étrangère; le couteau dérapait sans cesse. Finalement, avec un grognement d'impatience, il lança le couteau loin de lui, brisa l'os puis arracha le doigt. Jim jeta les deux index coupés au centre du pentacle. Il y eut un éclair éblouissant, semblable au flash magnésique des anciens appareils photographiques. Pas de fumée, remarqua-t-il. Pas la moindre odeur de soufre.

— Qu'as-tu apporté ?

— Une photographie. Une bande d'étoffe que sa sueur a mouillée.

— La sueur a un fort pouvoir, observa la voix avec une avidité qui fit frissonner Jim. Donne-les-moi.

Jim les lança dans le pentacle. Nouvel éclair.

— C'est bien, dit la voix.

— S'ils viennent, répondit Jim.

La voix ne se fit plus entendre — si elle avait jamais retenti. Jim se pencha au-dessus du pentacle. La photo s'y trouvait toujours, mais noircie, presque en cendres. Le bandeau avait disparu.

Venant de la rue, il entendit une rumeur qui se rapprochait. Une voiture trafiquée, au pot d'échappement scié, tourna dans David Street. Jim s'assit, l'oreille à l'affût pour savoir si elle allait s'arrêter ou poursuivre sa route.

Elle s'arrêta.

Des pas résonnèrent dans l'escalier.

Il entendit le gloussement haut perché de Robert Lawson. Puis un grand chutttt ! Puis, à nouveau, le rire de Lawson. Le bruit de pas se rapprocha, de plus en plus net, et la porte vitrée s'ouvrit brusquement en haut de l'escalier.

— Ouh-ouh ! mon pote ! cria David Garcia d'une voix de fausset.

— T'es là, mon chou ? murmura Lawson avant de laisser échapper un nouveau rire. Eh ben..., y serait pas là ?

Jim n'avait pas entendu la voix de Vinnie mais, tandis qu'ils remontaient le couloir, il pouvait voir qu'il y avait trois ombres. Vinnie était le plus grand et il tenait quelque chose à la main. Il y eut un petit déclic et la longueur de l'objet doubla.

Ils se tenaient près de la porte, Vinnie au milieu. Tous trois avaient un couteau à la main.

— Nous v'là, mec, dit doucement Vinnie. On va s'occuper de toi.

Jim remit le tourne-disque en marche.

Garcia sursauta, s'exclamant :

— Bon Dieu ! Qu'est-ce que c'est ?

Le train de marchandises se rapprochait. Ils avaient l'impression que les murs en tremblaient.

Le vacarme ne semblait plus sortir des haut-parleurs mais de bien plus bas, comme si un train fantôme circulait sous le plancher.

— Arrête ça, mec, dit Lawson.

— Te fatigue pas, fit Vinnie. (Il avança d'un pas et menaça Jim de son couteau.) File-nous ton fric, papa.

« ... *allez...* »

Garcia recula.

— Qu'est-ce qui se passe... ?

Mais Vinnie n'hésita pas un instant. Il fit signe aux deux autres de s'écarter; peut-être la lueur qui passa alors dans ses yeux trahissait-elle un sentiment de délivrance.

— Allez, môme, combien t'as? demanda brusquement Garcia.

— Quatre *cents*, répondit Jim.

Et c'était la vérité. Il les avait pris dans la tirelire de la chambre. La pièce la plus récente était datée de 1956.

— Tu te fous de notre gueule?

« ... *laisse-le tranquille...* »

Lawson regarda par-dessus son épaule; il n'en crut pas ses yeux. Les murs étaient devenus brumeux, intangibles. Le train hurla. La lumière qui émanait du lampadaire du parking avait rougi, soudain pareille à l'enseigne au néon de la Barrets se découpant sur un ciel crépusculaire.

Quelque chose sortait du pentacle, quelque chose qui avait le visage d'un petit garçon d'environ douze ans aux cheveux coupés en brosse.

Garcia se précipita sur Jim et lui décocha un coup de poing sur la bouche. Jim sentit son haleine où se mêlaient l'ail et le piment. Tout se passait avec une lenteur extrême; il était comme anesthésié.

Soudain, il éprouva une vive pression dans son bas-ventre et sa vessie se relâcha. Il baissa les yeux et aperçut une tache sombre qui s'élargissait sur son pantalon.

— Regarde, Vinnie, il pisse dans sa culotte! s'écria Lawson.

Le ton y était, mais son visage ne reflétait que de

l'horreur — l'expression était celle d'une marionnette qui ne serait venue à la vie que pour découvrir les fils qui l'animent.

— Laisse-le tranquille, répéta le démon-Wayne.

Mais ce n'était pas la voix de Wayne; c'était la voix avide qui était déjà sortie du pentacle.

— Cours, Jimmy! Cours! Cours! Cours!

Jim tomba à genoux. Une main dérapa sur son dos, cherchant, mais en vain, à agripper sa proie.

Il leva les yeux et aperçut Vinnie, le visage déformé par la haine, qui plongeait son couteau juste sous le sternum du démon-Wayne... Vinnie hurla et son visage se tordit, se consuma, se calcina, se désintégra.

Il avait disparu.

A leur tour, Garcia et Lawson attaquèrent l'apparition; ils se contorsionnèrent, flambèrent, s'évaporèrent.

Jim gisait sur le sol, respirant avec peine. Le bruit du train s'évanouit.

Son frère était penché sur lui.

— Wayne? souffla Jim.

Le visage se métamorphosa. Il sembla fondre. Les yeux devinrent jaunes. La face grimaçante du démon le contemplait.

— Je reviendrai, Jim, murmura la voix avide.

Il disparut à son tour.

Jim se leva lentement, débrancha le tourne-disque de sa main mutilée. Il effleura sa bouche. Elle saignait encore. Il traversa la pièce vide et alluma la lumière. Il jeta un coup d'œil sur le parking, désert lui aussi. L'atmosphère de la salle était lourde et putride comme celle d'une tombe. Il effaça le pentacle puis remit en place les tables pour celui qui le remplacerait le lendemain. Ses doigts le faisaient horriblement souffrir — « *quels doigts?* » Il faudrait qu'il se rende chez un médecin. Il ferma la porte et descendit lentement les escaliers, pressant ses mains contre sa poitrine. A mi-chemin, quelque chose — une ombre ou peut-être une simple intuition — le fit se retourner.

Une invisible présence parut reculer d'un bond.

Jim se rappela l'avertissement du *Traité de démonologie* — le danger encouru. Peut-être réussirez-vous à les invoquer, peut-être respecteront-ils votre volonté. Peut-être même pourrez-vous vous en débarrasser.

Mais peut-être ne pourrez-vous les empêcher de revenir.

Il descendit les dernières marches, se demandant si après tout le cauchemar était bien terminé.

LE PRINTEMPS DES BAIES

Jack des Brumes...

En lisant ce nom, ce matin, dans le journal, j'ai été transporté huit ans en arrière, presque jour pour jour. Pendant l'affaire, j'étais passé à la télévision au cours du reportage d'audience nationale de Walter Cronkite. Je n'avais été qu'une silhouette dans la foule, mais ma famille m'avait reconnu. Mes parents m'appelèrent du pays. Mon père voulait mon opinion sur ce qui se passait. Ma mère n'avait pour sa part qu'une hâte, c'était de me voir rentrer à la maison. Mais je n'en avais pas la moindre envie. J'étais ravi.

Ravi par ce sombre et brumeux « printemps des baies » et par ces nuits d'il y a huit ans où rôdait l'ombre de la mort. L'ombre de Jack des Brumes.

— Personne en Nouvelle-Angleterre ne sait pourquoi on appelle ça le printemps des baies. C'est juste une expression que nous ont apprise les anciens. Ils disent que cela n'arrive que tous les huit ou dix ans. Peut-être ce qui s'est passé à l'université de New Sharon en ce printemps des baies-là est-il également soumis à un cycle, mais, à ma connaissance, personne ne s'est encore penché sur la question.'

A New Sharon, c'est le 16 mars 1968 que commença le printemps des baies. Ce jour-là, recula l'hiver le plus froid qu'on eût vu en vingt ans. Il pleuvait et, à plus de trente kilomètres des côtes, le vent charriait un air salin. Après avoir atteint par endroits plus d'un mètre d'épaisseur, la neige se mit à fondre, transformant le campus en un champ de boue. Devant Prashner Hall, la colombe perdit son plumage de glace, laissant tristement apercevoir ici et là son squelette de bois.

En tombant, la nuit apporta un brouillard cotonneux

qui envahit silencieusement les allées et chemins du campus. Le long du mail, la cime des sapins perçait la brume qui allait se lover paresseusement sous le petit pont des canons de la guerre de Sécession. Tout paraissait irréel, étrange, magique. Vous vous attendiez presque à croiser Frodo ou Sam les Hobbits, ou bien, en vous retournant, à ce que la cafétéria ait disparu, laissant place à un brumeux paysage de marécages et d'ifs avec, peut-être, une clairière druidique ou un rond des fées.

Et cette nuit-là, à 23 h 10, John Dancey, un jeune étudiant qui rentrait au dortoir, se mit à hurler dans le brouillard, éparpillant ses livres sur les jambes écartées d'un cadavre. La jeune fille gisait dans un recoin sombre du parking de sciences naturelles, la gorge tranchée d'une oreille à l'autre, ses yeux brillants comme si elle venait de réussir la meilleure blague de sa jeune existence. Excellent sujet mais peu brillant causeur, Dancey hurla, hurla, hurla...

Le lendemain, le temps était couvert et maussade. Nous nous rendîmes à nos cours, d'impatientes questions aux lèvres : qui ? pourquoi ? est-ce que tu crois qu'ils vont l'avoir ? Et, toujours, avec un frisson : Tu la connaissais ?

Oui, elle allait dans le même cours de dessin que moi.

Oui, l'un de mes camarades de chambre est sorti avec elle.

Oui, elle m'a demandé du feu, une fois, à la cafétéria. Elle occupait la table voisine.

Tout le monde la connaissait. Elle s'appelait Gale Cerman (prononcez Ker-man), et elle était étudiante en arts plastiques. Elle portait des lunettes de vieille dame et avait une bonne tête. Tout le monde l'aimait bien, sauf ses compagnes de dortoir, qui la haïssaient. Elle ne sortait jamais, mais il n'y avait pas ou deux allumeuses comme elle dans tout le campus. Elle était affreuse, mais si vous aviez vu comme elle était ravissante. C'était un véritable boute-en-train, mais elle parlait peu et avait le sourire difficile. Elle était enceinte. Elle avait la leucémie. Elle était lesbienne et c'était son petit ami qui l'avait tuée. C'était le printemps des baies et, en ce matin du 17 mars, tout le monde connaissait Gale Cerman.

Une demi-douzaine de voitures de police firent irruption sur le campus. La plupart se garèrent devant le bâtiment Judith-Franklin où Gale Cerman avait été logée. En passant par là pour me rendre à mon cours de 10 heures, je dus montrer ma carte d'étudiant.

— Avez-vous un couteau sur vous ? me demanda le flic d'un air futé.

— C'est à propos de Gale Cerman ? l'interrogeai-je après l'avoir assuré que l'engin le plus meurtrier que je portais sur moi était une patte de lapin montée en porte-clés.

La réplique cingla :

— Pourquoi vous me demandez ça ?

J'arrivai à mon cours avec cinq minutes de retard.

C'était le printemps des baies et, cette nuit-là, personne n'osa s'aventurer seul sur un campus où le fantastique le disputait à l'académique. Le brouillard était revenu, apportant des senteurs marines, posant sur les choses une épaisse chape de silence.

Vers 9 heures du soir, mon voisin de lit entra précipitamment dans notre chambre, où, depuis plus de deux heures, je me creusais les méninges pour rédiger quelques lignes à propos de Milton.

— Ça y est ! Ils l'ont eu ! s'écria-t-il.

— Qui t'a dit ça ?

— Je sais pas. Un type. C'est son petit ami qui l'a zigouillée. Un certain Carl Amalara.

Je me redressai, à la fois soulagé et déçu. Avec un nom pareil, ce ne pouvait qu'être vrai. Un sordide petit crime passionnel.

— D'accord, fis-je. Merci du renseignement.

Il quitta la pièce pour aller répandre la nouvelle dans les autres chambres.

Les journaux en parlaient le lendemain. Le visage d'Amalara s'y étalait d'une façon presque choquante, et c'était celui d'un garçon à l'air plutôt triste, au teint olivâtre, aux yeux sombres et au nez dévoré par les boutons. Il n'avait pas encore avoué mais toutes les preuves étaient contre lui. Gale et lui s'étaient souvent disputés ces temps derniers et, depuis une semaine, ils avaient rompu. D'après son compagnon de chambre, il en avait été très « abattu ». Dans un nécessaire qu'il dissimulait sous son lit, la police avait découvert un couteau de chasse de vingt centimètres et une photo de Gale qui avait été tailladée à coups de ciseaux.

A côté du portrait d'Amalara figurait celui de Gale Cerman. On distinguait vaguement un chien près d'une blondinette à lunettes plutôt insignifiante. Elle ne regardait pas l'objectif et un sourire forcé était plaqué sur ses lèvres. L'une de ses mains était posée sur la tête du chien. C'était donc vrai.

La nuit suivante, le brouillard était au rendez-vous. Je sortis, cette nuit-là. J'avais mal à la tête et besoin de prendre l'air, de respirer le parfum humide du printemps qui balayait lentement une neige tenace, mettant à nu des sillons d'herbe brûlée.

Cette nuit fut l'une des plus belles dont je me souvienne. Je marchai jusqu'à près de minuit, jusqu'à être transpercé par l'humidité, croisant des ombres et percevant des pas dont le martèlement hantait les sentiers balayés par le vent. Qui pourrait affirmer que l'une de ces ombres n'était pas celle de l'homme qui allait devenir célèbre sous le nom de Jack des Brumes ?

Au matin, la clameur qui avait envahi le bâtiment me tira du lit. Je me précipitai pour voir quel était l'objet du vacarme.

— Ça y est ! Y'en a une autre ! me lança quelqu'un, le visage blême d'excitation. Il va bien falloir qu'ils le laissent sortir !

— Qui ça, le ?

— Amalara ! me jeta fiévreusement quelqu'un d'autre. Il était en tôle quand ça s'est passé.

— Quand quoi s'est passé ? demandai-je patiemment. Tôt ou tard, ils finiraient bien par me le dire.

— Le tueur a fait une nouvelle victime, cette nuit. Et maintenant, ils sont en train de ratisser le campus.

— Qu'est-ce qu'ils cherchent ?

Ce fut encore le type au visage blême qui me répondit :

— Sa tête. Le tueur a emporté la tête de la fille avec lui.

New Sharon n'est pas une école très importante, mais elle l'était encore moins à l'époque — le genre d'institution que les gens du métier appelaient « un village universitaire ». Et, vraiment, c'était comme un petit village. Vous ne pouviez pas rencontrer un groupe d'étudiants sans saluer au moins l'un d'eux. Gale Cerman était précisément le genre de fille qu'on saluait, ayant vaguement l'impression de l'avoir déjà vue quelque part.

Tout le monde connaissait Ann Bray. Elle avait été tambour-major du défilé lors de l'élection de Miss Nouvelle-Angleterre, l'année précédente. De plus, c'était une intellectuelle. Ann Bray était rédacteur en chef du journal de la fac (une feuille hebdomadaire pleine de bandes dessinées politiques et de lettres incendiaires), elle était membre du groupe d'art dramatique, et présidente de l'Entraide nationale des étudiantes, section de New Sharon. Avec l'enthousiasme de la jeunesse, je lui avais soumis une idée de rubrique pour le journal et, par la même occasion, demandé un rendez-vous. J'avais été refait sur les deux tableaux.

Et maintenant, elle était morte... Une mort affreuse.

L'après-midi, comme tous mes camarades, je me rendis à mes cours, saluant ceux que je connaissais plus cordialement qu'à l'habitude, comme pour masquer l'insistance avec laquelle je ne pouvais m'empêcher de les dévisager. Je sentis qu'ils me regardaient de la même façon. L'ombre était parmi nous, aussi sombre que les énormes canons de la guerre de Sécession par un soir de brume. Nous nous dévisagions, guettant le signe qui trahirait tant de noirceur.

Cette fois-ci, il n'y eut pas d'arrestation. Au cours des nuits du 18, du 19 et du 20 mars, les poulets ratissèrent méthodiquement le campus noyé dans le brouillard tandis que des projecteurs exploraient le moindre recoin. L'administration décréta un couvre-feu qui entrait en vigueur dès 9 heures du soir. Un couple d'inconscients qu'on avait surpris nus dans les buissons au nord du

Tate Alumni Building fut embarqué par la police de New Sharon, puis cuisiné sans relâche pendant trois heures.

Le 20, un vent de panique souffla sur le campus; un garçon avait été trouvé sans connaissance sur le parking, là même où on avait découvert le corps de Gale Cerman. Un flic un peu demeuré l'avait chargé à l'arrière de sa voiture de patrouille et, sans même lui tâter le pouls, avait foncé vers l'hôpital le plus proche toutes sirènes hurlantes, entonnant dans le campus désert un requiem un peu prématuré.

À mi-chemin, le corps se redressa sur le siège arrière et demanda d'une voix caverneuse :

— Bon Dieu, où est-ce que je suis ?

Le flic poussa un cri et perdit le contrôle de son véhicule. Le mort s'appelait en fait Donald Morris, et n'était qu'un jeune collègue qui venait d'être cloué au lit pendant deux jours par une bonne grippe. Il s'était évanoui sur le parking en se rendant à la cafétéria pour prendre un bon bol de soupe.

La chaleur orageuse persista. Des groupes se formaient, se défaisaient, puis se reformaient avec une rapidité surprenante. On ne pouvait pas garder longtemps la même tête en face de soi sans finir par se poser des questions à son sujet. La vitesse avec laquelle les rumeurs se propageaient d'un bout à l'autre du campus approchait maintenant celle de la lumière : un professeur d'histoire assez populaire avait été surpris pleurant et riant tour à tour près du petit pont; Gale Cerman avait laissé deux simples mots, un message codé écrit en lettres de sang sur l'asphalte du parking de sciences naturelles; les deux crimes étaient des meurtres rituels perpétrés pour des raisons politiques par une ramification de l'E.N.E. dans le but de protester contre la guerre. Tout cela était profondément risible. La section de New Sharon de l'E.N.E. ne comptait que sept membres. Si, en plus, il y avait eu des ramifications... L'hypothèse émise par l'aile droite du campus selon laquelle il s'agissait d'agitateurs venus de l'extérieur s'en trouva renforcée. Aussi, au cours de ces jours étranges et lourds, nous épuisâmes-nous les yeux à les rechercher.

Toujours aussi superficielle, la presse s'obstina à ignorer la ressemblance frappante qui existait entre ces meurtres et ceux que perpétra Jack l'Eventreur pour aller chercher beaucoup plus loin..., jusqu'en 1819. Ann Bray avait été découverte sur un sentier bourbeux à quatre mètres environ de l'allée la plus proche et, cependant, il n'y avait pas la moindre empreinte sur le sol, pas même les siennes. Sans doute à cause de sa façon de disparaître dans le brouillard sans laisser de traces, un journaliste du New Hampshire qui cultivait le goût du mystère avait surnommé l'assassin Jack des Brumes.

Le 21, la pluie se remit à tomber, transformant le mail et le campus en marécages. La police annonça qu'elle lâchait des auxiliaires en civil des deux sexes, et réduisit de moitié le nombre de ses véhicules.

Le journal de la fac publia un éditorial des plus virulents, quoique pas très cohérent, pour protester contre ces mesures. L'idée générale semblait en être qu'avec tous ces flics camouflés en étudiants il deviendrait impossible de déterminer qui était ou n'était pas un agitateur venu du dehors.

Le soir tomba, tirant la brume après lui; elle remonta lentement les allées bordées d'arbres, gommant l'un après l'autre les bâtiments du campus. Jack des Brumes, personne ne semblait en douter, était un homme mais, par nature, la brume, sa complice, était féminine... ou, du moins, le ressentais-je ainsi. C'était comme si les deux amants avaient embrassé notre petite université dans la passion de leur folle étreinte, l'attirant dans leurs noces de sang. Je m'assis pour fumer une cigarette, et, devant le spectacle des lumières qui s'allumaient dans l'obscurité croissante, me demandai si tout était fini. Mon compagnon de chambre entra puis ferma doucement la porte derrière lui.

— Il ne va pas tarder à neiger, fit-il.

Je me retournai.

— Tu as entendu ça à la radio ?

— Non, répondit-il. Pas besoin de météo. Tu n'as jamais entendu parler du printemps des baies ?

— C'est possible... mais il y a longtemps. Ah ! la sagesse populaire !

Il s'approcha de moi, scrutant les ténèbres par la fenêtre.

— Le printemps des baies, m'expliqua-t-il, c'est un peu comme l'été indien, seulement le phénomène est beaucoup plus rare. Dans une région comme la nôtre, on bénéficie d'un été indien tous les deux ou trois ans. En revanche, un caprice du temps tel celui que nous observons en ce moment n'intervient que tous les huit ou dix ans. C'est un faux printemps, tout comme l'été indien n'est qu'une éphémère bouffée de chaleur en novembre. Selon ma grand-mère, le printemps des baies signifie que le vent du nord le plus cinglant traîne en chemin. Et plus il se fait attendre, plus terrible sera la tempête.

— Des légendes, répondis-je. Je n'en crois pas un mot. (Je me tournai vers lui.) Mais tout ça me rend nerveux, pas toi ?

Il sourit avec bienveillance et piqua une cigarette dans mon paquet ouvert sur le rebord de la fenêtre.

— A part toi et moi, je soupçonne n'importe qui. (Son sourire se figea légèrement et il ajouta :) Quoique je me pose parfois des questions à ton sujet. Tu veux aller faire une partie de billard au club ?

— J'ai un partiel de trigonométrie la semaine prochaine. Il faut que je me prépare un paquet d'anti-sèches.

Je restai le nez collé à la fenêtre pendant un long moment après son départ. Et, même alors que j'avais ouvert mon livre pour me mettre à travailler, une partie de moi-même était restée dehors, marchant parmi les ombres qui abritaient quelque funeste événement.

Cette nuit-là, Adelle Parkins fut assassinée. Six voitures de police et dix-sept policiers en civil qui se faisaient passer pour des étudiants (dont huit femmes qui avaient été demandées en renfort à Boston) avaient patrouillé toute la nuit sur le campus. Pourtant, sans s'y méprendre, Jack des Brumes avait tué l'une des nôtres.

Ce printemps trompeur s'était fait son complice. Le lendemain matin, on avait retrouvé des parties du corps horriblement mutilé d'Adelle Parkins derrière le volant de sa Dodge 64, sur le siège arrière et dans le coffre. En lettres de sang, le pare-brise portait une inscription, bien réelle, celle-ci : AH ! AH !

Un vent de folie souffla sur le campus; tout le monde avait connu Adelle Parkins sans vraiment la connaître. C'était l'une de ces femmes anonymes et surmenées qui travaillaient de 6 heures à 11 heures du soir à la cafétéria où elles devaient affronter des hordes affamées d'étudiants revenant de la bibliothèque.

Je ne vois pas grand-chose à ajouter. Aussi susceptible de se laisser aller à la panique que n'importe lequel d'entre nous, et se sentant acculée, la police arrêta un étudiant en sociologie nommé Hanson Gray, un inoffensif homosexuel qui déclara « ne pas pouvoir se souvenir » de l'endroit où il avait passé les nuits fatales. Il fut inculpé puis relâché après le sauvage assassinat de Marsha Curran, lors de la dernière nuit du printemps des baies.

La raison pour laquelle elle était sortie seule restera à jamais une énigme. Marsha était ronde, pas bien jolie, et partageait un appartement en ville avec trois autres filles. Elle s'était glissée sur le campus aussi silencieusement et avec autant de facilité que Jack des Brumes lui-même. Par quoi avait-elle été poussée là ? Peut-être par un besoin tout aussi puissant et irrépressible que celui qui animait son meurtrier, et pareillement incompréhensible. Peut-être par le désir désespéré d'une aventure passionnée avec la nuit tiède, la brume enveloppante, le parfum de la mer et l'acier glacé du couteau.

Cela s'était passé le 23 mars. Le 24, le directeur de l'établissement annonça que les vacances de printemps seraient avancées d'une semaine, et nous nous éparpillâmes, apeurés comme les bêtes d'un troupeau à l'approche de l'orage, laissant le campus désert, hanté par la police et par une ombre sinistre.

Possédant mon propre véhicule, je pris six camarades avec moi. Ce ne fut pas un voyage très agréable. Chacun de nous savait que Jack des Brumes pouvait être assis à côté de lui.

La température baissa de dix degrés au cours de la nuit et toute cette région de la Nouvelle-Angleterre fut balayée par un vent du nord furieux qui recouvrit un paysage de débâcle de trente centimètres de neige. Il y eut le contingent habituel de crises cardiaques chez les vieillards..., puis, comme par miracle, arriva le mois d'avril. Ses averses transparentes et ses nuits étoilées.

On appelle cela le printemps des baies, personne ne sait pourquoi. C'est un moment damné et mystificateur qui ne survient que tous les huit ou dix ans. Jack des Brumes se dissipa avec le brouillard et, au début de juin, on ne parlait déjà plus sur le campus que des actions à entreprendre et, notamment, du sit-in envisagé dans les locaux mêmes où un célèbre fabricant de napalm procédait à de l'embauche. A la fin du mois, Jack des Brumes avait presque été banni des conversations — du moins, en public.

Cette année-là, j'obtins mon diplôme et, l'année suivante, je me mariai. J'ai trouvé une bonne place dans une maison d'édition de la région. En 1971 nous avons eu un garçon et, maintenant, il est presque en âge d'aller à l'école.

Et puis, aujourd'hui, le journal...

Bien sûr, je savais qu'il était de retour. Je l'ai compris hier matin quand, en me levant, j'ai entendu le clapotis envoûtant de la neige fondue courant le long des gouttières, et quand, du perron de notre maison, j'ai senti l'air piquant et salin de l'Océan distant d'une vingtaine de kilomètres. J'ai su que le printemps des baies était revenu lorsque, quittant mon travail la nuit dernière, j'ai dû allumer mes phares pour percer la brume qui déjà noyait les coteaux et les vallons, gommant les angles des immeubles et couronnant les lampadaires d'un halo féerique.

L'article relate que le corps d'une jeune fille a été découvert sur le campus de New Sharon, près des canons de la guerre de Sécession. Elle a été tuée la nuit dernière et on l'a retrouvée sur un îlot de neige fondante. Elle n'était... Quelque chose manquait.

Ma femme est dans tous ses états. Elle veut savoir où j'ai passé la nuit dernière. Je ne peux pas lui répondre parce que je ne m'en souviens pas. Je me rappelle avoir pris le chemin de la maison, avoir allumé mes phares pour retrouver ma route malgré l'étreinte voluptueuse de la brume, mais c'est tout.

Je repense à cette nuit où, souffrant d'une migraine, je suis sorti prendre l'air parmi les ombres douces, sans forme ni substance. Et je repense à la malle de ma voiture — qu'on appelle aussi, c'est horrible, un *coffre* — et je me demande pourquoi diable j'aurais peur de l'ouvrir.

Tandis que j'écris cela j'entends mon épouse pleurer dans la pièce voisine. Elle pense que j'ai passé la nuit dernière avec une femme.

Et, ô mon Dieu ! je le pense aussi.

LA CORNICHE

— Allez-y, répéta Cressner. Jetez un coup d'œil dans le sac.

Nous nous trouvions dans son appartement, au quarante-troisième étage. Au centre de la pièce, entre le fauteuil de toile sur lequel Cressner se tenait et un canapé tout cuir, il y avait un sac à provisions brun.

— Si vous avez l'intention de m'acheter, laissez tomber tout de suite, dis-je. Je l'aime.

— C'est de l'argent, mais je n'ai pas l'intention de vous acheter. Allez-y. Regardez.

Il fumait une cigarette turque coincée dans un fume-cigarette d'onyx. Il était vêtu d'une robe de chambre en soie sur laquelle était brodé un dragon. Ses lunettes ne cachaient pas son regard calme et intelligent. Il avait exactement l'air de ce qu'il était : un salaud en or massif. J'aimais sa femme et elle m'aimait. Je m'étais attendu à ce qu'il me mette des bâtons dans les roues, je savais que le moment était venu, mais j'ignorais encore le reste.

Je m'approchai du sac et l'ouvris. Des liasses de billets dégringolèrent sur la moquette. Rien que des coupures de vingt dollars. Je ramassai une liasse et comptai dix billets.

— Vingt mille dollars, annonça Cressner.

Je me relevai.

— Pas mal.

— Ils sont à vous.

— Je n'en veux pas.

— Ma femme est au courant.

Je ne fis pas de commentaire. Marcia m'avait prévenu. Il va essayer de jouer au chat et à la souris, avait-elle dit. Et la souris, ce sera toi.

242

— Comme ça, vous êtes un pro du tennis, dit Cressner. Je crois bien que vous êtes le premier que je vois.

— Vous voulez me faire croire que vos détectives ne vous ont jamais rapporté de photos?

— Oh! que si! (Il agita négligemment son fume-cigarette.) Et même un film de vous deux au Bayside Motel. Il y avait une caméra derrière le miroir. Mais il est difficile de se faire une idée avec des photos, vous ne croyez pas?

— Si vous le dites.

Il va attaquer sur tous les fronts, m'avait averti Marcia. C'est sa façon à lui de dérouter les gens. Il fera en sorte que tu renvoies la balle là où tu le croiras être, mais il sera déjà ailleurs. Parle aussi peu que possible, Stan. Et souviens-toi que je t'aime.

— Je vous ai fait monter ici, Mr Norris, parce que j'ai pensé que nous devrions avoir une petite conversation d'homme à homme, dont l'un a piqué la femme de l'autre.

Je retins de justesse ma réplique.

— Vous vous êtes plu à San Quentin? demanda Cressner en tirant de paresseuses bouffées de sa cigarette.

— Pas particulièrement.

— Vous y avez passé trois ans pour vol avec effraction, sauf erreur.

— J'ai tout dit à Marcia, répondis-je en regrettant aussitôt mes paroles.

J'étais rentré dans son jeu malgré l'avertissement de Marcia. Quand vous lobez trop court, le smash est imparable.

— J'ai pris la liberté de faire déplacer votre voiture, dit-il en se tournant vers la fenêtre, à l'autre bout de la pièce.

A vrai dire, fenêtre n'était pas le mot, le mur entier était vitré et, au milieu, se trouvait une porte de verre coulissante. Derrière, un balcon grand comme un timbre-poste. Et, au delà, le précipice. Il y avait quelque chose qui me chiffonnait à propos de cette porte, mais je n'arrivais pas à mettre le doigt dessus.

— C'est un immeuble très agréable, dit Cressner. Le

système de sécurité est au point. Des caméras de télé partout. Dès que j'ai su que vous étiez dans le hall, j'ai donné un coup de téléphone. Un de mes hommes qui s'entend à faire démarrer une voiture avec un fil de fer a conduit la vôtre dans un parking, à quelques pâtés de maisons d'ici. (Il jeta un coup d'œil sur la pendule qui était accrochée au-dessus du canapé. Il était 8 h 5.) A 8 h 20, il appellera la police d'une cabine publique pour attirer son attention sur votre voiture. Dix minutes plus tard, ces messieurs de la police découvriront cent cinquante grammes d'héroïne dissimulés dans la roue de secours qui se trouve dans votre coffre. On va beaucoup s'intéresser à vous, Mr Norris.

J'étais fait. J'avais tenté ce que j'avais pu pour lui donner le moins de prise possible mais, finalement, cela avait été un jeu d'enfant pour lui.

— Voilà ce qui arrivera à moins que je n'appelle mon employé pour lui ordonner d'oublier mon premier coup de téléphone.

— C'est-à-dire à moins que je ne vous dise où se trouve Marcia, dis-je. Ne comptez pas là-dessus, Cressner, je n'en sais rien. Vous connaissant, nous en avons décidé ainsi.

— Je l'ai fait suivre par mes hommes.

— Ça m'étonnerait. Nous les avons semés à l'aéroport.

Cressner soupira et ôta la cigarette encore allumée du fume-cigarette pour la jeter dans un cendrier chromé à pied. Pas d'éclats inutiles. Le mégot ou Stan Norris, c'était du pareil au même.

— Effectivement, convint-il. Le vieux truc des toilettes pour dames. Mes sbires ont été extrêmement vexés de s'être laissé prendre à une ruse aussi éculée. C'était tellement évident qu'ils n'y auraient jamais pensé.

Je ne répondis rien. Une fois largués les hommes de Cressner à l'aéroport, Marcia avait pris la navette pour rentrer en ville puis s'était rendue à la gare routière. Elle avait deux cents dollars sur elle, tout ce que j'avais pu retirer de mon compte en banque. Pour deux cents dollars, un Greyhound vous conduit n'importe où dans ce pays.

— Vous êtes toujours aussi bavard ? me demanda Cressner, et la réponse semblait vraiment l'intéresser.

— C'est ce que Marcia m'a conseillé.

D'un ton un peu plus sec, il reprit :

— J'imagine que quand la police vous emmènera, vous refuserez de parler en l'absence de votre avocat. Et, lorsque vous reverrez ma femme, ce sera une petite vieille dans un fauteuil à bascule. Est-ce que tout cela est clair dans votre esprit ? Vous n'ignorez sans doute pas que la possession de cent cinquante grammes d'héroïne peut vous valoir dans les quarante ans.

— Ça ne vous rendra pas Marcia.

Il eut un léger sourire.

— Et c'est le nœud de l'affaire, n'est-ce pas ? Vous et ma femme tombez amoureux l'un de l'autre. Vous avez une aventure..., si on peut appeler une aventure une succession de nuits passées dans des motels minables. Ma femme m'a quitté. Mais vous, vous êtes là. Et, en quelque sorte, vous êtes tout ce qui me rattache encore à elle. Est-ce que je résume bien l'histoire ?

— Je comprends pourquoi elle en a eu marre de vous, dis-je.

A ma grande surprise, il rejeta la tête en arrière et éclata de rire :

— Je vais vous étonner, Norris, mais je vous aime bien. Vous êtes vulgaire, vous avez de la repartie, mais je crois que vous avez du cœur. Marcia me l'avait affirmé mais il me restait des doutes. Elle n'a jamais su juger les hommes. Oui..., vous ne manquez pas de verve. Voilà précisément pourquoi j'ai décidé de mener les choses de cette façon. Marcia vous a certainement dit que je suis joueur dans l'âme.

— Oui, en effet.

Je venais de comprendre ce qui clochait avec cette porte au milieu de la baie vitrée. Nous étions en plein hiver et personne n'aurait eu l'idée de prendre le thé sur le balcon du quarante-troisième étage. Pourtant, la contre-porte avait été ôtée.

— Je n'aime pas ma femme, dit Cressner en coinçant attentivement une nouvelle cigarette dans l'embout d'onyx. Ce n'est un secret pour personne et je suis bien sûr qu'elle vous a tenu au courant. Certainement, un homme de votre... expérience sait qu'une femme satisfaite ne va pas courir le guilledou avec le champion de tennis du coin dès qu'elle a lâché sa raquette. Si vous voulez mon avis, Marcia est une sainte-nitouche, une pleurnicheuse, une fouteuse de merde, une...

— Je crois que ça suffira.

Il eut un sourire glacé.

— Je vous demande pardon. J'oublie tout le temps que nous parlons de votre bien-aimée. Il est 8 h 16. Un peu nerveux ?

Je haussai les épaules.

— Il tiendra le coup jusqu'au bout, dit-il en allumant sa cigarette. Sans doute vous demandez-vous pourquoi, si j'aime aussi peu Marcia, je ne lui rends pas tout simplement sa liberté ?

— Non, je ne me demande rien de tel.

Cressner me regarda en fronçant les sourcils.

— Vous êtes un salaud égocentrique, repris-je. Un égoïste qui ramène tout à lui-même. Il n'est pas question qu'on prenne ce qui vous appartient. Même si vous n'en voulez plus.

Il rougit puis se mit à rire :

— Quinze pour vous, Norris. Bravo.

Je haussai de nouveau les épaules.

— Je vous propose un pari. Si vous gagnez, vous partirez d'ici avec l'argent, la femme, et votre liberté. Mais, de votre côté, c'est votre vie que vous jouez.

Je ne pus m'empêcher de regarder la pendule. Il était 8 h 19.

— Très bien.

Que dire d'autre ? Ça ferait au moins gagner du temps pour réfléchir au moyen de sortir d'ici, avec ou sans le fric.

Cressner s'empara du téléphone qui se trouvait derrière lui et composa un numéro.

— Tony ? Plan numéro deux. Oui.

Il raccrocha.

— Et c'est quoi, le plan numéro deux ? demandai-je.

— Je rappellerai Tony dans un quart d'heure et il enlèvera la substance prohibée du coffre de votre voiture qu'il ramènera là où vous l'aviez laissée. Si je ne le rappelle pas, il avertira la police.

— Vous êtes plutôt méfiant, n'est-ce pas ?

— Soyez raisonnable, Norris. Il y a vingt mille dollars entre nous, sur la moquette. Dans cette ville, on tue pour vingt *cents.*

— Et à quoi joue-t-on ?

Il eut l'air sincèrement peiné.

— Un défi, Norris, il s'agit d'un défi. Nous ne sommes pas sur un court de tennis.

— Comme vous voudrez.

— Parfait. Il m'a semblé que vous examiniez mon balcon.

— La contre-porte manque.

— Oui, je l'ai retirée cet après-midi. Voilà donc ce que je vous propose : vous allez faire le tour de l'immeuble sur la corniche qui fait saillie juste au-dessous du niveau de cet appartement. Si vous y parvenez, vous décrocherez le gros lot.

— Vous êtes cinglé !

— Tout au contraire. J'ai déjà proposé ce défi à six personnes différentes au cours des douze années que j'ai passées dans cet appartement. Trois d'entre elles étaient des athlètes professionnels, comme vous. Les trois autres étaient des citoyens plus ordinaires, aux professions diverses, mais ayant au moins deux choses en commun : ils avaient besoin d'argent et n'étaient pas dénués de moyens physiques. (Il tira pensivement sur sa cigarette avant de poursuivre :) Cinq fois, mon offre fut rejetée. La sixième fois, elle fut acceptée. Les clauses en étaient : vingt mille dollars contre six mois à mon service. J'ai gagné. Le type a jeté un coup d'œil par-dessus la balustrade du balcon et a failli s'évanouir. (Cressner paraissait à la fois amusé et méprisant.) Il disait que tout semblait si petit vu d'ici... C'est pour ça que ses nerfs ont craqué.

— Et qu'est-ce qui vous fait penser...

Il me coupa la parole d'un geste irrité :

— Norris, vous m'agacez. Si je vous dis que vous allez le faire c'est parce que vous n'avez pas le choix. Soit vous relevez mon défi, soit vous passez quarante ans à San Quentin. Considérez ma femme et l'argent comme des primes que vous vaudra ma bonté naturelle.

— Et qu'est-ce qui me prouve que vous n'allez pas essayer de me doubler ? En admettant que je le fasse, rien ne vous empêchera d'appeler Tony et de lui ordonner de mener à bien votre plan numéro un.

Il soupira :

— Mon cher Norris, vous n'êtes qu'un paranoïaque. Je n'aime pas ma femme. Je ne tiens pas le moins du monde à la voir traîner autour de moi. Quant au vingt mille dollars, pour moi, c'est une misère. Mes petites complicités dans la police me coûtent quatre fois ça chaque semaine. Voyez-vous, ce défi... (Ses yeux s'allumèrent.) Ce défi n'a pas de prix.

Il me laissa un répit pour méditer ses paroles. Sans doute savait-il que la victime désignée ne tarde jamais à se ranger aux raisons de son bourreau. J'avais trente-six ans, j'étais un cheval de retour du tennis et, sans un petit coup de pouce de Marcia, le club n'aurait probablement pas renouvelé mon dernier contrat. Je ne savais rien faire d'autre que jouer au tennis et j'aurais eu du mal à décrocher même un boulot de concierge — surtout avec mon casier judiciaire. Ç'avait été une erreur de jeunesse, mais allez dire ça à votre employeur.

En fait, le plus étonnant de l'histoire était que j'aimais vraiment Marcia Cressner. Il ne m'avait fallu que deux leçons de tennis pour m'éprendre d'elle et, de son côté, cela avait aussi été le coup de foudre. Après trente-six années d'un célibat sans souci, j'étais tombé amoureux de la femme d'un caïd de la pègre.

Le gros matou installé là sur son séant à tirer des bouffées de sa turque d'importation savait tout cela. Et plus encore. Rien ne me prouvait qu'il ne me jouerait pas un mauvais tour si je relevais son défi et le gagnais, mais, dans le cas contraire, je savais fort bien que je me retrouverais au frais dès 10 heures. Et que je ne reverrais pas la lumière du soleil avant la fin du siècle.

— J'ai une question à vous poser, lui dis-je.

— Je vous écoute, Norris.

— Regardez-moi bien dans les yeux et dites-moi si la donne est truquée.

Il me regarda franchement.

— Norris, dit-il calmement, je ne triche jamais.

— Très bien.

Je n'avais pas le choix.

Il était déjà debout, rayonnant.

— Parfait ! Absolument parfait ! Venez, Norris, allons sur le balcon.

A son visage, on devinait qu'il avait vécu cette scène en rêve des centaines de fois et qu'il en savourait maintenant l'accomplissement.

— La corniche a quinze centimètres de large, fit-il avec délice. Je l'ai mesurée moi-même. En fait, j'y ai même posé les pieds, en m'agrippant au balcon, bien sûr. Il vous suffira de vous laisser tomber de l'autre côté de la balustrade en fer forgé, qui vous arrivera alors à la hauteur de la poitrine. Mais, évidemment, au delà de la balustrade, vous n'aurez plus de prise. Vous devrez ensuite progresser centimètre par centimètre.

Mes yeux se posèrent subitement sur un objet qui se trouvait de l'autre côté de la fenêtre... et qui me glaça le sang. Un anémomètre. L'appartement n'était pas situé très loin du lac et il était suffisamment haut pour qu'aucun immeuble ne lui coupe le vent. Les rafales seraient glaciales et tranchantes comme une lame de rasoir. L'aiguille indiquait « vent fort » mais une bourrasque pouvait momentanément l'incliner jusqu'à « tempête ».

— Ah ! je vois que vous avez remarqué mon anémomètre, commenta Cressner d'un ton jovial. A vrai dire, nous sommes ici sur la façade la moins exposée. Cette petite brise pourra donc se montrer un peu plus forte en face. Par chance, nous bénéficions d'une nuit plutôt calme. Certains soirs, j'ai vu l'aiguille pointer sur « ouragan ». Et je puis vous affirmer que, dans ces cas-là, on sent l'immeuble vibrer légèrement.

Sur la gauche, il me désigna l'enseigne lumineuse d'une banque, tout en haut d'un gratte-ciel. Elle indiquait qu'il faisait dix degrés. Mais avec le vent, la température descendrait sans doute au-dessous de zéro.

— Vous avez un manteau ? lui demandai-je.

Je ne portais sur moi qu'une simple veste.

— Hélas ! non.

Le thermomètre lumineux du gratte-ciel se métamorphosa en pendule. Il était 20 h 32.

— Il serait préférable de ne pas trop tarder, Norris. Ainsi, je pourrai donner le signal de départ du plan numéro trois. Tony est un garçon sérieux mais parfois impulsif. Vous comprenez ?

Je comprenais parfaitement bien. Trop bien, même.

Mais la pensée d'être libéré des tentacules de Cressner et de retrouver Marcia avec assez d'argent en poche pour pouvoir commencer une nouvelle vie me poussa à faire coulisser la porte vitrée puis à faire un pas sur le balcon. L'air était froid et humide. Le vent me rabattait les cheveux dans les yeux.

— A bientôt, j'espère, lança Cressner derrière moi, mais je ne lui fis pas le plaisir de me retourner.

Je m'approchai de la balustrade, évitant de regarder vers le bas. Pour le moment. Je fis quelques exercices respiratoires.

En réalité, il s'agit plutôt d'une forme d'auto-hypnotisme. A chaque inspiration-expiration, vous rejetez les pensées parasites de votre esprit, jusqu'à ce que le vide soit fait et que toute votre attention soit concentrée sur le match. Un à un, j'oubliai l'argent, Cressner, puis, plus difficilement, Marcia — Marcia dont le visage me hantait, me suppliant de ne pas rentrer dans son jeu, m'avertissant que Cresser ne pariait qu'à coup sûr. Mais je ne pouvais me permettre de l'écouter. Si je perdais, je n'aurais pas à payer la tournée. Je ne serais plus qu'une bouillie écarlate au pied d'un immeuble de Deakman Street.

Quand je m'y sentis prêt, je regardai vers le bas.

Le building plongeait jusqu'à la rue comme une abrupte falaise de craie. Les voitures ressemblaient à ces modèles réduits vendus dans des boîtes d'allumettes qu'on trouve dans les bazars. En tombant d'une telle hauteur, on a le temps de prendre conscience de sa chute, de sentir le vent gonfler ses vêtements, de voir la terre monter, de plus en plus vite. On a le temps de pousser un long, long hurlement. Et le corps, en s'écrasant sur le trottoir, fait un bruit de pastèque trop mûre.

Maintenant, je comprenais pourquoi l'autre type avait reculé. Mais son gage ne représentait que six mois de servitude. Ce qui m'attendait, c'était quarante longues années, loin du soleil et de Marcia.

J'examinai la corniche. Elle paraissait terriblement étroite; je n'avais jamais vu quinze centimètres qui ressemblaient autant à cinq. Au moins l'immeuble était-il plutôt neuf : la corniche ne s'effondrerait pas sous mes pieds.

C'est en tout cas ce que j'espérais.

Je passai par-dessus la balustrade puis me laissai doucement retomber jusqu'à sentir le rebord sous mes semelles. Mes talons dépassaient au-dessus du vide. Le balcon m'arrivait à la poitrine et je pouvais voir à l'intérieur de l'appartement de Cressner à travers la grille de fer forgé. Il se tenait de l'autre côté de la porte et, une cigarette à la main, m'observait comme un scientifique examine un cochon d'Inde pour savoir quel sera l'effet produit par la dernière injection.

— Appelez Tony, maintenant! lui criai-je, les mains agrippées à la balustrade. Je ne bougerai pas avant que vous l'ayez fait.

Il traversa la salle de séjour — qui me parut incroyablement chaude, douillette et rassurante — et décrocha le téléphone. Un geste qui d'ailleurs ne me prouvait rien : avec le vent, il me serait impossible d'entendre ce qu'il allait dire. Cressner reposa le combiné puis revint vers moi.

— Voilà, Norris, message transmis.

— J'ose l'espérer.

— Au revoir, Norris... A tout à l'heure, peut-être.

Le moment était venu. Je m'abandonnai une dernière fois au souvenir de Marcia, ses cheveux châtain clair, ses grands yeux gris, son corps adorable, puis la chassai de mon esprit une fois pour toutes. Comme je chassai l'image du vide. Sonder cet abîme aurait eu tôt fait de me paralyser. Engourdi par le froid, je n'aurais pas tardé à perdre l'équilibre ou, simplement, à m'évanouir de peur. Oui, le moment était venu de rétrécir mon champ de vision. De ne plus penser qu'à une seule chose : pied gauche, pied droit, pied gauche...

Je choisis de me déplacer vers la droite, me tenant à la balustrade aussi longtemps que je le pus. Je me rendis très vite compte que l'entreprise aurait été impossible sans mes chevilles musclées de tennisman. Mes talons progressant au-dessus du vide, elles devraient supporter tout mon poids.

Parvenu à l'extrémité du balcon, j'eus un instant l'impression que je ne pourrais pas me passer de cet appui. Mais il le faudrait bien. Quinze centimètres, bon sang, ce n'était pas si mal ! Si la corniche s'était trouvée à un mètre du sol au lieu de cent vingt, me dis-je, j'aurais été capable de faire le tour du bâtiment à l'aise et en quatre minutes. Alors, faisons comme si.

Oui, mais si vous tombez d'un rebord haut d'un mètre, vous vous contentez de dire merde, et vous recommencez. Là-haut, je n'avais droit qu'à une seule tentative.

J'écartai mon pied droit puis fis glisser le gauche, l'amenant tout près du droit. Je lâchai la balustrade. Je levai les bras, plaquant mes paumes ouvertes contre la surface de la paroi.

Une bourrasque me gifla, relevant le col de ma veste contre mon visage, faisant osciller mon corps sur la corniche. Mon cœur sembla s'arrêter, ne recommençant de battre que quand le vent eut faibli. Une rafale plus violente aurait pu m'arracher de mon perchoir et me précipiter dans la nuit. Et, précisément, le vent serait plus fort de l'autre côté.

Je fis pivoter ma tête vers la gauche, pressant la joue contre la façade. Cressner était penché au balcon et il me regardait.

— Vous vous amusez bien ? me demanda-t-il d'un ton enjoué.

Il avait revêtu un pardessus en poil de chameau.

— Je croyais que vous n'aviez pas de manteau.

— Je vous ai menti, répondit-il sur le même ton. Je mens à propos de bien des choses.

— Qu'est-ce que cela veut dire ?

— Absolument rien. Ou peut-être que si, après tout.

C'est la guerre des nerfs, hein, Norris ? Ne traînez pas trop. Les chevilles se fatiguent vite, elles pourraient vous jouer des tours...

Il extirpa une pomme de sa poche, y mordit, puis la balança par-dessus la balustrade. Longtemps après, parvint à mes oreilles un petit bruit mat. Cressner gloussa.

Il m'avait déconcerté et, de nouveau, je sentis affleurer les prémices de la panique. Si je laissais déferler la terreur, c'en était fini de moi. Je tournai la tête de l'autre côté et repris mes exercices respiratoires. Sur l'enseigne au néon de la banque, les chiffres indiquaient 20 h 46.

Quand la pendule marqua 20 h 49, j'avais repris le contrôle de moi-même. Cressner devait me considérer comme gelé sur place et, lorsque je recommençai de progresser en direction du coin de l'immeuble, j'entendis le crépitement sarcastique de ses applaudissements.

Le froid me pénétrait. La proximité du lac aiguisait le tranchant des rafales. L'humidité me transperçait de part en part. J'avançai péniblement le long de la paroi. Chacun de mes gestes devait être lent et calculé. Sinon, ce serait la chute.

Quand j'atteignis l'angle du bâtiment, l'horloge indiquait 20 h 52. Tourner ne paraissait pas devoir poser de problèmes — la corniche épousait parfaitement le coin — mais ma main droite m'avertit qu'un vent contraire m'attendait. Si je ne ployais pas l'échine du bon côté, il me paierait mon dernier voyage.

J'attendis que le vent faiblisse, mais il s'y refusa pendant un long moment, comme s'il s'était fait le complice de Cressner. Il me giflait de ses doigts vicieux et invisibles. Enfin, après une bourrasque particulièrement violente qui me fit osciller sur mes orteils, je compris que j'espérais en vain une trêve.

Aussi, dès la première accalmie, fis-je glisser mon pied droit de l'autre côté de l'arête puis, étreignant les deux parois de mes mains ouvertes, fis-je suivre tout mon corps. Je vacillai, soudain pris entre deux vents. L'espace d'une seconde, j'eus l'affreuse conviction que Cressner avait gagné son pari. Je fis un nouveau pas puis me collai tout contre le mur, maîtrisant le souffle qui s'échappait de ma gorge sèche.

C'est alors qu'une sorte d'aboiement se fit entendre, presque dans mon oreille.

Effrayé, je sursautai, à deux doigts de perdre l'équilibre. Arrachées au mur, mes mains battirent frénétiquement l'air. Mais les caprices de la gravité jugèrent bon de me renvoyer contre le mur plutôt que sur le pavé, quarante-trois étages plus bas.

Mes poumons se vidèrent en hoquetant douloureusement. De mes jambes, je ne sentais plus que les tendons des chevilles qui semblaient parcourus de décharges électriques. Jamais je n'avais eu à ce point conscience de ma vulnérabilité. La grande faucheuse était assez proche pour pouvoir lire par-dessus mon épaule.

Je me tordis le cou pour regarder vers le haut et vis Cressner penché à la fenêtre de sa chambre, environ un mètre au-dessus de moi. Il souriait, tenant un mirliton dans la main droite.

— Regardez plutôt où vous mettez les pieds ! me lança-t-il.

Je ne gaspillai pas mon souffle. J'aurais de toute façon été bien incapable de proférer le moindre mot. Mon cœur battait à tout rompre. Je m'éloignai d'un mètre ou deux, pour le cas où il aurait eu l'intention de me pousser. Puis je m'immobilisai et fermai les yeux en attendant d'être à nouveau maître de moi.

Je me trouvais maintenant sur le flanc de l'immeuble. Sur la droite, seules les plus hautes tours de la ville me dominaient. Sur la gauche, je n'apercevais que le cercle sombre du lac et les petits points de lumière qui flottaient à sa surface. Le vent mugissait.

Je contournai l'arête suivante avec beaucoup moins de difficulté. C'est alors que j'éprouvai un violent pincement.

Je sursautai, laissant échapper un cri. Déséquilibré, je fus pris de terreur et, vivement, me collai contre le mur. Un second pincement. Non..., c'était plutôt un coup de bec ! Je baissai les yeux.

Un pigeon s'était perché sur la corniche et, dans mon désarroi, j'eus l'impression qu'il me fusillait du regard.

Les villes regorgent de pigeons. Ils répugnent à voler et ne vous abandonnent le trottoir qu'avec la mauvaise grâce d'une bande de squatters. Oh! certainement, vous avez déjà trouvé leur carte de visite sur le capot de votre voiture. Mais, en général, vous n'y prêtez guère attention.

A présent, je me trouvais, terriblement vulnérable, sur *son* territoire.

Il attaqua de nouveau ma cheville torturée et un fulgurant trait de douleur remonta ma jambe droite.

— Va-t'en, grognai-je. Laisse-moi tranquille.

En guise de réponse, le pigeon revint à la charge. De toute évidence, j'avais violé son domicile : cette partie de la corniche était couverte de fientes.

Un piaillement étouffé se fit entendre au-dessus de ma tête.

Je me tordis le cou autant qu'il m'était possible et levai les yeux. Un bec surgit à quelques centimètres de mon visage et je faillis reculer... Un pas arrière et les pigeons de l'agglomération auraient pu se vanter d'avoir fait leur première victime. Perchée avec eux sous l'avancée du toit, maman pigeon protégeait sa nichée de pigeonneaux. J'étais, Dieu merci, hors d'atteinte.

Papa pigeon s'acharnait sur ma cheville maintenant couverte de sang. Je repris ma progression, espérant que le volatile, effrayé, s'enfuirait. Rien à faire. Ces pigeons de la ville en ont vu d'autres.

L'oiseau reculait au fur et à mesure que j'avançais, ses yeux brillants ne quittant mon visage que lorsque son bec acéré attaquait ma cheville. La douleur s'intensifiait; le pigeon m'arrachait des lambeaux de chair..., puis, je suppose, les mangeait.

Je ripostai d'un misérable coup de pied. Le pigeon se contenta de battre des ailes puis m'agressa une nouvelle fois. Et, si l'un des deux se sentit près de s'envoler, ce fut moi.

Même en méditant le sujet pendant dix ans, Cressner n'aurait pu concevoir pires tortures. Cette satanée bestiole avait dû me flanquer une bonne soixantaine de coups de bec quand je parvins enfin au balcon de l'autre appartement de l'étage, sur la façade opposée de l'immeuble.

J'eus l'impression d'avoir atteint les portes du paradis. Mes mains étreignirent les froides barres de métal comme si elles risquaient de s'échapper.

Coup de bec.

Le pigeon me fixait avec un air presque suffisant, sûr de mon impuissance et de sa propre invulnérabilité. Cela me rappela l'expression qu'avait eue Cressner quand il m'avait accompagné jusqu'à son balcon.

Crispant les mains sur la balustrade, je lui décochai un violent coup de pied qui le frappa de plein fouet. Le pigeon émit un piaillement des plus réconfortants et s'éleva dans les airs en battant des ailes. Quelques plumes grises se posèrent sur la corniche, d'autres disparurent dans l'obscurité en décrivant de lentes arabesques.

A bout de souffle, je me hissai sur le balcon et m'écroulai sur place. Malgré le froid, mon corps ruisselait de sueur. Je ne saurais dire combien de temps je restai là, attendant que mes forces reviennent. Je ne voyais plus la pendule de la banque et ne portais jamais de montre.

Je m'assis avant de laisser durcir mes muscles et baissai ma chaussette en grimaçant. Du sang coulait de ma cheville tailladée, mais les blessures paraissaient superficielles. J'eus un moment l'intention de me bander la cheville mais y renonçai finalement. Si jamais je marchais sur l'extrémité dénouée de ce bandage de fortune... Je m'occuperais de cela plus tard; je pourrais même m'offrir pour vingt mille dollars de pansements.

Je me relevai et tentai de percer l'obscurité de l'appartement. Nu, vide, inhabité. Cette fois-ci, l'épaisse contre-porte était en place. J'aurais fort bien pu la briser et pénétrer dans les lieux, mais cela aurait signifié perdre le pari. Et l'enjeu n'était pas une simple somme d'argent.

Ne pouvant plus différer ce moment, j'enjambai la balustrade et retrouvai la corniche. Dépouillé de quelques plumes, le pigeon se tenait sous le nid de sa compagne et me regardait avec rancune. Mais, comme il avait vu que je m'éloignais de lui, je supposai qu'il ne me chercherait plus noise.

Il me fut plus difficile encore de m'éloigner de ce balcon que de celui de Cressner. J'avais conscience de devoir le faire mais mon corps se refusait de toutes ses forces à quitter un abri aussi sûr. Ce fut le visage de Marcia, surgissant de l'obscurité, qui me pressa d'agir.

Je franchis le troisième angle du bâtiment, réprimant avec peine l'envie qui me tenaillait de précipiter l'allure.

Le vent qui balayait le quatrième coin faillit m'être fatal mais la chance était avec moi et, pour la première fois, je sus que j'allais gagner mon pari. Mes mains étaient gelées et mes chevilles en feu, la sueur m'aveuglait, mais je savais que j'allais réussir. Je voyais maintenant la lumière jaune qui émanait de l'appartement de Cressner. Au loin, les chiffres lumineux de la pendule indiquaient 22 h 48. Mais il me semblait avoir passé une vie entière sur cette corniche large de quinze centimètres.

« Et si tu as l'intention de me flouer, Cressner, que le ciel te protège! » Je ne ressentais plus aucune hâte. Pour un peu, je me serais attardé. Il était 23 h 09 lorsque je posai la main droite, puis la gauche, sur la balustrade de fer forgé. Je me hissai, effaçai l'obstacle, m'écroulai avec bonheur sur le sol... et sentis l'acier froid d'un 45 contre ma tempe.

Le gorille que je découvris en levant les yeux était si laid qu'il aurait certainement mis King-Kong lui-même en fuite.

— Bravo! me lança de l'intérieur Cressner. Toutes mes félicitations, Norris. (Il applaudit.) Fais donc entrer monsieur, Tony.

Tony me remit si brutalement sur pied que mes chevilles faillirent céder. Je dus m'appuyer à la porte vitrée pour entrer.

Cressner se tenait près de la cheminée de la salle de séjour, sirotant un cognac. L'argent avait été replacé dans le sac qui trônait au milieu de la moquette brique.

Le miroir du mur opposé me renvoya mon image. La chevelure en bataille et le visage livide à l'exception de deux taches rouges sur les joues. Une lueur de folie dans les yeux.

Je n'eus pas le loisir de m'attarder car, l'instant d'après, je volais au travers de la pièce. J'atterris sur le fauteuil de toile et le choc me coupa le souffle.

Quand je fus de nouveau en état de parler, je m'écriai :

— Espèce de tricheur ! Tu avais tout combiné, hein ?

— Bien entendu, répondit Cressner en posant délicatement son verre sur le manteau de la cheminée. Mais je ne suis pas un tricheur, Norris. Je ne suis que le malheureux vaincu. Tony n'est là que pour prévenir toute attitude... maladroite de votre part.

Le menton appuyé sur son poing, il laissa échapper un ricanement. Il avait l'air de tout sauf d'un malheureux vaincu. D'un chat dont le museau est encore barbouillé des plumes du canari, par exemple. Je me levai, sous le coup d'une terreur plus grande encore que celle éprouvée sur la corniche.

— Qu'est-ce que vous manigancez ? prononçai-je lentement. Je ne sais pas quoi, mais vous manigancez quelque chose.

— Pas du tout. On a enlevé l'héroïne de votre voiture, laquelle a réintégré son parking initial. L'argent est là. Il est à vous.

— C'est parfait.

Tony se tenait toujours près de la porte vitrée, sorti tout droit du musée des horreurs. Il n'avait pas lâché le colt. Je traversai la pièce, m'emparai du sac puis marchai en vacillant jusqu'à la porte, certain que je n'y parviendrais jamais. Mais, en ouvrant la porte, je ressentis la même impression que quand j'avais contourné le quatrième coin de l'immeuble : j'allais gagner.

Lente et amusée, la voix de Cressner m'arrêta :

— Vous ne pensez quand même pas qu'on puisse encore rouler quelqu'un avec le truc éculé des toilettes pour dames, n'est-ce pas ?

Je me retournai, le sac dans les bras.

— Que voulez-vous dire ?

— Je vous ai dit que je ne trichais jamais et c'est la vérité. Vous avez gagné trois choses, Norris : l'argent, votre liberté et ma femme. Vous avez déjà les deux premières. Maintenant, vous pouvez aller réclamer la troisième à la morgue.

Je le fixai des yeux, incapable de bouger, pétrifié.

— Vous ne pensiez tout de même pas que j'allais vous l'abandonner? me demanda-t-il d'un ton empreint de pitié. Va pour l'argent, va pour votre liberté... Mais Marcia, non. Cependant, j'aurai tenu ma promesse. Et quand vous l'aurez fait enterrer...

Je ne m'approchai pas de lui. Pas encore. Il pouvait attendre. J'allai vers Tony dont le visage exprima une certaine surprise jusqu'au moment où Cressner lui dit d'une voix ennuyée :

— Tue-le, s'il te plaît.

Je lançai le sac qui atterrit sur la main qui tenait l'arme. J'avais cogné fort. Mes bras et mes poignets n'avaient pas beaucoup travaillé, sur la corniche, et c'est ce qu'il y a de plus robuste chez un joueur de tennis. La balle alla se loger dans la moquette et je fus sur lui.

Je fis sauter le revolver de sa main et frappai avec la crosse l'arête de son nez. Il s'écroula en poussant un grognement.

Alors que Cressner avait presque gagné la porte, je tirai une balle au-dessus de son épaule en lui criant :

— Un geste de plus et t'es mort!

Il se montra raisonnable. Quand il se retourna, le caïd aux manières désabusées n'en menait pas large. Il se décomposa encore un peu plus en apercevant Tony qui, étendu sur le sol, s'étranglait en avalant son propre sang.

— Elle n'est pas morte, dit-il précipitamment. Il fallait bien que je me réserve une petite compensation, n'est-ce pas?

Il eut un sourire forcé.

— Je suis peut-être naïf, dis-je, mais pas à ce point.

Il l'avait tuée, je le savais, et sans Marcia je n'étais plus rien.

D'un doigt qui tremblait légèrement, Cressner désigna l'argent éparpillé autour des pieds de Tony :

— Considérez cela comme un acompte, me dit-il. Je

peux vous donner cent mille dollars. Cinq cent mille. Un million, Norris, viré sur un compte en Suisse. Qu'est-ce que vous en dites ?

— Je te fais un pari, Cressner, dis-je lentement.

Il quitta le revolver des yeux pour me dévisager.

— Un...

— Un pari, répétai-je. Il ne s'agit pas d'un défi mais d'un vulgaire pari. Je te parie que t'es incapable de faire le tour de l'immeuble sur la corniche.

Il blêmit et je crus même qu'il allait s'évanouir.

— Vous..., murmura-t-il.

— Voici les clauses, poursuivis-je d'une voix mécanique. Si tu gagnes, je te laisse filer. Qu'est-ce que t'en penses ?

— Non, gémit-il, les yeux agrandis par la peur.

— En ce cas..., dis-je en armant le colt.

— Non ! cria Cressner en tendant désespérément les mains vers moi. Non ! Arrêtez ! Je... Je le ferai.

Il passa la langue sur ses lèvres.

Du canon de l'arme, je lui fis signe d'avancer jusqu'au balcon.

— Tu trembles, lui dis-je. Ça ne va pas te faciliter la tâche.

— Deux millions ! articula-t-il péniblement. Deux millions en billets usagés.

— Non, répliquai-je. Pas même pour dix. Mais si tu gagnes, tu es libre.

Une minute plus tard, il se tenait sur la corniche. Il était plus petit que moi ; seuls ses yeux immenses et suppliants et ses mains crispées sur les montants de fer forgé étaient encore visibles.

— Je vous en supplie, souffla-t-il. Tout ce que vous voudrez.

— Ne perds pas de temps, ou tes chevilles ne tiendront pas le coup.

Mais il ne se décida à bouger que lorsque j'eus posé le canon de l'arme contre son front. Il commença à se déplacer vers la droite en gémissant. Je jetai un coup d'œil sur la pendule de la banque. Il était 23 h 29.

Je l'aurais jugé incapable d'aller jusqu'au premier coin. Quand il se résolut enfin à avancer, il progressa par saccades en prenant tous les risques, sa robe de chambre flottant dans la nuit.

Cressner passa le premier angle à minuit une, puis disparut à ma vue; quarante minutes s'écoulèrent. Je guettai le cri qu'il ne manquerait pas de pousser quand le vent contraire le déséquilibrerait, mais en pure perte. Peut-être le vent était-il tombé. Lorsque je me trouvais sur la corniche, j'avais imaginé que le vent s'était fait le complice de Cressner. Ou peut-être était-ce simplement de la chance.

Il est peut-être déjà arrivé sur l'autre balcon, tout recroquevillé de terreur, incapable de poser de nouveau le pied sur la corniche.

Mais il sait certainement que si je le surprends là quand je pénétrerai dans l'appartement voisin, je l'abattrai comme un chien. Et, à propos de l'autre façade de l'immeuble, je me demande comment Cressner trouve le pigeon.

Ai-je entendu crier? Je ne sais pas. Peut-être était-ce le vent. Peu importe. La pendule indique minuit quarante-quatre. Bientôt, je vais fracturer la porte de l'appartement contigu et aller jeter un coup d'œil sur le balcon. Mais, pour l'instant, je suis assis sur celui de Cressner, le 45 de Tony à la main. Juste pour le cas où il réussirait à franchir le quatrième angle.

Cressner disait qu'il ne trichait jamais.

Quant à moi, je n'ai jamais rien prétendu de tel.

LA PASTORALE

(Travaux des champs et des jardins)

Les années précédentes, Harold Parkette avait toujours tiré fierté de sa pelouse. Il possédait alors une grosse tondeuse à gazon chromée, une Lawnboy, et, à chaque fois que c'était nécessaire, il donnait cinq dollars à un petit voisin pour la pousser. Mais, l'année dernière, à la mi-octobre, le destin joua à Harold Parkette un bien mauvais tour. Tandis que, pour la dernière fois de la saison, le gamin tondait le gazon, le chien des Castonmeyer se mit à pourchasser le chat des Smith jusque sous la machine.

Alicia, la fille d'Harold, en renversa son verre de grenadine sur son chemisier tout neuf et Carla, sa femme, en eut des cauchemars pendant plus d'une semaine. Quoique arrivée après l'accident, elle s'était trouvée là suffisamment tôt pour voir Harold et le gamin livide nettoyer les lames de la tondeuse. Mrs Smith et Alicia se tenaient près d'eux, sanglotantes.

Lassé d'entendre sa femme gémir dans le lit voisin depuis une semaine, Harold décida de se défaire de la tondeuse. Il n'en avait pas *réellement* besoin, en fin de compte. Cette année, il avait engagé un garçon, eh bien, l'année prochaine, en plus, il louerait la machine. Et peut-être qu'ainsi Carla cesserait de s'agiter dans son sommeil et le laisserait dormir en paix.

Aussi apporta-t-il la Lawnboy au garage de Phil. A l'issue des marchandages d'usages, Harold repartit avec un pneu flambant neuf et un plein de super, tandis que Phil exposait la tondeuse portant l'inscription: « A vendre » près des pompes à essence.

Cette année-là, Harold se contenta d'économiser l'argent destiné à la location. Mais, quand il s'adressa à la mère du garçon qui, l'an passé, lui avait tondu sa pelouse, elle lui apprit que Franck était entré à l'Université.

Début mai, il engagea quelqu'un d'autre, puis juin s'écoula. Et la pelouse s'épanouissait que c'en était un vrai bonheur. Un été idéal pour le gazon; trois jours de soleil, un jour de pluie : c'était réglé comme du papier à musique.

A la mi-juillet, la pelouse ressemblait davantage à une prairie qu'à un jardinet de banlieue et Jack Castonmeyer s'était mis à faire toutes sortes de plaisanteries d'un goût douteux qui, pour la plupart, portaient sur le prix du foin et de la luzerne.

Vers la fin du mois, Harold sortit dans le patio pendant le septième tour de batte de son match de baseball et aperçut une marmotte qui se prélassait sur l'allée envahie par les herbes. C'en était trop. Il éteignit la radio, s'empara de son journal et se précipita sur les petites annonces. Au milieu de la colonne « Services », il trouva ceci : *Pelouse tondue. Prix raisonnable. 776-2390.*

Harold composa le numéro, s'attendant à interrompre dans sa tâche une femme passant l'aspirateur qui hurlerait aussitôt le nom de son fils. Mais on lui répondit sur un ton sec et professionnel :

« La Pastorale, travaux des champs et des jardins... Que pouvons-nous pour votre service ? »

Prudemment, Harold expliqua comment la Pastorale pourrait lui venir en aide. Alors, maintenant, les tondeurs de gazon se mettaient à leur compte et louaient des bureaux ? Il s'enquit des tarifs, et la voix lui indiqua un prix raisonnable.

Harold raccrocha avec un vague sentiment de malaise puis retourna sur le perron. Il s'assit, remit la radio en marche et contempla son gazon hypertrophié au-dessus duquel, en ce samedi, défilaient lentement les nuages. Carla et Alicia s'étaient rendues chez sa belle-mère et il avait la maison pour lui tout seul.

Une légère brise balaya le perron. Les criquets stridulaient dans l'herbe haute. Harold s'assoupit.

Une heure plus tard, la sonnette de la porte le réveilla en sursaut.

Un homme vêtu d'un bleu de travail maculé d'herbe se tenait devant la porte, mâchonnant un cure-dent. Il était gras. La courbe de son ventre était telle sous son bleu usagé que Harold se demanda s'il avait avalé un ballon de basket.

— Oui ? demanda Harold Parkette, encore à demi assoupi.

L'homme sourit, fit rouler le cure-dent d'un coin à l'autre de sa bouche, tirailla sur le fond de sa combinaison, puis redressa d'une pichenette sa casquette de base-ball verte. Il était donc là, tout sourire, embaumant l'herbe, la terre et l'essence.

— Salut, mon gars, je viens de la part de la Pastorale, lança-t-il d'un ton jovial en se grattant l'entrejambe. C'est vous qu'avez appelé, mon gars ? (Son sourire s'éternisait.) Oh ! La pelouse. C'est vous ?

Harold le dévisagea d'un air stupide.

— Eh ouais, c'est moi.

Le rire du jardinier éclata à la face bouffie de sommeil d'Harold.

L'homme s'engouffra dans la maison, passant devant Harold incapable d'un mouvement, puis traversant l'entrée, la salle de séjour et la cuisine pour parvenir à la porte qui donnait sur le jardin. Maintenant, Harold voyait à quel genre d'individu il avait affaire. Il en avait déjà vu des comme ça qui travaillaient à la voirie ou bien à la réfection de la chaussée. Ils avaient toujours une minute libre pour fumer une Lucky Strike ou une Camel en s'appuyant sur leur pelle et vous regardaient de haut, comme s'ils étaient le sel de la terre. Harold avait toujours éprouvé une certaine crainte face à de tels hommes ; ils avaient la peau tannée par le soleil, plein de petites rides autour des yeux, et savaient toujours ce qu'il fallait faire.

— Il ne devrait pas y avoir de problème, assura-t-il au jardinier en prenant inconsciemment une voix plus mâle. La pelouse est bien délimitée et il n'y a aucun obstacle, mais elle a pas mal poussé. (Sa voix retrouva son registre habituel pour dire d'une façon contrite :) Je dois avouer que je ne m'en suis guère occupé.

— Te bile pas, mon gars. Y'a pas de mal. C'est tout bon. (Le jardinier sourit, son regard reflétant toute l'espièglerie d'un représentant de commerce.) Plus c'est haut mieux c'est. De la bonne terre, voilà ce que vous avez, par Circé. C'est ce que je dis toujours.

Par Circé ?

Il retraversa toute la maison devant les yeux excédés d'Harold.

Celui-ci se rassit. Il ouvrit son journal à la page financière et examina en connaisseur les cours de clôture de la bourse. En bon républicain, il voyait dans les agents de change qui régnaient sur ces colonnes de chiffres pour le moins des divinités mineures...

(Par Circé ?)

... et il avait souvent souhaité comprendre ce monde non plus régi d'en haut par les tables de la Loi mais par d'énigmatiques abréviations du style : ob.c. 8,75 % 77 ou bien Kdk ou Rte 3 % perpétuel.

Un soudain vrombissement l'arracha de nouveau à sa somnolence.

Les yeux écarquillés, Harold sauta sur ses pieds, renversant sa chaise.

— C'est une tondeuse, ça ? lança Harold Parkette à l'adresse de la cuisine. Bon Dieu, ne me dites pas que c'est une tondeuse !

Il se précipita en direction de l'entrée puis jeta un coup d'œil au dehors. Il n'aperçut que la vieille camionnette verte portant sur son flanc l'inscription : LA PASTORALE, INC., *Travaux des champs et des jardins.* Le rugissement venait maintenant du jardin. Harold retraversa la maison à toute vitesse; il resta pétrifié sur le seuil de la porte de derrière.

C'était obscène, grotesque.

La vieille tondeuse électrique rouge que le gros jardinier avait apportée marchait toute seule. Personne ne la conduisait; en fait, il n'y avait personne à moins d'un mètre cinquante d'elle. La machine avançait à une allure enfiévrée, fauchant la malheureuse pelouse d'Harold Parkette comme un diable furibond sorti tout droit de l'Enfer. Dans un nuage de gaz bleuâtres, elle hurlait et soufflait, semblant atteinte d'une frénésie mécanique qui paralysa Harold de terreur. L'âcre odeur d'herbe coupée qui flottait dans l'air rappelait celle du vin aigre.

Mais le jardinier était ce qu'il y avait de plus obscène dans le tableau.

L'homme s'était déshabillé — des pieds à la tête. Ses vêtements soigneusement pliés avaient été empilés dans le bassin vide qui ornait le milieu de la pelouse. Nu et couvert d'herbe, il rampait derrière la tondeuse, mangeant tout ce qu'elle coupait. Une sève verdâtre dégoulinait le long de son menton puis tombait sur sa bedaine proéminente. Chaque fois que la tondeuse décrivait un virage, il se levait, bondissait de la façon la plus étrange, puis se prosternait de nouveau.

— Arrêtez! hurla Harold Parkette. Arrêtez immédiatement!

Mais l'homme n'y prêta aucune attention et sa machine infernale repartit de plus belle. Quand elle passa devant lui, Harold eut l'impression que ses lames lui jetaient un sourire mielleux.

Puis Harold aperçut la taupe. Elle avait dû rester cachée dans le carré d'herbe que la tondeuse n'avait pas encore massacré, pétrifiée de terreur. Prise de panique, elle jaillit soudain, telle une flèche brune, traversant la bande de gazon coupé qui la séparait de l'asile du perron.

La machine fit un écart.

En pétaradant, elle fondit sur la taupe qu'elle recracha sous la forme d'une traînée de poils et d'entrailles; Harold repensa au chat des Smith. Ayant éliminé la taupe, la tondeuse reprit sa tâche là où elle l'avait laissée.

L'homme la suivait de près, dévorant l'herbe. L'horreur s'empara de Harold. Il était comme hypnotisé par l'expansion constante de cette panse énorme.

Le jardinier fit un écart et mangea la taupe.

Ce fut le moment que choisit Harold Parkette pour s'appuyer contre la porte vitrée et vomir dans les zinnias. Le monde prit une teinte grisâtre et soudain il se rendit compte qu'il allait s'évanouir, qu'il *s'était* évanoui. Il s'écroula, les yeux fermés...

Quelqu'un le secouait. Carla le secouait. Il n'avait pas fait la vaisselle, il n'avait pas vidé les poubelles, et Carla allait se mettre très en colère..., mais rien de plus normal. Tant qu'elle le réveillait, tant qu'elle le sortait de ce rêve affreux, le ramenant dans un monde normal, Carla, sa Carla bien-aimée, avec son « cœur-croisé » de Playtex, avec ses dents qui avancent, avec...

Des dents qui avancent, d'accord. Mais pas les dents de Carla. Carla avait de pauvres petites dents d'écureuil. Mais ces dents-là étaient...

Velues.

Des poils verts poussaient sur ces dents protubérantes. On aurait dit...

De l'herbe ?

— Oh ! mon Dieu..., gémit Harold.

— Alors, mon gars, on est tombé dans les pommes ?

Le jardinier était penché au-dessus de lui et lui adressait un grand sourire velu. Ses lèvres et son menton étaient eux aussi couverts de poils. Il se dissimulait tout entier sous un pelage vert tendre. Au-dessus du jardin, l'air était empli d'une odeur d'herbe et d'essence ainsi que d'un trop soudain silence.

Harold se redressa précipitamment et, de sa position assise, contempla la tondeuse inerte. La pelouse avait été parfaitement tondue et, remarqua-t-il avec un sentiment de malaise, il ne serait pas utile de la ratisser. Il jeta un regard en coin vers l'homme et tiqua. Il était toujours aussi nu, aussi gras, aussi terrifiant. Une bave verte coulait des commissures de ses lèvres.

— Qu'est-ce que c'est que ça ? demanda-t-il d'une voix suppliante.

L'homme eut un geste vague en direction du gazon.

— Ça ? Eh ben, c'est un nouveau truc que le patron met à l'essai. Et ça marche du tonnerre, mon gars, vraiment au poil. On fait d'une pierre deux coups. On ne s'éloigne pas de notre ligne de conduite et, en plus, on gagne de l'argent pour financer nos autres activités. Vous voyez ce que je veux dire ? Bien sûr, il nous arrive dc tomber sur un client qui ne comprend pas bien — il y a toujours des gens qui n'ont aucun respect pour l'efficacité, pas vrai ? — mais si un sacrifice s'impose, le patron est toujours d'accord. C'est une façon comme une autre d'entretenir la machine, si vous me suivez ?

Harold ne trouva rien à lui répondre. De tout cela, il n'avait retenu qu'un mot : sacrifice. Il revoyait la taupe ressortant en charpie des lames de la tondeuse rouge.

Il se leva lentement, comme un vieillard perclus de rhumatismes.

— Bien sûr, fit-il. (Et la seule réplique qui lui vint à l'esprit fut un vers tiré d'un disque de folk appartenant à Alicia :) *Dieu bénisse l'herbe.*

Le jardinier se frappa la cuisse, qui était d'une belle couleur vermeille.

— Mais c'est bien, ça, mon gars. C'est même très bien. Je crois que vous avez tout de suite pigé le truc. Ça vous ennuie pas si je recopie ça en rentrant au bureau ? Peut-être que j'aurai une promotion.

— Mais certainement, répondit Harold en battant en retraite. (Il faisait des efforts désespérés pour conserver son sourire sur les lèvres.) Vous n'avez qu'à terminer votre travail. Moi, je crois que je vais aller faire un petit somme...

— C'est ça, mon gars, fit le jardinier en se remettant pesamment sur ses pieds.

Harold remarqua la profondeur inhabituelle de l'intervalle qui séparait son pouce du suivant de ses orteils, un peu comme si ses pieds étaient... bon, fourchus.

— Ça secoue un peu au début, le rassura l'homme, mais on s'y habitue vite. (Il jeta un coup d'œil finaud sur la silhouette empâtée d'Harold.) A propos, vous aimeriez peut-être lui faire faire un petit tour vous-même, à cette tondeuse. Le patron est toujours en quête de nouveaux talents.

— Le patron ? répéta Harold, défaillant.

Le jardinier s'arrêta au bas des marches et posa sur Harold Parkette un regard indulgent.

— Eh ben, mon vieux, je croyais que tu avais deviné... Dieu bénisse l'herbe et tout ça.

Harold secoua vaguement la tête et le jardinier se mit à rire.

— Pan. C'est Pan, le patron.

Il exécuta quelques entrechats sur l'herbe fraîchement coupée tandis que dans un hurlement la tondeuse se remettait en marche, décrivant des cercles autour de la maison.

— Les voisins..., hasarda Harold.

Mais l'homme se contenta d'un geste d'insouciance et s'éclipsa.

Devant la maison, la tondeuse mugissait de plus belle.

Harold Parkette refusait d'aller voir, comme si, par cette attitude, il pouvait nier le spectacle grotesque dont se délectaient sans nul doute les Castonmeyer et les Smith en faisant des commentaires horrifiés avec, dans les yeux, une lueur qui signifiait : « Je vous l'avais bien dit ! »

Au lieu d'aller voir, Harold se dirigea vers le téléphone, s'empara du combiné, puis composa le numéro de Police-Secours qui était indiqué sur le cadran.

— Ici le sergent Hall, répondit une voix à l'autre bout du fil.

Se bouchant l'autre oreille de l'index, Harold dit :

— Ici Harold Parkette. J'habite au 1421 East Endicott Street. Et je voudrais vous signaler...

Quoi ? Qu'avait-il donc à leur signaler ? Un type aux pieds fourchus qui travaille pour le compte d'un nommé Pan est en train de violer et d'assassiner ma pelouse ?

— Je vous écoute, Mr Parkette.

Il eut un éclair de génie.

— Je voudrais vous signaler un attentat à la pudeur.

— Un attentat à la pudeur, répéta le sergent Hall.

— C'est ça. Il s'agit d'un homme qui tond mon gazon. Il est... euh... dans le plus simple appareil.

— Vous voulez dire nu ? demanda le policier en affectant une courtoise surprise.

— Tout nu ! s'exclama Harold qui s'accrochait désespérément à ce qui lui restait de raison. A poil. Les fesses à l'air. Sur ma propre pelouse. Bon Dieu ! Est-ce que vous allez enfin vous décider à m'envoyer quelqu'un ?

— Et vous habitez au 1421 West Endicott ? s'assura le sergent.

— East Endicott ! hurla Harold. Pour l'amour du ciel !

— Et vous affirmez qu'il est complètement nu ? Vous êtes en mesure d'apercevoir... euh, ses organes génitaux et tout ça ?

Harold ne parvint à émettre qu'un infâme gargouillis. Le vacarme de la tondeuse déchaînée paraissait s'amplifier, engloutissant progressivement le reste du monde. Harold sentit sa gorge se serrer.

— Pouvez-vous parlez plus fort ? (La voix du sergent Hall semblait venir de très loin.) Il y a un bruit de friture épouvantable sur la ligne.

La porte d'entrée vola en éclats.

Harold regarda ce qui se passait et vit la tondeuse se ruer parmi les décombres. Derrière la machine apparut l'homme, toujours nu comme un ver. Sentant la démence fondre sur lui, Harold s'aperçut que les poils pubiens du jardinier étaient du plus beau vert. Il faisait tourner sa casquette de base-ball sur un doigt.

— T'aurais pas dû, mon gars, prononça-t-il d'une voix pleine de reproches. T'aurais mieux fait d'en rester à ton « Dieu bénisse l'herbe ».

— Allô ! Allô ! Mr Parkette...

Le combiné échappa aux doigts sans force de Harold tandis que la tondeuse fonçait sur lui, rasant la moquette toute neuve de Carla puis recrachant derrière elle des touffes de poils bruns.

Fasciné, Harold la suivit du regard jusqu'à la table de thé. Voyant que la machine renversait la table, réduisant l'un des pieds en éclats de bois et en sciure, il sauta par-dessus sa chaise qu'il traîna derrière lui pour s'en faire un bouclier pendant qu'il battait en retraite vers la cuisine.

— Te fatigues pas, mon gars, c'est inutile, lui affirma le jardinier d'un ton aimable. Pas la peine de faire un carnage. Maintenant, si tu veux avoir la gentillesse de me montrer où tu ranges tes couteaux de cuisine les mieux aiguisés, on va pouvoir te fignoler un petit sacrifice sans douleur... Le bassin devrait faire l'affaire...

Harold balança la chaise sur la tondeuse qui s'était sournoisement approchée de lui pendant que le faune accaparait son attention, puis s'engouffra sur le balcon. Le monstre rugissant contourna l'obstacle en crachant sa fumée, poursuivant Harold qui se jeta sur la porte vitrée et sauta au bas des marches. Il l'entendait, il la sentait..., elle était sur ses talons.

La tondeuse sembla prendre son élan au sommet du petit escalier, tel un skieur au moment du saut. Harold piqua un sprint sur son gazon fraîchement coupé mais il se sentit bientôt abasourdi par le poids des bières et des siestes. Elle était là, elle était sur lui... Il jeta un coup d'œil par-dessus son épaule et s'emmêla les pieds.

La dernière chose que vit Harold Parkette fut le sourire métallique de la tondeuse qui chargeait, se cabrait, révélant ses lames étincelantes et maculées de vert, puis, au-dessus d'elle, le visage bouffi du jardinier qui secouait la tête en signe de doux reproche.

— Foutue histoire, commenta le lieutenant Goodwin pendant qu'on prenait une dernière photographie.

Il adressa un signe du menton aux deux hommes en blanc qui se mirent à pousser leur chariot sur le gazon.

— Il a signalé un type à poil sur sa pelouse il y a deux heures à peine.

— Vraiment ? s'enquit l'agent Cooley.

— Ouais. Et on a reçu aussi un appel d'un voisin. Un certain Castonmeyer. Mais il croyait que c'était Parkette lui-même. Peut-être, après tout. Peut-être bien, Cooley. La chaleur l'a rendu fou. Foutue schizophrénie.

— Oui, chef, acquiesça respectueusement Cooley.

— Où est le corps ? demanda l'un des hommes en blanc.

— Le bassin, répondit Goodwin en se perdant dans la contemplation du ciel.

— Vous avez bien dit le bassin ? fit l'homme en blouse blanche.

— C'est ce que j'ai dit.

Cooley regarda en direction du bassin et blêmit à vue d'œil.

— Sûrement un maniaque sexuel, certifia Goodwin.

— Des empreintes digitales ? articula péniblement Cooley.

— Et pourquoi pas des traces de pas ? demanda Goodwin en désignant l'herbe tondue.

L'agent Cooley émit un son étranglé.

Fourrant les mains dans ses poches, Goodwin commença à se balancer sur les talons.

— Le monde, fit-il gravement, est plein de dingues. N'oublie jamais ça, Cooley. Tous des schizos. D'après les gars du labo, quelqu'un a poursuivi Parkette dans sa salle de séjour avec une tondeuse à gazon. T'imagines le tableau ?

— Non, chef.

Goodwin laissa flotter son regard au-dessus de la pelouse pimpante d'Harold Parkette.

— Bref, comme disait je ne sais plus qui à propos d'un Suédois aux cheveux bruns, ça doit être un Norvégien qui a les cheveux d'une autre couleur.

Goodwin fit le tour de la maison, Cooley sur les talons, laissant derrière eux l'odeur agréable de l'herbe fraîchement coupée.

DESINTOX, INC.

Morrison attendait quelqu'un qui était coincé dans le dense trafic aérien au-dessus de l'aéroport Kennedy lorsque, apercevant un visage familier à l'autre bout du bar, il s'en approcha.

— Jimmy? Jimmy McCann?

C'était bien lui. Il s'était un peu empâté depuis que Morrison l'avait vu, l'année précédente, à l'exposition d'Atlanta, mais paraissait dans une forme éblouissante. A la fac, Jimmy était un garçon hypernerveux, frêle, pâlot, qui, dissimulé derrière ses énormes lunettes d'écaille, fumait des cigarettes à la chaîne. Apparemment, il avait désormais opté pour les lentilles de contact.

— Dick Morrison?

— Oui. Tu as une mine splendide!

Ils se serrèrent la main.

— Toi aussi, lui répondit McCann.

Mais Morrison savait qu'il n'en était rien. Il abusait du travail, de la bonne chère et du tabac.

— Qu'est-ce que tu bois?

— Un bourbon, répondit Morrison. (Il prit un tabouret puis alluma une cigarette.) Tu attends quelqu'un, Jimmy?

— Non. Je dois me rendre à Miami pour affaires. Un gros client. Un contrat de six millions.

— Tu travailles toujours pour Crager et Barton?

— Oui, mais en temps que vice-président, maintenant.

— Formidable! Toutes mes félicitations! Depuis quand?

Il essaya de se persuader que le petit pincement de

jalousie qui lui tiraillait l'estomac n'était que la conséquence d'une mauvaise digestion.

— Août dernier. Il s'est produit quelque chose qui a
bouleversé ma vie. (Il jeta un regard scrutateur à Morrison et siffla son verre.) Ça pourrait t'intéresser.

« Mon Dieu, pensa Morrison, souriant en son for
intérieur, Jimmy McCann a trouvé la foi. »

— Sûrement, dit-il, vidant son verre d'un trait.

— J'étais dans une mauvaise passe, commença
McCann. Ça n'allait pas très bien avec Sharon, mon
père venait de mourir d'une crise cardiaque, et ma toux
chronique s'était aggravée. Un jour, Bobby Crager est
passé me voir à mon bureau et, gentiment, m'a gratifié
d'un de ses petits sermons. Tu connais le bonhomme !

Morrison avait travaillé chez Crager et Barton
pendant dix-huit mois avant d'entrer à l'agence Morton.

— Bref, pour couronner le tout, le toubib m'a dit que
j'avais un début d'ulcère. Il m'a ordonné d'arrêter de
fumer. (McCann fit la grimace.) Il aurait aussi bien pu
me demander de renoncer à respirer.

Morrison hocha la tête d'un air compatissant. Les
non-fumeurs ne connaissaient pas leur chance. Il
contempla sa propre cigarette avec dégoût et l'écrasa,
sachant qu'il en allumerait une autre cinq minutes plus
tard.

— Et tu as arrêté ? lui demanda-t-il.

— Oui, j'y suis parvenu. Au début, j'étais persuadé
que je n'en serais jamais capable... Je fumais en
cachette comme un con. Puis j'ai fait connaissance d'un
type qui m'a dit qu'il y avait un moyen. Il fallait aller
voir des spécialistes, dans la 46e Rue. Comme je n'avais
rien à perdre, j'y suis allé. Je n'ai pas touché une cigarette depuis.

Morrison écarquilla les yeux :

— Qu'est-ce qu'ils ont fait ? Ils t'on bourré de dro-
gues ?

— Pas du tout. (Il se mit à fouiller dans son portefeuille.) La voilà. Je savais bien que je devais en avoir
une.

Il posa une carte de visite sur le comptoir du bar.

DESINTOX, INC.
Ne partez plus en fumée!
237 East 46th Street.
Consultations sur rendez-vous.

— Garde-la donc, lui proposa McCann. Ils te guériront. Résultat garanti.

— Mais comment?

— Je n'ai pas le droit de te le dire.

— Hein? Et pourquoi?

— Ça fait partie du contrat qu'ils te font signer. Mais, de toute façon, ils t'expliquent de quoi il retourne.

— Et tu as *signé* un contrat?

McCann acquiesça.

— Et il y est stipulé que...

— Tout juste.

Il sourit à Morrison qui pensa : « Et voilà, c'est bien ce que je m'étais dit. Jim McCann s'est laissé embobiner par une bande d'illuminés. »

— Mais pourquoi faire tant de mystère si le résultat est aussi fabuleux? Comment se fait-il que je n'aie jamais vu la moindre pub à la télé, sur des affiches ou dans la presse...

— Ils recrutent toute leur clientèle par le bouche à oreille.

— Alors, comme ça, tu leur fais de la réclame, Jimmy.

— Comme tu vois, répondit McCann. Ils ont un pourcentage de réussite de quatre-vingt-dix-huit pour cent.

— Attends une seconde, l'interrompit Morrison. (Il commanda un autre verre et alluma une cigarette.) Est-ce que ces types t'ont attaché et fait fumer à t'en rendre malade?

— Pas du tout.

— Alors, ils t'ont donné quelque chose qui te fait dégueuler à chaque fois que tu allumes...

— Mais non, rien de tel. Le mieux serait que tu ailles te rendre compte par toi-même. (Il désigna la cigarette de Morisson.) Tu n'aimes pas vraiment ça, n'est-ce pas?

— Noooon, mais...

— Tu sais, ça a réellement changé ma vie, lui assura

McCann. Je n'affirme pas qu'il en soit de même pour tout le monde mais, en ce qui me concerne, ce vice a joué le rôle du domino qui entraîne dans sa chute toute la rangée. Je me suis senti tout de suite mieux dans ma peau et mes rapports avec Sharon se sont améliorés. Grâce à ce regain de forme, j'ai retrouvé toute mon efficacité au travail.

— Ecoute, j'avoue que tu as piqué ma curiosité. Peux-tu simplement...

— Je suis désolé, Dick, mais je ne peux vraiment rien te dire de plus.

Le ton était ferme.

— Ça ne t'a pas fait grossir ?

Un instant, il eut l'impression d'avoir touché le point sensible.

— Si. J'ai pris quelques kilos en trop. Mais je les ai presque tous reperdus.

— Vol 206, embarquement immédiat porte 9, annonça le haut-parleur.

— Il faut que j'y aille, fit McCann en se levant. (Il jeta un billet de cinq dollars sur le comptoir.) Prends un autre verre si tu veux et réfléchis à ce que je t'ai dit, Dick.

Puis il se dirigea vers les escalators, se frayant un chemin dans la foule. Morrison ramassa la carte de visite, l'examina pensivement puis la rangea dans son portefeuille et l'oublia.

Un mois plus tard, la carte s'échappa de son porte-feuille, tombant sur un autre comptoir. Il avait quitté le bureau de bonne heure et avait échoué ici, buvant pour tuer l'après-midi. Tout ne se passait pas pour le mieux à l'agence Morton. En fait, ça allait foutrement mal.

Il tendit un billet de dix à Henry, le barman, ramassa la petite carte et la relut — le 237, 46e Rue Est, était à deux pas d'ici. C'était un bel après-midi d'octobre, frais et ensoleillé, et Dick se dit qu'après tout, rien que pour rire...

Dès que Henry lui eut rendu la monnaie, il vida son verre et sortit.

Desintox, Inc. occupait dans un immeuble tout neuf des bureaux dont le loyer mensuel devait approcher le salaire annuel de Morrison. Il déduisit des indications affichées dans l'entrée que leurs locaux devaient comprendre l'étage tout entier, et cela représentait beaucoup d'argent.

Sortant de l'ascenseur, il foula une moquette moelleuse qui le conduisit jusqu'à un bureau de réception décoré avec goût. La grande fenêtre donnait sur la vie grouillante de la rue. Trois hommes et une femme lisaient des revues, assis sur les chaises rangées le long des murs. Tous quatre des cadres, à ce qu'il semblait. Morrison s'approcha du bureau.

— Un ami m'a donné ça, dit-il en tendant la carte à la réceptionniste.

Souriant, elle inséra un formulaire dans sa machine à écrire.

— Votre nom, monsieur, s'il vous plaît.

— Richard Morrison.

— Votre adresse ?

— 29 Maple Lane, Clinton, New York.

— Marié ?

— Oui.

— Des enfants ?

— Oui, un.

La pensée d'Alvin lui fit froncer légèrement les sourcils. « Un » était un grand mot. « Un demi » aurait été plus juste. Son fils était attardé mental et avait été placé dans une institution spécialisée du New Jersey.

— Qui vous a recommandé notre établissement, Mr Morrison ?

— Un ami d'enfance, James McCann.

— Très bien. Voulez-vous prendre un siège ? Nous sommes débordés, aujourd'hui.

— Merci.

Il s'assit entre la femme qui portait un ensemble bleu très strict et un jeune cadre vêtu d'une veste de tweed qui arborait de splendides favoris. Il sortit son paquet de cigarettes mais, jetant un coup d'œil autour de lui, s'aperçut qu'il n'y avait pas de cendrier.

Il remit le paquet dans sa poche. Ça ne faisait rien. Il allait rester le temps de voir un peu de quoi il retournait et en allumerait une en partant. Peut-être même, s'ils le faisaient attendre trop longtemps, se paierait-il le luxe de laisser tomber un peu de cendre sur leur moquette châtaine. Dick s'empara d'un exemplaire du *Times* et se mit à le feuilleter.

Il passa un quart d'heure plus tard, juste après la femme en bleu. Il commençait à être terriblement en manque.

La réceptionniste le gratifia d'un sourire éclatant et lui dit :

— Prenez cette porte, Mr Morrison.

Morrison emprunta la porte qui se trouvait derrière son bureau et se retrouva dans un couloir aux lumières tamisées. Un homme corpulent, aux cheveux blancs et à l'air un peu fourbe lui serra la main en lui souriant affablement puis lui dit :

— Si vous voulez bien me suivre, Mr Morrison.

Ils passèrent devant un certain nombre de portes, toutes fermées et identiques, puis, au milieu du couloir, l'homme s'arrêta devant l'une d'elles qu'il ouvrit avec une clé. Morrison découvrit une petite pièce austère aux murs recouverts de panneaux de liège. Pour unique mobilier, il y avait un bureau et, de chaque côté, une chaise. Dick crut deviner, derrière le bureau, une petite fenêtre oblongue, mais elle était dissimulée par un court rideau vert. Sur le mur gauche était accrochée une photo, celle d'un homme de grande taille aux cheveux poivre et sel qui ne lui parut pas totalement inconnu. Il tenait une feuille de papier à la main.

— Je me présente : Vic Donatti, lui dit son guide. C'est moi qui m'occuperai de votre cas, si toutefois vous décidez de suivre notre traitement.

— Enchanté, répondit Morrison.

Il aurait donné n'importe quoi pour une cigarette.

— Asseyez-vous.

Donatti posa le formulaire rempli par la réceptionniste sur le bureau, et en sortit un autre d'un tiroir. Il sonda le regard de Morrison.

— Désirez-vous arrêter de fumer ?

Morrison s'éclaircit la voix, croisa les jambes et essaya de trouver une réponse ambiguë.

— Oui, dit-il enfin.

— Voulez-vous signer au bas de ce formulaire?

L'autre tendit la feuille à Dick qui la parcourut rapidement des yeux. *Le soussigné s'engage à ne divulguer aucune des méthodes ou techniques,* etc.

— Bien sûr, fit-il, et Donatti lui glissa un stylo dans la main.

Il griffonna son nom, puis Donatti ajouta son paraphe. La feuille retourna dans le tiroir du bureau. Eh bien, ça y est, pensa-t-il avec ironie, c'est décidé, j'arrête. Ce n'était pas la première fois qu'il prenait une telle décision; une fois, il avait tenu deux jours.

— Parfait, fit Donatti. Ici, nous ne nous encombrons pas de vains sermons : les questions de santé, de politesse ou d'économie ne nous intéressent pas. Pas plus que la raison pour laquelle vous souhaitez arrêter. Nous sommes pragmatiques.

— A merveille, commenta Morrison d'un ton neutre.

— Nous ne prescrivons aucun médicament, aucun régime. Nous n'accepterons de rémunération que quand vous aurez cessé de fumer depuis un an.

— Ça alors! laissa échapper Morrison.

— Mr McCann ne vous avait pas précisé cela?

— Non.

— A propos, comment va-t-il?

— Très bien.

— Merveilleux. Splendide. Et maintenant... j'aimerais vous poser quelques questions. Elles pourront parfois vous sembler indiscrètes, mais je puis vous assurer que vos réponses resteront strictement confidentielles.

— Faites.

— Quel est le nom de votre femme?

— Lucinda. Son nom de jeune fille était Ramsey.

— L'aimez-vous?

Morrison leva vivement les yeux, mais le visage de Donatti restait impénétrable.

— Oui, bien sûr.

— Avez-vous connu de graves problèmes conjugaux, comme une séparation?...

— Qu'est-ce que cela a à voir avec la désintoxication?

Il s'était emporté un peu plus qu'il ne l'avait souhaité, mais..., bon Dieu, comme il avait *besoin* d'une cigarette.

— Beaucoup plus que vous ne le pensez, lui affirma Donatti. Faites-moi confiance.

— Non. Nous nous entendons assez bien.

En fait, ils ne s'étaient pas entendus *si* bien que ça, ces derniers temps.

— Vous n'avez qu'un enfant.

— Oui. Alvin. Il est dans une école privée.

— De quelle école s'agit-il?

— Ça, répondit Morrison d'une voix tendue, ça ne vous regarde pas.

— Comme vous voudrez, dit Donatti sur un ton conciliant. (Il adressa à Dick un sourire désarmant.) Nous aurons les réponses à toutes ces questions demain, lors de votre première séance. Une dernière chose. Vous n'avez pas touché une cigarette depuis plus d'une heure. Comment vous sentez-vous?

— Parfaitement bien, mentit Morrison.

— Tant mieux pour vous! (Donatti fit le tour du bureau et alla ouvrir la porte.) Savourez bien les prochaines. A partir de demain, ce sera terminé.

— Vraiment?

— Mr Morrison, affirma Donatti avec solennité, nous vous le garantissons.

Le lendemain, à 3 heures tapantes, Dick était installé dans la salle d'attente de Desintox, Inc. Il avait passé la journée à se demander s'il se déroberait au rendez-vous que la réceptionniste lui avait fixé en sortant, ou s'il s'y rendrait, bien décidé à ne coopérer à aucun prix.

« Fignolez bien votre boniment, bande de charlatans. »

Mais une petite phrase qu'avait prononcée Jimmy McCann finit par le convaincre d'aller au rendez-vous : *il s'est produit quelque chose qui a bouleversé ma vie.* Et Dieu savait comme un bouleversement aurait été le bienvenu dans son existence. Et puis sa curiosité avait été piquée. Juste avant de monter dans l'ascenseur, il fuma une cigarette jusqu'au filtre. Ce serait vraiment trop dur si c'était la dernière, pensa-t-il. Il lui avait trouvé un goût horrible.

Cette fois-ci, l'attente fut assez brève. Lorsque la réceptionniste le pria d'entrer, Donatti l'attendait. Il lui tendit la main et Morrison jugea son sourire un brin carnassier. La nervosité commença à le gagner et cela lui donna envie d'une cigarette.

— Suivez-moi, lui dit Donatti qui le conduisit dans la même petite pièce. (Ils s'assirent de part et d'autre du bureau.) Je suis très heureux que vous soyez venu. Beaucoup de clients potentiels ne reviennent jamais après le premier entretien. Ils s'aperçoivent qu'ils ne sont pas aussi désireux de s'arrêter qu'ils le croyaient. Il va être très agréable de travailler avec vous.

— Quand commence le traitement ?

« Hypnotisme, pensa-t-il. Il doit s'agir d'hypnotisme. »

— Oh ! il est déjà commencé. Très exactement depuis que nous nous sommes serré la main dans le couloir. Avez-vous des cigarettes sur vous, Mr Morrison ?

— Oui.

— Puis-je vous les emprunter, s'il vous plaît ?

Haussant les épaules, Dick lui tendit son paquet. De toute façon, il ne contenait que deux ou trois cigarettes.

Donatti posa le paquet sur le bureau. Puis, souriant à Morrison, il serra le poing droit et entreprit de marteler la boîte, la déformant puis l'aplatissant. Un bout de cigarette s'en échappa. Des brins de tabac s'éparpillèrent. La manière dont Donatti s'acharnait à sourire tout en pilonnant le paquet avec violence fit frissonner Morrison. Mais c'était sans doute l'effet recherché, pensa-t-il.

Donatti cessa enfin son manège. Il ramassa les restes déchiquetés du paquet et dit :

— Vous ne sauriez imaginer le plaisir que cela me procure. (Puis il les laissa tomber dans la corbeille à papiers.) Même au bout de trois ans, la jouissance que j'éprouve à faire cela est toujours intacte.

— Si c'est ça votre traitement, remarqua perfidement Morrison, permettez-moi de vous dire que ça laisse un peu à désirer. On peut trouver n'importe quelle marque de cigarettes dans le kiosque à journaux qui est installé dans le hall de votre propre immeuble.

— C'est exact, reconnut Donatti. (Il croisa les mains.) Votre fils, Alvin Dawes Morrison, est pensionnaire de l'école Paterson pour les enfants handicapés. Il est né avec une lésion cérébrale. Son Q.I. a été évalué à 46. Il est donc trop retardé pour être scolarisable. Votre femme...

— Comment avez-vous obtenu ces informations? aboya Morrison, mi-effrayé, mi-furieux. Vous n'avez pas le droit de foutre votre nez dans...

— Nous savons beaucoup de choses à votre sujet, dit Donatti d'un ton doucereux. Mais, comme je vous l'ai déjà assuré, rien ne sortira d'ici.

— Je m'en vais, coupa Morrison en se levant.

— Ne partez pas si vite.

Morrison l'examina attentivement. L'homme n'avait pas l'air froissé. En fait, il paraissait même vaguement amusé. Son expression semblait indiquer qu'il avait déjà dû affronter cette réaction de nombreuses fois..., des centaines de fois, peut-être.

— D'accord, mais vous avez intérêt à ce que ça marche.

— Oh! Ça marchera! (Donatti s'adossa.) Comme je vous l'ai dit, nous sommes pragmatiques. En tant que tels, il nous faut commencer par évaluer quelles sont nos chances de désintoxiquer un fumeur invétéré. D'une façon générale, le pourcentage de rechute approche les quatre-vingt-cinq pour cent. Il est encore plus fort que pour les héroïnomanes. C'est un extraordinaire problème. *Extraordinaire...*

Le regard de Morrison tomba sur la corbeille. Quoique tordue, l'une des cigarettes paraissait encore fumable. Donatti éclata d'un rire joyeux, se baissa et, d'un geste, l'écrasa entre ses doigts.

— Les législateurs ont eu parfois à se prononcer sur le problème de la distribution des cigarettes dans les prisons. Mais ils ont invariablement dû renoncer à toute mesure d'interdiction. Les rares fois où l'expérience a été tentée, de violentes mutineries ont éclaté.

— Cela ne me surprend pas.

— Peut-être, mais comprenez-vous ce que ça signifie ? Lorsque l'on met un homme derrière les barreaux, on le prive de toute vie sexuelle normale, on le prive d'alcool, de ses droits civiques, on lui enlève sa liberté de mouvement. Se révolte-t-il pour autant ? Non, ou si peu... Mais privez-le de cigarettes et... *vlan !* (Il souligna son propos d'un coup de poing sur le bureau.) C'est un problème fascinant pour un véritable esprit pragmatique, Mr Morrison.

— Et si nous parlions du traitement ?

— J'y viens. Appochez-vous, s'il vous plaît.

Donatti s'était levé et se tenait maintenant près des rideaux verts que Morrison avait remarqués la veille. Donatti les tira, découvrant une fenêtre rectangulaire qui donnait sur une pièce nue. Un lapin s'y trouvait, mangeant des épluchures contenues dans un plat.

— C'est charmant, commenta Morrison.

— N'est-ce pas ? Regardez bien.

Donatti appuya sur un bouton situé près du rebord de la fenêtre. Le lapin cessa de manger pour sautiller d'une façon désordonnée. Il paraissait bondir un peu plus haut à chaque fois que ses pattes retombaient sur le sol. Le poil hérissé, il roulait des yeux fous.

— Arrêtez ! Vous allez l'électrocuter !

Donatti lâcha le bouton.

— Ne craignez rien. Ce sont des décharges de très faible puissance. Observez plutôt le lapin, Mr Morrison.

L'animal s'était recroquevillé à environ trois mètres du plat. Son museau palpitait. Soudain, d'un bond, il alla se terrer dans un coin.

— Si le lapin prend une décharge à chaque fois qu'il mange, expliqua Donatti, il ne tardera pas à faire la relation : nourriture égale douleur. En conséquence, il cessera de manger. Quelques séances de ce genre, et le lapin finira par se laisser mourir de faim devant la nourriture. Voilà ce qu'on pourrait appler un cas d'aversion conditionnée.

La lumière se fit dans l'esprit de Morrison.

— Merci, très peu pour moi.

Il se dirigea vers la porte.

— Attendez, Mr Morrison.

Dick l'ignora. Il posa la main sur la poignée de la porte... et sentit qu'elle résistait.

— Laissez-moi sortir !

— Si vous vouliez bien vous asseoir, Mr Morrison...

— Ouvrez cette porte ou vous aurez les flics sur le dos avant d'avoir eu le temps de prononcer Peter Stuyvesant.

— *Asseyez-vous.*

Le ton était glacé.

Morrison se tourna vers Donatti dont le regard était sombre et quelque peu effrayant. « Bon Dieu, pensa-t-il, me voilà enfermé ici avec un dingue. » Il s'humecta les lèvres. Jamais de sa vie il n'avait éprouvé une telle envie de fumer.

— Laissez-moi vous expliquer en détail en quoi consiste le traitement, dit Donatti.

— Vous n'avez pas compris, répondit Morrison avec une feinte patience. Je ne veux pas de votre traitement. J'ai changé d'avis.

— Non, Mr Morrison. C'est *vous* qui n'avez pas compris. Vous n'avez plus le choix. Quand je vous disais que le traitement était déjà commencé, c'était la stricte vérité. J'aurais pensé que cela était clair dans votre esprit, maintenant.

— Vous êtes fou à lier, fit Morrison, incrédule.

— Non. Simplement pragmatique. Il faut que vous sachiez ce que sont nos méthodes de désintoxication.

— C'est ça. Mais soyez bien sûr qu'à peine sorti d'ici je vais m'acheter cinq paquets de cigarettes et les fumer à la chaîne le temps de me rendre au commissariat de police.

Il se rendit soudain compte qu'il était en train de se ronger l'ongle du pouce et cessa immédiatement.

— Comme vous voudrez. Mais je pense que vous changerez d'avis quand vous aurez un aperçu plus complet de la question.

Sans rien dire, Morrison alla se rasseoir et croisa les mains.

— Au cours du premier mois de traitement, nos agents vous tiendront sous surveillance constante. Vous en repérerez certainement quelques-uns. Mais pas tous.

Ils ne vous lâcheront pas d'une semelle. Jamais. Et, s'ils vous voient fumer la moindre cigarette, ils m'appelleront.

— Et alors, je suppose que vous me ferez venir ici pour subir le même sort que le lapin, compléta Morrison, tentant de paraître froid et sarcastique, bien qu'il se sentît soudain terriblement mal à l'aise.

C'était un vrai cauchemar.

— Oh! non, corrigea Donatti. Le lapin de l'histoire, ce sera votre femme, pas vous.

Morrison le dévisagea, interloqué.

— Vous allez voir... Attendez! lui lança Donatti avec un sourire.

Quand Donatti l'eut laissé sortir, Morrison marcha pendant deux heures dans la plus complète hébétude. C'était une belle journée, mais il n'y prêta pas attention. L'horrible rictus de Donatti accaparait toute sa pensée.

— Voyez-vous, avait-il dit, un problème pratique réclame des solutions pratiques. Soyez bien assuré que, dans cette affaire, nos intérêts convergent.

Selon Donatti, Desintox, Inc. était une sorte de fondation — une organisation à but non lucratif fondée par l'homme dont Dick avait aperçu le portrait sur un mur. Il avait monté avec succès des affaires dans pas mal de branches : machines à sous, salons de massage, loteries, ainsi qu'un commerce florissant (quoique clandestin) entre New York et la Turquie. Mort Minelli, « Trois-Doigts » pour les intimes, avait été un gros fumeur — grillant jusqu'à trois paquets par jour. La feuille qu'on le voyait tenir à la main sur la photo portait le diagnostic de son médecin : cancer du poumon. Minelli était mort en 1970 après avoir fait de Desintox, Inc. son légataire universel.

Le traitement était monstrueusement simple. Au premier écart, on conduirait Cindy dans ce que Donatti appelait « la pièce au lapin ». Au second, ce serait le tour de Morrison. La fois suivante, tous deux devraient y passer. Une quatrième infraction serait sévèrement jugée et appellerait des mesures plus draconiennes. Un agent irait chercher Alvin à son école et rosserait le malheureux gosse.

— Imaginez, lui avait dit Donatti sans perdre son sourire, comme ce sera horrible pour cet enfant. Même si on le lui expliquait, il serait incapable de comprendre ce qui lui arrive. Tout ce qu'il saura, c'est qu'on lui fait du mal parce que papa a été méchant. Le pauvre sera terrifié.

— Espèce de salaud, laissa échapper Morrison.

Il se sentait au bord des larmes.

— Ne vous méprenez pas, fit Donatti en souriant d'un air compatissant. Je suis bien certain que nous n'aurons pas à en venir là. Quarante pour cent de nos clients ne font jamais l'objet de mesures disciplinaires — et dix pour cent seulement retombent plus de trois fois dans le péché. Voilà des chiffres encourageants, n'est-ce pas ?

Mais Morrison se sentait plus terrifié que réconforté.

— Bien sûr, en cas de cinquième infraction...

— Que voulez-vous dire ?

Donatti jubilait :

— C'est la chambre pour vous et votre femme, une correction pour votre fils et une pour votre femme.

Incapable de se maîtriser plus longtemps, Dick se jeta sur Donatti par-dessus le bureau. Donatti esquiva avec une rapidité stupéfiante pour un homme qui, en apparence, était totalement détendu. Il se recula avec sa chaise et leva les deux pieds de façon à recevoir l'estomac de Morrison. Dick se releva, suffoquant.

— Asseyez-vous, Mr Morrison, lui conseilla calmement Donatti. Examinons tout cela en gens raisonnables.

Morrison obéit dès qu'il eut repris son souffle. Les cauchemars ont toujours une fin, non ?

Plus tard, Donatti lui avait expliqué que l'échelle répressive de Desintox, Inc. comportait dix degrés. Les sanctions prévues par les sixième, septième et huitième échelons impliquaient de nouveaux séjours dans la pièce au lapin (avec accroissement du voltage), ainsi que de plus sévères corrections. La neuvième fois, on casserait le bras de son fils.

— Et la dixième? demanda Morrison, la bouche sèche.

Donatti secoua tristement la tête :

— En ce cas, nous abandonnons, Mr Morrison. Vous faites alors partie des deux pour cent d'irréductibles.

— Vous laissez réellement tomber?

— Enfin, c'est une façon de parler. (Il ouvrit l'un des tiroirs de son bureau et en sortit un 45 muni d'un silencieux.) Même les deux pour cent d'irréductibles cessent définitivement de fumer. Nous le garantissons.

On donnait *Bullitt* au ciné-club du vendredi soir. C'était l'un des films préférés de Cindy, mais comme depuis une heure Dick n'avait cessé de marmonner et de s'agiter, elle perdit le fil de l'histoire.

— Mais qu'est-ce que tu as, aujourd'hui? s'exclama-t-elle soudain pendant un spot publicitaire.

— Rien... Oh! et puis tout! grommela-t-il. J'arrête de fumer, voilà!

Elle éclata de rire :

— Et depuis quand? Cinq minutes?

— Depuis 3 heures pile, cet après-midi.

— Vraiment? Pas une seule cigarette depuis?

— Non, pas une seule.

Il se mit à rogner l'ongle de son pouce. La peau était à vif.

— Formidable! Et qu'est-ce qui t'a décidé à t'arrêter?

— Toi..., répondit-il. Toi... et Alvin.

Ses yeux s'agrandirent de surprise et elle ne remarqua même pas que le film venait de reprendre. Dick faisait rarement mention de leur fils handicapé. Elle s'approcha de lui, jeta un coup d'œil sur le cendrier vide qui se trouvait près de sa main droite, puis plongea son regard dans celui de son mari.

— Tu as vraiment l'intention de cesser de fumer, Dick?

— Oui, vraiment.

« Et si j'avertis les flics, ajouta-t-il mentalement, les

sbires de Donatti viendront te rectifier le portrait, Cindy. »

— Ça me fait plaisir. Et, même si tu n'y parvenais pas, en notre nom à tous les deux, Dick, je te remercie.

— Oh ! je pense que j'y arriverai, dit-il en revoyant le regard noir et assassin de Donatti quand l'homme lui avait planté les deux pieds dans l'estomac.

Il dormit très mal cette nuit-là, s'assoupissant puis se réveillant constamment. Vers 3 heures du matin, il s'éveilla tout à fait. Son besoin de tabac le rendait légèrement fiévreux. Il descendit dans son bureau. La pièce était située au milieu de la maison et ne comportait pas de fenêtre. Il ouvrit le tiroir de son secrétaire et, fasciné, contempla le coffret à cigarettes. Dick s'humecta les lèvres, jetant un coup d'œil autour de lui.

« Vous serez sous surveillance constante durant le premier mois, lui avait affirmé Donatti. Et pendant dix-huit heures par jour au cours des deux mois suivants. » Mais il ne saurait jamais des *quelles* dix-huit heures il s'agissait. Durant le quatrième mois, qui voyait le plus grand nombre de cas de rechute, la surveillance serait de nouveau permanente. Ensuite, pendant le reste de l'année, douze heures d'espionnage quotidien, répartis d'une façon aléatoire. Et après ? Le client était soumis à des visites d'inspection impromptues jusqu'à la fin de ses jours.

Jusqu'à la fin de ses jours.

« Nous pouvons vous inspecter une fois par mois, lui avait dit Donatti. Ou bien chaque jour. Ou bien vous tenir sous surveillance constante durant toute une semaine après avoir négligé de vous contrôler pendant deux ans. L'important, voyez-vous, est que vous ne *sachiez pas*. Vouloir fumer dans ces conditions serait, si j'ose dire, jouer avec le feu. M'observent-ils ? Enlèvent-ils ma femme ? Ont-ils envoyé quelqu'un pour battre mon fils ? Admirable, n'est-ce pas ? Et si par hasard vous tirez une bouffée, elle aura dans votre bouche un goût horrible. Le goût du sang, le sang de votre fils. »

Mais ils ne pouvaient être en train de le surveiller,

maintenant, au cœur de la nuit, et dans son propre bureau. La maison était silencieuse comme une tombe.

Pendant près de deux minutes, Dick ne put détacher son regard des cigarettes dans le coffret. Puis il s'approcha de la porte, jeta un coup d'œil dans l'entrée déserte et retourna contempler les cigarettes. Une vision d'horreur lui apparut : sa vie, sa vie tout entière étalée devant lui, et plus jamais la moindre cigarette. Comment pourrait-il se lever le matin s'il n'avait pas une cigarette à savourer tandis qu'il buvait son café et lisait son journal ?

Il se maudissait de s'être laissé entraîner dans cette histoire. Il maudissait Donatti. Et, par-dessus tout, il maudissait Jimmy McCann. Comment avait-il pu lui faire ça ? Ce fils de pute *savait* pourtant. Ses mains tremblaient du désir d'étriper ce vendu de McCann.

De nouveau, il jeta un coup d'œil furtif autour de lui. Morrison plongea la main dans le tiroir et en ressortit une cigarette. Il la caressa, la choya. Que disait le vieux slogan, déjà ? *Ronde, pleine et bien tassée.* On n'avait jamais rien dit de plus vrai. Il coinça la cigarette entre ses lèvres puis se figea, l'oreille aux aguets.

Y avait-il eu un léger bruit du côté du placard ? Quelque chose qui avait bougé ? Impossible. Mais...

Une autre vision l'assaillit : celle du lapin tressautant à chaque décharge électrique. La pensée de Cindy dans cette pièce...

Il épia désespérément le silence. La seule chose à faire, se dit-il finalement, était d'aller jusqu'à la porte du placard et de l'ouvrir toute grande. Mais il eut trop peur de ce qu'il aurait pu y découvrir. Il retourna au lit mais le sommeil le fuit pendant longtemps.

Malgré son malaise persistant, il apprécia son petit déjeuner. Il avala son habituel bol de corn-flakes, puis, après un moment d'hésitation, se prépara des œufs brouillés. Il lavait la poêle d'un air renfrogné quand Cindy descendit, vêtue de sa robe de chambre.

— Richard Morrison ! C'est la première fois que je te vois manger un œuf au petit déjeuner depuis que les cerises ont une queue !

Morrison grogna.

— Alors, tu en as fumé une ? demanda-t-elle en se versant un jus d'orange.

— Non.

— A midi, tu auras renoncé à tes belles résolutions, proclama-t-elle avec désinvolture.

— Ça, on peut dire que je suis vachement bien aidé ! râla Dick d'un ton amer. Comme tous ceux qui ne fument pas, tu penses... Ah ! et puis ça ne fait rien.

Il supposa qu'elle allait se mettre en colère mais ses yeux n'exprimèrent que de l'étonnement.

— Tu parles donc sérieusement ? fit-elle.

— Comme tu dis. *J'espère même que tu ne sauras jamais à quel point.*

— Mon pauvre chéri, dit Cindy en s'approchant de lui. T'as une vraie mine de déterré. Mais je suis fière de toi, tu sais.

Morrison la serra très fort contre lui.

Scènes de la vie de Richard Morrison, octobre-novembre :

Morrison a rejoint un vieux copain travaillant pour les studios Larkin au bar Jack Dempsey. Le copain lui offre une cigarette. Morrison serre son ventre un peu plus fort et lui dit : « J'ai arrêté. » Le copain se marre et lui dit : « *Je te donne une semaine.* »

Le matin, Morrison attendant son train et observant un jeune homme en costume bleu par-dessus son exemplaire du *Times*. Maintenant, il voit ce jeune homme presque tous les matins et, parfois, il le rencontre dans d'autres lieux. Chez Onde, où il a rendez-vous avec un client. Feuilletant des revues dans une librairie où Morrison est venu chercher un album de Sam Cooke. Une fois, sur un terrain de golf où Morrison jouait une partie de double.

Morrison s'est soûlé lors d'une réception et il a terriblement envie d'une cigarette — mais il n'a pas bu au point de la fumer.

Morrison va voir son fils et lui apporte une grosse balle qui fait couac quand on appuie dessus. Le bisou réjoui et baveux de son fils ne lui répugne plus autant qu'avant. Serrant Andy contre lui, il prend conscience de ce que Donatti et ses acolytes ont découvert de façon si cynique avant lui : l'amour est la drogue la plus pernicieuse qui soit au monde. Laissons aux idéalistes le soin de débattre de sa nature. Les pragmatiques savent le reconnaître là où il se trouve et en faire un moyen de pression.

Morrison a perdu le réflexe du fumeur mais ressent toujours le besoin psychologique de fumer et celui d'avoir quelque chose dans la bouche — une pastille Valda, un chewing-gum, un cure-dent. De bien misérables expédients.

Morrison finit par craquer au beau milieu d'un embouteillage colossal sous le Midtown Tunnel. L'obscurité. Le vacarme des klaxons. L'air pollué. Le trafic inextricable. Soudain, il ouvre la boîte à gants et découvre le paquet de cigarettes entamé. Il les contemple un moment puis en prend une et y porte l'allume-cigare. S'il arrive quelque chose, ce sera la faute de Cindy, se dit-il lâchement. Je lui avais demandé de se débarrasser de ces saloperies de cigarettes.

Il recracha la première bouffée en toussant. A la seconde, ses yeux s'emplirent de larmes. La troisième l'étourdit un peu. « C'est dégueulasse », pensa-t-il.

Et aussitôt : « Mon Dieu, que suis-je donc en train de faire ? »

Des coups de klaxon impatients retentirent derrière lui. Devant, la circulation était devenue plus fluide. Il écrasa la cigarette dans le cendrier, ouvrit les deux fenêtres avant, mit le ventilateur en marche puis battit l'air des mains comme un gosse qui vient de jeter son premier mégot dans les chiottes.

Il reprit sa place dans la file de voitures et rentra chez lui.

— Cindy ? appela-t-il. Je suis là !
Pas de réponse.
— Cindy ? Où es-tu, mon chou ?
Le téléphone sonna et Dick le décrocha précipitamment.

— Allô, Cindy?

— Allô, Mr Morrison, lui répondit Donatti, d'une voix à la fois enjouée et professionnelle. Je crois que nous avons une petite question à régler, tous les deux. 5 heures, ça vous irait?

— Qu'est-ce que vous avez fait de ma femme?

— Elle vous attend.

Donatti gloussa avec indulgence.

— Laissez-la partir, gémit Morrison. Ça n'arrivera plus. Ce n'était qu'un faux pas, juste un faux pas. Je n'ai tiré que trois bouffées, et, bon Dieu, *je n'ai même pas trouvé ça bon!*

— Quel dommage! Alors, je compte sur vous pour 5 heures?

— Je vous en prie... fit Morrison, au bord des larmes.

Mais Donatti avait raccroché.

A 5 heures, la salle d'attente était déserte à l'exception de la réceptionniste qui gratifia Dick d'un rapide sourire, sans paraître remarquer sa pâleur et sa tenue en désordre.

— Mr Donatti? fit-elle dans l'interphone. Mr Morrison est là. (Elle fit un signe de tête à l'intention de Dick.) Entrez.

Donatti l'attendait devant la porte de la pièce en compagnie d'un homme qui portait un sweatshirt SMILE et un P.38. Il était bâti comme une armoire normande.

— Ecoutez-moi, dit Morrison à Donatti, nous allons trouver une solution, n'est-ce pas? Je vous dédommagerai. Je vous...

— Je suis content de vous revoir, dit Donatti. Et désolé que ce soit en de telles circonstances. Si vous voulez bien me suivre. Il est inutile de faire traîner les choses en longueur. Je puis vous assurer que votre femme n'en conservera aucune séquelle... pour cette fois.

Morrison était à deux doigts de se jeter sur Donatti.

— Allons, allons, fit Donatti d'un air ennuyé. Si vous faites ça, Junk ici présent va être contraint de vous assener un coup de crosse et cela n'empêchera pas votre femme d'y passer. Vous voyez, il serait plus sage de conserver votre calme.

— Allez vous faire foutre.

Donatti soupira :

— Si je recevais une pièce pour chaque expression similaire que j'entends, je pourrais d'ores et déjà prendre ma retraite. Quand un idéaliste tente quelque chose et échoue, on lui donne une médaille. Mais quand un pragmatiste réussit, on l'envoie au diable. Bon, nous y allons ?

Junk lui fit signe d'avancer avec son revolver.

Morrison les précéda dans la pièce. Il se sentait incapable de réagir. Le petit rideau vert avait été tiré. Il avait l'impression d'assister à une exécution dans une chambre à gaz.

Cindy était de l'autre côté de la vitre, jetant autour d'elle des regards affolés.

— Cindy ! cria-t-il d'une voix misérable. Cindy, ils...

— Elle ne peut ni vous voir ni vous entendre, lui affirma Donatti. Glace sans tain. Bien, finissons-en. C'était vraiment une petite faute et je crois que trente secondes suffiront. Junk ?

Junk appuya sur le bouton d'une main, l'autre tenant toujours l'arme enfoncée dans le dos de Morrison.

De son existence, Dick n'avait vécu plus longues trente secondes.

Lorsque ce fut fini, Donatti posa une main sur l'épaule de Morrison et dit :

— Vous allez être malade ?

— Non, répondit faiblement Morrison, le front appuyé contre la vitre. (Ses jambes flageolaient.) Je ne pense pas.

Il se retourna et vit que Junk était parti.

— Suivez-moi.

— Où ça ? demanda Dick d'une voix exténuée.

— Je pense que vous avez deux mots à vous dire, n'est-ce pas ?

— Mais comment pourrais-je la regarder en face ? Lui dire que j'ai...

— Eh bien, je crois que vous allez être surpris, lui affirma Donatti.

La pièce était vide à l'exception d'un sofa sur lequel sanglotait Cindy.

— Cindy?

Elle leva ses yeux rougis par les larmes.

— Dick? murmura-t-elle. Oh! mon Dieu... (Il l'étreignit.) Deux hommes, fit-elle en se serrant contre sa poitrine. Dans la maison... J'ai d'abord cru que c'étaient des voleurs et puis qu'ils allaient me violer et puis ils m'ont mis un bandeau sur les yeux et m'ont emmenée je ne sais où et... Oh! c'était *horriiible!*...

— Allons, fit-il, allons.

— Mais pourquoi? l'implora-t-elle. Pourquoi est-ce qu'ils ont...

— Tout est ma faute, répondit-il. Je te dois des explications.

Lorsqu'il eut achevé son récit, il y eut un instant de silence et il dit :

— Je suppose que tu vas me haïr. Je le comprendrais, tu sais...

Il avait les yeux rivés au sol, mais Cindy prit son visage entre ses mains et le tourna vers elle :

— Non, dit-elle, mais non, je ne t'en veux pas.

La stupéfaction se peignit sur ses traits.

— Cela en valait la peine, dit-elle. Je leur en suis même reconnaissante; ces gens t'ont libéré de tes chaînes.

— Tu le penses vraiment?

— Mais oui. (Elle l'embrassa.) Pouvons-nous rentrer, maintenant? Je me sens mieux.

Une semaine plus tard, répondant au téléphone, Morrison reconnut la voix de Donatti.

— Cette fois-ci, fit-il aussitôt, vos sbires se sont gourés. Je n'en ai pas vu la couleur d'une.

— Nous savons cela. Mais il nous reste encore un point à discuter. Pouvez-vous passer demain après-midi?

— Est-ce...

— Non, rien de grave. Des formalités, uniquement. Oh! j'y pense, mes félicitations pour votre promotion.

— Comment avez-vous appris cela?

— Nous nous tenons au courant, répondit Donatti d'une façon sibylline.

Et il raccrocha.

Dès qu'ils eurent pénétré dans la petite pièce, Donatti lui dit :

— Ne soyez pas si nerveux. Je ne vais pas vous mordre. Venez par ici.

Morrison aperçut un banal pèse-personne.

— Oh! j'ai bien grossi un peu, mais...

— Oui, comme soixante-treize pour cent de nos clients. Montez, s'il vous plaît.

Morrison monta et la balance indiqua quatre-vingt-deux kilos.

— D'accord, très bien. Vous pouvez descendre. Combien mesurez-vous, Mr Morrison?

— Un mètre soixante-dix-huit.

— Voyons. (Il tira un petit rectangle plastifié de la poche de son veston.) Bon, eh bien, ce n'est pas si mal. Je vais vous prescrire quelques coupe-faim parfaitement illégaux. N'en faites usage qu'avec parcimonie et en tenant compte des indications. Je vais aussi vous fixer un plafond pondéral de... disons... (Il consulta de nouveau sa carte.) Quatre-vingt-huit kilos. Cela vous va? Et, puisque nous sommes le premier décembre, j'aimerais vous voir le premier de chaque mois pour une petite pesée. Si vous n'êtes pas libre, prévenez-nous.

— Et si je dépasse les quatre-vingt-huit?

Donatti sourit :

— Nous enverrons chez vous quelqu'un qui coupera le petit doigt de votre femme... Passez par là, Mr Morrison, et bonne journée!

Huit mois plus tard.

Morrison rencontre son vieux copain des studios Larkin au bar Dempsey. Morrison a atteint ce que Cindy appelle fièrement son poids de forme : soixante-dix-huit kilos. Il fait de l'exercice trois fois par semaine et resplendit de santé. A ses côtés, le copain ressemble à une véritable loque.

Le copain :

— Bon Dieu, comment t'as fait pour arrêter ? Je n'arrive pas à me débarrasser de cette foutue habitude.

Il écrase sa cigarette avec dégoût et écluse son scotch.

Morrison l'observe d'un air hésitant, puis sort une petite carte blanche de son portefeuille. Il la pose entre eux, sur le comptoir.

— Tu vois, commence-t-il, ces types ont bouleversé mon existence.

Un an plus tard.
Morrison reçoit une facture.

DESINTOX, INC.
237 East 46th Street
New York, N.Y. 10017

1 traitement	2 500 dollars
Honoraires (Victor Donatti)	2 500 dollars
Electricité	50 cents
Total (à payer)	5 000,50 dollars

— Les enculés ! explose-t-il. Ils m'ont même facturé l'électricité qu'ils ont dépensée pour...

— Paie donc, dit-elle.

Et elle l'embrasse.

Vingt mois plus tard.

Tout à fait par hasard, Morrison et sa femme tombent sur les McCann au Helen Hayes Theatre. On fait les présentations. Jimmy a l'air aussi en forme que lors de leur première rencontre, à l'aéroport Kennedy. Morrison fait la connaissance de sa femme. Elle est jolie, ou plutôt radieuse, comme le sont parfois les filles quelconques lorsqu'elles sont très très heureuses.

Elle tend la main à Morrison, qui la serre. Mais cette poignée de main a quelque chose d'étrange et, au milieu du second acte, Dick comprend de quoi il s'agit : l'auriculaire de sa main droite manque.

L'HOMME QU'IL VOUS FAUT

— Je sais ce qu'il vous faut.

Elizabeth tressaillit, leva les yeux de son texte de sociologie et aperçut un jeune homme qui avait une drôle d'allure avec sa vieille veste verte. Pendant un instant, elle lui trouva un air vaguement familier, comme si elle l'avait déjà rencontré auparavant; une sensation proche de la paramnésie. Puis l'impression s'effaça. Le garçon était à peu près de la même taille qu'elle, il était mince et... nerveux. Nerveux était peu dire. Il paraissait mû non par ses muscles mais par ses nerfs. Sa chevelure était sombre et hirsute. Ses épaisses lunettes cerclées d'écaille grossissaient comme des loupes ses yeux bruns; les verres en semblaient sales. Non, elle en était maintenant tout à fait certaine : elle ne l'avait jamais vu.

— Laissez-moi vous dire que j'en doute, répondit-elle.

— Il vous faut un cornet double à la fraise. Je me trompe?

Elle cilla, complètement éberluée. A un moment donné, l'idée l'avait en effet effleurée de faire une pause pour aller manger une glace. Elle préparait ses examens dans l'une des salles de bibliothèque du troisième étage, à l'Association des étudiants, et n'était pas au bout de ses peines.

— Je me trompe? insista-t-il en souriant.

Son visage étonnamment mobile et presque laid en devint étrangement séduisant. « Mignon » fut le premier adjectif qui lui vint à l'esprit; peut-être n'était-ce pas un mot que les garçons aimaient entendre à leur sujet mais, lorsqu'il souriait, celui-ci était mignon.

Elle ne put s'empêcher de lui rendre son sourire. S'il

lui fallait quelque chose, ce n'était sûrement pas qu'un hurluberlu vienne lui faire perdre son temps en la draguant au plus mauvais moment de l'année. Elle avait encore seize chapitres de l'*Introduction à la sociologie* à réviser.

— Non, merci, fit-elle.

— Allez, si vous continuez à piocher comme ça, vous êtes bonne pour une migraine. Ça fait deux heures que vous n'avez pas arrêté.

— Comment le savez-vous ?

— Parce que je vous ai regardée, répondit-il aussitôt.

Mais, cette fois-ci, son sourire de gamin n'eut aucun succès. Elle avait déjà mal à la tête.

— Ça suffit, maintenant ! s'exclama-t-elle plus sèchement qu'elle ne l'avait désiré. J'ai horreur qu'on m'espionne.

— Excusez-moi.

Elle se sentit un peu désolée pour lui, éprouvant le même sentiment que lui inspirait parfois la vue d'un chien errant. Il paraissait flotter dans sa vieille veste militaire et... oui, ses chaussettes étaient dépareillées. Une noire et une marron. Elle dut résister à son envie de lui sourire à nouveau.

— J'ai des exams, s'excusa-t-elle doucement.

— Bien sûr, je comprends.

Elle le regarda pensivement, puis se replongea dans son livre, mais une image continua de flotter devant ses yeux : celle d'un cornet de glace à la fraise.

Il était 23 h 15 quand elle rentra à la cité. Allongée sur son lit, Alice écoutait Neil Diamond en lisant *Histoire d'O*.

— Je ne savais pas que ça faisait partie du programme, plaisanta Elizabeth.

Alice se redressa.

— J'élargis mon horizon. Faut bien se cultiver... Liz ?

— Hmmmm ?

— Tu m'écoutes ?

— Excuse-moi, je...

— Eh bien, mon chou, on dirait que tu as reçu un coup sur la tête.

— J'ai rencontré un type, ce soir. Un drôle de type.

298

— Oh! oh! Ce doit être quelqu'un s'il est capable de détourner la grande Rogan de ses bouquins chéris!

— Il s'appelle Edward Jackson Hamner Junior, rien que ça. Petit. Maigre. Il n'a pas dû se laver la tête depuis la saint-glin-glin. Oh! et il porte une chaussette noire et l'autre marron.

— Et moi qui pensais que tu étais plutôt du genre copain-copain.

— Qu'est-ce que tu vas chercher, Alice! Je travaillais à la bibliothèque et il m'a proposé de manger une glace avec lui à la cafétéria. J'ai refusé et il s'est éclipsé. Mais je n'arrivais plus à penser à autre chose. Je venais de décider de faire une pause quand il a réapparu, tenant un énorme cornet de glace à la fraise dans chaque main.

— Je brûle de connaître la suite!

Elizabeth renifla :

— Eh bien, je ne pouvais vraiment plus dire non. Alors, il s'est assis et j'ai appris qu'il avait eu Branner en socio l'année dernière.

— Les voies du Seigneur sont impénétrables.

— Ecoute, c'est vraiment stupéfiant. Tu sais à quel point ce cours m'a fait suer?

— Oui, c'est tout juste si tu n'en parles pas en dormant.

— Et tu sais que j'ai eu dix au contrôle continu. Sans un douze de moyenne, on me retirera ma bourse. Cela signifie donc qu'il me faut un quatorze à l'exam. Eh bien, d'après ce Ed Hamner, Branner donne les mêmes sujets pratiquement tous les ans. De plus, Ed est eidétique.

— Tu veux dire qu'il a... une mémoire photographique?

— Exactement. Regarde ça.

Elle ouvrit son livre de sociologie et en sortit trois feuilles couvertes de notes.

Alice les lui prit des mains.

— On dirait les sujets au choix d'un examen.

— Tout juste. D'après Ed, ce sont les sujets de Branner pour l'année dernière, et aussi pour cette année.

— Je ne te crois pas, se contenta de répondre Alice.

— Mais ça couvre tout le programme!

299

— Ça m'étonnerait quand même. (Elle rendit les feuilles à Elizabeth.) Ce petit minable...

— Ce n'est pas un minable. Ne l'appelle pas comme ça.

— Comme tu voudras. N'empêche que ce petit *mec* t'a si bien embobinée que tu ne vas plus apprendre que ses foutaises.

— Bien sûr que non, fit-elle, mal à l'aise.

— Et même si ça ressemble à l'examen, est-ce que tu trouves le procédé vraiment régulier ?

Liz ne put s'empêcher de laisser éclater sa colère.

— Tu peux parler, toi. Tu fais partie de la liste des gens reçus tous les semestres et, de toute façon, tu as des parents qui paient. Tu n'as pas le droit... Eh ! Excuse-moi. Je ne voulais pas en venir là.

Alice haussa les épaules et rouvrit *Histoire d'O,* s'appliquant à ne trahir aucun sentiment.

— D'accord, tu as raison. Ce ne sont pas mes oignons. Mais pourquoi n'étudierais-tu pas aussi tes cours... au cas où ?

— Mais oui, évidemment.

Les jours suivants, à la vérité, Elizabeth se pencha surtout sur les notes que lui avait fournies Edward Jackson Hamner Jr.

Lorsque à l'issue de l'examen elle sortit de l'amphi, elle le trouva assis dans le couloir. Il se leva en lui adressant un sourire interrogateur.

— Comment ça s'est passé ?

Sans réfléchir, elle lui sauta au cou. Jamais elle n'avait ressenti un tel soulagement.

— Je crois que ça a marché comme sur des roulettes.

— C'est vrai ? Super ! Que dirais-tu d'un hamburger ?

— Excellente idée, fit-elle d'un air absent.

Elizabeth pensait encore à l'examen. Elle était tombée presque mot pour mot sur les sujets prévus par Ed et s'en était parfaitement tirée.

Devant son hamburger, elle lui demanda comment ses propres examens s'étaient passés.

— Je n'en ai pas eu. Je suis en troisième cycle et on

ne les passe que si on estime en avoir besoin. Et comme pour le moment je n'ai pas de problèmes...

— Qu'est-ce que tu fais sur le campus, alors ?
— Je voulais voir comment tu t'étais débrouillée.
— Tu n'aurais pas dû, Ed. C'est très gentil, mais...

Le regard qu'il lui jeta la troubla. Ce n'était pas la première fois qu'on la contemplait ainsi. Elle était jolie.

— Si. Je voulais vraiment savoir, dit-il doucement.
— Je te suis sincèrement reconnaissante, Ed. Sans toi, je n'aurais sans doute pas pu conserver ma bourse. Mais je ne suis pas libre, tu comprends ?
— C'est sérieux ? demanda-t-il, faisant de vains efforts pour parler d'un ton détaché.
— Très, répondit-elle sur le même ton. Je suis presque fiancée.
— Connaît-il vraiment sa chance ?
— Mais moi aussi, j'ai de la chance, affirma-t-elle en pensant à Tony Lombard.
— Beth, fit-il soudain.
— Quoi ? dit-elle, interloquée.
— On ne t'appelle jamais comme ça, n'est-ce pas ?
— Mais... non, en effet.
— Pas même ce type.
— Non...

Tony l'appelait Liz. Ou même Lizzie, ce qui était encore pire.

Ed se pencha en avant.

— Mais tu préfères Beth, pas vrai ?

Elle rit pour masquer son trouble.

— Mais, bon sang, comment...
— T'inquiète pas. (De nouveau, ce sourire un peu enfantin.) Je t'appellerai Beth. C'est plus joli.

Et puis sa première année s'acheva et elle fit ses adieux à Alice. Leurs rapports s'étaient un peu tendus et Elizabeth en était navrée. Elle supposait que la faute lui en incombait ; elle s'était probablement *un peu* trop vantée de ses résultats en sociologie : un dix-sept, la meilleure note de la promotion.

En attendant son avion à l'aéroport, elle palpa l'enveloppe qui dépassait de son portefeuille. C'était le document l'informant qu'elle avait obtenu sa bourse pour l'année suivante : deux mille dollars. Cet été, Tony et elle travailleraient ensemble à Boothbay, dans le Maine, et cet apport supplémentaire d'argent lui permettrait de vivre à l'aise. Grâce à Ed Hamner, l'été s'annonçait sous les meilleurs auspices.

Mais ce fut l'été le plus sinistre de toute son existence.

Le mois de juin fut maussade, le rationnement de l'essence découragea les touristes, et elle ne se fit que de maigres pourboires au Boothbay Inn. Pire encore, Tony ne cessa de la harceler au sujet de leur mariage. Elle découvrit avec surprise que l'idée l'effrayait plus qu'elle ne lui plaisait.

Quelque chose n'allait pas.

Quelque chose lui manquait, qu'elle ne parvenait pas à définir.

Une nuit, elle fit un cauchemar. Elle était allongée, incapable de bouger, au fond d'une tombe ouverte. La pluie tombait d'un ciel blanc sur son visage. Puis Tony se dressa devant elle, coiffé de son casque de chantier jaune.

Posant sur elle un regard dépourvu d'expression, il lui disait : « Epouse-moi, Liz. Epouse-moi, ou sinon... »

Elle essaya de parler, de dire oui; elle était prête à tout pour qu'il la sorte de cet horrible trou boueux. Mais elle était paralysée.

« C'est bon, dit-il, tant pis pour toi... »

Il s'éloigna. Elle lutta en vain pour briser ses liens invisibles.

Puis elle entendit le bulldozer.

L'instant d'après, elle aperçut l'énorme monstre jaune qui poussait une masse de terre humide devant sa lame. Installé dans la cabine, Tony la regardait d'une façon impitoyable.

Il allait l'enterrer vivante.

Muette d'horreur, prisonnière de son corps impuissant, elle le voyait avancer.

Puis une voix familière retentit : « Va-t'en ! Laisse-la ! »

Tony dégringola du haut de l'engin et s'enfuit.

Une vague de soulagement la submergea. Son sauveur apparut, se tenant, tel un fossoyeur, au pied de la tombe béante. C'était Ed Hamner et sa vieille veste verte, ses cheveux en bataille et ses lunettes cerclées d'écaille posées sur le bout du nez. Il lui tendit la main.

« Lève-toi, dit-il. Je sais ce qu'il te faut. Lève-toi, Beth. »

Cette fois, elle put se lever. De joie, elle sanglota. Elle tenta de le remercier, mais les mots se bousculaient dans sa bouche. Hochant la tête, Ed lui répondit par un sourire. Elle lui prit la main, baissant les yeux. Lorsqu'elle les releva, elle tenait la patte d'un énorme loup gris à la gueule écumante, aux dents acérées, prêtes à mordre, et aux yeux de braise.

Elle s'éveilla et se redressa aussitôt dans son lit, la chemise de nuit trempée de sueur. Son corps était agité d'un tremblement. Une douche chaude et un verre de lait ne suffirent pas à la réconcilier avec la nuit. Elle dormit avec la lumière.

Une semaine plus tard, Tony était mort.

Elle ouvrit la porte en robe de chambre, s'attendant à voir Tony, mais c'était Danny Kilmer, l'un des gars du chantier. Danny était un type plutôt marrant. Pourtant, sur le palier de sa chambre, Danny lui parut non seulement sérieux mais bouleversé.

— Danny? Qu'est-ce que...

— Liz, dit-il. Il faut que tu sois courageuse... Oh! mon Dieu!

Il s'agrippa au chambranle de la porte, et elle vit qu'il pleurait.

— Danny? Il est arrivé quelque chose à Tony?

— Tony est mort, répondit Danny. Il...

Mais il parlait dans le vide. Liz s'était évanouie.

Elle vécut la semaine suivante dans le flou le plus complet, parvenant cependant à reconstituer l'histoire d'après l'entrefilet lu dans un journal et ce que lui avait raconté Danny devant une bière, au Harbor Inn.

On faisait des travaux sur le bas-côté de la route n° 16. De ce fait, les deux files devaient emprunter la même portion de route et Tony les faisait alterner à l'aide d'un drapeau. Un gamin au volant d'une Fiat rouge descendait la colline. Tony lui fit signe de s'arrêter mais la voiture ne ralentit même pas. Tony, qui se tenait tout près d'un camion, n'eut pas la place de l'éviter. Le jeune conducteur s'en tira avec des blessures superficielles à la tête et un bras cassé; lorsqu'on le dégagea, il était complètement hystérique mais parfaitement à jeun. D'après les enquêteurs, les câbles de frein avaient dû surchauffer car ils avaient pratiquement fondu. Le jeune homme n'avait jamais été impliqué dans le moindre accident. Il n'avait simplement pas pu s'arrêter. Tony était victime d'un de ces cas rarissimes, un accident d'auto dû à la pure malchance.

Le choc et l'abattement qui s'ensuivit furent aggravés par un sentiment de culpabilité. Le destin ne lui avait pas laissé le temps de prendre une décision à propos de Tony. Et, chose affreuse, tout au fond d'elle-même, elle était heureuse qu'il en fût ainsi. Car, depuis son cauchemar, elle avait cessé de désirer épouser Tony.

A la veille de rentrer chez elle, ses nerfs craquèrent.

Elle était seule depuis une heure, assise sur un rocher, lorsque ses larmes jaillirent. Elle pleura jusqu'à en souffrir physiquement, et, quand les larmes tarirent, elle se sentit anéantie, bien plus que soulagée.

C'est alors que se fit entendre la voix d'Ed Hamner.

— Beth?

Elle sursauta, la bouche emplie du goût métallique de la peur, s'attendant presque à faire face au loup écumant de son rêve. Mais ce n'était qu'un Ed Hamner bronzé qui paraissait étrangement vulnérable sans sa vieille veste et son blue-jean. Il portait un bermuda rouge qui s'arrêtait juste au-dessus de ses genoux osseux, un T-shirt blanc qui flottait sur sa maigre poitrine, et des sandalettes de caoutchouc. Il ne souriait pas et on ne pouvait voir ses yeux derrière les lunettes où se réverbéraient les rayons d'un soleil ardent.

— Ed? s'enhardit-elle, à demi convaincue qu'il s'agissait de quelque hallucination. C'est vraiment...

— Mais oui, c'est moi.

— Comment...

— Je travaille au Lakewood Theater, à Skowhegan. Je suis tombé par hasard sur la fille qui partageait ta chambre... Alice, c'est bien ça ?

— Oui.

— Elle m'a tout raconté. Je suis venu tout de suite. Ma pauvre Beth.

Il inclina à peine la tête, suffisamment toutefois pour que les reflets soient chassés de ses lunettes, et Elizabeth ne lut dans ses yeux que calme et chaude sympathie.

Elle se remit à sangloter. Puis il la prit dans ses bras et elle se sentit mieux.

Ils allèrent dîner au Silent Woman, un restaurant de Waterville qui se trouvait à une quarantaine de kilomètres ; peut-être avait-elle besoin d'un tel éloignement. Ed l'emmena dans sa Corvette toute neuve ; il conduisait bien. Elle n'avait pas envie de parler, encore moins d'être consolée. Paraissant l'avoir deviné, il se contenta de laisser couler une douce musique de la radio.

Il commanda des fruits de mer, sans même la consulter. Elle pensait qu'elle n'aurait pas faim, mais, quand les plats furent servis, elle se jeta sur la nourriture.

Elle ne releva les yeux qu'une fois son assiette vide, et laissa échapper un rire nerveux. Ed l'observait en fumant une cigarette.

— La demoiselle affligée a avalé un copieux repas, dit-elle. Tu dois me trouver affreuse.

— Mais non, la rassura-t-il. Après toutes ces épreuves, tu as besoin de reprendre des forces. (Il lui prit la main par-dessus la table, l'étreignit furtivement puis la relâcha.) Il est temps de récupérer, maintenant, Beth.

— Tu le crois vraiment ?

— Absolument, répondit-il. Alors, dis-moi, quels sont tes projets ?

— Je rentre chez moi demain et, après, je ne sais pas.

— Mais tu vas retourner à la fac, n'est-ce pas ?

— Je ne sais vraiment pas. Après ce que je viens de vivre, cela me paraît... futile. Je n'y trouve plus aucun intérêt. Ni aucun plaisir.

— Ça reviendra. Cela paraît dur à croire maintenant,

mais c'est pourtant vrai. Essaie pendant deux mois et, ensuite, tu aviseras. Tu n'as rien de mieux à faire.

Cette dernière phrase ressemblait à une question.

— Tu dois avoir raison, mais... Je peux avoir une cigarette?

— Bien sûr. Excuse-moi, je n'ai que des mentholées.

Elle en prit une.

— Comment sais-tu que je n'aime pas les cigarettes mentholées?

Il haussa les épaules.

— Sans doute que tu n'as pas la tête à ça.

Elle lui sourit.

— Est-ce que tu sais que tu es drôle?

Il lui rendit son sourire.

— De toutes les personnes qui auraient pu venir... en fait, je n'avais pas envie de voir qui que ce soit... Mais je suis sincèrement heureuse que tu sois là, Ed.

— Il y a des moments où on préfère la compagnie de quelqu'un qu'on ne connaît pas bien.

— Ce doit être ça. (Elle s'interrompit.) Qui donc es-tu, Ed, à part mon ange gardien? Je veux dire, qui es-tu vraiment?

Il lui était soudain important de le savoir.

Il fit la moue.

— Pas grand-chose. Rien qu'un type un peu bizarre qu'on voit rôder sur le campus, un paquet de bouquins sous le bras.

— Mais, Ed, tu n'as rien de bizarre...

— Mais si, fit-il en souriant, je le sais bien. Je me comporte encore comme un gamin boutonneux, je ne fais partie d'aucun cercle d'étudiants, je ne me prête jamais à aucune mondanité. Je me terre dans ma chambre et je prépare mes diplômes, c'est tout. Le printemps prochain, quand les grosses compagnies viendront embaucher sur le campus, je signerai probablement un contrat avec l'une d'entre elles et Ed Hamner disparaîtra pour toujours.

— Et ce serait tellement dommage, dit-elle doucement.

Cette fois-ci, son sourire avait quelque chose d'amer.

— Parle-moi de tes parents, lui dit-elle. De l'endroit où tu habites, de ce que tu aimerais faire...

— Une autre fois, répondit-il. Il faut rentrer, maintenant. Tu as un avion à prendre demain, et beaucoup de problèmes à régler.

Pour la première fois depuis la mort de Tony, la soirée la laissa détendue, sans cette impression qu'à l'intérieur d'elle-même un ressort avait été forcé jusqu'à la rupture. Elle pensa que le sommeil viendrait vite, mais il la fuit.

De petites questions la tourmentaient.

Alice m'a tout raconté... ma pauvre Beth.

Mais Alice passait l'été à Kittery, à cent vingt kilomètres environ de Skowhegan. Elle s'était sûrement rendue à Lakewood pour voir jouer une pièce.

La Corvette. Un modèle de l'année. Très cher. Ce n'était certainement pas une saison dans les coulisses du Lakewood Theater qui avait pu payer cela. Ses parents avaient-ils tant d'argent ?

Il avait commandé exactement ce qu'elle aurait choisi elle-même. Sans doute la seule chose figurant au menu dont elle eût pu avaler une quantité suffisante pour se rendre compte qu'elle avait faim.

Les cigarettes mentholées, la façon dont il l'avait embrassée en la quittant — exactement comme elle avait désiré qu'il l'embrassât — et...

Tu as un avion à prendre demain.

Il savait qu'elle devait rentrer chez elle car elle le lui avait annoncé. Mais comment avait-il appris qu'elle comptait prendre l'avion ?

Tout cela la préoccupait. Oui, cela la gênait car elle n'était pas loin d'être amoureuse d'Ed Hamner.

Je sais ce qu'il te faut.

Les mots d'Ed Hamner la suivirent dans les profondeurs de son sommeil.

Il ne se rendit pas à l'aéroport Augusta pour lui dire adieu, et tandis qu'elle attendait son avion, Elizabeth fut surprise de se sentir aussi déçue. Un peu comme une droguée, elle croyait au début qu'elle pourrait se libérer quand elle le souhaiterait, mais, en fait...

— Elizabeth Rogan, clama le haut-parleur. Elizabeth Rogan est demandée à la cabine téléphonique.

Elle s'y précipita. La voix d'Ed lui parvint.

— Beth ?

— Ed ! Que je suis contente ! Je pensais que peut-être...

— Que je serais venu à l'aéroport. (Il rit.) Tu n'as pas besoin de moi pour partir. Tu es une grande fille. Et belle. Tu peux te débrouiller. Je te verrai à la fac ?

— Je... Oui, je suppose.

— Formidable.

Il y eut quelques secondes de silence, puis il dit :

— Je t'aime. Je t'aime depuis la première fois.

Sa langue était comme paralysée. Elle ne pouvait prononcer un mot. Mille pensées tourbillonnaient dans sa tête.

Il rit de nouveau, doucement :

— Non, ne dis rien. Pas encore. On se reverra. Et nous aurons le temps, à ce moment-là, nous aurons une éternité. Bon voyage, Beth. A bientôt.

Puis il raccrocha, la laissant assaillie de pensées chaotiques et de questions, un combiné téléphonique blanc à la main.

Septembre.

Elizabeth avait repris la routine de la fac et des cours. Elle partageait de nouveau une chambre, avec Alice bien entendu ; elles habitaient ensemble depuis la première année, leurs noms ayant été tirés au sort par l'ordinateur qui répartissait les logements. Leur cohabitation s'était toujours bien passée, en dépit de personnalités et de goûts différents. Alice était la plus studieuse et elle menait de main de maître ses études de chimie. Elizabeth était plus sociable, moins boulot-boulot, et avait de grosses lacunes en pédagogie et en math.

Leurs relations demeuraient bonnes mais moins chaleureuses cependant qu'avant l'été. Elizabeth attribuait cela au différend qui les avait opposées à propos de son examen de sociologie, et feignait de l'ignorer.

Les événements de l'été s'estompaient dans son esprit. Cela lui faisait mal de penser à Tony, et elle évitait le sujet avec Alice, mais ce n'était déjà plus la douleur fulgurante d'une plaie à vif. Elle souffrait davantage de n'avoir aucune nouvelle d'Ed Hamner.

Une semaine s'écoula, puis deux, et ce fut octobre. Elle obtint une liste des étudiants du bureau de l'Association et parcourut les noms. Cela ne lui fut d'aucune aide. Après celui d'Ed Hamner figuraient ses seuls mots : « Mill Street. » Et Mill Street était une rue interminable. Aussi attendit-elle, refusant systématiquement les nombreuses invitations dont elle était l'objet.

Alice haussait les sourcils mais gardait le silence; elle avait six semaines pour préparer un exposé de biochimie et passait toutes ses soirées à la bibliothèque. Elizabeth, qui rentrait généralement la première, remarqua que sa camarade recevait une ou deux fois par semaine de longues enveloppes blanches, mais n'accorda pas d'importance particulière à ce détail. L'agence de détectives était des plus discrètes : elle n'inscrivait pas son adresse sur son courrier.

Quand l'interphone bourdonna, Alice était en train de travailler.

— Tu le prends, Liz? C'est sûrement pour toi.

— Oui? demanda Elizabeth dans le micro.

— Un monsieur pour toi, Liz.

« Oh! mince. »

— Qui est-ce? demanda-t-elle, ennuyée, passant en revue son stock d'excuses toutes faites.

Migraine. Elle n'avait pas encore servi celle-là, cette semaine.

— Il s'appelle Edward Jackson Hamner Junior. Rien que ça, lui dit la fille du bureau sur un ton amusé. (Puis, plus bas, elle ajouta :) Et ses chaussettes sont dépareillées.

Elizabeth porta vivement la main au col de sa robe.

— Oh! mon Dieu, dis-lui que je descends tout de suite. Non, dis-lui dans une minute. Non, deux, deux minutes.

— Entendu, répondit la voix sur un ton équivoque. Fais pas une crise cardiaque.

Elizabeth sortit une paire de sandales du placard,

enfila une mini-jupe en jean, puis brossa rapidement sa chevelure bouclée.

Alice l'observait calmement, sans rien dire, mais, après le départ de Liz, elle garda longtemps les yeux rivés sur la porte.

Rien n'avait changé. Ed portait toujours sa vieille veste kaki, et elle paraissait toujours deux fois trop grande pour lui. L'une des branches de ses lunettes avait été rafistolée avec du chatterton. Ses jeans avaient l'air raides et neufs, tellement différents des jeans délavés que mettait Tony pour être à la mode. Il portait une chaussette verte et l'autre brune.

Alors, elle sut qu'elle l'aimait.

— Pourquoi ne m'as-tu pas appelée plus tôt? lui demanda-t-elle en s'approchant de lui.

Il fourra les mains dans ses poches et lui sourit timidement.

— Il m'a semblé que je devais te donner un peu de temps pour sortir, pour rencontrer d'autres types. Pour décider ce que tu voulais.

— Je crois que c'est décidé.

— Je t'emmène au cinéma?

— Comme tu voudras, dit-elle. Tout ce que tu voudras.

Au fil des jours, il lui apparut qu'elle n'avait jamais rencontré un être qui fût à ce point capable de comprendre ses désirs et ses besoins, sans même qu'un mot fût prononcé. Leurs goûts coïncidaient. Alors que Tony aimait surtout les films violents dans le style du *Parrain*, Ed préférait les comédies ou les films psychologiques. Quand ils devaient se voir pour travailler, c'était vraiment pour travailler et non un prétexte pour glander au troisième étage de l'Association. Il l'emmenait danser, et brillait surtout dans les danses des années cinquante qu'elle affectionnait. Plus important encore, quand elle désirait être tendre, il paraissait le deviner. Il ne lui donnait pas, comme tant d'autres garçons avant lui, le sentiment que l'amour pouvait se régler comme un calendrier, commençant par un chaste baiser d'adieu le premier jour, et se terminant par une nuit passée dans la chambre d'un copain le dixième jour. Dans l'appartement de Mill Street, au troisième sans ascenseur, Ed était bel et bien chez lui. Ils y allaient souvent mais Elizabeth n'avait jamais l'impression de pénétrer dans la tanière d'un don Juan de banlieue. Ed ne la bousculait pas. Il paraissait sincèrement désirer ce qu'elle voulait et quand elle le voulait. Et leur liaison se cimentait.

Lorsque les cours reprirent après les vacances semestrielles, Alice semblait étrangement préoccupée. Un jour où Ed devait passer la prendre pour aller dîner, Elizabeth remarqua que sa compagne de chambre jetait des coups d'œil soucieux vers la longue enveloppe qui se trouvait sur son bureau. Liz faillit lui demander de quoi il s'agissait mais y renonça. Des problèmes d'ordre universitaire, probablement.

Il neigeait fort quand Ed la ramena à la cité.
— Demain ? lui proposa-t-il. Chez moi ?
— Entendu. Je te ferai du pop-corn.
— Super, dit-il. (Et il l'embrassa.) Je t'aime, Beth.
— Moi aussi, je t'aime.
— Est-ce que tu voudras rester ? lui demanda-t-il sans changer de ton. Demain, toute la nuit.
— Oui, Ed. (Elle plongea son regard dans le sien.) Tout ce que tu voudras.
— Merci, dit-il doucement. Dors bien, petite.
— Toi aussi.
Elle poussa silencieusement la porte de la chambre, supposant qu'Alice serait endormie, mais sa caramade était assise à son bureau.
— Tu ne te sens pas bien, Alice ?
— Il faut que je te parle, Liz. Au sujet d'Ed.
— Laisse Ed tranquille.
— Je pense que quand je t'aurai tout raconté, c'en sera fini de notre amitié, dit Alice en insistant sur les mots. Et, pour moi, cette amitié représente beaucoup. Alors, je voudrais que tu m'écoutes attentivement.
— En ce cas, il serait préférable que tu ne dises rien.

— Je n'ai pas le choix.

Elizabeth sentit sa curiosité première se muer en colère.

— Ne me dis pas que tu l'as espionné.

Alice se contenta de la regarder.

— C'est par jalousie ?

— Mais non. Si j'avais été jalouse de tes petits amis, je serais déjà partie depuis deux ans.

Perplexe, Elizabeth la dévisagea. Elle savait qu'Alice disait la vérité et, soudain, cela l'effraya.

— Deux choses m'ont intriguée chez Ed Hamner, commença Alice. D'abord, lorsque tu m'as écrit après la mort de Tony, tu m'as parlé du « hasard heureux » qui nous avait fait nous rencontrer, Ed et moi, au Lakewood Theater... ainsi que de la façon dont il s'est précipité à Boothbay et t'a aidée à remonter la pente. Mais je ne l'ai jamais vu, Liz. Je n'ai pas mis les pieds au Lakewood Theater de tout l'été dernier.

— Mais...

— Mais comment a-t-il pu apprendre la mort de Tony ? Je n'en ai aucune idée. Tout ce que je sais, c'est que je n'y suis pour rien. L'autre point concerne cette fameuse mémoire eidétique. Bon sang, Liz, il n'est même pas capable de se rappeler quelle chaussette il vient de mettre !

— Ça n'a rien à voir ! rétorqua sèchement Liz. Ce...

— Ed Hamner a passé l'été à Las Vegas, continua calmement Alice. Il n'est revenu qu'à la mi-juillet et a pris une chambre dans un motel, à Pemaquid. Tout près du port de Boothbay. Comme s'il attendait que tu aies besoin de lui.

— Mais c'est complètement dingue ! Comment pourrais-tu savoir qu'Ed se trouvait à Las Vegas ?

— Je suis tombée sur Shirley d'Antonio, juste avant que les cours ne reprennent. Elle travaillait au Pines Restaurant qui est situé en face du casino. Elle m'a dit qu'Ed Hamner était unique en son genre et qu'il ne pouvait y avoir d'erreur. Je sais donc qu'il t'a menti sur plusieurs points. Je suis allée voir mon père et il m'a donné le feu vert.

— Pour quoi faire ? demanda Elizabeth, éberluée.

— Pour engager un détective privé.

Elizabeth se leva d'un bond.

— Ça suffit, Alice. J'en ai assez entendu.

Elle prendrait le bus pour aller en ville et passerait la nuit chez Ed. De toute façon, ça faisait longtemps qu'elle n'attendait que ça.

— Il faut au moins que tu *saches*, dit Alice. Ensuite, tu prendras une décision.

— Je n'ai rien besoin de savoir, sinon qu'il est bon et...

— L'amour est aveugle, hein ? (Alice sourit amèrement.) Dis-toi que moi aussi je t'aime bien, Liz. As-tu jamais songé à cela ?

Elizabeth se retourna et l'observa pendant un long moment.

— Si c'est vrai, tu as une drôle de façon de le montrer, dit-elle. Continue. Peut-être que tu as raison. Sans doute te dois-je au moins cela. Vas-y, raconte.

— En réalité, fit posément Alice, cela fait très longtemps que tu le connais.

— Je... quoi ?

— La communale 119 à Bridgeport, Connecticut.

Elizabeth en resta bouche bée. Elle avait vécu à Bridgeport avec ses parents pendant six ans et avait déménagé juste avant d'entrer au collège. Elle était vraiment allée à la communale 119, mais...

— Alice, tu en es sûre ?

— Tu ne te souviens pas de lui ?

— Mais non, bien sûr que non !

Cependant, elle se souvenait de l'impression qu'elle avait ressentie en voyant Ed pour la première fois — de cette impression de déjà vu.

— Les gosses les plus mignons ne se rappellent généralement pas les vilains petits canards. Tu as fait ta huitième avec lui, Liz. Peut-être qu'il se contentait de te regarder, assis tout au fond de la classe. Ou alors il t'admirait dans la cour de récréation. Un petit gamin de rien du tout qui portait déjà des lunettes, et probablement des bretelles, mais dont tu es incapable de te souvenir. En revanche, je donnerais ma main à couper qu'il se souvient fort bien de toi, lui.

— Quoi d'autre ?

— L'agence a suivi sa piste depuis le temps où il allait à la communale. Pour cela, il suffisait de trouver des témoins et de les faire parler. Le détective chargé de l'enquête m'a avoué n'avoir pas compris tout ce qu'il avait récolté. Moi non plus, d'ailleurs. Et certains détails sont plutôt inquiétants.

— J'attends, fit Elizabeth d'un ton lugubre.

— Ed Hamner Senior était un joueur invétéré. Il est parti précipitamment pour Bridgeport alors qu'il travaillait pour une agence de publicité en vue de Manhattan. D'après le détective, il était repéré chez tous les grands bookmakers de New York ainsi que par les gros joueurs de poker. A Bridgeport, les affaires d'Ed Sr ne se sont pas arrangées. Toujours le jeu. Mais, cette fois-ci, il est tombé sur un tricheur notoire. Au bout du compte, il s'est retrouvé avec une jambe et un bras cassés. Le détective doute qu'il s'agisse d'un accident.

— Et à part ça ? demanda Elizabeth. Détournement de fonds ? Il battait son fils ?

— En 1961, il entre dans une agence de publicité minable de Los Angeles. C'était un peu trop près de Las Vegas. Il s'est mis à aller passer ses week-ends là-bas, jouant gros et... perdant. Puis il a commencé à emmener Ed Junior avec lui... et à gagner !

— Tu inventes. Tout cela est absurde.

Alice lui montra le rapport posé juste devant elle.

— Tout est là-dedans, Liz. Certaines choses ne sont étayées d'aucune preuve mais, d'après le détective, aucune des personnes interrogées n'avait de raisons de mentir. Ed Senior appelait son fils « mon porte-bonheur ». Au début, personne ne s'opposa à la présence du garçon bien qu'il fût trop jeune pour avoir le droit d'entrer dans un casino. Son père était le pigeon rêvé. Il se mit à jouer exclusivement à la roulette, misant uniquement sur pair ou impair, rouge ou noir. A la fin de l'année, le gosse était interdit d'entrée dans tous les casinos du coin. Et son père à commencé à jouer d'une tout autre façon.

— A quoi ?

— En bourse. Quand les Hamner étaient arrivés à

Los Angeles, en 1961, ils s'étaient installés dans un réduit à quatre-vingt-dix dollars par mois, et Mr Hamner conduisait une Chevrolet 52. Seize mois plus tard, il avait lâché son travail et acheté une maison à San José. Il roulait en Thunderbird et sa femme possédait une Volskwagen. Tu comprends, un gamin ne peut pas pénétrer légalement dans les casinos du Nevada, mais personne ne peut l'empêcher de lire la liste des cours de la bourse.

— Tu insinues qu'Ed..., qu'il aurait pu... Alice, tu divagues !

— Je n'insinue rien du tout. Sinon qu'il savait peut-être ce qu'il fallait à son père...

Je sais ce qu'il te faut.

Elle frissonna, comme si les mots avaient bel et bien été chuchotés dans son oreille.

— Pendant les six années suivantes, on promena Mrs Hamner d'une maison de santé à l'autre. Officiellement pour troubles nerveux mais, en fait, un infirmier a confié au détective qu'elle était quasiment psychotique. Elle affirmait que son fils était un envoyé du diable. En 1964, elle a essayé de le tuer avec une paire de ciseaux. Elle... Liz ? Qu'est-ce que tu as ?

— La cicatrice, murmura-t-elle. Il y a un mois de cela, nous sommes allés nager à la piscine de la fac. Il a une profonde cicatrice sur l'épaule... juste là. (Elle posa une main au-dessus de son sein gauche.) Il m'a dit... (Soudain prise de vertige, elle dut attendre un moment avant de poursuivre.) Il m'a dit qu'il était tombé sur un piquet de clôture quand il était petit.

— Je continue ?

— Vas-y. Autant tout savoir maintenant.

— Sa mère, qui avait été placée dans une luxueuse maison de repos californienne, sortit en 1968. Tous trois partirent en vacances. Ils s'arrêtèrent sur le bord de la route n° 101 pour pique-niquer. Le gosse était parti ramasser du bois mort quand, au volant de sa voiture, elle s'est jetée dans le précipice, entraînant avec elle son mari dans l'Océan. Peut-être n'avait-elle voulu qu'abandonner son fils. Mais il avait déjà près de dix-huit ans. Son père lui laissait un portefeuille d'actions évalué à un million de dollars. Un an et demi plus tard, Ed est venu dans l'Est et il s'est inscrit ici. Voilà toute l'histoire.

— Plus le moindre cadavre dans le placard?

— Ça ne te suffit pas, Liz?

Elizabeth se leva.

— Je comprends maintenant pourquoi il ne fait jamais allusion à sa famille. Mais il a fallu que tu ailles déterrer tout cela, n'cst-ce pas?

— Tu es donc complètement aveugle? fit Alice tandis qu'Elizabeth enfilait son manteau. Je suppose que tu vas le rejoindre?

— Exactement.

— Parce que tu l'aimes.

— Tu as tout compris.

Alice traversa la chambre et attrapa sa camarade par le bras.

— Ça t'ennuierait de renoncer une seconde à cette mine butée pour *réfléchir* un peu? Ed Hamner a le pouvoir de faire des choses que nous ne pouvons imaginer qu'en rêve. Il a fait gagner son père à la roulette et lui a permis de s'enrichir en jouant en bourse. On dirait qu'il peut forcer la chance. Peut-être a-t-il des facultés parapsychiques? Peut-être a-t-il le don de lire dans l'avenir? Je ne sais pas. Cela existe. Liz, ne t'est-il jamais venu à l'esprit qu'Ed t'a forcée à l'aimer?

Liz se retourna lentement.

— De toute ma vie je n'ai jamais rien entendu d'aussi ridicule!

— Vraiment? Il t'a fait obtenir cet examen de sociologie de la même façon qu'il indiquait à son père le bon numéro à la roulette! Ed ne s'est jamais inscrit à aucun cours de socio. J'ai vérifié! Il a fait cela parce que c'était le meilleur moyen d'attirer ton attention!

— Ça suffit! hurla Liz.

— Il savait le sujet de ton examen, il savait que Tony allait mourir, et il savait que tu rentrerais chez toi en avion! Et, en octobre dernier, il a même su que le moment psychologique de faire sa réapparition était venu.

Elizabeth la repoussa et ouvrit la porte.

— Je t'en prie, la supplia Alice, je t'en prie, Liz, écoute-moi. Je ne sais pas comment il fait. Je ne suis même pas sûre qu'il le sache lui-même. Peut-être n'a-t-il pas l'intention de te faire du mal, mais il t'en fait déjà. Tu t'aimes parce qu'il est capable de déchiffrer tes besoins et tes désirs les plus secrets, mais ça n'a rien à voir avec l'amour; c'est du viol.

Elizabeth claqua la porte puis dévala les escaliers.

Elle attrapa le dernier bus pour la ville. Il neigeait de plus en plus fort. De fiévreuses pensées se bousculant dans sa tête, Elizabeth alla s'asseoir tout au fond du véhicule presque désert.

Les cigarettes mentholées. Les cours de la bourse. Le fait qu'il avait deviné qu'on surnommait sa mère Dee-dee. Un petit garçon assis au fond d'une classe dévorant des yeux une ravissante gamine trop jeune pour se rendre compte que...

Je sais ce qu'il te faut.

« *Non. Non. Non. Je l'aime!* »

Mais l'aimait-elle vraiment? Ou était-elle simplement comblée de sortir avec quelqu'un qui ne manifestait jamais de désirs contraires aux siens? N'était-il qu'une sorte de miroir psychique ne reflétant que ce qu'elle souhaitait voir?

Ça n'a rien à voir avec l'amour; c'est du viol.

Elle fut giflée par le vent en descendant au croisement de Main Street et de Mill Street. Elle regarda s'éloigner le bus. Ses feux arrière clignotèrent un instant dans la nuit glaciale puis disparurent.

Jamais elle ne s'était sentie aussi seule.

Il n'était pas chez lui.

Après avoir frappé pendant cinq bonne minutes, il lui vint soudain à l'esprit qu'elle ignorait ce que faisait Ed, qui il voyait, lorsqu'ils n'étaient pas ensemble. Il ne lui en avait jamais parlé.

« *Peut-être est-il en train de gagner au poker de quoi m'offrir mes prochains cadeaux?* »

Prenant une brusque décision, Elizabeth se haussa sur la pointe des pieds, tâtonnant sur l'encadrement de la porte à la recherche de la clé qu'il gardait toujours là. Ses doigts effleurèrent la clé qui tomba sur le sol avec un petit bruit métallique.

Elle la ramassa et ouvrit la porte.

En son absence, l'appartement lui parut différent — artificiel, semblable à une vitrine. Elle avait souvent trouvé amusant de voir que quelqu'un qui soignait aussi peu son apparence personnelle pût vivre dans un appartement aussi bien tenu. On eût dit qu'il l'avait décoré à son intention et non pour lui-même. Mais cette idée était complètement stupide. N'est-ce pas?

Deux portes donnaient sur la salle de séjour. Celle de la kitchenette et celle de sa chambre.

Elle contempla le lit de cuivre de la chambre. Il ne semblait ni trop dur ni trop mou. Une petite voix intérieure lui susurra : « Presque trop parfait, non? »

Son regard erra sur les livres de la bibliothèque. Elle tomba en arrêt devant l'un d'eux et s'en saisit : *Danses à la mode des années cinquante.* Le volume s'ouvrit de lui-même à une page où tout un paragraphe avait été cerclé de rouge. Dans la marge, en lettres majuscules, figurait son nom : *Beth.*

« Il faut que je m'en aille immédiatement, se dit-elle. C'est ma seule chance de sauver ce qui peut l'être encore. S'il rentrait maintenant, je ne pourrais jamais plus le regarder en face et Alice serait parvenue à ses fins. »

Mais elle avait atteint un point de non-retour et le savait.

Elizabeth s'approcha du placard et posa la main sur la poignée, mais il était fermé à clé.

De nouveau, elle se mit sur la pointe des pieds et chercha la clé sur le placard. La clé y était. Tandis qu'elle s'en saisissait, une voix intérieure lui souffla : « Ne fais pas ça. » Elle pensa à la femme de Barbe-Bleue et à ce qu'elle avait découvert en ouvrant la porte interdite. Mais elle ne pouvait plus reculer; elle devait chasser le doute de son esprit. Elizabeth ouvrit le placard.

Elle eut brusquement l'étrange intuition d'être enfin

confrontée au véritable Ed Hamner Jr, à celui qu'elle ne connaissait pas.

Le placard était un vrai foutoir — un tas de vêtements, des livres, le cadre d'une raquette de tennis, une paire de baskets tachées, des cours et des notes jetés pêle-mêle, une blague à tabac ouverte. Sa vieille veste kaki avait été mise en boule dans un coin.

Elle prit l'un des livres et cilla en lisant le titre. *The Golden Bough,* de Frazer. Un autre : *Rites ancestraux et mystères de notre temps.* Un autre : *le Vaudou à Haïti.* Et un dernier, relié de vieux cuir craquelé, au titre presque effacé par l'usure du temps et d'où émanait une vague odeur de poisson pourri : *le Necronomicon.* Elizabeth l'ouvrit au hasard, hoqueta et le jeta loin d'elle, le regard encore hanté par la vision obscène.

Pour se calmer, elle s'empara de la vieille veste sans s'avouer qu'elle avait l'intention d'en fouiller les poches. Mais, en la soulevant, elle découvrit une petite boîte en fer...

Piquée par la curiosité, elle la ramassa et la secoua; il y eut un petit cliquetis à l'intérieur. C'était le genre de boîte qu'aurait choisie un gamin pour dissimuler ses trésors. Elle portait l'inscription : *Bridgeport Candy Co.* Elizabeth l'ouvrit.

Sur le dessus se trouvait une petite figurine. Une figurine qui la représentait, elle, Elizabeth.

Elle frissonna.

La figurine était vêtue d'un lambeau de nylon rouge arraché à une écharpe qu'elle avait perdue au cinéma, avec Ed, deux ou trois mois auparavant. Les bras étaient constitués de cure-pipe recouverts d'une matière qui ressemblait à de la mousse, cueillie dans un cimetière, sans doute. Il y avait bien des cheveux sur la tête de la poupée mais quelque chose n'allait pas. C'était de la filasse blanche collée sur la gomme en caoutchouc qui faisait office de visage. Ses propres cheveux étaient blond doré et bien plus épais que ceux-là. Cette chevelure évoquait davantage...

La sienne, lorsqu'elle était petite fille.

Elle déglutit avec difficulté. N'avait-on pas distribué à tous les élèves de la communale de petits ciseaux ronds, bien adaptés à la main d'un enfant? Ce petit garçon d'alors s'était-il glissé près d'elle, et...?

Elizabeth reposa la poupée et continua d'explorer la boîte. Il y avait un jeton de poker bleu sur lequel avait été dessinée à l'encre rouge une étrange figure à six côtés. Un avis de décès découpé dans un journal — concernant Mr et Mrs Edward Hamner. Une photo l'accompagnait, sur laquelle tous deux souriaient d'une façon un peu stupide, et Liz remarqua que le même dessin avait été tracé sur leur visage, cette fois-ci à l'encre noire; on eût dit un voile. Puis deux autres figurines, un homme et une femme. La ressemblance avec le couple figurant sur la photo était criante, insoutenable.

Et quelque chose d'autre.

Quelque chose qu'elle extirpa de la boîte et qu'elle faillit laisser tomber tant ses doigts tremblaient. Un petit cri lui échappa.

C'était une maquette de voiture, comme en achètent les gosses dans les magasins de jouets ou les bazars pour en assembler ensuite les morceaux à l'aide d'une colle spéciale. Celle-ci était une Fiat qu'on avait peinte en rouge. Et on avait fixé sur le capot un lambeau de ce qui avait dû être une chemise appartenant à Tony.

Elle retourna la petite voiture et constata que le dessous avait été défoncé à coups de marteau...

— Comme ça, tu l'as trouvée, ingrate petite merdeuse.

Elle poussa un cri, laissant tomber la voiture et la boîte. Tous ses trésors monstrueux s'éparpillèrent sur le sol.

Il l'observait depuis l'embrasure de la porte. Jamais elle n'avait affronté une telle expression de haine.

— Tu as tué Tony, lâcha-t-elle.

Il eut un sourire cynique :

— Tu pourrais le prouver?

— Cela m'importe peu, répondit-elle, surprise de maîtriser aussi bien sa voix. Je sais tout. Et je ne veux plus jamais te revoir. Et si tu fais le moindre mal à qui que ce soit d'autre, je le saurai. Et, d'une façon ou d'une autre, tu le paieras.

Ed blêmit.

— C'est comme ça que tu me remercies. Je t'ai donné tout ce que tu désirais. Plus qu'aucun autre homme n'aurait pu t'offrir. Reconnais-le. Je t'ai rendue parfaitement heureuse.

— *Tu as tué Tony !* lui jeta-t-elle au visage.

Il s'approcha d'un pas.

— Oui, et je l'ai fait pour toi. D'ailleurs, qui es-tu pour en juger, Beth ? Tu ne sais pas ce qu'est l'amour. Je t'aime depuis la première fois que je t'ai vue, il y a plus de dix-sept ans. Ça a toujours été facile, pour toi. Tu es *jolie*. Il ne t'a jamais rien manqué, tu n'as jamais eu à souffrir de la solitude. Tu n'as jamais eu à chercher... d'autres façons d'obtenir ce dont tu avais besoin. Il y a toujours eu un Tony pour combler tes désirs, et tout ce qu'il te restait à faire c'était de sourire et de dire merci. (Sa voix prit une tonalité plus perçante.) Je n'ai jamais pu avoir ce que je désirais aussi simplement. Tu crois que je n'ai pas essayé ? J'ai échoué avec mon père. Il voulait toujours davantage. Jamais un baiser, jamais une accolade jusqu'à ce que je le rende riche. Et je n'ai pas eu plus de chance avec ma mère. J'ai sauvé son mariage mais ce n'était sans doute pas suffisant. Elle me haïssait ! Elle disait que j'étais anormal ! J'ai tout fait pour qu'elle soit plus heureuse mais... Beth ! ne fais pas ça !... Nooon !

Elizabeth posa le pied sur la figurine qui la représentait et, d'un mouvement du talon, la broya. Quelque chose en elle parut se consumer puis elle se sentit libérée. Elle n'avait plus peur de lui. Ed n'était plus pour elle qu'un petit garçon vulnérable dans le corps d'un jeune homme.

— Je ne crois pas que tu aies encore le moindre pouvoir sur moi, désormais, Ed, dit-elle. Je me trompe ?

Il se détourna.

— Va-t'en, dit-il faiblement. Mais laisse-moi la boîte. Laisse-moi au moins ça.

— Tu peux garder la boîte. Mais je prends tout ce qui se trouve à l'intérieur.

Elle se dirigea vers la porte. Ed eut un mouvement d'épaules, comme s'il allait se retourner pour l'agripper au passage, mais, l'instant d'après, il était de nouveau prostré.

Comme elle atteignait le palier du second étage, il lui cria du haut de l'escalier :

— Eh bien pars ! Mais, après moi, plus jamais aucun homme ne saura te rendre heureuse ! Et quand tu ne seras plus si jolie et que les hommes cesseront de se plier à tes volontés, tu te souviendras de moi ! Et tu regretteras celui que tu ne trouvais pas assez bien pour toi !

Les dernières marches franchies, elle sortit sous la neige. La morsure des flocons lui fit du bien. Elle se trouvait à trois kilomètres du campus mais s'en moquait. Elle avait besoin de marcher, elle avait besoin du froid. Comme si cela pouvait la purifier.

Etrangement, elle ressentait plutôt de la pitié pour lui — un enfant aux facultés immenses comprimées dans un esprit étroit. Un enfant qui aurait voulu jouer avec les êtres humains comme avec des soldats de plomb.

Et elle, qu'était-elle donc ? Elle possédait tout ce qui manquait à Ed sans que quiconque en fût responsable. Elle se souvint de la façon dont elle s'était conduite avec Alice, essayant aveuglément de se raccrocher à ce qui était facile plutôt qu'à ce qui était raisonnable, et se foutant de tout.

Et quand tu ne seras plus si jolie et que les hommes cesseront de se plier à tes volontés, tu te souviendras de moi !... Je sais ce qu'il te faut.

Mais était-elle limitée au point d'attendre aussi peu de la vie ?

« Oh ! mon Dieu, je vous en prie, faites que non. »

Elle s'arrêta sur le pont situé entre la ville et le campus pour jeter un par un tous les trésors d'Ed Hamner. Ce fut enfin le tour de la petite Fiat rouge ; elle fit une série de tonneaux sur la neige puis disparut. Elizabeth reprit son chemin.

LES ENFANTS DU MAÏS

La radio marchait trop fort mais Burt renonça à baisser le son, car ils étaient une nouvelle fois au bord de la dispute; et, de cela, il ne voulait à aucun prix.

Vicky dit quelque chose.

— Comment? hurla-t-il.

— Baisse ça! Tu veux me crever les tympans?

Il se mordit les lèvres et fit ce qu'elle lui demandait.

Bien que la Thunderbird fût climatisée, Vicky s'éventait avec son écharpe.

— Où sommes-nous?

— Dans le Nebraska.

Elle lui jeta un regard glacé.

— Mais oui, Burt. Je sais que nous sommes dans le Nebraska, Burt. Mais, merde, vas-tu me dire *où* nous sommes?

— C'est toi qui as la carte. Tu n'as qu'à regarder. A moins que tu ne saches pas lire?

— Quel esprit! Grâce à toi, nous avons quitté l'autoroute. Comme ça, nous allons avoir le plaisir de contempler du maïs pendant cinq cents kilomètres. Et d'apprécier l'humour et la sagesse de Burt Robeson.

Il serra le volant à faire blanchir les jointures de ses doigts. Il songea qu'il valait mieux le tenir de cette façon sans quoi il ne pourrait pas résister à l'envie de balancer son poing dans les côtes de l'ex-reine de beauté assise à sa droite. « Ce voyage est notre dernière chance de sauver ce qui peut encore l'être, se dit-il. Ça me rappelle la manière dont nous *sauvions* des villages pendant la guerre. »

— Vicky, commença-t-il, j'ai fait plus de deux mille bornes d'autoroute depuis que nous avons quitté Boston, en conduisant tout le temps parce que Madame refuse de prendre le volant. Alors...

— Je ne refuse pas! rétorqua Vicky. Mais tu sais très bien que j'attrape des migraines dès que je conduis trop longtemps.

— Quand je t'ai demandé de me guider sur les routes secondaires, tu m'as répondu : « Avec plaisir, Burt. » Alors...

— Je me demande parfois comment j'ai fait pour t'épouser.

— En prononçant un simple petit mot.

Le visage livide, elle lui jeta un regard venimeux puis, après l'avoir dépliée sauvagement, se plongea dans l'étude de la carte.

« J'ai vraiment eu tort de quitter l'autoroute », pensa Burt avec ennui. C'était d'autant plus dommage que, jusque-là, tout s'était à peu près bien passé entre eux; ils s'étaient même quasiment traités en êtres humains. Par moments, il avait eu l'impression que ce voyage en direction de la côte, dont le but officiel était de rendre visite au frère de Vicky et à son épouse mais qui, en réalité, était une ultime tentative pour rafistoler leur propre mariage, allait être couronné de succès.

Mais, depuis qu'ils avaient quitté l'autoroute, de nouveau tout allait de travers.

— Nous avons pris la bretelle à Hamburg, c'est ça?

— C'est ça.

— Aucun patelin avant Gatlin, dit-elle. A trente kilomètres d'ici. Envisages-tu de t'y arrêter pour que nous mangions un morceau? Ou bien ton horaire t'interdit-il de t'arrêter avant 2 heures de l'après-midi, comme hier?

Il détourna les yeux de la route pour la regarder.

— J'en ai plein le dos, Vicky. Si ça ne tient qu'à moi, nous pouvons faire demi-tour tout de suite et rentrer voir cet avocat auquel tu songeais à t'adresser.

Elle fixait la route des yeux; soudain, l'expression butée de son visage se mua en surprise puis en peur.

— *Burt, attention, tu vas...*

A peine avait-il eu le temps de ramener son attention sur la chaussée qu'il voyait disparaître quelque chose sous le capot de sa Thunderbird. L'instant d'après, alors qu'il commençait seulement à freiner, il sentit un choc dans les roues avant puis les roues arrière de sa voiture. Ils furent projetés en avant tandis que l'aiguille du compteur passait de quatre-vingts à zéro et que les pneus du véhicule dessinaient des traînées noires sur le bitume.

— Un chien, dis-moi que c'était un chien, Vicky.

Elle était devenue pâle comme une morte.

— Un garçon. Un petit gamin. Il a jailli du champ de maïs, et... bravo, Tarzan, je te félicite.

Le cœur lui montait aux lèvres : elle ouvrit précipitamment la portière et se pencha au-dehors.

Assis raide sur le siège de sa Thunderbird, Burt avait encore les mains posées sur le volant. Pendant un long moment, il n'eut conscience que de l'odeur entêtante de l'engrais.

S'apercevant soudain que Vicky était sortie, il jeta un coup d'œil dans son rétroviseur et la vit qui s'approchait en chancelant d'une forme indistincte qui ressemblait à un tas de chiffons.

« *Je suis un assassin. Je ne mérite pas d'autre nom. J'ai quitté la route des yeux.* »

Il coupa le contact et sortit à son tour. Dans le vent gémissant, les plants de maïs de la taille d'un homme paraissaient respirer. Burt entendit les sanglots de Vicky qui s'était penchée au-dessus du tas informe.

Il se trouvait à mi-chemin entre la voiture et sa femme lorsque, sur la gauche, une tache d'un rouge éclatant attira son regard.

Il s'immobilisa, fouillant le champ des yeux. Il songea (tout lui était bon pour différer le moment de s'approcher de sa victime) que c'était une année magnifique pour le maïs. Les plants étaient serrés, prêts à porter leurs fruits. Mais l'ordre ici avait été bouleversé : plusieurs plants avaient été cassés et couchés dans tous les sens. Et Burt devinait quelque chose d'autre, là-bas, plus loin...

— Burt ! hurlait Vicky. Viens donc voir et tu pourras raconter à tes copains de poker ce que tu as récolté dans le Nebraska ! Viens donc...

La suite se perdit dans de nouveaux sanglots. Son

ombre faisait une petite flaque autour de ses pieds. Il était près de midi.

Le soleil s'évanouit dès qu'il eut pénétré dans le champ. Burt découvrit une petite flaque de sang. Un peu plus avant, des feuilles étaient tachées de sang. Il n'avait quand même pas giclé jusque-là ! Puis il se pencha au-dessus de l'objet qu'il avait aperçu de la route et le ramassa.

Lorsqu'il la rejoignit, Vicky, complètement hystérique, proférait des paroles inintelligibles, pleurant et riant tour à tour. Qui aurait pu prévoir que tout allait se terminer d'une façon aussi mélodramatique ? En la regardant, il eut la certitude qu'il ne s'agissait pas de problèmes psychologiques personnels. Il la haïssait, un point c'est tout. Il la gifla sans ménagement.

Elle s'arrêta net, portant la main à la marque rouge que les doigts de Burt avaient laissée sur sa joue.

— On te mettra en prison, Burt, fit-elle gravement.

— Ça m'étonnerait, répondit-il en posant à ses pieds la valise qu'il avait découverte dans le champ de maïs.

— Qu'est-ce que c'est ?...

— Je n'en sais rien. Je suppose que ça lui appartenait.

Il désigna le corps étendu sur la route, face contre terre. Apparemment, le garçon avait treize ans environ.

C'était une vieille valise dont le cuir brun était usé, tanné. Les deux bandes de tissu qui la tenaient fermée avaient été nouées maladroitement. Vicky se pencha pour démêler l'un des nœuds mais, s'apercevant qu'il était maculé de sang, elle y renonça.

Burt s'agenouilla et retourna précautionneusement le corps.

— Je ne veux pas voir ça, proclama Vicky en détournant le regard.

Mais quand, soudain, deux yeux fixes et sans vie les contemplèrent tous deux, elle se remit à hurler. Une grimace de terreur déformait le visage maculé de terre du garçon. On lui avait tranché la gorge.

Burt se leva pour rattraper Vicky qui commençait à vaciller.

— Ne t'évanouis pas, lui ordonna calmement Burt. Tu m'entends, Vicky? Ne t'évanouis pas!

Il répéta inlassablement les mêmes mots jusqu'à ce que, reprenant ses esprits, elle s'agrippât à lui. On eût dit qu'ils dansaient autour du cadavre de l'enfant sous le soleil de midi.

— Vicky?

— Quoi? gémit-elle tout contre lui.

— Retourne à la voiture, mets les clés dans ta poche, prends la couverture qui se trouve sur le siège arrière et mon fusil... puis rapporte-les ici.

— Ton fusil?

— Quelqu'un lui a coupé la gorge. Peut-être est-il en train de nous épier.

Elle rejeta la tête en arrière et examina le champ de maïs.

— Je pense qu'il a disparu. Mais pourquoi prendre des risques? Allez! Fais ce que je te dis.

Elle tituba jusqu'à la voiture. Lorsqu'elle se fut glissée sur la banquette arrière, Burt s'accroupit près du corps. C'était un garçon de race blanche, sans signes particuliers. Que la Thunderbird lui soit passée dessus, d'accord, mais elle ne lui avait certainement pas tranché la gorge. Le travail était grossier et malhabile — aucun sergent instructeur n'avait enseigné à l'assassin la meilleure façon de tuer proprement à l'arme blanche — mais le résultat était le même. Mortellement blessé ou déjà mort, poussé par une main inconnue ou mû par ses dernières forces, le gosse avait franchi les derniers mètres du champ puis s'était affalé sur la route, et Burt Robeson lui était passé dessus. S'il était encore en vie au moment où la voiture l'avait heurté, son agonie n'en avait été qu'abrégée.

Vicky lui tapota l'épaule; il sursauta.

Le visage décomposé, elle portait la couverture militaire brune sur le bras gauche et, dans la main droite, tenait l'étui de la carabine. Burt prit la couverture et l'étendit sur la route. Il y roula le corps. Vicky laissa échapper une plainte.

— Ça va? (Il la dévisagea.) Vicky?

— Ça va, fit-elle d'une voix étranglée.

Il rabattit les bords de la couverture sur le corps puis souleva le poids mort, réprimant une grimace de dégoût. Il le tint fermement contre lui pour l'empêcher de glisser puis se dirigea vers la Thunderbird.

— Ouvre le coffre, grogna-t-il.

La malle était pleine de valises et de babioles achetées en route. Vicky en fit passer plus de la moitié sur la banquette arrière et Burt déposa le corps dans l'espace ainsi libéré. Il fit claquer le coffre puis poussa un soupir de soulagement. Vicky était plantée près de la portière gauche, serrant toujours la carabine dans sa main.

— Fourre ça à l'arrière et monte.

Il jeta un coup d'œil sur sa montre et constata que quinze minutes à peine s'étaient écoulées. Quinze minutes longues comme des heures.

— Que fait-on de la valise ? lui demanda Vicky.

Burt retourna au pas de course vers la valise qui était posée sur la ligne blanche de la route. Il saisit ce qui restait de la poignée et s'immobilisa un instant. Il avait la sensation déplaisante d'être observé. C'était comme s'il y avait eu des gens cachés dans le maïs, peut-être même tout un tas de gens, estimant froidement leurs chances de lui sauter dessus, de le traîner dans le champ et de lui couper la gorge avant que sa femme n'ait eu le temps d'extirper le fusil de son étui...

Le cœur battant, il se précipita vers la voiture, ôta les clés de la serrure du coffre, et monta.

Vicky s'était remise à pleurer. Burt démarra et, une minute plus tard, le lieu de l'accident avait disparu de son rétroviseur.

— Qu'est-ce que c'est la prochaine ville, déjà ? demanda-t-il.

— Oh ! (Elle se pencha sur la carte.) Gatlin. Nous y serons dans dix minutes.

— Ça paraît assez important pour qu'il y ait un poste de police ?

— Non. C'est un petit bled.

— On trouvera bien un flic quand même.

Ils roulèrent en silence pendant quelques kilomètres, puis dépassèrent un silo, sur la gauche. Du maïs. Rien que du maïs. Il n'y avait pas même un tracteur à l'horizon.

— Avons-nous croisé quoi que ce soit depuis que nous avons quitté l'autoroute, Vicky?

Elle réfléchit un instant.

— Une voiture et un tracteur. Au carrefour.

— Non, depuis que nous sommes sur la route. La 17.

— Je ne crois pas.

Moins d'une heure auparavant, elle l'aurait gratifié de l'une de ses reparties cinglantes. Mais elle se contentait désormais de garder le regard fixé sur l'interminable pointillé qui partageait la route.

— Vicky? Tu ne voudrais pas ouvrir la valise?

— Tu crois que c'est nécessaire?

— Est-ce que je sais? Peut-être.

Tandis qu'elle se battait avec les nœuds (pinçant les lèvres, le regard fixe), il remit la radio en marche.

La station qu'ils avaient écoutée jusque-là étant devenue inaudible à cause des parasites, Burt en chercha une autre, faisant lentement avancer la petite barre rouge le long du cadran. Des conseils aux agriculteurs. Buck Owens, Tammy Wynette. Tout cela très lointain, presque incompréhensible. Et puis, tout au bout du cadran, un mot jaillit du haut-parleur, si proche, si distinct qu'il paraissait avoir été prononcé juste derrière l'écran de l'auto-radio.

— PROPITIATION! clamait la voix.

Burt émit un hoquet de surprise. Vicky sursauta.

— C'EST PAR LE SANG DE L'AGNEAU QUE NOUS RACHÈTERONS LES PÉCHÉS DU MONDE! rugit la voix.

Et Burt baissa précipitamment le son. La station était toute proche..., si proche que... Oui, c'était elle. Contre l'horizon, surgissant du maïs, un trépied rouge se dessinait sur le ciel bleu. L'antenne.

— PROPITIATION EST LE MOT, FRÈRES ET SŒURS, reprit la voix.

En arrière-plan, d'autres voix répondirent : amen.

— Certains d'entre vous pensent qu'il leur serait bon de se répandre dans le monde, comme s'il leur était possible de travailler et de vivre dans ce monde sans être souillés par lui. Reconnaissez-vous là la parole que Dieu nous a dictée?

Les autres :

— Non!

— SEIGNEUR JÉSUS! hurla le prédicateur qui s'exprimait maintenant à une cadence accélérée. Quand comprendront-ils que cette voie est sans issue? Quand comprendront-ils que les dettes faites en ce monde-ci sont payées dans l'autre? Le Seigneur a dit que vaste était Sa demeure. Mais il n'y aura pas de place pour les fornicateurs. Mais il n'y aura pas de place pour les envieux. Pas de place pour ceux qui ont souillé le maïs. Pas de place pour les homosexuels. Pas de place pour...

Vicky éteignit la radio.

— Ces foutaises me rendent malade.

— Qu'est-ce qu'il a dit au sujet du maïs? lui demanda Burt.

— Je n'ai pas fait attention.

Elle s'attaqua au second nœud.

— Je suis sûr qu'il a dit quelque chose à propos du maïs.

— Ça y est! s'exclama Vicky.

La valise s'ouvrit sur ses genoux. Ils passèrent devant une pancarte qui indiquait : GATLIN : *8 km — Attention! Enfants — RALENTIR.*

— Des chaussettes, énuméra Vicky. Deux pantalons..., une chemise..., une ceinture..., une cravate...

Elle se remit à sangloter.

— Tu n'as rien remarqué de bizarre dans ce sermon radiophonique? lui demanda Burt, plus tard.

— Non. J'ai tellement entendu de trucs dans ce genre quand j'étais gosse. Je t'ai déjà parlé de ça.

— Tu n'as pas trouvé qu'il paraissait un peu jeune ce prédicateur?

Elle eut un rire sans joie.

— Un adolescent, et alors? C'est ce qu'il y a de plus monstrueux dans toutes ces histoires. Ils les prennent sous leur coupe quand leur esprit est encore malléable. Ils savent comment manipuler toutes leurs émotions et toutes leurs inclinations. Il aurait fallu que tu assistes à l'une de ces réunions auxquelles mes parents me traî-

330

naient..., l'une des nombreuses fois où j'ai eu le privilège d'être « sauvée »... *Oh!* Qu'est-ce que c'est ?

Il se tourna vivement vers elle pour regarder ce qu'elle tenait dans les mains. Elle était tombée dessus alors que, tout en parlant, elle avait continué d'explorer la valise. Elle tendit l'objet à Burt.

C'était un crucifix confectionné à l'aide d'enveloppes de maïs fraîches qui, ensuite, avaient séché. Un épi nain était attaché à la croix avec des fibres tressées. La plupart des grains avaient été arrachés un par un, sans doute avec un canif. Ceux qui restaient formaient un bas-relief jaunâtre qui évoquait grossièrement un corps crucifié. Les yeux étaient rendus par des grains de maïs fendus dans le sens de la longueur pour suggérer les pupilles. A droite et à gauche, pour compléter le dessin des bras, des grains prolongeaient l'épi, tandis que l'on pouvait deviner les deux pieds nus au bout des jambes jointes. Au-dessus de sa tête, quatre lettres avaient été sculptées : INRI.

— C'est du beau travail, remarqua Burt.

— Je trouve ça horrible, répondit Vicky d'une voix blanche. Jette ça.

— Mais... ça intéressera sans doute la police.

— Et pourquoi donc ?

— Eh bien, on ne sait jamais. Peut-être...

— Jette-le. Fais ça pour moi, s'il te plaît. Je n'en veux pas dans la voiture.

— Je le mets derrière et, dès qu'on aura vu les flics, je m'en débarrasse d'une façon ou d'une autre. Ça te va ?

— Oh! Fais donc ce que tu voudras ! cria-t-elle. De toute façon, tu n'en feras qu'à ta tête !

Ennuyé, il balança l'objet sur une pile de vêtements qui se trouvaient à l'arrière. Les petits yeux de maïs se mirent à fixer le plafonnier de la Thunderbird. Burt accéléra, faisant jaillir des gerbes de gravier.

— On laissera tout aux flics, le corps et le contenu de la valise, promit-il. Comme ça, on n'en parlera plus.

Plongée dans l'étude de ses mains, Vicky ne fit aucun commentaire.

Un kilomètre plus loin, les interminables champs de

maïs s'éloignèrent de la route pour laisser la place à quelques fermes et à leurs dépendances. Dans une cour, ils aperçurent de malheureux poulets déplumés qui picoraient paresseusement. On voyait encore sur le toit de certaines granges de vieilles pub pour Coca-Cola ou pour des tabacs à chiquer. Sur une grande pancarte, ils purent lire : NOTRE SAUVEUR JÉSUS-CHRIST. Ils passèrent devant un café qui faisait aussi débit d'essence, mais Burt décida de se rendre directement au centre de l'agglomération, si jamais il y en avait un. Sinon, ils pourraient toujours faire demi-tour. Avec un moment de retard, il s'aperçut qu'en fait le parking du café était totalement désert à l'exception d'un vieux pick-up dont deux des pneus semblaient à plat.

Soudain, Vicky partit d'un rire perçant que Burt jugea dangereusement proche de l'hystérie.

— Qu'y a-t-il de si drôle ?

— Les pancartes, fit-elle en hoquetant. Tu ne les a pas lues ? Ceux qui ont surnommé cette région la Route de la Bible(1) ne rigolaient pas, eux. Oh ! Seigneur ! En voilà encore une série !

Une nouvelle cascade de rires lui échappa.

Il n'y avait qu'un mot par pancarte. Elles étaient accrochées à des piquets blanchis à la chaux qu'on avait, semblait-il, plantés dans le sol sablonneux du bas-côté il y avait bien longtemps de cela ; le temps avait écaillé et sali la chaux. Les pancartes étaient espacées de trente mètres environ :

LE... JOUR... UN... NUAGE... LA... NUIT... UNE... COLONNE... DE... FEU.

— Ils n'ont oublié qu'une chose, gloussa Vicky.

— Quoi ? s'enquit Burt en fronçant les sourcils.

— Brut for men.

Elle enfonça son poing dans sa bouche pour étouffer son rire.

— Vicky, tu te sens bien ?

(1) Que l'on a préféré à la « Ceinture biblique », traduction littérale de « Bible Belt ». Il s'agit d'une région dans le Sud et le Middle West des Etats-Unis où s'est répandue dans les années vingt la secte protestante « fondamentaliste ». (*N.d.T.*)

— Ça ira mieux quand nous serons à quinze cents kilomètres d'ici, sur la terre impie et ensoleillée de Californie, avec les Rocheuses entre nous et le Nebraska.

Ils déchiffrèrent en silence une nouvelle série de pancartes :

PRENEZ... ET... MANGEZ... EN... TOUS.

« Je me demande bien pourquoi, se dit Burt, j'imagine tout de suite que ce " en " symbolise le maïs ? Ne serait-ce pas ce qu'on dit au moment de la consécration ? Je ne serais pas surpris qu'ils utilisent une galette de maïs en guise d'hostie, par ici. » Il ouvrit la bouche pour faire part de ses réflexions à sa femme mais, finalement, préféra se taire.

Parvenus au sommet d'une petite côte, ils découvrirent enfin Gatlin. Avec ses trois pâtés de maisons, on aurait dit le décor d'un film sur la Crise.

— Ah ! Il y aura bien un flic, certifia Burt, se demandant pourquoi il avait la gorge serrée à la vue de ce bled qui, à l'heure de la sieste, somnolait sous le soleil.

Ils passèrent devant un panneau limitant la vitesse à quarante-cinq kilomètres à l'heure puis devant un autre, taché de rouille, qui proclamait : *Vous entrez maintenant dans Gatlin, la plus jolie petite ville du Nebraska... ou d'ailleurs ! 5 431 ha.*

Des ormes aux troncs poussiéreux se desséchaient de chaque côté de la route. Ils aperçurent la scierie de Gatlin puis une station-service; les pancartes sur lesquelles étaient affichés les prix se balançaient mollement dans la brise de l'après-midi : *ordinaire 35,9* et *super : 38,9*; une autre indiquait : *Pour le diesel faites le tour.*

Ils coupèrent Elm Street puis Birch Street et parvinrent sur la place de la ville. Les maisons qui bordaient les rues étaient en bois et leurs porches vitrés. L'herbe des pelouses était jaune, desséchée. Un peu plus loin, un chien bâtard avança jusqu'au milieu de Maple Street, les observa un moment, puis se coucha sur la route, le nez entre les pattes.

— Arrête-toi, lui dit Vicky. Arrête-toi immédiatement.

Burt se gara sagement le long du trottoir.

— Fais demi-tour. Emmenons le corps à Grand Island. Ce n'est pas si loin, non ? Allez, vite.

— Qu'est-ce qui t'arrive, Vicky ?

— Comment ça, qu'est-ce qui t'arrive ! hurla-t-elle. Cette ville est déserte, Burt ! Il n'y a personne d'autre que nous, ici. Tu ne le sens donc pas ?

— C'est juste une impression, dit-il. Ce n'est qu'un petit trou perdu et ils sont sans doute tous à une vente de charité ou en train de jouer au bingo.

— *Il n'y a personne ici,* insista Vicky en détachant chaque syllabe. Tu n'as pas remarqué la station-service, tout à l'heure ?

— Oui, près de la scierie, et alors ?

Il avait l'esprit ailleurs, écoutant la sinistre stridulation d'une cigale terrée près des ormes.

Jamais il n'avait vu une ville dans un état pareil.

— Burt, les prix étaient de trente-cinq virgule neuf pour l'ordinaire et de trente-huit virgule neuf pour le super. Veux-tu me dire quand tu as vu pour la dernière fois de tels tarifs affichés dans le pays ?

— Au moins quatre ans, admit-il. Mais, Vicky...

— Nous sommes en plein centre-ville, Burt, et il n'y a pas une voiture, pas une seule !

— Grand Island se trouve à une centaine de kilomètres d'ici. Ça va paraître curieux, si on trimbale le corps jusque-là !

— Je m'en fiche !

— Ecoute, on va juste aller jusqu'à la mairie et...

— *Non !*

« Et voilà, merde, et voilà. Voilà ce qui a foutu par terre notre ménage. Non, je ne veux pas. Non, monsieur. Et tout comme ça. Si tu ne cèdes pas, je pique ma crise. »

— Vicky, commença-t-il.

— Je veux m'en aller d'ici, Burt.

— Vicky..., écoute-moi.

— Fais demi-tour. Allons-nous-en.

— Vicky, veux-tu arrêter une minute ?

— Je ne m'arrêterai que quand nous serons repartis dans l'autre sens. Maintenant, allons-y.

— *Il y a le cadavre d'un gosse dans le coffre de la*

voiture! rugit-il, prenant un malin plaisir à voir son visage se décomposer. (Baissant un peu le ton, il poursuivit :) On lui a coupé la gorge, on l'a balancé sur la route et je lui ai roulé dessus. Maintenant, on va aller à la mairie ou là où on pourra et je signalerai l'affaire. Si tu veux reprendre la direction de l'autoroute, vas-y, mais à pied. Je te récupérerai en chemin. Mais ne me demande pas de faire cent bornes jusqu'à Grand Island comme si on avait un sac de pommes de terre dans le coffre. Cet enfant doit bien être le fils de quelqu'un et je dois avertir les autorités avant que l'assassin n'ait disparu de l'autre côté des montagnes.

Vicky s'était mise à pleurer.

— Espèce de salaud. Mais qu'est-ce que je fous avec toi ?

— Je ne sais pas, répondit-il. Je ne sais plus. Mais on va certainement pouvoir arranger ça, Vicky.

Il redémarra. Alerté par le crissement des pneus, le chien leva la tête puis la reposa entre ses pattes.

Ils longèrent le dernier pâté de maisons avant la place. Avant de couper Pleasant Street, Main Street se divisait en deux. Puis c'était la place avec un square envahi par les herbes et, au milieu, un kiosque à musique. A l'autre bout, quand, de nouveau, les deux voies de Main Street ne faisaient plus qu'une, se trouvaient deux bâtiments d'allure officielle. Sur le fronton de l'un d'eux Burt déchiffra l'inscription : *MAIRIE DE GATLIN.*

— Et voilà ! triompha-t-il.

Vicky ne répondit pas.

Burt se gara avant de parvenir à la place, juste devant un restaurant, le *Gatlin Bar and Grill.*

— Où vas-tu ? demanda Vicky d'une voix inquiète tandis qu'il ouvrait sa portière.

— Essayer de trouver où ils sont tous. Il y a un écriteau à la fenêtre qui indique que le restaurant est ouvert.

— Tu ne vas pas me laisser seule ici ?

— Eh bien, tu n'as qu'à venir. Qui t'en empêche ?

Tandis qu'il se dirigeait vers l'établissement, il la vit

sortir de la voiture, le visage défait, et la prit un instant en pitié. Rien qu'un instant.

— Tu entends ? lui demanda-t-elle en le rejoignant.

— Entendre quoi ?

— Le silence. Pas une voiture. Pas un habitant. Pas un tracteur. Rien.

C'est alors qu'à quelques pas de là retentit le rire joyeux et haut perché d'une bande d'enfants.

— J'entends des gosses, fit-il. Pas toi ?

Elle parut désarçonnée.

Il poussa la porte du restaurant et fut assailli par une bouffée de chaleur sèche et inodore. Le sol était poussiéreux, les chromes ternis. Les pales en bois du ventilateur de plafond étaient immobiles. Rien sur les tables, personne sur les tabourets. Mais, derrière le comptoir, le miroir avait été fracassé. Puis son attention fut attirée par autre chose... toutes les manettes des fûts de bière avaient été brisées, et gisaient au pied du comptoir.

Au bord de la crise de nerfs, mais s'efforçant de prendre une voix enjouée, Vicky s'exclama :

— C'est ça. Demande à qui tu veux. Excusez-moi, monsieur, pourriez-vous m'indiquer...

— Oh ! la ferme !

Mais lui aussi paraissait à bout. De nouveau, repensant au corps qui se trouvait dans le coffre de sa voiture et aux rires aigus des enfants, Burt eut l'impression d'être observé. Sans raison apparente, une phrase lui rappelant son passé militaire se mit à défiler comme une incantation dans son esprit : *Observateur invisible. Observateur invisible. Observateur invisible.*

Il promena son regard sur la carte des tarifs jaunie par le temps qui était punaisée derrière le comptoir : *Cheese-burger, 35 c. Le meilleur jus du monde, 10 c. Tarte fraise rhubarbe, 25 c. Le hachis spécial du chef, 80 c.*

Depuis combien de temps n'avait-il pas vu de tels prix affichés dans un restaurant ?

— Regarde ça, dit-elle en frissonnant. (Elle désignait un calendrier accroché au mur.) Tes tarifs, je parie que ça fait au moins douze ans qu'on les a collés dans cette gargote.

Son rire se brisa.

Il s'approcha. L'illustration du calendrier représentait deux petits garçons se baignant dans une mare tandis qu'un ravissant petit chien s'enfuyait avec leurs vêtements. Sous l'image, on lisait : Avec les compliments de BOIS ET MATÉRIAUX DE GATLIN — BOISUM SOLIDUM EST. Le calendrier était ouvert au mois d'août 1964.

— Je ne comprends pas, balbutia-t-il. Mais je suis certain...

— Tu es certain ! hurla-t-elle d'une voix hystérique. C'est le problème, avec toi, Burt. Tu as passé ton existence à être *certain* !

Il se dirigea vers la porte, Vicky sur les talons.

— Où vas-tu ?

— A la mairie.

— Mais comment fais-tu pour être aussi têtu, Burt ? Tu sais très bien qu'il y a quelque chose d'anormal, ici. Ne vas-tu pas enfin l'admettre ?

— Je ne suis pas têtu. Je veux simplement me débarrasser de ce qu'il y a dans le coffre.

Une fois sur le trottoir, Burt fut à nouveau frappé par le silence et l'odeur d'engrais qui régnaient sur la ville. Mais ce n'étaient pas les effluves qui avaient baigné son enfance passée dans la campagne new-yorkaise. On pensera ce qu'on veut du fumier mais il s'en dégage un parfum presque agréable quand on l'étale dans les champs. Dans son esprit, cette odeur était liée pour toujours aux plus délicieuses essences de la nature : la fléole des prés, le trèfle, la terre fraîchement retournée, la rose trémière et le cornouiller.

Mais, ici, ils devaient avoir d'autres méthodes. L'odeur était proche mais différente. Elle laissait un arrière-goût douceâtre dans la gorge. Presque un goût de mort. Et il s'y connaissait, ayant fait la guerre du Vietnam comme ambulancier.

Vicky avait repris place dans la voiture et contemplait le crucifix posé sur ses genoux d'une façon qui alarma Burt.

— Laisse ça à l'arrière, lui ordonna-t-il.

— Non, répondit-elle sans lever les yeux. Si tu veux jouer, d'accord, mais laisse-moi en faire autant.

Burt remit la Thunderbird en marche et ils se dirigèrent vers le carrefour. Au-dessus d'eux, un feu de signalisation hors d'usage se balançait mollement au vent. Sur la gauche se dressait une église toute blanche. La pelouse était tondue. De part et d'autre du chemin carrelé qui menait à la porte poussaient deux bordures de fleurs bien entretenues. Burt coupa le contact.

— Qu'est-ce que tu fais encore ?

— Je vais jeter un coup d'œil, lui répondit Burt. C'est le seul endroit de cette ville qui n'a pas l'air d'être abandonné depuis dix ans. Regarde ce qui est écrit sur le tableau.

Derrière la vitre de protection, rédigée en lettres blanches, une inscription annonçait : *Loué soit celui qui règne sur les sillons.* Puis figurait une date : le 24 juillet 1976. C'était le dimanche précédent.

— C'est sans doute l'un des neuf mille noms qu'on donne à Dieu dans le Nebraska, dit Burt. Tu viens ?

Le visage de Vicky resta de marbre.

— Ne compte pas sur moi.

— Très bien. Fais ce que tu veux.

— Je n'ai pas mis les pieds dans une église depuis que j'ai quitté la maison parentale et je n'entrerai pas dans *celle-là*, et je ne veux pas rester dans *cette* ville. Je suis morte de peur, Burt. Est-ce qu'on va enfin partir ?

— Je reviens dans une minute.

— J'ai les clés de la voiture, Burt. Je te donne cinq minutes. Si tu n'es pas là, je pars sans t'attendre.

— Ecoute, ma jolie, tu vas m'attendre et c'est tout.

— Je ferai ce que je t'ai dit. A moins que tu ne me sautes dessus comme le dernier des voyous pour me piquer les clés.

Son sac était posé entre eux deux, sur la banquette. Burt l'empoigna. Poussant un cri, Vicky tenta de saisir la courroie, mais il l'en empêcha. Sans prendre la peine de le fouiller, il retourna le sac et le vida. Les clés scintillèrent au milieu des kleenex, des produits de maquillage, des pièces de monnaie, et de vieilles listes de courses. Elle tendit le bras mais, la prenant de vitesse, il mit les clés dans sa poche.

— Pourquoi as-tu fait ça ? gémit-elle. Rends-les-moi.

— Non, fit-il avec un sourire sadique. Pas question.

— Je t'en prie, Burt, j'ai peur !

Ses mains le suppliaient.

— Tu m'aurais attendu deux minutes et tu serais partie en te foutant de moi et en te disant : « Ça lui apprendra à me faire chier quand je veux quelque chose. » Tu as dû te le répéter assez souvent pendant tout notre mariage.

Il sortit de la voiture.

— Je t'en prie, Burt ! hurla-t-elle, esquissant un mouvement vers la portière gauche. Ne me laisse pas toute seule, Burt, ne me laisse pas là toute seule !

Il lui claqua la portière au visage puis s'appuya pendant un moment contre le flanc de la Thunderbird, pressant les pouces contre ses yeux fermés. Vicky l'appelait, martelant la vitre de ses poings.

Il remonta l'allée dallée qui menait à l'église. Le temps de jeter un coup d'œil, et il serait de retour. Peut-être ne pourrait-il même pas entrer.

Mais la porte tourna sans mal sur ses gonds bien huilés (des gonds huilés avec dévotion, songea-t-il, et, sans raison, cette pensée l'amusa), puis Burt pénétra dans un vestibule dont la fraîcheur le fit frissonner. Il lui fallut quelques instants pour s'habituer à l'obscurité.

La première chose qu'il aperçut fut un tas de lettres en bois poussiéreuses et empilées n'importe comment. Piqué par la curiosité, il s'approcha. Elles semblaient aussi vieilles et délaissées que le calendrier du restaurant, alors que d'une façon générale le vestibule était propre et bien tenu. Les lettres étaient hautes de soixante centimètres environ et avaient dû former une suite de mots. Il les étala sur la moquette — il y en avait quatorze — et chercha à les classer d'une façon cohérente. PISTE BALISE GET. Ça ne va pas. TABLEES PIGISTE. Guère plus fameux. Ridicule. Il était là, à quatre pattes, en train de jouer à un jeu idiot pendant que Vicky devenait dingue dans la voiture.

Puis, soudain, la solution lui apparut, évidente : EGLISE BAPTISTE. Les lettres avaient dû se trouver au fronton de l'église. On les avait descendues et jetées dans ce coin. L'église ayant depuis été repeinte, de l'extérieur, on n'en devinait même plus les traces.

Mais pourquoi ?

Sans doute n'était-ce plus une église baptiste. Mais quelle sorte d'église était-ce donc ? Sans savoir pourquoi, il sentit la peur le pincer et se releva précipitamment en essuyant la poussière de ses doigts. Ils avaient enlevé les lettres, et alors ? Peut-être avaient-ils rebaptisé le bâtiment Notre-Dame du M.L.F. ?

Coupant court à ces divagations, il pénétra dans l'église proprement dite. Embrassant la nef du regard, un sentiment de crainte l'étreignit et son souffle se fit haletant dans le silence oppressant qui régnait.

La chaire était dominée par une immense fresque représentant le Christ. Si Vicky avait vu ça, pensa Burt, ça l'aurait achevée.

Le Christ souriait d'un air sournois. En chacune de ses pupilles noires, un homme (un pécheur, probablement) se noyait dans un lac de feu. Mais le plus incongru était la chevelure verte du Christ... qui, à l'examen, se révélait constituée de plants de maïs entrelacés. L'œuvre était grossière mais efficace. On aurait dit une bande dessinée murale due au talent d'un enfant particulièrement doué — un Christ tel que l'aurait pu décrire l'Ancien Testament, ou d'inspiration païenne, un Christ qui aurait préféré destiner son troupeau au sacrifice plutôt que de le conduire.

Tout au bout de la rangée gauche des bancs se trouvait un orgue, et Burt hésita avant de comprendre ce qui clochait. En s'en approchant, il constata avec effroi que les touches et les registres avaient été arrachés tandis que les tuyaux avaient été remplis de grains de maïs secs. Au-dessus, sur un écriteau, on avait soigneusement inscrit ces mots : *Tu ne feras d'autre musique qu'avec ta bouche a dit le Seigneur Notre Dieu.*

Vicky avait raison. Il se passait des choses fort inquiétantes dans cette ville. Il envisagea un instant de la rejoindre en laissant là son exploration, de remonter dans la voiture et de quitter cet endroit aussi vite que possible sans plus se soucier de la mairie. Mais cela l'ennuyait. A dire vrai, il voulait lui laisser le temps de le maudire cinq mille fois avant de revenir et d'admettre qu'elle avait eu raison depuis le début.

Il s'accorda donc encore une bonne minute.

En examinant la chaire, il se dit que Gatlin devait être sans cesse traversée par des gens de passage, que certains des habitants des villes voisines devaient avoir ici des parents ou des amis. La police d'Etat du Nebraska y faisait sûrement un tour de temps en temps. Et l'électricité ? Le feu de signalisation ne fonctionnait pas. Si l'électricité avait été coupée depuis douze longues années, cela ne serait pas resté inaperçu. Conclusion : en apparence, Gatlin se trouvait dans une situation impossible.

Cela ne fut pas pour le rassurer.

Il monta les quatre marches qui menaient à la chaire et embrassa du regard les bancs vides qui miroitaient dans la pénombre. Burt eut l'impression de sentir dans son dos le poids horrifiant des yeux résolument païens du Christ.

Sur le lutrin, la Bible était ouverte au trente-huitième chapitre du Livre de Job. Burt baissa les yeux et lut :

L'Eternel répondit à Job du milieu de la tempête et dit : « Qui est celui qui obscurcit mes desseins par des discours sans intelligence ?... Où étais-tu quand je foulais la terre ? Dis-le, si tu as de l'intelligence. » Le Seigneur. Celui QUI Règne sur les Sillons. Dis-le, si tu as de l'intelligence. Et loué soit le maïs.

Il feuilleta la Bible, et le bruissement des pages rompit le silence de l'église. Des passages du Nouveau Testament avaient été découpés. Apparemment, quelqu'un avait entrepris d'amender la King James Bible(1) à l'aide d'une paire de ciseaux.

Mais l'Ancien Testament avait été respecté.

Burt s'apprêtait à descendre de la chaire quand il aperçut, plus bas, sur une étagère, un autre livre dont il

---

(1) Traduction anglicane de la Bible entreprise sous les empires du roi d'Angleterre Jacques Ier. (*N.d.T.*).

s'empara, imaginant qu'il s'agissait d'un registre des mariages, des baptêmes et des enterrements.

Il grimaça en déchiffrant les lettres qu'une main inexperte avait confectionnées à la feuille d'or : *Abattez les iniques et le sol à nouveau sera fertile a dit Notre Seigneur le Dieu des armées.*

Il semblait y avoir un dessein derrière une telle formule mais Burt ne chercha pas à en deviner davantage.

Il ouvrit le livre à la première page. Indéniablement, l'écriture était celle d'un enfant. Par endroits, des mots avaient été grattés et, s'il n'y avait pas de fautes d'orthographe, les lettres étaient rondes et enfantines. Il lut la première colonne :

Amos Deigan (Richard) né le 4-9-45 — 4-9-64
Isaac Renfrew (William) né le 19-9-45 — 19-9-64
Zepeniah Kirk (George) né le 14-10-45 — 14-10-64
Mary Wells (Roberta) née le 12-11-45 — 12-11-64
Yemen Hollis (Edward) né le 5-1-46 — 5-1-65

Fronçant les sourcils, Burt continua de parcourir les pages. Aux trois quarts du registre, la double colonne s'interrompait brutalement :

Rachel Stigman (Donna) née le 21-6-57 — 21-6-76
Moses Richardson (Henry) né le 29-7-57
Malachi Boardman (Craig) né le 15-8-57

La dernière naissance enregistrée était celle de Ruth Clawson (Sandra), à la date du 30 avril 61. Burt examina l'étagère où il avait trouvé le livre et en découvrit deux autres. Le premier portait la même formule (*Abattez les iniques...*) et poursuivait le registre précédent, sur une seule colonne portant des noms et des dates de naissance. A la date du 6 septembre 1964 était signalée la naissance de Job Gilman (Clayton) dont le nom était suivi de celui d'Eve Tobin, née le 16 juin 65. Aucun prénom n'était mentionné entre parenthèses.

Le troisième livre était encore vierge.

Burt se demanda à quoi tout cela pouvait bien rimer.

Il s'était passé quelque chose en 1964. Quelque chose qui était lié à la religion, au maïs... et aux enfants.

Mon Dieu, nous t'en prions, protège la récolte. Par le Père, le Fils et le Saint-Esprit. Amen.

Et le couteau s'était levé pour sacrifier l'agneau —

mais avait-ce bien été un agneau ? Peut-être un délire mystique s'était-il emparé d'eux ? Seuls, tout seuls, coupés du monde par des milliers de kilomètres carrés de maïs bruissant et mystérieux. Seuls sous soixante-dix millions d'acres de ciel bleu. Seuls sous l'œil attentif de Dieu, d'un Dieu étrange et vert, d'un Dieu du maïs, sénile, inquiétant, avide. Celui Qui Règne sur les Sillons.

Burt sentit un frisson de terreur le parcourir.

Vicky, je vais te raconter une histoire. Elle concerne un certain Amos Deigan, né Richard Deigan le 4 septembre 1945. Il s'est fait rebaptiser Amos en 1964, un nom bien biblique, ça, Amos, l'un des prophètes mineurs. Eh bien, Vicky — ne ris pas — ce Dick Deigan et ses petits copains — Billy Renfrew, George Kirk, Roberta Wells et Eddy Hollis, entre autres — ont été touchés par la foi et ont liquidé leurs parents. Tous. Elle est bien bonne, non ? Qui tué dans son lit, qui poignardé sous sa douche, qui empoisonné par sa soupe, qui pendu, qui éventré... enfin, si j'ai bien compris.

Pourquoi ? Le maïs. Sans doute qu'il crevait. Sans doute les gosses s'étaient-ils mis dans la tête qu'il crevait étouffé sous le poids des péchés et qu'un sacrifice était devenu nécessaire. Mais cela ne fut pas suffisant. Le massacre aurait dû avoir pour théâtre les champs de maïs, les sillons.

Alors, Vicky, et de cela je suis sûr, ils ont décidé que plus personne ne devrait vivre passé dix-neuf ans. Or Richard « Amos » Deigan, le héros de notre petite histoire, a eu dix-neuf ans le 4 septembre 1964 — comme nous l'apprend le livre. Je crois bien qu'ils l'ont tué. Sacrifié dans les plantations. Tu ne trouves pas que cette histoire est complètement idiote ?

Et puis il y a eu Rachel Stigman qui, jusqu'en 1964, se nommait Donna Stigman. Elle a eu dix-neuf ans le 21 juin, il y a environ un mois. Moses Richardson, lui, est né le 29 juillet, c'est-à-dire qu'il fêtera ses dix-neuf ans dans trois jours. Tu as une idée de ce qui va lui arriver, le 29, à ce brave Moses ?

Moi, j'en ai une.

Burt humecta ses lèvres desséchées.

Et ce n'est pas tout, Vicky. Ecoute ça. Job Gilman (Clayton) est né le 6 septembre 64. Le registre ne fait mention d'aucune autre naissance jusqu'au 16 juin de l'année suivante. Cela fait donc un trou de dix mois. Alors, tu sais ce que je crois ? Je crois qu'ils ont tué tous leurs parents, y compris les femmes enceintes. Et qu'Eve fut la fille de deux d'entre *eux*. La mère devait avoir dans les seize ou dix-sept ans. *Eve, la première femme.*

Burt chercha fiévreusement le nom d'Eve Tobin dans le registre. Juste en dessous figurait : *Adam Greenlaw, né le 11-7-65.*

Il se dit que tous deux avaient onze ans aujourd'hui, et peut-être étaient-ils dehors, quelque part. Il en avait la chair de poule.

Mais comment un tel secret avait-il pu être gardé ? Comment cela pouvait-il continuer encore ?

Cela ne pouvait exister que sous la protection du Dieu en question.

— Seigneur, soupira-t-il dans l'église silencieuse.

Et c'est alors que le klaxon de la Thunderbird commença de faire entendre dans l'après-midi sa longue plainte ininterrompue.

Burt sauta les quelques marches de la chaire et courut le long de l'allée centrale. Il ouvrit violemment la porte de l'église et se retrouva, étourdi, sous la chaleur du soleil. Vicky se tenait droite comme un I derrière le volant, les deux mains plaquées sur l'avertisseur. Son visage exprimait une folle terreur. Les enfants surgissaient de partout. Certains d'entre eux riaient. Ils brandissaient des couteaux, des hachettes, des barres de fer, des pierres, des marteaux. Une petite fille aux longs cheveux blonds, âgée de huit ans tout au plus, tenait à la main une manivelle de cric. Rien que des armes de fortune. Pas le moindre revolver. Burt se retint à grand-peine de hurler : *Lequel d'entre vous est Adam ? Qui est Eve ? Où sont les mères, les filles, les pères, les fils ?*

Dis-le, si tu as de l'intelligence.

Ils déferlaient des rues adjacentes, du parc, du portail de la cour grillagée de l'école, à quelques maisons de là. Certains d'entre eux contemplaient d'un air indifférent Burt qui était resté pétrifié sur les marches de l'église, d'autres se moquaient de lui, le montraient du doigt... en enfants qu'ils étaient.

Les filles portaient des longues robes de lainage brun et des fichus aux couleurs délavées. Tels des Quakers, les garçons étaient vêtus de noir et arboraient des chapeaux à bord plat. Ils affluaient sur la place, certains traversant les pelouses en direction de la voiture, d'autres passant par ce qui, jusqu'en 1964, avait été le jardin de l'église baptiste. Un ou deux d'entre eux s'étaient approchés assez près de la Thunderbird pour pouvoir la toucher.

— Le fusil ! hurla Burt. Vicky, prends le fusil !

Mais, du haut des marches, il pouvait voir qu'elle était paralysée par la peur et, les vitres étant remontées, doutait même qu'elle fût en mesure de l'entendre.

Ils se massèrent autour de la voiture. Les haches, les hachettes et les barres de fer se levèrent, puis s'abattirent. « *Mon Dieu, dites-moi que ce n'est pas vrai !* » Un fragment de métal chromé fut arraché au flanc de la voiture. Le bouchon de radiateur vola dans les airs. Des couteaux tailladèrent les pneus et la Thunderbird s'affaissa. Le klaxon lançait toujours son hurlement monotone. Le pare-brise et les vitres s'opacifièrent puis s'étoilèrent sous les coups. Soudain, le verre Sécurit explosa et, de nouveau, il aperçut Vicky, une main pressant encore l'avertisseur, l'autre levée pour protéger son visage. De jeunes doigts s'insinuèrent impatiemment dans la voiture, à la recherche du taquet de la portière. De toutes ses forces, Vicky tenta de les refouler. Le klaxon ne retentit plus que par intermittence puis, tout à coup, s'arrêta.

Ils ouvrirent toute grande la portière cabossée côté chauffeur. Les gosses voulurent arracher Vicky à son siège mais elle s'agrippait désespérément au volant. L'un d'eux se glissa dans la voiture, un couteau à la main et...

Sortant brusquement de sa léthargie, Burt dévala les marches, faillit tomber, et remonta à toute vitesse l'allée carrelée. L'un d'eux, un garçon d'environ seize ans, dont le chapeau ne dissimulait pas entièrement les longs cheveux roux, fit volte-face et quelque chose fendit l'air. Burt ressentit une vive secousse dans son bras gauche et, pendant un instant, il eut l'impression absurde d'avoir été frappé à distance par un coup de poing. Puis la douleur le submergea, soudaine, fulgurante, et le monde s'obscurcit.

Hébété, il examina son bras. Le manche et la moitié de la lame d'un couteau à cran d'arrêt faisaient à sa chair comme une étrange excroissance. Une tache rouge s'étendait sur la manche de sa chemise. Il ne pouvait en détacher son regard, se demandant comment un couteau à cran d'arrêt avait bien pu pousser là.

Quand il releva les yeux, le rouquin était presque parvenu à sa hauteur. Il souriait, sûr de lui.

— Espèce de petit salaud, proféra Burt d'une voix rauque.

— Recommande ton âme à Dieu, car tu ne vas pas tarder à comparaître devant Lui, rétorqua le gamin en lançant vers Burt deux mains qui visaient les yeux.

Burt esquiva le coup, ôta le couteau de son bras et le planta dans la gorge du rouquin. Le sang jaillit si violemment qu'il en fut éclaboussé. Le garçon se mit à décrire de larges cercles en poussant un long râle. Il empoigna le couteau mais n'eut pas la force de l'arracher. Burt le regardait, bouche grande ouverte. Rien de tout cela n'était réel. C'était un rêve. Le rouquin continuait d'avancer; en ce chaud début d'après-midi, son râle était le seul bruit audible. Les autres contemplaient la scène, frappés de stupeur.

Ce n'était pas prévu par le scénario, pensa Burt. Vicky et moi, ça, oui, nous en faisions partie. Et le pauvre gosse laissé sur la route parce qu'il essayait de s'échapper, aussi. Mais l'un des leurs, jamais. Il leur jeta un regard féroce, ravalant son envie de hurler : « *Alors, qu'est-ce que vous pensez de ça ?* »

Le rouquin émit un dernier gémissement avant de tomber à genoux. Il dévisagea Burt pendant un instant puis ses mains lâchèrent le manche du couteau, et il s'écroula.

De la gorge des enfants massés autour de la Thunder-bird monta une douce plainte. Tous les regards étaient sur Burt... et Burt les examinait, fasciné. Soudain, il prit conscience que Vicky avait disparu.

— Où est-elle? demanda-t-il. Où l'avez-vous emmenée?

L'un des garçons porta un couteau de chasse maculé de sang à la hauteur de sa gorge et fit semblant de la trancher. Ce fut avec son sourire sa seule réponse.

Au fond se fit entendre la voix d'un de ses camarades plus âgés :

— Attrapez-le.

La horde avança dans sa direction. Burt recula. Puis ils pressèrent le pas. Burt recula plus vite. Le fusil! Inaccessible. Lorsqu'il atteignit le trottoir, Burt se retourna et courut.

Une voix rugit :

— Tuez-le!

Et ils se lancèrent à sa poursuite.

Burt s'enfuyait mais il savait où il allait. Il contourna la mairie — aucune chance là-dedans : ils le coinceraient comme un rat — et s'engouffra dans Main Street qui, deux pâtés de maisons plus loin, s'élargissait pour redevenir la route 40/17. Si seulement il l'avait écoutée, lui et Vicky auraient été en train de rouler tranquillement sur cette route à l'heure qu'il était.

Ses mocassins martelaient le trottoir. Il passa devant la vitrine d'un glacier, devant le petit cinéma de Gatlin, puis, après un dernier carrefour, devant la station-service qui marquait la fin de l'agglomération. Au delà, à gauche comme à droite de la route, s'étendait la marée verte du maïs.

Burt courait. Déjà, il était presque à bout de souffle, et la blessure de son bras le lancinait. S'apercevant qu'il laissait derrière lui une piste sanglante, sans cesser de courir, il sortit de sa poche un mouchoir qu'il glissa sous sa chemise.

Burt courait. Ses mocassins frappaient la surface craquelée du bitume; sa gorge était en feu; à son bras, la douleur était insoutenable. La partie de son cerveau qui était demeurée capable d'ironie lui demanda s'il avait vraiment l'intention d'atteindre comme cela la ville la plus proche, s'il se sentait en mesure de parcourir ainsi les trente-cinq kilomètres d'asphalte.

Burt courait. Plus jeunes que lui de quinze ans, plus rapides, ils gagnaient sans cesse du terrain. Ils s'interpellaient, échangeaient des cris. « Ils s'amusent comme des petits fous, se dit-il entre deux foulées. Dans dix ans, ils en parleront encore. »

Burt courait. Et maintenant, il ne lui restait plus qu'une seule chance, plus qu'un seul moyen de leur échapper et de sauver sa peau. Il laissait les maisons, la ville derrière lui. Devant lui, les vagues vert tendre du maïs refluaient vers la route. Dressées comme des glaives, les feuilles bruissaient doucement. Quel plus sûr abri que l'ombre de ces épis plus hauts que des hommes ?

Il n'eut que le temps de déchiffrer sur le panneau : *Vous quittez maintenant Gatlin, la plus jolie petite ville du Nebraska... ou d'ailleurs ! Vous y serez toujours bien accueilli.*

« Ça, on peut le dire », songea sombrement Burt.

Burt courait. Il passa devant le panneau comme un coureur sous la banderole lui signalant que l'arrivée est proche, puis obliqua vers la gauche, traversa la route et balança au loin ses mocassins. Puis il s'enfonça dans le maïs, se perdant des pieds à la tête dans un océan de verdure. Un inattendu sentiment de délivrance l'envahit, et, soudain, il trouva son second souffle.

Burt courait, suivant le sillon par lequel il était entré, la tête baissée, ses larges épaules faisant frémir au passage les longues feuilles. Au bout de vingt mètres, il tourna à droite, empruntant un chemin parallèle à la route. Il courait, courbant l'échine pour que sa chevelure ne fasse pas une tâche sombre parmi les épis jaunes. Il fit un brusque crochet vers la route, traversa de nouvelles rangées, puis tourna le dos à la nationale et, zigzaguant au hasard, s'enfonça de plus en plus profondément dans les champs.

Enfin, il tomba à genoux, pressant son front contre le sol. Burt n'entendait plus que son souffle rauque ; une petite phrase tournait et retournait dans sa tête : Dieu merci, j'ai arrêté de fumer, Dieu merci, j'ai arrêté de fumer, Dieu merci j'ai...

Puis il les entendit, eux, qui se signalaient les uns aux autres par des éclats de voix et qui parfois se rencontraient (« Hé! C'est mon sillon! ») mais tout ce remue-ménage le rassura. Ils se trouvaient assez loin sur sa gauche et paraissaient piètrement organisés.

Il extirpa le mouchoir de sa chemise, puis le plia pour le replacer sur la blessure, après l'avoir examinée. Malgré le traitement qu'il lui avait infligé, l'hémorragie avait cessé.

Il prit encore quelques instants de repos et, soudain, se rendit compte qu'il se sentait *bien*, en meilleure forme physique qu'il ne l'avait été depuis des années..., en dépit de son bras douloureux. Il devait affronter un problème bien défini (même si tout cela était insensé) alors que depuis deux ans il n'avait su que faire pour lutter contre le génie malfaisant qui saccageait son mariage.

La façon dont il envisageait les choses le stupéfiait lui-même. Sa vie était menacée, Vicky avait été enlevée; peut-être même était-elle déjà morte. Pour chasser l'étrange plaisir qu'il ressentait, il tenta, mais en vain, d'évoquer le visage de sa femme. La seule image qui se présenta à lui fut celle du rouquin, le couteau planté dans la gorge.

Le parfum du maïs emplissait ses narines. Autour de lui, les plants animés par le vent paraissaient chuchoter. « Maïs, pensa-t-il, je ne sais quels actes on a commis en ton nom mais, maintenant, je suis sous ta protection. »

Mais ils se rapprochaient.

Il reprit sa course, le corps cassé en deux, passant d'un sillon à l'autre, revenant sur ses pas, puis repartant. Il faisait en sorte de toujours laisser les voix sur sa gauche mais, à mesure que l'après-midi avançait, cela lui devenait de plus en plus difficile. Les voix s'éloignaient, et, parfois, le bruissement du maïs les couvrait. Il courait, écoutait, puis courait encore. Ses chaussettes ne laissaient aucune trace sur la terre bien tassée.

Lorsque bien plus tard il s'arrêta, le soleil se trouvait

sur sa droite, sphère rouge suspendue au-dessus des champs. Un coup d'œil sur sa montre lui apprit qu'il était 7 heures et quart. Le jour déclinant avait posé un voile d'or rouge sur les champs, mais, entre les hautes rangées, l'ombre était profonde. Il tendit l'oreille. A l'approche du crépuscule, le vent était tombé et les épis immobiles répandaient leur parfum végétal dans l'air étouffant. Si les enfants se trouvaient toujours dans les champs, ils étaient soit très loin, soit tapis entre les épis, l'oreille aux aguets. « Mais, se dit Burt, aucune bande de gosses, aussi cinglés soient-ils, ne serait capable de se tenir tranquille si longtemps. » Il supposa qu'ils avaient choisi la solution la plus puérile, sans s'inquiéter des conséquences que cela pourrait entraîner pour eux : ils avaient abandonné et étaient rentrés chez eux.

Il se tourna vers le soleil couchant que nimbaient maintenant les nuages qui s'amoncelaient à l'horizon, et se remit en marche. S'il coupait à travers champs en allant toujours en direction du soleil, tôt ou tard, il retrouverait la route n° 17.

La violente douleur que lui avait infligée son bras s'était muée en un sourd élancement qui lui était presque agréable, et l'excitation des premières heures ne l'avait pas quitté. Il était résolu à jouir de cette douce fièvre aussi longtemps qu'il se trouverait dans les champs. La culpabilité reprendrait ses droits lorsqu'il devrait affronter les autorités et leur rapporter les événements dont Gatlin avait été le théâtre.

Il pressa le pas; jamais ses sens n'avaient vibré avec un tel ensemble. Quinze minutes plus tard, alors que le soleil était déjà à demi englouti par la ligne d'horizon, il fit une nouvelle halte, sa toute nouvelle excitation prenant un tour qu'il n'aimait guère. Elle frisait maintenant... eh bien, la peur.

Il tendit l'oreille. Le maïs bruissait.

L'idée l'avait effleuré à plusieurs reprises mais, chaque fois, il l'avait chassée de son esprit. Comment était-ce possible ? Le vent était tombé.

Il jeta un coup d'œil inquiet autour de lui, s'attendant presque à découvrir des enfants en costume de Quakers, rampant dans le maïs, un sourire sur les lèvres et le couteau à la main. Mais il ne remarqua rien, rien d'autre que ce bruissement là-bas, sur sa gauche.

Il se rapprocha de la source du bruit, sans plus devoir se frayer un chemin entre les épis. Le sillon suivait la direction qu'il avait choisie. Un peu plus loin, les rangées de plants s'interrompaient pour laisser place à une sorte de clairière. C'était de là que venait la rumeur.

Soudain effrayé, il s'immobilisa.

Le parfum du maïs était puissant au point d'en devenir écœurant. Les plants étaient encore tout imprégnés de la chaleur du jour et Burt s'aperçut qu'il était couvert de sueur, de feuilles, et de filaments arrachés aux quenouilles des épis. Il aurait dû être dévoré par des insectes en tous genres... mais il n'en avait remarqué aucun.

Sans bouger d'un centimètre, il concentra son attention sur le cercle de terre nue qui s'ouvrait devant lui.

Pas la moindre mouche, pas la moindre fourmi, ni moustiques ni pucerons. Et il n'avait pas aperçu la plus misérable corneille. Peut-on imaginer un champ de maïs sans corneilles ?

Il profita des dernières lueurs du jour pour examiner le rang situé à sa gauche et constata, ce qui était tout à fait inconcevable, que chaque feuille, chaque tige était parfaite. Pas une seule tache de rouille. Pas une feuille maculée, pas une larve de chenille, pas un terrier, pas un...

Il écarquilla les yeux.

Bon sang. Il n'y a même pas une mauvaise herbe !

Pas une seule. Tous les cinquante centimètres, un pied de maïs jaillissait de la terre. Pas de chiendent, pas de stramoine, pas d'angélique, pas de clématite, pas de pissenlit. Rien.

La nuit tombait. Les nuages s'étaient éloignés, abandonnant l'horizon doré à des reflets ocre et roses.

Il lui restait peu de temps pour découvrir ce qu'abritait la clairière. Mais n'était-ce pas comme cela que tout devait se terminer depuis le début ? Alors qu'il croyait revenir vers la route, n'avait-il pas été conduit malgré lui jusqu'à cet endroit ?

La peur au ventre, il franchit les quelques mètres qui le séparaient de la clairière et s'immobilisa. Malgré le peu de lumière, aucun détail de la scène ne lui échappa. Il ne put même pas crier; il ne semblait plus y avoir assez d'air dans ses poumons. Burt vacilla sur ses jambes et ses yeux s'agrandirent d'horreur au milieu de son visage ruisselant de sueur.

— Vicky, gémit-il. Oh! mon Dieu, Vicky...

Elle avait été hissée sur une croix, tel un hideux trophée, ses poignets et ses chevilles attachés avec du vulgaire fil barbelé. Ses yeux avaient été énucléés. Ses orbites avaient été remplies de soies de maïs. Sa mâchoire pendait et, comme pour étouffer son cri silencieux, on avait enfoncé dans sa bouche des enveloppes de maïs.

À sa gauche se trouvait un squelette encore vêtu d'un surplis qui tombait en poussière. Burt aurait juré qu'il souriait. Ses orbites vides semblaient lui jeter un regard joyeux, comme si cet ancien ministre du culte baptiste lui disait : *Ce n'est pas si mal d'avoir été sacrifié au maïs par de petits païens, de petits démons, ce n'est pas si mal d'avoir eu les yeux désorbités comme le prévoit la loi du Talion...*

Encore plus à gauche se trouvait un second squelette, auquel étaient accrochés les vestiges d'un uniforme bleu. Un képi tenait encore sur son crâne, dissimulant les cavités oculaires; un petit badge indiquait que le képi avait appartenu à un gradé de la police.

C'est alors que Burt l'entendit arriver : pas l'un des enfants, non, mais quelque chose de beaucoup plus gros qui s'approchait de la clairière en se frayant un chemin dans le maïs. Jamais les enfants ne se seraient aventurés dans les champs en pleine nuit. C'était un lieu sacré, le domaine de Celui Qui Règne sur les Sillons.

Le premier réflexe de Burt fut de fuir. Mais le passage qui l'avait conduit jusqu'ici s'était refermé. Tous les sillons s'étaient refermés. Il n'était plus très loin, maintenant, et Burt l'entendait qui écartait les épis. Il percevait le son de sa respiration. Un accès de terreur superstitieuse s'empara de lui. La chose approchait. De l'autre côté de la clairière, le maïs s'était soudain assombri, comme si une ombre gigantesque l'avait englouti.

Il approchait.

Celui Qui Règne sur les Sillons.

Il pénétra dans la clairière. C'était une masse énorme qui se confondait avec le ciel... une masse verte où brillaient deux yeux énormes et rouges.

Une masse d'où émanait une odeur qui était celle d'une vieille grange où, depuis des années, on fait sécher le maïs.

Burt poussa un hurlement. Mais son cri fut bref.

Peu après se leva une lune orange et pleine, une lune de moisson.

A midi, les enfants du maïs étaient rassemblés dans la clairière, contemplant les deux squelettes crucifiés et les deux corps... qui, le temps venu, eux aussi, ne seraient plus qu'ossements. Et ici, au cœur du Nebraska, dans le pays du maïs, seul le temps importait.

— Vous qui m'écoutez, un rêve m'a visité cette nuit et voici ce que le Seigneur m'a dicté.

Tous, y compris Malachi, se tournèrent vers Isaac, une lueur mi-curieuse mi-apeurée dans les yeux. Isaac n'avait que neuf ans mais il était le Prophète depuis que le maïs avait pris David, un an auparavant. Au jour de son dix-neuvième anniversaire, David s'était noyé dans le maïs tandis que l'obscurité recouvrait les champs épanouis de l'été.

Maintenant, son petit visage grave à demi mangé par un chapeau trop grand, Isaac poursuivait :

— Dans mon rêve, le Seigneur était une ombre qui régnait sur les sillons et il a dit pour moi les paroles qu'il avait prononcées, il y a des années, devant nos frères aînés. Il est très mécontent de ce sacrifice.

Ils poussèrent un soupir qui était presque un sanglot et jetèrent des regards craintifs sur le mur de verdure qui les encerclait.

— Et le Seigneur a dit : Ne vous ai-je pas donné un lieu qui est le lieu des sacrifices ? N'ai-je pas été large de mes faveurs ? Mais cet homme est entré en moi pour commettre un sacrilège et j'ai dû achever le sacrifice moi-même. Comme pour l'Homme Bleu et le faux ministre du culte qui, il y a longtemps, vous échappèrent.

— L'Homme Bleu... le faux ministre, murmurèrent-ils en échangeant des regards inquiets.

— Ainsi, à partir d'aujourd'hui, l'Age de Grâce sera-t-il abaissé de dix-neuf à dix-huit semailles et moissons. (Isaac continua impitoyablement :) Cependant, croissez et multipliez-vous, soyez féconds comme le maïs, et que ma grâce soit sur vous.

Isaac s'interrompit.

Tous les yeux se tournèrent vers Joseph et Malachi, les deux seuls qui, au sein du groupe, avaient dépassé les dix-huit ans. Les autres, vingt peut-être au total, étaient restés en ville.

Ils attendaient les paroles de Malachi, Malachi qui avait mené la chasse contre Japheth que dorénavant on appellerait Ahaz, celui que le Seigneur a renié. Malachi avait coupé la gorge d'Ahaz, puis l'avait jeté hors du maïs pour que son corps infâme ne le souille pas.

— Je m'inclinerai devant la parole de Dieu, souffla Malachi.

On eût dit que le maïs poussait un soupir d'approbation.

Dans les semaines à venir, les filles confectionneraient de nombreux crucifix en maïs pour prévenir de nouveaux maux.

Et, cette nuit-là, tous ceux qui avaient dépassé le nouvel Age de Grâce se dirigèrent en silence vers les champs pour rejoindre la clairière et gagner l'éternelle protection de Celui Qui Règne sur les Sillons.

— Adieu, Malachi, lança Ruth.

Tristement, elle agitait son bras. Son ventre était gros de l'enfant que Malachi lui avait donné et des larmes silencieuses coulaient sur ses joues. Malachi ne se retourna pas. Bravement, il marcha vers le maïs qui l'engloutit.

Ruth s'éloigna, pleurant toujours. Elle avait conçu une haine secrète pour le maïs et rêvait parfois de s'aventurer dans les champs, une torche dans chaque main, lorsque viendrait septembre et que les plants seraient morts, secs et hautement combustibles. Mais elle avait peur. Car, dehors, là-bas, dans la nuit, errait quelque chose à qui rien n'échappait... pas même les secrets cachés au plus profond du cœur humain.

Les ténèbres s'épaissirent. Tout autour de Gatlin, le maïs bruissait et murmurait. C'était ainsi qu'il manifestait son plaisir.

LE DERNIER BARREAU
DE L'ÉCHELLE

C'est hier, moins d'une semaine après que mon père et moi fûmes revenus de Los Angeles, qu'est arrivée la lettre de Katrina. Elle me l'avait envoyée à Wilmington, Delaware, mais j'ai changé deux fois d'adresse depuis l'époque où j'habitais là-bas. Les gens déménagent telle-ment facilement, de nos jours, qu'il est curieux qu'on puisse encore ressentir ces adresses rayées et ces autres, rajoutées sur des autocollants, comme des accu-sations. Je lus la lettre et, sans me rappeler comment j'étais arrivé là, je me retrouvai dans la salle de séjour, le combiné téléphonique à la main, m'apprêtant à appe-ler mon père. Je raccrochai aussitôt, avec un frisson d'horreur. C'était un vieil homme qui, par deux fois, avait été victime d'une crise cardiaque. Pouvais-je lui faire part du contenu de la lettre de Katrina si peu de temps après notre retour de Los Angeles ? Il n'aurait pas survécu à ce nouveau choc.

Je renonçai donc à appeler. Je ne voyais personne d'autre à qui me confier... On ne peut parler d'une lettre aussi personnelle qu'à sa femme ou à un ami très intime. Je ne me suis pas fait beaucoup d'amis ces années-ci; quant à Hélène, ma femme, nous avons divorcé en 1971. Les cartes de vœux sont tout ce qui subsiste de nos relations.

Cette lettre, la lettre de Katrina, m'a tenu éveillé toute la nuit. En dehors de *Cher Larry,* il y avait une seule phrase qui eût aussi bien pu tenir sur une carte postale. Mais une simple phrase peut signifier beau-coup. Elle peut causer des ravages.

Dans la clarté crue de l'avion qui nous emmenait loin de New York, le visage de mon père était celui d'un

356

homme vieilli, usé. Alors que le pilote avait annoncé que nous venions de survoler Omaha, mon père me glissa :

— C'est tellement plus loin qu'il n'y semble, Larry.

Sa voix était lourde d'une tristesse qui me mit mal à l'aise car je ne pouvais la comprendre. Je la comprends bien mieux, maintenant que j'ai lu la lettre de Katrina.

Mon père, ma mère, ma sœur Katrina et moi, avons passé les années de mon enfance dans une petite ville du nom de Hemingford Home, à quelque cent vingt kilomètres à l'ouest d'Omaha. J'étais de deux ans l'aîné de Katrina, que tout le monde surnommait Kitty. C'était une enfant ravissante appelée à devenir une femme superbe. Déjà, à huit ans, l'année de l'accident de la grange, il était visible que ses cheveux de lin ne fonceraient jamais et que ses yeux resteraient d'un outremer profond. Un seul regard de ces yeux-là et les hommes tomberaient à ses pieds.

Vous seriez en droit de dire que nous avons été élevés comme des péquenots. Mon père possédait trois cents acres de bonne terre sur laquelle il cultivait le maïs et élevait des vaches. A l'époque, excepté deux nationales, nous ne disposions que de mauvais chemins et une sortie en ville représentait une expédition que l'on préparait pendant trois jours.

Aujourd'hui, à ce qu'on dit, je suis l'un des meilleurs avocats de ce pays... et, pour être tout à fait honnête, cela correspond à ce que je pense. Mes compétences m'ont même valu d'être appelé à occuper une fonction importante au sein du conseil d'administration d'une grande société. Mes costumes sont coupés dans les étoffes les plus coûteuses et je me fournis chez les meilleurs chausseurs. Trois personnes travaillent à plein temps dans mon cabinet, et, en cas de besoin, il me serait facile d'en engager une douzaine d'autres. Mais je parle d'une époque où une petite route de terre menait à la salle unique qui tenait lieu d'école, mes livres serrés dans une courroie se balançant sur mon épaule et Katrina marchant à mes côtés. Parfois, au printemps, nous y allions pieds nus. En ce temps-là, on ne pouvait pas se faire servir dans un restaurant ou dans une épicerie si l'on ne portait pas de chaussures.

Quand ma mère mourut — Katrina et moi étions partis au collège, à Columbia City — il y avait déjà deux ans que mon père avait quitté la terre pour vendre des tracteurs. Même si, sur le moment, nous n'en fûmes pas conscients, cela sonna le glas de notre cellule familiale. Papa ne se débrouillait pas mal. Il devint concessionnaire de sa firme avant d'être appelé à la direction de sa société. Mes activités sportives me valurent une bourse à l'université du Nebraska où je réussis cependant à apprendre autre chose qu'à extirper un ballon d'un paquet de joueurs.

Et Katrina? Mais c'est précisément d'elle que je veux vous parler.

L'incident de la grange s'est produit un samedi, au début de novembre. Je ne me rappelle pas exactement quelle année c'était, mais je sais qu'Ike était encore président. Maman participait à une kermesse à Columbia City et papa s'était rendu chez notre voisin le plus proche (à une bonne dizaine de kilomètres de là) pour l'aider à poser un râtelier dans son écurie. Un ouvrier agricole aurait dû garder la ferme mais il ne montra pas le bout de son nez de toute la journée.

Papa me laissa une liste de tâches à accomplir en nous interdisant d'aller jouer tant que tout ne serait pas fait. Nous n'en eûmes pas pour longtemps. Nous étions en novembre et le temps de l'effervescence était passé. La saison avait été bonne, cette année-là. Ce ne serait pas toujours le cas.

Je conserve un souvenir très précis de cette journée. Le ciel était couvert, et, bien qu'il ne fît pas froid, on pouvait sentir que l'hiver était impatient de nous envoyer ses frimas et ses pluies glacées, sa neige et son brouillard. Les champs avaient été labourés. Les animaux étaient entrés dans leur léthargie hivernale.

En un jour comme celui-ci, le seul endroit où on avait envie de se trouver était la grange. Elle était tiède et une agréable odeur y flottait où se mêlaient le foin, le cuir et le fumier; là-haut, dans la soupente, grattaient et gazouillaient des hirondelles.

Partant du sol, une échelle rejoignait la soupente où, tout là-haut, elle était clouée sur une traverse. Comme elle était instable et vermoulue, on nous avait formellement interdit d'y grimper. Mon père avait promis des milliers de fois à ma mère qu'il la démolirait pour en installer une plus solide, mais il y avait toujours quelque chose pour contrarier son projet.

Quand nous escaladions cette échelle branlante — elle comptait quarante-trois barreaux, Kitty et moi les avions souvent comptés pour le savoir — nous parvenions à une poutre située à une vingtaine de mètres au-dessus du sol couvert de paille de la grange. Ensuite, en marchant sur le madrier pendant quelque trois mètres, nos genoux jouant des castagnettes, les chevilles raides, un goût métallique dans la bouche, nous arrivions au-dessus du tas de foin. Alors, nous sautions de la poutre et tombions vingt mètres plus bas, en une chute merveilleusement effrayante, au plus profond d'une immense litière de brindilles séchées. La paille dégageaient une odeur douceâtre, et nous baignions dans ce parfum d'été renaissant, tandis que notre estomac restait suspendu dans les airs, à mi-chemin de la poutre. Et nous ressentions... eh bien, ce qu'avait dû ressentir Lazare. Nous avions accompli le grand saut et vivions encore pour le raconter.

Ce jeu nous était évidemment interdit. Si l'on nous avait surpris, ma mère en aurait attrapé une jaunisse, et, bien que nous fussions déjà grands, mon père nous aurait administré le martinet. A cause de l'échelle, et parce que si nous avions perdu l'équilibre sur la poutre et en étions tombés avant de nous trouver en surplomb du tas de foin, nous nous serions tués en nous écrasant sur le sol de la grange.

Mais la tentation était trop grande. Quand le chat n'est pas là... Cette fois-ci commença comme toutes les autres, par une délicieuse sensation de terreur anticipée. Nous nous tenions au pied de l'échelle, nous regardant. Kitty avait le feu aux joues et ses yeux étaient d'un bleu plus profond, plus étincelant que jamais.

— Chiche, fis-je.

Kitty, aussitôt :

— Chiche toi-même.

Moi, aussitôt :

— Les filles avant les garçons.

— Pas si c'est dangereux, répondit-elle, faisant sa sainte-nitouche, comme si personne ne savait qu'elle était le garçon manqué d'Hemingford.

Ça se passait toujours de la même façon. Elle monterait, mais pas la première.

— D'accord, dis-je. J'y vais.

J'avais une dizaine d'années, aussi maigre qu'un fil de fer et pesant dans les quarante kilos. Kitty avait huit ans et une dizaine de kilos en moins. L'échelle avait toujours tenu et nous ne voyions pas pourquoi il en serait un jour autrement, philosophie partagée depuis si longtemps par les hommes que le monde est aujourd'hui ce qu'il est.

Voilà donc ce que je pensais tandis que dans l'air poussiéreux de la grange, me dandinant d'un barreau à l'autre, j'entreprenais mon ascension. Comme toujours, parvenu à mi-hauteur, je me délectai de la vision de ce qui adviendrait si jamais, soudain, l'échelle rendait l'âme. Mais je poursuivis mon effet jusqu'au moment où, agrippant la poutre, je fus à même de me hisser tout là-haut et de regarder en bas.

Tourné vers moi, le visage de Kitty n'était plus qu'un petit ovale blanc. Avec sa chemise à carreaux aux couleurs brouillées et ses blue-jeans, elle ressemblait à une poupée. Encore plus haut que moi, sur le rebord des gouttières, gazouillaient les hirondelles.

Et puis, comme le rituel l'exigeait :

— Ohé ! Tout en bas ! appelai-je au travers d'un nuage de poussière.

— Ohé ! Tout là-haut !

Je me redressai, oscillant légèrement. J'avais comme toujours l'étrange impression que circulaient ici des courants d'air qui n'existaient pas en bas. Je pouvais entendre les battements de mon cœur tandis que j'entreprenais la périlleuse traversée, tendant les bras pour conserver l'équilibre. Un jour, une hirondelle avait plongé tout près de ma tête à ce moment crucial de l'aventure et, voulant l'éviter, j'avais failli basculer. Ma

plus grande peur était qu'une telle chose ne se repro-
duise.

Ce ne fut pas pour cette fois-ci. Je me tenais enfin
au-dessus de la paille protectrice. Maintenant, regarder
en bas n'était plus tant une expérience effrayante que
sensuelle. C'était le vertige de l'attente. Je me jetai dans
les airs, me pinçant le nez en prévision de l'atterrissage,
et, comme à chaque fois, la soudaine emprise de la
gravité m'entraîna brutalement vers le sol, me faisant
lourd comme du plomb et me donnant envie de crier :
Oh ! excusez-moi, je me suis trompé, laissez-moi là-haut !

Puis je frappai la paille tel un boulet de canon, les
narines emplies de poussière et d'un parfum douceâtre,
et je m'enfonçai jusqu'à être submergé par le foin.
Alors, l'habituel eternuement me monta au nez. Je ressentis ensuite cette curieuse impression d'être né à nouveau. Je me souviens d'une fois où Kitty, après avoir
plongé dans la paille, m'avait affirmé se sentir toute
neuve, comme un bébé. J'avais haussé les épaules — un
peu parce que cette impression m'était familière, un
peu parce que je ne comprenais pas ce qu'elle voulait
dire — mais, depuis que j'ai reçu sa lettre, cela aussi a
pris une nouvelle signification.

Je rampai dans la paille jusqu'à ce que j'eusse
retrouvé le sol de la grange. Des brindilles étaient restées accrochées à mon pantalon, au dos de ma chemise;
il y en avait sur mes espadrilles et d'autres collées à
mes coudes. Quant à mes cheveux...

Kitty était déjà à mi-hauteur de l'échelle, ses nattes
dorées rebondissaient sur ses omoplates et coupaient
un rayon de lumière poussiéreuse. Certains jours, cette
lumière pouvait être aussi éclatante que ses cheveux,
mais, cette fois-là, ses nattes étaient sans rivales — elles
étaient sans conteste ce qu'il y avait de plus éblouissant
là-haut.

Je me rappelle avoir été un peu effrayé par la façon
dont l'échelle se balançait d'avant en arrière. Il me sembla qu'elle n'avait jamais été aussi flageolante.

Une petite acrobatie mit Kitty debout sur la poutre,
très haut au-dessus de moi; sa voix me parvint, portée
par les balles errantes que mon saut avait soulevées.

— Ohé! Tout en bas!

— Ohé! Tout là-haut!

Elle fit quelques pas sur la poutre et je sentis mon cœur se calmer un peu quand je la jugeai parvenue au-dessus de la paille salvatrice. Cela me faisait toujours cet effet-là, quoiqu'elle fût plus gracieuse que je ne l'étais... et plus athlétique aussi, si l'on peut employer un tel mot à propos de sa petite sœur.

Elle se tenait bien droite, sur la pointe de ses chaussures, les bras tendus devant elle. Elle plongea. Il est parfois difficile de décrire des choses pourtant inoubliables. Enfin, je puis essayer. Mais cela ne vous rendra pas la beauté, la perfection d'une des rares choses qui, de ma vie, m'aient semblé vraiment réelles, authentiques. Ma langue ni ma plume n'en ont le talent.

Elle parut un instant flotter dans l'espace, comme portée par l'un de ces mystérieux courants d'air qui ne circulaient que là-haut, sous le toit, telle une radieuse hirondelle au plumage doré; jamais le Nebraska n'en a revu de pareille. C'était Kitty, c'était ma sœur, les bras rejetés derrière son dos cambré, et que n'aurais-je pas donné pour un tel instant?

Puis elle atterrit dans le foin et disparut. Une explosion de balles et de rires jaillit du trou qu'elle avait creusé. J'avais déjà oublié combien l'échelle m'avait paru branlante sous les pieds de Kitty, et à peine était-elle ressortie du foin que je grimpais de nouveau.

J'essayai de me donner la grâce du cygne, mais ma vieille peur ne voulait pas me lâcher et mon cygne se métamorphosa en boulet de canon. Je pense que, contrairement à Kitty, j'ai toujours douté que la paille fût au rendez-vous.

Combien de temps se prolongea notre jeu? Je ne saurais le dire mais, quand après dix ou douze sauts je levai les yeux, je m'aperçus que la lumière avait changé. Nos parents devaient être rentrés et nous étions couverts de brindilles... ce qui valait un aveu. Nous décidâmes de nous accorder un dernier tour.

Grimpant le premier, je sentis l'échelle bouger sous moi, percevant même — infime — le plaintif grincement des vieux clous jouant dans le bois. Pour la première fois, je fus étreint par une peur physique. Je crois que, si j'avais été plus près du sol que du toit, j'aurais renoncé et que cela aurait marqué la fin du jeu, mais la poutre était proche et je savais pouvoir compter sur elle. A trois barreaux du sommet de l'échelle, la plainte des clous se fit plus forte et je restai pétrifié de terreur.

Je m'agrippai au bois rugueux de la poutre, déchargeant l'échelle de mon poids, sentant le voile de sueur glacée qui faisait adhérer des brins de paille à mon front. Le jeu avait cessé de m'amuser.

Je me dépêchai de traverser la poutre et sautai. Même mon vol plané ne m'apporta aucun plaisir. En tombant, j'imaginai ce qui se passerait si je rencontrais le sol de la grange au lieu du lit profond de la paille.

Quand j'émergeai du tas de foin, je vis Kitty qui grimpait lestement à l'échelle.

— Hé! Reviens! C'est dangereux! lui criai-je.

— Ça tiendra! répondit-elle, confiante. Je suis plus légère que toi.

— Kitty...

Mais ma phrase resta en suspens. Car c'est à cet instant-là que l'échelle rendit l'âme.

Le bois pourri se fendit en un craquement lugubre. Je criai; Kitty hurla. Elle se trouvait précisément là où j'étais parvenu quand je m'étais dit que j'avais un peu trop poussé ma chance.

Le barreau sur lequel elle se tenait céda, et, avec lui, les deux montants. Sous elle, l'échelle qui avait cassé net ressembla pendant un instant à quelque gros insecte — une mante religieuse ou un cafard à barreaux — s'apprêtant à s'enfuir.

Puis elle bascula et, dans un nuage de poussière, heurta le sol avec un bruit sec qui fit meugler les vaches.

Kitty émit un cri perçant.

— *Larry! Larry! Au secours!*

Je vis immédiatement ce qu'il me fallait faire. J'étais terrorisé, mais pas au point d'en perdre l'esprit. Elle était suspendue à plus de dix-huit mètres au-dessus de moi, ses jambes gainées de jean bleu battant désespérément l'air. Près d'elle, les hirondelles se mirent à trisser. Aucun doute, j'avais peur. Pour tout vous avouer, encore aujourd'hui, je ne peux pas regarder un numéro de trapèze, même à la télé. Ça me donne des crampes d'estomac.

Mais je savais ce qu'il me fallait faire.

— Kitty! m'égosillai-je. Tiens-toi tranquille! Surtout ne bouge plus!

Elle m'obéit aussitôt. Ses jambes cessèrent de s'agiter et elle se tint toute droite, ses petites mains étreignant le dernier barreau tout en haut du morceau de l'échelle encore cloué au madrier.

Je courus vers le tas de foin, en ramassai une brassée et revins précipitamment au pied de l'échelle pour l'y laisser tomber. Puis je recommençai, encore, encore et encore...

La suite se confond dans ma mémoire, si ce n'est que, le nez chatouillé par la paille, j'éternuai à ne plus pouvoir m'arrêter. Inlassablement, je poursuivis mon manège, élevant un petit tertre à la verticale des pieds de Kitty. C'était un tout petit monticule. Quand je le regardais, puis quand je la regardais, se balançant tout là-haut, j'avais l'impression de construire un décor pour l'un de ces dessins animés où l'on voit des types sauter en plein dans un verre d'eau d'une hauteur d'un kilomètre.

Une brassée. Encore une. Une autre.

— Larry! Je n'en peux plus!

Sa voix était déchirante.

— Il faut que tu tiennes bon! Kitty, il faut que tu tiennes bon!

Encore une brassée. La paille m'arrive à la poitrine. Une autre. Le tas atteint mon menton. Mais celui dans lequel nous sautions d'habitude était profond de plus de six mètres. Je me dis que si elle se cassait les deux jambes, elle pourrait s'estimer heureuse. Et je me dis aussi que si elle ratait le tas de foin, elle se tuerait. Encore une brassée.

— Larry! Le barreau! Il va casser!

J'entendais le gémissement du barreau qui ployait

sous son poids. De panique, ses jambes recommencèrent à pédaler dans le vide. Si elle continuait à s'agiter de la sorte, elle allait sûrement rater le tas de foin.

— Non, hurlai-je. Non! Arrête de bouger comme ça! Laisse-toi tomber. Saute, Kitty!

Je n'avais plus le temps d'aller chercher d'autres brassées de paille. Je n'avais plus que le temps de m'en remettre aveuglément au destin.

Elle se laissa tomber à la seconde même où je le lui ordonnai. Toute droite, comme un couteau. La chute dura une éternité; ses nattes dorées dressées au-dessus de sa tête, ses yeux fermés, son visage aussi pâle que de la porcelaine. Elle ne cria pas. Ses mains étaient jointes devant ses lèvres, comme en une muette prière.

Elle se ficha au beau milieu du tas de foin. Puis elle s'y engloutit — la paille vola dans tous les sens — et j'entendis le bruit sourd que fit son corps en heurtant les planches. Le son, mat mais violent, m'arracha un frisson d'horreur. Il avait été beaucoup trop violent. Mais il fallait que j'aille voir.

Sans pouvoir retenir mes larmes, je plongeai dans la masse, écartant le foin à grosses poignées. La jambe d'un jean apparut, puis une chemise à carreaux... et, enfin, le visage de Kitty. Il était livide et ses yeux étaient clos. Tout de suite, je sus qu'elle était morte. Le monde devint sombre, aussi sombre que novembre. Seules taches de couleur, deux tresses d'un or éclatant.

Puis il y eut le bleu profond de ses yeux quand elle les ouvrit.

— Kitty? murmurai-je d'une voix incrédule, rauque, brisée.

La poussière de foin que j'avais respirée faisait comme une boule au fond de ma gorge.

— Kitty?

— Larry? souffla-t-elle avec stupéfaction. Je suis vivante?

Je la dégageai de la paille et l'embrassai; elle mit les bras autour de mon cou et m'étreignit à son tour.

— Tu es vivante, lui assurai-je. Tu es vivante, tu es vivante...

Elle s'en était tirée avec une fracture de la cheville gauche. Quand le Dr Pedersen, le généraliste de Columbia City, nous eut suivis, mon père et moi, à l'intérieur de la grange, il scruta la soupente obscure. Le dernier barreau de l'échelle était toujours en place mais il ne tenait plus que par un seul clou.

Puis, l'ayant longuement examiné, il s'exclama à l'intention de mon père :

— Un miracle.

Il donna un coup de pied dédaigneux dans le tas de foin que j'avais amassé. Plus tard, il s'éloigna au volant de sa vieille DeSoto.

La main de mon père se posa sur mon épaule.

— Suis-moi dans la réserve, Larry, dit-il d'une voix calme. Je suppose que tu sais ce que nous allons y faire ?

— Oui, père, murmurai-je.

— A chaque fois que tu recevras un coup, Larry, je veux que tu remercies Dieu d'avoir gardé ta sœur en vie.

— Oui, père.

Je le suivis. Il me frappa un nombre de fois incalculable, tant de fois que je dus manger debout pendant plus d'une semaine, et, pendant les quinze jours suivants, en mettant un coussin sur ma chaise. Et, chaque fois qu'il me fessa de sa grosse main calleuse, je rendis grâce à Dieu.

Je le fis de toutes mes forces. A la fin de la fessée, j'étais certain qu'Il m'avait entendu.

On me permit d'aller la voir juste avant de me coucher. Je me souviens qu'un rouge-gorge s'était posé sur le rebord de sa fenêtre. Emmailloté dans des bandes, son pied avait été placé sur une planche.

Son regard fut si intense, si débordant d'amour, que je me sentis mal à l'aise.

— De la paille, fit-elle. Tu avais mis de la paille.

— Evidemment, bougonnai-je. Qu'est-ce que tu voulais que je fasse d'autre ? L'échelle cassée, il n'y avait plus moyen de grimper là-haut.

— Je ne savais pas ce que tu étais en train de faire, dit-elle.

— Ce n'est pas possible! Enfin, quoi, tu rigoles, j'étais juste en dessous de toi!

— Je n'osais pas regarder en bas. J'avais bien trop peur. Et j'ai gardé les yeux fermés tout le temps.

Je la dévisageai, comme frappé par la foudre.

— Tu ne savais pas? Tu ne savais pas ce que je faisais?

Elle secoua la tête.

— Et quand je t'ai dit de sauter... tu l'as fait?

Elle acquiesça.

— Kitty, comment as-tu pu faire une chose pareille?

Ses yeux bleu outremer plongèrent dans les miens.

— Je savais que tu faisais quelque chose pour tout arranger. Tu es mon grand frère. Je savais que tu me protégerais.

— Oh! Kitty, tu ne te rends pas compte de ce qui a failli t'arriver.

Je me cachai le visage dans les mains. S'asseyant, elle les écarta pour m'embrasser sur la joue.

— Non, fit-elle, mais je savais que tu étais en bas. Oh! là là! que j'ai sommeil. A demain, Larry. Le Dr Pedersen a dit que j'allais avoir un plâtre.

Elle porta le plâtre pendant près d'un mois et tous ses camarades de classe y apposèrent leur signature — elle me convainquit même d'y joindre la mienne. Lorsqu'on l'eut brisé, l'incident de la grange fut clos. Mon père remplaça l'échelle par une nouvelle, plus solide, mais jamais plus je ne suis remonté sur la poutre pour sauter dans le foin; et, à ma connaissance, Kitty non plus.

Ce fut la fin de l'histoire, mais, d'une certaine façon, elle eut une suite. D'une certaine façon, elle ne s'est terminée qu'il y a neuf jours lorsque Kitty a sauté du dernier étage de l'immeuble d'une compagnie d'assurances, à Los Angeles. J'ai conservé l'entrefilet du *L.A. Times* dans mon portefeuille. Je pense que je le porterai toujours sur moi, mais pas à la façon dont on garde le portrait de personnes chères à son cœur. Je porte cet entrefilet comme on porte une croix, parce que tel est mon devoir. L'article était annoncé par ces mots : *LE DERNIER PLONGEON D'UNE CALL-GIRL.*

Nous avons grandi. Voilà tout ce que je sais, en dehors de faits dont la signification m'échappe. Elle a fait une école commerciale à Omaha, mais à peine avait-elle eu son diplôme qu'elle remporta un premier prix de beauté dans un concours avant d'épouser l'un des membres du jury. Ça ressemble à une plaisanterie, d'un goût douteux, n'est-ce pas ? Ma Kitty.

Alors que je faisais mon droit, elle divorça et, à cette occasion, m'écrivit une longue lettre, une lettre de dix pages au moins, me racontant comment cela s'était passé, comment cela s'était mal passé, comment cela aurait pu mieux se passer si elle avait pu avoir un enfant. Elle me demandait de venir auprès d'elle. Mais, perdre une semaine en droit, c'est comme perdre un trimestre en arts appliqués. Ces types sont de vraies bêtes à concours. Un seul instant de relâchement, et c'est fini.

Kitty émigra à Los Angeles où elle se remaria. Lorsque cette nouvelle union se rompit, j'avais terminé mon droit. Je reçus une autre lettre, plus courte que la précédente, et plus amère. Elle m'assurait que plus jamais elle ne se laisserait embarquer sur ce manège. C'était sans espoir.

P.-S. — Ne peux-tu pas venir, Larry ? Ça fait une paie.
Je lui répondis que ça m'aurait fait très plaisir d'aller la voir mais que je ne pouvais pas. J'avais trouvé une place dans une boîte exigeante, jeune aspirant qui avait droit au boulot mais pas aux bénéfices. Si je voulais monter en grade, c'était maintenant ou jamais. Et voilà pour *ma* longue lettre où il n'était question que de ma carrière.

Je ne laissais jamais son courrier sans réponse. Mais je ne pouvais me faire à l'idée que c'était vraiment Kitty qui m'écrivait, un peu comme je n'avais jamais réellement pu croire que la paille était là. Je ne pouvais croire que ma sœur et la femme qui signait « Kitty » entouré d'un cercle au bas de ses pages étaient une unique et même personne. Ma sœur était une petite fille aux longues tresses et à la poitrine encore plate.

Ce fut elle qui, la première, cessa d'écrire. Je reçus des cartes de vœux, des cartes d'anniversaire... et ma femme répondait. Puis, ayant divorcé, je déménageai, et, tout simplement, oubliai. L'année d'après, on me fit suivre la carte de Noël et la carte d'anniversaire. Et je me suis dit : « Oh ! là, là ! il faut que j'écrive à Kitty pour lui donner ma nouvelle adresse. » Mais je ne l'ai jamais fait.

Comme je l'ai déjà dit, ce sont là des faits qui n'ont pas grande signification. Tout ce qui importe, c'est que nous ayons grandi et qu'elle se soit jetée du haut d'un immeuble; et que Kitty était celle qui toujours a cru que la paille serait là, celle qui avait dit : « Je savais que tu faisais quelque chose pour tout arranger. » Ces choses-là comptent. Et, aussi, la lettre de Kitty.

Les gens déménagent tellement facilement, de nos jours, qu'il est curieux qu'on puisse encore ressentir ces adresses rayées et ces autres, rajoutées sur des autocollants, comme des accusations. Elle avait indiqué son adresse au dos de l'enveloppe. Un très bel appartement en plein centre de Los Angeles. Nous y sommes allés, papa et moi, pour récupérer ses affaires. La propriétaire nous a paru charmante. Elle avait beaucoup aimé Kitty.

Le cachet indiquait que la lettre avait été postée deux semaines avant la mort de Kitty. Elle n'aurait pas mis tant de temps à me parvenir, s'il n'y avait eu tous ces changements d'adresse. Kitty a dû se fatiguer d'attendre.

Cher Larry,
J'ai beaucoup réfléchi ces derniers jours... et je suis arrivée à la conclusion qu'il aurait mieux valu que le dernier barreau se brise avant que tu n'aies le temps d'amener la paille.

Ta

KITTY.

Oui, je pense qu'elle a dû se fatiguer d'attendre. Qu'elle ait pu imaginer que j'avais oublié la scène de la grange, je préfère ne pas le croire. Non, je me refuse à croire cela, car cette phrase est l'unique chose qui eût pu me déterminer à tout lâcher.

Mais, si je ne trouve plus le sommeil, ce n'en est pas vraiment la raison. Quand je ferme les yeux et commence à somnoler, je la vois flotter dans les airs, ses yeux bleu profond grands ouverts, les bras rejetés derrière son dos cambré.

Kitty était celle qui toujours a su que la paille serait là.

L'HOMME QUI AIMAIT
LES FLEURS

New York, mai 1963. En cette fin d'après-midi, les mains dans les poches, un jeune homme remontait la Troisième Avenue d'un pas rapide. L'air était doux et pur; le ciel s'obscurcissait en un lent dégradé variant du bleu au violet apaisant de la nuit. C'est par de telles nuits qu'on tombe amoureux de New York. Tous les gens qu'il croisa avaient le sourire aux lèvres. Une dame âgée qui poussait un landau où elle entassait ses commissions interpella joyeusement le jeune homme :

— Hé, mon joli !

Une expression béate sur le visage, il lui fit un petit signe de la main.

Poursuivant son chemin, la vieille dame se dit : il est amoureux.

Et c'était bien l'impression qu'il donnait. Vêtu d'un complet gris clair, il avait desserré le nœud de sa cravate et dégrafé le bouton de son col. Ses cheveux coupés court étaient noirs. Il avait le teint clair et les yeux bleu pâle. Son visage n'avait rien de remarquable mais, en cette douce soirée de printemps, il était beau, et la vieille dame se surprit à penser avec un brin de nostalgie qu'au printemps tout le monde pouvait être beau..., qu'il était toujours beau, celui qui se hâte de rejoindre la femme de ses rêves. Comme le printemps est la seule saison où la nostalgie ne tourne jamais à l'amertume, elle s'éloigna, heureuse de lui avoir parlé et qu'en retour il lui ait adressé un petit signe.

La démarche pleine d'allégresse, un sourire flottant sur les lèvres, le jeune homme traversa la 63ᵉ Rue. Sur le trottoir, un vieux marchand ambulant se tenait près d'une voiture débordant de fleurs. Le jaune prédominait... Une fièvre jaune de jonquilles et de crocus tardifs. Il vendait aussi des œillets et des roses-thé, dans les tons jaunes et blancs. Il mangeait un bretzel en écoutant le gros poste de radio posé sur l'un des coins de sa voiture.

La radio déversait de mauvaises nouvelles auxquelles personne ne prêtait attention : le tueur au marteau courait toujours; John Kennedy avait déclaré qu'il suivait avec vigilance l'évolution de la situation dans un petit pays du Sud-Est asiatique nommé Vietnam; on n'avait pas encore pu identifier la femme dont le corps avait été repêché dans l'East River; les Russes avaient procédé à une expérience nucléaire. Tout cela paraissait irréel, dénué d'importance. L'air était doux et pur. Le printemps tirait à sa fin et, à New York, l'été est propice aux rêves.

Le jeune homme passa devant le marchand de fleurs puis la voix qui égrenait les mauvaises nouvelles s'estompa. Il ralentit, et parut hésiter. Il fouilla la poche de sa veste. Un instant, l'expression de son visage fut celle d'un homme intrigué, presque tourmenté mais, dès qu'il eut ôté la main de sa poche, il eut l'air à nouveau d'un amoureux dévoré par l'impatience.

Le sourire aux lèvres, il revint vers la petite voiture. Il lui apporterait quelques fleurs, cela lui ferait plaisir. Il aimait voir la surprise et la joie dans ses yeux lorsqu'il lui faisait un petit cadeau. Une boîte de bonbons. Un bracelet. Ou même un simple sac de sanguines, les oranges préférées de Norma.

— Eh bien, jeune homme, fit le fleuriste en le voyant revenir et promener les yeux sur les bouquets.

Il pouvait avoir soixante-huit ans et, malgré la chaleur, portait un vieux pull-over gris et une casquette informe. Son visage ressemblait à une vieille pomme ridée, deux poches lui mangeaient les yeux, et une cigarette était coincée entre ses doigts tremblants. Mais lui aussi se souvenait de ce que signifiait le printemps quand on était jeune — jeune et tellement amoureux que plus rien ne pouvait vous faire tenir en place. Un petit sourire avait éclairé son visage qui d'ordinaire n'exprimait qu'aigreur, tant les sentiments qui animaient ce jeune homme étaient irrésistibles. Il brossa les miettes de bretzel de son pull-over trop lâche et songea : si l'amour était une maladie, le cas de ce gosse serait désespéré.

— Combien coûtent-elles ? demanda le jeune homme.

— Je vous fais un beau bouquet pour un dollar. Sauf les roses-thé, là, qui sont des fleurs de serre. Elles sont un peu plus chères, soixante-dix *cents* la pièce. Je vous mets la demi-douzaine à trois dollars cinquante.

— Ça fait cher.

— On n'a rien pour rien, mon jeune ami. Votre mère ne vous a jamais appris ça ?

Le jeune homme sourit :

— Oh ! il me semble bien avoir entendu quelque chose comme ça !

— Evidemment qu'elle vous l'a dit. Alors, je vous en mets une demi-douzaine ? Deux rouges, deux jaunes, deux blanches. Et je complète avec un peu d'asparagus — elles adorent ça. C'est très joli. Ou alors, vous prenez le bouquet à un dollar.

— Elles ? demanda le jeune homme.

— Mon jeune ami, reprit le marchand en écrasant son mégot dans le caniveau, en mai, on achète toujours des fleurs pour quelqu'un. C'est comme qui dirait une règle universelle.

Le jeune homme pensa à Norma, à ses yeux brillants, à son doux sourire, et, baissant un peu la tête, dit :

— Je crois que vous avez raison.

— Evidemment. Alors, qu'est-ce que je vous mets ?

— Eh bien, que me conseillez-vous ?

— Je vais vous dire ce que j'en pense, mon p'tit gars. Si les fleurs sont pour votre mère, prenez le bouquet. Quelques jonquilles, des crocus, un peu de muguet. Elle ne gâchera pas votre plaisir en s'exclamant : « Oh ! mon garçon qu'elles sont belles combien ça t'a coûté ? Oh ! tu n'aurais pas dû, ne t'ai-je pas appris qu'il ne faut pas jeter l'argent par les fenêtres ? »

Le jeune homme rejeta la tête en arrière et s'esclaffa.

— Mais si c'est pour votre petite amie, reprit le marchand, c'est différent. Vous prenez les roses-thé et, croyez-moi, elle ne fera pas l'addition. Vous me suivez ? Hé ! Hé ! Elle vous mettra les bras autour du cou et...

— Donnez-moi les roses-thé, intervint le jeune homme.

Ce fut au tour du marchand d'éclater de rire.

Le vieil homme choisit six roses, raccourcit légèrement les tiges, les aspergea d'un peu d'eau, et les enveloppa dans une grande feuille de papier cristal.

Le fleuriste scotcha le bord du cornet et conseilla au jeune homme de prévenir sa demoiselle qu'en ajoutant un peu de sucre à l'eau des fleurs, elle les garderait plus longtemps.

— Je n'oublierai pas, lui assura le jeune homme en lui tendant un billet de cinq dollars. Merci.

— Je suis là pour ça, mon jeune ami, répondit le marchand en lui rendant un dollar cinquante. (Puis d'un ton un peu mélancolique :) Faites-lui une bise de ma part.

A la radio, les Four Seasons chantaient *Sherry*. Le jeune homme empocha sa monnaie et, une lueur d'impatience dans les yeux, poursuivit son chemin sans prêter attention au va-et-vient incessant qui agitait la Troisième Avenue.

Le jeune homme s'éloigna, sans remarquer que deux femmes devant la laverie automatique s'étaient arrêtées de bavarder pour le regarder passer, son bouquet de fleurs à la main : depuis quand ne leur avait-on pas offert de fleurs ? Il ne s'aperçut pas qu'un jeune flic avait interrompu, d'un coup de sifflet, le trafic à l'intersection de la Troisième Avenue et de la 69ᵉ Rue pour lui permettre de traverser. Il ne prêta pas attention aux deux adolescentes qui, le croisant, se mirent à glousser et à se donner des coups de coude.

Au coin de la 73ᵉ Rue, il tourna à droite. La 73ᵉ Rue, à l'éclairage plus chiche, était bordée de sombres restaurants portant des noms italiens auxquels on accédait en descendant quelques marches. A trois immeubles de là, des gosses disputaient une partie de base-ball dans la lumière déclinante, mais le jeune homme ne s'aventura pas si loin. Bientôt, il s'engagea dans une étroite ruelle.

Les étoiles étaient visibles maintenant, et leur faible

lueur ne suffisait pas à éclairer le sombre passage encombré de poubelles aux formes indistinctes. Il était seul... enfin, non, pas tout à fait. Un miaulement s'éleva des ombres pourpres et le jeune homme prit une expression ennuyée. Ce devait être le chant d'amour d'un gros matou et cela n'avait rien de très gracieux.

Il ralentit le pas et un coup d'œil sur sa montre lui indiqua qu'il était 8 heures moins le quart. Norma devrait...

Puis il la vit qui traversait la cour dans sa direction, chaussée de sandales bleues et vêtue d'un chemisier à col marin qui lui fit battre le cœur. La voir venir lui causait toujours une surprise, un léger choc... Elle semblait si *jeune*.

Son sourire s'épanouit — devint radieux — et il pressa le pas.

— Norma ! cria-t-il.

Elle leva les yeux et lui rendit son sourire... mais, comme elle s'approchait de lui, son visage se figea.

Lui-même ne se sentait pas très assuré et il connut un instant d'inquiétude. Les traits de la jeune fille lui parurent soudain flous. La nuit était tombée, maintenant... Avait-il pu se tromper ? Impossible. *C'était* Norma.

— Je t'ai apporté des fleurs.

Il lui tendit le bouquet avec un sentiment de soulagement mêlé de joie.

Elle contempla les fleurs pendant un instant, sourit, puis secoua la tête.

— Merci, dit-elle, mais vous devez faire erreur. Je m'appelle...

— Norma, souffla-t-il en sortant de sa poche le petit marteau dont il avait si souvent vérifié la présence. Elles sont pour toi, Norma..., tout est toujours pour toi.

Elle recula. Son visage n'était plus qu'un ovale blanc et imprécis, sa bouche un O ouvert pour crier sa terreur, et ce n'était pas Norma. Norma était morte, elle était morte depuis dix ans, et déjà cela n'importait plus car elle allait se mettre à hurler et il leva le marteau pour empêcher le cri, pour tuer le cri, et il lâcha le bouquet qui tomba sur le sol, éparpillant ses roses-thé, taches rouges, blanches ou jaunes à côté des poubelles ébréchées au fond desquelles les chats criaient, criaient, tandis qu'ils copulaient à leur façon répugnante.

Il abattit le marteau et elle ne hurla pas, mais elle aurait pu hurler, car elle n'était pas Norma; aucune d'entre elles n'était Norma, et il abattit le marteau, frappa, frappa encore. Elle n'était pas Norma, aussi abattit-il le marteau comme il l'avait déjà fait par cinq fois.

Au bout d'un laps de temps indéterminé, il remit le marteau dans la poche de sa veste et s'éloigna des ombres qui noyaient la ruelle, s'éloigna des roses qui gisaient près des poubelles. Il tourna à gauche. Les enfants qui jouaient au base-ball avaient déserté la rue obscure. Son complet était maculé de sang mais, dans le noir, cela ne se verrait pas; cette sombre et douce nuit de printemps l'abriterait. Non, son nom n'était pas Norma mais son nom à lui, il le connaissait. Son nom était... était...

Amour.

Son nom était amour et il parcourait ces rues ténébreuses car Norma l'attendait. Et il la trouverait. Un jour. Bientôt.

A nouveau, il souriait. Tandis qu'il redescendait la 73e Rue, son pas se fit plus élastique. Un couple entre deux âges assis sur les marches d'un immeuble regarda passer ce jeune homme à l'allure décidée, au regard perdu dans le vague, aux lèvres qui esquissaient un sourire. Lorsqu'il se fut éloigné, la femme dit :

— J'avais oublié que c'était aussi beau, un homme amoureux.

— Hein?

— Oh! rien, répondit-elle, mais elle suivit longtemps des yeux le jeune homme au complet gris.

Lorsque la nuit l'eut englouti, elle se dit que s'il y avait quelque chose de plus beau que le printemps, c'était bien un amour naissant.

UN DERNIER POUR LA ROUTE

Il était 22 h 15 et Herb Tooklander s'apprêtait à fermer pour la nuit lorsque l'homme au manteau fantaisie et au visage blême entra en coup de vent au Tookey's Bar, qui était situé au nord de Falmouth. C'était le 10 janvier, et, dehors, un vent de tous les diables soufflait du nord-est. Il était tombé quinze centimètres de neige avant la nuit et, depuis, les choses n'avaient fait qu'empirer. Deux fois déjà nous avions vu passer Billy Larribee, perché dans la cabine du chasse-neige municipal, et, la seconde fois, Tookey avait couru lui porter une bière. Billy lui avait dit qu'ils continuaient à dégager la grand-route mais que les voies secondaires risquaient de rester fermées jusqu'au lendemain matin. La radio de Portland prévoyait trente nouveaux centimètres de neige et un vent de soixante kilomètres à l'heure pour alimenter les congères.

Seuls Tookey et moi nous trouvions encore dans le bar.

— Un petit dernier pour la route, Booth, me proposa Tookey. Je vais fermer.

Il remplit deux verres. C'est alors que la porte s'ouvrit à grand fracas et que cet étranger entra, de la neige sur les épaules et plein les cheveux; il traînait après lui un mince drap de neige que le vent soulevait en vagues.

— Fermez la porte! rugit Tookey. On vous a élevé dans une étable?

Je n'avais jamais vu un tel effroi sur le visage d'un homme. Il roula des yeux fous en direction de Tookey et articula :

— Ma femme..., ma fille..., puis s'écroula sur le plancher, raide comme la mort.

— Nom de Dieu! fit Tookey. Ferme la porte, tu veux, Booth?

Je m'exécutai péniblement car, avec ce vent, ce n'était pas de la tarte. Agenouillé, Tookey se mit à tapoter les joues du type. Je m'approchai. Ce n'était pas beau à voir. Son visage était en feu mais, çà et là, je discernais de petites taches grises, et, quand on a passé, comme moi, tous les hivers dans le Maine depuis la présidence de Woodrow Wilson, on sait que ces petites taches grisâtres caractérisent les gelures.

— Evanoui, constata Tookey. Tu prends le brandy derrière le comptoir, s'il te plaît.

Le temps de revenir, Tookey avait dégrafé le manteau de l'homme qui commençait à reprendre ses esprits. Il avait entrouvert les yeux et marmonnait d'une façon inaudible.

— Verses-en une lampée, me dit Tookey.

— Une seule?

— C'est de la vraie dynamite, m'affirma Tookey. Pas la peine de noyer le moteur.

Je versai une rasade au fond du verre et interrogeai Tookey du regard.

— Allez, hop! dans le gosier!

La réaction fut immédiate. L'homme fut agité d'un tremblement puis se mit à tousser. De rouge, son visage devint écarlate. Ses yeux s'exorbitèrent. J'étais légèrement inquiet mais Tookey se contenta de l'asseoir et de lui taper dans le dos.

L'homme eut un haut-le-cœur et Tookey lui assena quelques nouvelles claques.

— Hé, crache pas ça, fit-il, c'est du brandy de première.

L'homme fut encore secoué par quelques quintes puis se calma. Je pus pour la première fois l'observer à mon aise. Un type de la ville, qui venait sans doute de quelque part au sud de Boston. Il portait des gants ridicules, coûteux mais bien trop fins. Il devait y avoir d'autres petites taches grises sur ses mains et il aurait de la chance si on ne l'amputait pas d'un doigt ou deux. Son manteau était à la mode, d'accord. C'était tout juste si ses boots lui couvraient les chevilles, et je commençais à m'interroger sur l'état de ses orteils.

— Je me sens mieux, fit-il enfin.

— Parfait, répondit Tookey. Pouvez-vous vous approcher du feu ?

— Ma femme, ma fille... elles sont restées là-bas, dans la tempête.

— J'avais deviné quand vous êtes entré, qu'elles n'étaient pas à la maison en train de regarder la télé. Mais, poursuivit Tookey, vous seriez mieux près du feu pour nous raconter tout ça. Aide-moi, Booth.

L'inconnu parvint à se lever, mais l'effort lui arracha un grognement de douleur. Je me posais toujours des questions au sujet de ses orteils. Et j'aurais bien voulu savoir si sa femme et sa petite fille étaient vêtues plus chaudement que lui.

Nous l'approchâmes de la cheminée et l'assîmes dans le rocking-chair qui avait été le siège préféré de Mme Tookey avant qu'elle ne nous quitte, en 74. En fait, l'endroit ressemble plus à une auberge qu'à un bar avec son parquet aux lattes chevillées et non clouées, avec son comptoir en bois d'érable, sa charpente chevronnée à l'ancienne, et son immense cheminée de pierre. Nombreuses étaient les nuits d'hiver comme celle-ci que Tookey et moi passions à boire un whisky allongé d'eau ou, tout simplement, quelques bières. Ma bonne Victoria m'a quitté en 73 et le Tookey's Bar était un endroit où suffisamment de voix se faisaient entendre pour étouffer le sinistre tic-tac du compte à rebours final..., même si Tookey et moi y étions seuls, cela me suffisait encore.

Nous avons installé le type devant le feu, ce qui n'empêcha pas son tremblement de s'accentuer. Il emprisonna ses genoux de ses bras, ses dents se mirent à claquer et son nez à couler. Je pense qu'il commençait à se rendre compte qu'il n'aurait pas survécu quinze minutes de plus dans la tourmente. Ce n'était pas tant la neige que le vent qui vous refroidissait jusqu'aux os.

— Où avez-vous laissé la voiture ? lui demanda Tookey.

— A neuf ki-kilomètres d'i-ici, bredouilla-t-il.

Tookey et moi échangeâmes un regard et, tout à coup, je sentis le froid me submerger.

— Vous en êtes sûr? lui demanda Tookey. Vous avez parcouru neuf kilomètres dans la neige?

Il hocha la tête.

— J'ai regardé le compteur kilométrique quand nous sommes sortis de la ville. Je suivais les indications... On allait... à Cumberland... C'est la première fois... on vient du New Jersey...

— Neuf kilomètres? insista Tookey. Vous en êtes bien sûr?

— Absolument certain. J'ai repéré l'embranchement mais la route était... Elle était ensevelie...

Tookey lui saisit le bras. A la lueur vacillante des flammes, son visage pâle et tendu paraissait avoir vieilli de dix ans.

— Vous avez pris à droite?

— C'est ça, à droite. Ma femme...

— Avez-vous vu un panneau?

— Un panneau? (Il leva un regard sans expression vers Tookey et essuya le bout de son nez.) Bien sûr que j'en ai vu un. Je ne faisais que suivre les instructions qu'on m'avait données. Enfiler Jointner Avenue, traverser Jerusalem's Lot et prendre la bretelle pour la 295. (Il nous interrogea du regard.) Il ne fallait pas, monsieur?

— Jerusalem's Lot, prononça Tookey, si bas que nous l'entendîmes à peine. Oh! mon Dieu...

— Qu'est-ce qui ne va pas? (La voix de l'homme avait monté d'un ton.) Je n'aurais pas dû? La route paraissait enneigée mais j'ai pensé... que s'il y avait une ville là-bas, on ferait sortir les chasse-neige... et alors, je...

Sa voix se brisa.

— Booth, me souffla Tookey. Appelle le shérif.

— C'est ça, fit ce demeuré du New Jersey, allez-y. Qu'est-ce qui vous prend, les gars? Vous avez vu un fantôme?

— Il n'y a pas de fantômes à Jerusalem's Lot, monsieur, lui répondit Tookey. Vous leur avez dit de rester dans la voiture?

— Evidemment! répondit-il comme si on l'avait insulté. Je ne suis pas cinglé.

Eh bien, ça restait à démontrer.

— Quel est votre nom? lui demandai-je. C'est pour le dire au shérif.

— Lumley. Gerard Lumley.

Je me dirigeai vers le téléphone tandis qu'il continuait à discuter avec Tookey. Je n'entendis rien d'autre dans l'écouteur qu'un silence mortel. Je tentai à plusieurs reprises d'obtenir la tonalité, mais en vain.

Lorsque je les rejoignis, Tookey avait versé à Gerard Lumley une nouvelle rasade de brandy qu'il avala sans difficulté.

— Il était sorti? s'enquit Tookey.

— La ligne est coupée.

— Quelle connerie! laissa échapper Tookey.

Dehors, le vent forcissait encore, projetant des paquets de neige contre les fenêtres.

— Aucun de vous deux n'a de voiture? demanda Lumley. (A nouveau, l'inquiétude perçait dans sa voix.) Elles sont obligées de laisser le moteur tourner à cause du chauffage. Il n'y avait plus beaucoup d'essence dans le réservoir et j'ai mis une heure et demie pour... Eh! Mais vous allez me *répondre?*

Il se leva et empoigna Tookey par le col.

— Monsieur, fit Tookey. Je crains que vous ne soyez en train de perdre votre sang-froid.

Lumley contempla ses mains, puis Tookey. Constatant qu'il maltraitait un homme âgé, il laissa retomber ses bras.

— Le Maine, cracha-t-il. (On eût dit qu'il proférait un juron.) C'est bon, fit-il. En ce cas, où se trouve la station-service la plus proche? Ils doivent bien avoir une dépanneuse...

— La plus proche se trouve en plein centre de Falmouth, répondis-je. C'est à cinq kilomètres d'ici.

— Merci, fit-il, un brin sarcastique.

Et il se dirigea vers la porte en reboutonnant son manteau.

— Elle va être fermée, ajoutai-je.

Il se retourna lentement pour nous examiner.

— Tu te paies ma tête, grand-père ?

— Ce qu'il veut vous expliquer, c'est que la station appartient à Billy Larribee et que c'est précisément Billy qui conduit le chasse-neige, espèce de petit con, lui rétorqua posément Tookey. Maintenant, reviens t'asseoir avant que le sang ne gèle dans tes veines.

Lumley se ravisa, ébranlé, pour ne pas dire affolé.

— Si je comprends bien, vous me dites que vous ne...

— Je ne vous ai rien dit du tout, coupa Tookey. C'est vous qui parlez tout le temps et, si vous vous taisiez une minute, on aurait peut-être une chance de pouvoir réfléchir.

— Qu'est-ce que c'est que ce bled, Jerusalem's Lot ? demanda-t-il. Pourquoi la route était-elle impraticable ? Pourquoi n'y avait-il pas le moindre éclairage ?

Ce fut moi qui répondis.

— Jerusalem's Lot a été détruite par le feu voici deux ans.

— Et on ne l'a jamais reconstruite ?

On eût dit qu'il se refusait à le croire.

— Apparemment. (Je regardai Tookey.) Qu'est-ce qu'on fait ?

— On ne peut pas les laisser là-bas, répondit-il.

Je m'approchai de Lumley qui, près de la fenêtre, tentait de percer l'obscurité de cette nuit neigeuse.

— Et si on arrive trop tard ? demandai-je.

— On verra, dit Tookey. Difficile à prévoir. Ma Bible est sur l'étagère. Tu portes toujours ta croix bénite ?

Je sortis le petit crucifix de ma chemise et le lui montrai. J'appartiens à une famille congrégationaliste, mais, de toute façon, la plupart des gens qui vivent autour de Jerusalem's Lot portent quelque chose sur eux : un crucifix, une médaille de Saint-Christophe, un chapelet... Car, il y a deux ans, dans le courant d'un sombre mois d'octobre, le malheur s'abattit sur Jerusalem's Lot. Il y eut tout d'abord des disparitions mystérieuses. Quelques-unes pour commencer, puis d'autres, mais jamais beaucoup à la fois. Les écoles furent fermées. Pendant près d'une année, la ville resta abandonnée. Oh ! bien sûr, des gens essayèrent de s'y installer — tous des cinglés venus d'ailleurs, attirés, je suppose, par le prix

382

dérisoire des propriétés. Mais ils ne firent pas de vieux os. La plupart déménagèrent un mois ou deux après leur arrivée. Quant aux autres... eh bien, ils disparurent. Puis la ville brûla jusqu'à la dernière planche. C'était à la fin d'un automne particulièrement sec. On a dit que l'incendie avait pris naissance dans la Marsten House, sur la colline qui surplombe Jointner Avenue, mais, à ce jour, personne ne sait encore quelles en furent les causes. Il fit rage pendant trois jours. Après cela, pendant quelque temps, la situation parut s'améliorer. Et puis ils ont recommencé.

Je n'ai entendu prononcer le mot « vampires » qu'une seule fois. Un chauffeur de poids lourd, à moitié fou et sérieusement imbibé, nommé Richie Messina, qui venait de la direction de Freeport, se trouvait au Too-key's cette nuit-là.

— Nom de Dieu! rugit cette grande gueule du haut de ses deux mètres habillés d'un pantalon de lainage, d'une chemise épaisse et de bottes en cuir. Vous avez donc à ce point la trouille de le dire! Des vampires! C'est à ça que vous pensez tous, pas vrai? Nom d'un Christ qui monte aux cieux dans sa fusée à vapeur! On dirait une bande de mômes en train de regarder Dracula à la télé! Vous savez ce qu'il y a là-bas, à 'Salem's Lot? Vous voulez que je vous le dise?

— On t'écoute, Richie, l'encouragea Tookey.

Le silence s'était fait dans le bar. On pouvait entendre le bois crépiter dans l'âtre, et, dehors, le léger clapotement de la pluie de novembre.

— Ce qui se trouve là-bas, c'est votre vieille peur du loup qui remonte à la surface, commença Richie. Ça, et tout un tas de vieilles bonnes femmes qui adorent les histoires de fantômes. Quant à moi, pour quatre-vingts sacs, je vais là-bas et je passe la nuit dans l'une de ces baraques hantées qui vous filent tellement la frousse. Eh ben, y'a quelqu'un qui prend le pari?

Mais personne ne s'y risqua. Richie était une grande gueule d'ivrogne et personne ne verserait de larmes sur sa dépouille, mais aucun d'entre nous ne serait allé jusqu'à l'envoyer à Jerusalem's Lot, la nuit tombée.

— Allez vous faire foutre! lança Richie. J'ai mon fusil

dans le coffre de mon Chevrolet et ça arrêterait n'importe quoi à Falmouth, à Cumberland *ou* Jerusalem's Lot. Et, précisément, c'est là que je vais.

Il sortit en claquant la porte et, pendant un bon moment, personne ne pipa mot. Puis Lamont Henry déclara d'un ton étonnamment calme :

— C'est la dernière fois que vous voyez Richie Messina. Dieu ait son âme.

Et, comme il avait été depuis le berceau élevé dans la foi méthodiste, Lamont se signa.

— Quand il aura dessoûlé, il changera d'avis, affirma Tookey. (Mais il manquait de conviction.) Il reviendra avant la fermeture pour nous avouer que c'était une blague.

La suite donna raison à Lamont car personne ne revit jamais Richie. Sa femme déclara aux flics qu'il avait probablement filé en Floride pour échapper à ses créanciers, mais on pouvait lire dans ses yeux fiévreux, apeurés, qu'elle n'y croyait pas. Quelque temps après, elle partit s'installer dans Rhode Island. Peut-être craignait-elle que Richie ne vienne la reprendre par une sombre nuit.

Je remis le crucifix dans ma chemise. Jamais de ma vie je ne m'étais senti aussi vieux, aussi terrifié.

— On ne peut pas les laisser toutes seules là-bas, Booth, insista Tookey.

— Oui, je sais.

Nous échangeâmes un long regard puis il posa une main sur mon épaule.

— Toi au moins, t'es un homme, Booth.

Cela suffit à me redonner un peu de courage. On dirait que quand vous avez passé les soixante-dix ans, les gens oublient que vous êtes un homme ou même que vous en avez été un.

Tookey s'approcha de Lumley et lui dit :

— J'ai une Scout au garage. Je vais la sortir.

— Bon Dieu ! vous auriez pu dire ça un peu plus tôt, non ?

Faisant volte-face, il foudroya Tookey du regard.

Très, très calmement, Tookey lui répondit :

— Vous, vous fermez votre gueule. Et s'il vous vient

384

l'envie de l'ouvrir, essayez de vous souvenir que c'est vous qui vous êtes engagé sur cette route enneigée dans ce foutu blizzard.

Lumley faillit rétorquer quelque chose mais, finalement, suivit le conseil de Tookey. Ses joues avaient pris une teinte cramoisie. Tookey se rendit au garage pour sortir la Scout. J'allai chercher la flasque chromée derrière le bar et la remplis de brandy, supposant que nous en aurions besoin avant la fin de la nuit.

Le blizzard du Maine, vous connaissez?

La neige tombe en flocons si serrés que, quand ils frappent les flancs de votre voiture, on dirait une tempête de sable. Impossible de mettre les pleins phares car la neige absorbe la lumière d'une telle façon que vous ne voyez plus à trente mètres. Avec les codes, la visibilité est un peu meilleure. Mais la neige, je la supporte. Ce que je déteste, c'est le vent quand il forcit et commence à mugir, sculptant la masse des flocons de mille façons éphémères; on dirait qu'il charrie alors toute la douleur, toute la haine et toute la peur du monde. C'est la mort qui parle par la bouche d'une tempête de neige, une mort blanche et, peut-être, quelque chose qui se trouve au delà de la mort. Ce n'est pas une rumeur agréable à entendre quand vous êtes confortablement bordé dans votre lit, bien à l'abri des volets fermés et des portes verrouillées. Mais c'est bien pire encore quand vous conduisez. Et nous nous dirigions tout droit vers Jerusalem's Lot.

— Ça vous ennuierait de vous dépêcher un peu? demanda Lumley.

— Pour un homme qui est arrivé ici à demi gelé, répondis-je, vous êtes foutrement pressé de retourner mourir dans la neige.

Choqué, il m'adressa un regard peu amène, mais la conversation en resta là. Nous remontions la grand-route à une vitesse régulière de trente kilomètres à l'heure. Il était difficile de croire que Billy Larribee avait dégagé cette portion de chaussée une heure auparavant. Cinq bons centimètres de neige étaient déjà retombés, et cela continuait. Les rafales les plus violentes chahutaient la Scout sur ses amortisseurs. Les phares n'éclairaient que d'impalpables tourbillons blancs. Nous n'avions pas croisé la moindre voiture.

Après un silence qui dura dix minutes, Lumley s'étrangla :

— Hé ! Qu'est-ce que c'est que ça ?

Il désignait quelque chose, à droite du véhicule. J'avais les yeux perdus dans le vide, et, quand je me retournai, c'était un rien trop tard. Il m'avait semblé apercevoir une forme fugitive qui s'évanouit dans la neige derrière notre voiture, mais peut-être n'avait-ce été que le fruit de mon imagination.

— Qu'est-ce que c'était ? demandai-je. Un cerf ?

— Je suppose, répondit Lumley, ébranlé. Mais ces yeux... Il avait les yeux rouges. (Il me regarda.) Les yeux d'un cerf sont-ils rouges, la nuit ?

Sa voix s'était faite presque suppliante.

— Ils peuvent avoir n'importe quelle couleur, l'assurai-je, en me disant qu'après tout ce pouvait être vrai.

Mais j'avais souvent aperçu des cerfs, la nuit, par la vitre d'une voiture, sans jamais détecter la moindre lueur rouge dans leurs yeux.

Tookey resta à l'écart de la discussion.

Un quart d'heure plus tard, nous parvînmes à un carrefour.

— Je crois que nous avons tourné là, dit Lumley, pas très sûr de lui. Je ne vois pas le panneau...

— Le voilà, répondit Tookey. (J'avais peine à reconnaître sa voix.) Seul le haut est encore visible.

— Oh ! bien sûr. (Lumley parut soulagé.) Ecoutez, Mr Tooklander, je suis désolé de m'être emporté, tout à l'heure. J'avais froid, j'étais inquiet, et je m'en voulais terriblement. Alors, je voudrais vous remercier tous les deux...

— Ne nous remerciez pas avant qu'elles soient toutes deux en sûreté dans la voiture, répondit Tookey.

Il passa sur quatre roues motrices et se fraya un chemin parmi les monticules de neige pour rejoindre Jointner Avenue, qui traverse Jerusalem's Lot pour couper ensuite la 295. Le garde-boue fit voler des giclées blanches. Les roues arrière patinèrent mais Tookey conduisait sur la neige depuis que les cerises ont une queue, et tout rentra dans l'ordre. De temps en temps, les phares éclairaient les traces révélatrices d'autres pneus, celles laissées par le véhicule de Lumley, mais déjà la neige les avait presque recouvertes. Le nez collé au pare-brise, Lumley tentait d'apercevoir sa voiture. Et, tout à coup, Tookey lui dit :

— Mr Lumley?

— Quoi?

— Les gens d'ici sont plutôt superstitieux dès qu'il s'agit de Jerusalem's Lot, continua Tookey d'un ton qui se voulait calme. (Mais les profonds sillons que la tension avait creusés autour de sa bouche ne m'avaient pas échappé, non plus que la façon incessante dont son regard sautait d'un point à un autre.) Si votre famille se trouve dans la voiture, eh bien, c'est parfait. Nous les faisons monter dans la Scout, nous retournons chez moi, et demain, quand la tempête sera tombée, Billy se fera un plaisir de remorquer votre véhicule jusqu'à la nationale. Mais si elles ne sont pas dans la voiture...

— Pas dans la voiture? le coupa sèchement Lumley. Pourquoi ne seraient-elles pas dans la voiture?

— Si elles ne sont pas dans la voiture, poursuivit Tookey sans paraître remarquer l'interruption, nous allons faire demi-tour, rouler jusqu'à Falmouth et sonner le shérif. Il serait ridicule d'aller errer en pleine nuit dans cette tempête de neige.

— Mais elles seront dans la voiture! Où voulez-vous qu'elles soient?

— Encore une chose, Mr Lumley, intervins-je. Si nous rencontrons qui que ce soit, nous ne lui adresserons pas la parole. Pas même s'il nous parle. Me fais-je bien comprendre?

Comme à regret, Lumley demanda :

— Mais ces superstitions, qu'est-ce que cela veut dire au juste?

Avant que j'aie pu proférer le moindre mot — et Dieu seul sait ce que j'aurais bien pu répondre — Tookey freina.

— Nous y voilà.

Il s'était arrêté derrière une grosse Mercedes. Le toit de la voiture avait été complètement enseveli par la neige, et une autre rafale avait muré tout le côté gauche de la Mercedes. Mais les feux arrière étaient allumés et nous pouvions voir de la neige fondue goutter du pot d'échappement.

— Elles n'ont pas manqué d'essence, au moins, constata Lumley.

Tookey serra le frein à main de la Scout.

— Vous vous souvenez de ce que Booth vous a dit, Lumley ?

— Mais oui, mais oui.

Mais seul le sort de sa femme et de sa fille le préoccupait, et je ne vois pas comment on aurait pu l'en blâmer.

— Tu te sens prêt, Booth ? me lança Tookey.

Son regard plongea dans le mien, sombre et lugubre dans la clarté du tableau de bord.

— Il faut bien, répondis-je.

Nous sortîmes de la voiture, et le vent nous happa ; les rafales de neige nous cinglèrent le visage. Courbé dans la tourmente, Lumley marchait en tête, son léger pardessus flottant derrière lui. Deux ombres l'escortaient, l'une projetée par les phares de la Scout, l'autre par les feux de position de la Mercedes. Je le suivais et Tookey fermait la marche. Quand je fus parvenu près du coffre de la Mercedes, Tookey me prit le bras.

— Laisse-le faire, dit-il.

— Janey ! Francie ! cria Lumley. Tout va bien ? (Il ouvrit la portière côté chauffeur et posa un genou sur le siège.) Tout va...

Il se figea. Une rafale lui arracha la lourde portière des mains et l'ouvrit toute grande.

— Nom de Dieu ! Booth. (Le mugissement du vent couvrait presque la voix de Tookey.) Je crois que ça a recommencé.

Lumley se tourna vers nous. On pouvait lire sur son visage une frayeur et une stupéfaction intenses. Brusquement, il se précipita vers nous, si vite qu'il dérapa et faillit tomber. Il m'écarta comme si je n'existais pas et se mit à secouer Tookey.

— Comment saviez-vous ? rugit-il. Où sont-elles ? Bordel ! Allez-vous me dire ce qui se passe ici ?

Tookey se dégagea puis s'éloigna de lui. A notre tour, nous allâmes jeter un coup d'œil dans la Mercedes. Il y régnait une douce chaleur mais sans doute plus pour très longtemps. Le voyant d'essence était allumé. La grosse voiture était vide. A l'arrière, sur le plancher, traînait une poupée. Et un anorak d'enfant était posé sur le dossier de la banquette.

Tookey cacha son visage dans ses mains..., puis il disparut. Lumley l'avait empoigné et jeté dans la neige. Il était livide et comme fou. Sa bouche grimaçait comme s'il avait mordu dans quelque chose d'amer dont le goût tenace lui collait au palais. Il pénétra dans la voiture et s'empara de l'anorak.

— L'anorak de Francie? murmura-t-il. (Puis, tout fort, il meugla :) L'anorak de Francie!

Il se tourna vers nous, tenant le vêtement par la petite capuche bordée de fourrure. Il me dévisagea, incrédule.

— Elle ne peut pas être sortie sans son anorak, Mr Booth. Pourquoi... Mais... elle va mourir de froid.

— Mr Lumley...

Il s'éloigna d'un pas incertain, tenant toujours l'anorak.

— Francie! Janey! Où êtes-vous? Où êtes vou-ou-ous? Je tendis la main à Tookey pour l'aider à se relever.

— Comment te sens...

— T'en fais pas pour moi. Il faut qu'on le ramène, Booth.

Nous nous lançâmes à sa poursuite aussi vite que nous le pûmes. Nous étions retardés par la neige qui, par endroits, nous arrivait à hauteur de hanche. Mais, comme il s'était arrêté, nous le rejoignîmes bientôt.

— Mr Lumley..., commença Tookey en lui posant la main sur l'épaule.

— Par là, fit Lumley. Elles sont parties par là. Regardez!

Nous baissâmes les yeux. Ici, le terrain faisait une petite dépression et le plus fort du vent passait au-dessus de nos têtes. Nous distinguâmes des traces de pas laissées par un adulte et un enfant; peu à peu, la neige les comblait. Cinq minutes plus tard, elles auraient été effacées.

Lumley s'apprêtait à suivre la piste, tête baissée, mais Tookey le rattrapa par le bras.

— Non! Lumley! Non!

Le poing brandi, Lumley tourna vers Tookey un visage furieux. Mais, face au regard de Tookey, il l'abaissa. Il nous dévisagea.

— Elle va mourir de froid! s'exclama-t-il, comme s'il s'adressait à deux gosses bornés. Vous ne comprenez pas? Elle n'a même pas son anorak sur elle et Francie n'a que sept ans...

— Elles peuvent se trouver n'importe où, lui répondit Tookey. Cette piste ne vous mènera nulle part. A la prochaine rafale, elle aura disparu.

— Et vous, qu'est-ce que vous suggérez! hurla Lumley, gagné par l'hystérie. Si nous allons chercher la police, elle aura mille fois le temps de mourir de froid! Francie *et* aussi ma femme!

— Elles sont peut-être déjà mortes, répliqua Tookey. (Ses yeux plongèrent dans ceux de Lumley.) De froid ou pire encore...

— Que voulez-vous dire? articula Lumley. Continuez, nom de Dieu!

— Mr Lumley, il y a quelque chose à Jerusalem's Lot...

Mais ce fut moi qui finis par prononcer le mot, ce mot qui jamais n'avait osé sortir de ma bouche.

— Des vampires, Mr Lumley. Jerusalem's Lot est plein de vampires. Et maintenant, essayez d'avaler ça...

Il me regarda comme s'il avait devant lui un petit homme vert.

— Des cinglés, murmura-t-il. Une vraie paire de cinglés. (Nous ignorant, il mit ses mains en porte-voix devant sa bouche et hurla :) FRANCIE! JANEY!

Il s'élança dans la neige.

Je me tournai vers Tookey :

— Et maintenant, qu'est-ce qu'on fait?

— On le suit, répondit-il. (Avec ses cheveux saupoudrés de neige, il avait effectivement l'air un peu dingue.)

On ne peut pas l'abandonner à son sort, Booth. Tu ne crois pas ?

— Non, sans doute pas.

Nous le suivîmes dans la tourmente, aussi vite que nous le permettaient nos vieilles jambes. Mais il gagnait sans cesse sur nous. Il avait la jeunesse pour lui, vous comprenez. Les yeux fixés sur les empreintes, il fonçait dans la neige comme un taureau. Mon arthrite commençait à me faire souffrir mille morts, et, tout en regardant mes jambes, je les suppliais mentalement : « Allez, encore un peu, juste un peu plus loin, allez, bon sang, avancez !... »

Je butai dans Tookey, qui, les pieds écartés, s'arc-boutait pour lutter contre une rafale. Il avait la tête inclinée et les deux mains pressées contre sa poitrine.

— Tookey ? m'enquis-je. Ça ne va pas ?

— Si, si, ça va, répondit-il en laissant retomber ses mains. Ne le lâchons pas, Booth, et, quand il n'en pourra plus, on parviendra à le raisonner.

Nous franchîmes une petite butte et, tout en bas, nous aperçûmes Lumley qui, désespérément, cherchait de nouvelles traces. Pauvre homme, le vent balayait l'endroit où il se trouvait, et aucune empreinte n'aurait pu rester visible plus de trois minutes, alors, pensez donc, deux heures...

Il leva la tête et hurla dans la nuit :

— Francie ! Janey ! Pour l'amour de Dieu !

Le désespoir et la terreur que trahissait sa voix ne pouvaient qu'inspirer la pitié. Il n'obtint pour toute réponse que le mugissement du vent qui semblait se moquer de lui et lui dire : *Je les ai emportées, monsieur du New Jersey avec votre voiture toute neuve et votre pardessus en poil de chameau. Je les ai emportées, j'ai effacé leurs traces et, demain, je vous les rendrai, aussi impeccables et gelées que deux fraises dans un congélateur...*

— Lumley ! hurla Tookey, tentant de lutter contre le vacarme du vent. Ecoutez, vous vous foutez des vampires, des fantômes ou de tout ce que vous voudrez dans ce genre, mais sachez au moins cela. Vous ne faites que leur rendre les choses pires encore! Il faut que nous allions...

Mais, alors, il y *eut* une réponse, une voix surgit des ténèbres, semblable au tintement de petites cloches d'argent, et une épée de glace transperça mon cœur.

— *Jerry... Jerry, c'est toi?*

Lumley pivota. Puis *elle* apparut, émergeant, tel un fantôme, des ombres projetées par un petit bosquet. C'était une femme de la ville et, ma foi, c'était la plus belle femme qu'il m'eût jamais été donné de voir. J'éprouvai soudain le besoin de la rejoindre, de lui dire combien j'étais heureux qu'elle fût saine et sauve. Elle portait un gros vêtement de laine, je crois qu'on appelle ça un poncho. Il flottait autour d'elle, et sa sombre chevelure ruisselait dans le vent.

Sans doute avais-je fait un pas dans sa direction, car je sentis la main de Tookey se poser sur mon épaule. J'étais subjugué par cette femme si belle, si mystérieuse, dans son poncho vert que le vent agitait autour de ses épaules; j'étais subjugué par cette femme dont le charme étrange et exotique évoquait une créature échappée d'un poème de Walter de la Mare.

— Janey! appelait Lumley. Janey!

Les bras tendus, il se fraya un chemin dans la neige.

— Non! hurla Tookey. Non! Lumley!

Il ne nous gratifia pas même d'un coup d'œil... mais *elle,* le fit. Elle nous jeta un regard moqueur et sourit. Je sentis mon admiration, ma fascination se muer en horreur; aussi froide que la tombe, aussi blanche et silencieuse que des os dans un suaire. Même d'où nous étions, nous distinguions la lueur rouge et triste qui brillait dans ses yeux. Des yeux moins humains que ceux d'un loup. Et, lorsqu'elle souriait, nous constations combien ses dents avaient poussé. Elle n'avait plus rien d'un être humain. Cette chose était une morte qui, au cœur de la sinistre tempête, on ne savait comment, était revenue à la vie.

Tookey fit un signe de croix dans sa direction. Elle eut un mouvement de recul..., puis nous sourit à nouveau. Nous étions trop loin et, peut-être, trop effrayés.

— Il faut empêcher ça, murmurai-je.

— Trop tard, Booth, fit Tookey d'un ton lugubre.

Lumley était parvenu tout près d'elle. Lui-même ressemblait à un spectre, enveloppé de neige qu'il était. Il tendit le bras, puis se mit à hurler. La vision de cet homme criant comme un enfant en plein cauchemar hantera longtemps mes rêves. Il essaya d'échapper à son étreinte mais ses longs bras nus, blancs comme la neige, l'attirèrent à elle.

— Booth! prononça Tookey d'une voix rauque. Nous ne devons pas rester ici un instant de plus!

Et nous nous mîmes à courir. A fuir comme des rats, nous accuseraient certains, mais ils ne nous accompagnaient pas cette nuit-là. Nous remontâmes à toute allure notre propre piste, tombant, nous relevant, dérapant et glissant. Sans cesse, je regardais par-dessus mon épaule pour voir si cette femme nous suivait, ce même sourire aux lèvres, cette lueur rouge dans les yeux.

Nous n'étions plus très loin de la Scout quand Tookey se plia en deux, les mains plaquées contre sa poitrine.

— Tookey! fis-je, alarmé, qu'est-ce qui...

— Le cœur, souffla-t-il. Ça fait au moins cinq ans qu'il me fait souffrir. Aide-moi à monter, Booth, prends le volant, et foutons le camp d'ici.

Je parvins à le traîner jusqu'à la voiture et à le faire asseoir sur le siège. Il rejeta la tête en arrière et ferma les yeux. Son visage avait pris une teinte cireuse.

Je contournai en courant le capot de la voiture... et faillis heurter une petite fille de plein fouet. Elle se tenait là, debout près de la portière, ses cheveux nattés et ne portant en tout et pour tout qu'un petit bout de robe jaune.

— Monsieur, fit-elle de sa voix claire et haut perchée, aussi fraîche que la rosée du matin, est-ce que vous pourriez m'aider à retrouver ma maman? Elle est partie et j'ai tellement froid...

— Mon chéri, répondis-je, tu ferais mieux de monter dans la voiture. Ta maman...

Ma voix se brisa. Jamais de ma vie je ne m'étais senti aussi près de m'évanouir. Elle se tenait là, debout, mais n'effleurait qu'à peine la neige, et ses pieds n'avaient laissé aucune empreinte.

Alors, elle me dévisagea, Francie, la fille de Lumley. Elle avait sept ans et les conserverait pour l'éternité. Son petit visage était d'une transparence spectrale, ses yeux deux puits de rouge et d'argent dans lesquels on aurait pu se noyer. Et sur son cou je distinguai deux traces de piqûres, grosses comme des têtes d'épingle au milieu de deux cernes horribles.

Elle me tendit les bras en souriant.

— Prends-moi, monsieur, dit-elle doucement. Je voudrais te faire un bisou et comme ça tu m'emmèneras chez ma maman.

Je ne voulais pas, mais ne pus m'en empêcher. Je me penchai pour la prendre contre moi; je vis sa bouche s'ouvrir, je vis les petits crocs pointer hors du cercle rose de ses lèvres. Quelque chose coula sur son menton, brillant, argenté, et avec un sentiment d'horreur ténu, lointain, je me rendis compte qu'elle salivait.

Ses petites mains se refermèrent autour de mon cou et je me dis : peut-être que ce ne sera pas si terrible, peut-être que, passé un moment, ce ne sera plus si horrible..., puis quelque chose jaillit de la Scout et atteignit la fillette en pleine poitrine. Il y eut une bouffée à l'étrange odeur, un bref éclair, et elle recula en sifflant. Son visage se tordit en un masque de rage, de haine et de douleur. Elle recula jusqu'au bas-côté puis... disparut. Elle était là et, l'instant d'après, il n'y avait plus qu'un petit tas de neige à la forme vaguement humaine. Puis le vent l'éparpilla dans les champs.

— Booth! haleta Tookey. Dépêche-toi, maintenant.

Et c'est ce que je fis. Mais, avant, je pris le temps de ramasser ce qu'il avait lancé sur cette petite fille satanique. C'était la vieille Bible de sa mère.

Cela se passait il y a quelque temps déjà. Maintenant, je suis un rien plus vieux, et, à l'époque, je n'étais déjà plus un jeunot. Herb Tooklander s'en est allé il y a deux ans. Il est mort paisiblement, dans son lit. Le bar existe toujours. Il est tenu par un couple venu de Waterville, des gens sympathiques qui l'ont conservé tel quel. Mais je n'y vais plus très souvent. Ce n'est plus pareil, maintenant que Tookey n'est plus là.

Rien n'a changé non plus à Jerusalem's Lot. Le jour suivant, le shérif découvrit la voiture de Lumley, le réservoir vide, la batterie à plat. Ni Tookey ni moi ne pipâmes mot. A quoi cela aurait-il servi ? Et, de temps à autre, un auto-stoppeur ou un campeur disparaît par là-bas, près de Schoolyard Hill, ou du côté du cimetière de Harmony Hill. On retrouve son paquetage ou bien un bouquin... Mais le type, jamais...

Cette nuit de tempête passée là-bas hante encore mes rêves. Ce n'est pas tant l'image de la femme qui me poursuit que celle de la petite fille me tendant les bras pour que je la prenne et reçoive son baiser. Mais je suis vieux et bientôt viendra le temps où plus aucun rêve ne me tourmentera.

Peut-être aurez-vous un jour l'occasion de faire un tour dans le sud du Maine. C'est un joli coin. Peut-être même vous arrêterez-vous au Tookey's Bar. L'endroit est agréable. Videz votre verre et filez directement vers le nord. Quoi qu'il en soit, évitez à tout prix la route qui mène à Jerusalem's Lot.

Surtout après la tombée de la nuit.

Il y a là-bas une petite fille qui attend toujours qu'on vienne l'embrasser et lui souhaiter le bonsoir.

CHAMBRE 312

La question est : en serait-il capable ?

Il ne le sait pas. Il sait qu'elle en suce une de temps en temps, que l'horrible goût d'orange la fait grimacer, et que de sa bouche émane un bruit de brindilles que l'on rompt. Mais celles-ci ne se présentent pas de la même façon... Ce sont des gélules. La boîte porte l'inscription : COMPLEXE DARVON. Il l'a découverte dans son armoire à pharmacie et, pensivement, l'a tournée et retournée entre ses mains. Un médicament que le docteur lui avait prescrit avant qu'elle ne doive retourner à l'hôpital. En cas de nuit blanche. L'armoire à pharmacie est pleine de remèdes alignés avec soin comme autant de petites fioles appartenant à un sorcier vaudou. Les gris-gris du monde occidental. SUPPONI-ZINE. MAGNESPASMYL 50. DÉCADRON. BISMU-FILM. D'autres encore. D'après les médicaments, il peut retracer l'itinéraire de sa maladie.

Ces cachets sont différents. Tout ce qu'ils ont de commun avec le Darvon habituel, c'est que ce sont des gélules grisâtres. Mais elles sont plus grosses. S'il avait encore été de ce monde, son père aurait appelé ça un remède de cheval. Il lit la composition : Asp. 2,2 g ; Darvon 0,6 g, et se demande : même si je me décide à les lui donner, les avalera-t-elle ? Y arrivera-t-elle ? Rien n'a changé dans la maison. Il suppose que quand elle sera morte, Kevin et lui devront se résoudre à abandonner la maison. Elle est partie, c'est ainsi. Toute la maison en témoigne.

Elle est à Lewiston, au Central Maine Hospital, chambre 312. Elle a attendu pour y aller que la douleur soit si intense qu'elle ne pouvait même plus se traîner jusqu'à la cuisine pour se faire du café. Parfois, quand il allait la visiter, elle pleurait sans même s'en rendre compte.

L'ascenseur monte en grinçant. Cela faisait près de trois semaines qu'elle était là, et, aujourd'hui, ils devaient lui faire une opération appelée « corticectomie ». Il n'est pas très sûr de l'orthographe, mais ça se prononce comme ça. Le docteur lui a dit que la corticectomie consisterait à enfoncer une aiguille dans son cou puis dans son cerveau; que c'était comme si on introduisait une épingle dans une orange pour en isoler un pépin. Quand l'aiguille aura atteint le centre de douleur, par son intermédiaire, on fera passer un courant qui détruira le centre de douleur. C'est comme débrancher un poste de télé. Alors, le cancer qui ronge son ventre cessera de lui causer tant de souffrances.

L'idée de cette opération le met mal à l'aise. Cela lui rappelle un livre de Michael Crichton, *l'Homme terminal*, où l'on greffe des petits bouts de métal dans le cerveau des gens. Selon Crichton, cela peut donner un tableau assez horrible.

La porte de l'ascenseur s'ouvre au troisième étage et il sort. C'est l'aile la plus ancienne de l'hôpital et l'odeur rappelle celle de la sciure qu'on répand sur les vomissures après une fête de village. Il a laissé les pilules dans la boîte à gants de sa voiture, et n'a rien bu avant de venir.

Ici, les murs sont bicolores : bruns en bas, blancs au-dessus. Il ne peut imaginer qu'une seule combinaison plus déprimante encore que ce brun-blanc, c'est du rose avec du noir.

Deux couloirs forment un T juste devant l'ascenseur et il y a un robinet d'eau potable où il fait toujours halte pour se rafraîchir un peu. Çà et là, traîne du matériel hospitalier. Un chariot chromé aux roues de caoutchouc, le genre d'engin sur lequel ils vous emmènent au bloc opératoire pour vous faire subir votre corticectomie. Il y a aussi un gros objet circulaire qui ressemble aux roues que l'on met parfois dans la cage des écureuils. Et puis une table roulante assortie d'un nécessaire à intraveineuse et d'une paire de bouteilles qui pendent comme deux nichons sortis de l'imagination de Salvador Dali. La salle de garde se trouve au bout de l'un des deux couloirs; des rires et un parfum de café s'en échappent.

Il boit un peu d'eau et, sans se presser, se dirige vers sa chambre. Il a peur de ce qu'il risque d'y découvrir et espère qu'elle dormira. Il sait déjà qu'en ce cas il ne la réveillera pas.

Au-dessus de la porte de chaque chambre se trouve un petit voyant lumineux carré. Quand un patient presse son bouton d'appel, il devient rouge. Des malades arpentent lentement le couloir. Sur les sous-vêtements fournis par l'hôpital, ils portent la robe de chambre bon marché fournie par l'hôpital. Les robes de chambre à col rond sont finement rayées bleu et blanc. Ils appellent leur chemise de nuit la « liquette ». On dirait que les hommes portent toujours des savates brunes en imitation cuir. Pour leur part, les femmes affectionnent les pantoufles tricotées, ornées d'un pompon. Sa mère, qui en a une paire, appelle ça ses « mules ».

Les malades lui rappellent un film, *la Nuit des morts vivants*. Tous marchent lentement. Certains s'aident d'une canne. Il y a quelque chose d'effrayant mais aussi de très digne dans leurs lentes allées et venues. C'est la démarche de gens qui, sans se presser, ne vont nulle part.

Ici et là, des transistors déversent une musique ectoplasmique. Des voix, intarissables.

Il s'arrête devant la chambre de sa mère et

il se sentait tellement mal là-bas qu'il s'enivrait avant de venir. Il avait honte de se présenter ivre devant sa mère, même si elle était trop droguée à l'Elavil pour s'en rendre compte. L'Elavil est un tranquillisant qu'on donne aux cancéreux pour leur permettre de partir sans trop s'en faire.

Dans l'après-midi, il trouvait le moyen d'acheter deux packs de six bières Black Label au libre-service du coin. Il s'asseyait devant la télé avec les enfants et suivait leurs programmes. Trois bières avec *Bonjour Sesame*, deux bières pendant *Mister Rogers,* et une pendant *Electric Company.* Puis une pour le dîner.

Il emportait les cinq bières restantes dans la voiture. Par les routes 302 et 202, le trajet entre Raymond et Lewiston représentait trente-quatre kilomètres. Le temps de parvenir à l'hôpital, il était dans un état d'ébriété avancé et n'avait plus qu'une ou deux bières en réserve. Il apportait des affaires pour sa mère et les laissait dans la voiture, ce qui lui offrait une excuse pour redescendre les chercher. Par la même occasion, il vidait une autre demi-boîte de bière, pour pouvoir tenir.

Cela lui donnait aussi un prétexte pour aller pisser en dehors des murs de l'hôpital. Pisser dans les toilettes de l'hôpital, c'était comme vivre en résumé toute l'horreur de l'expérience hospitalière : le bouton d'appel à côté de la chasse d'eau, la poignée chromée relevée à quarante-cinq degrés, la bouteille de désinfectant rose posée sur le lavabo. Rien de très réjouissant.

Sur le chemin du retour, son besoin de boire avait disparu. A la maison, il rangeait la bière restante dans la glacière et il

ne serait jamais entré s'il avait su ce qui l'attendait. La première pensée qui lui traverse l'esprit est : *Elle se dépêche de mourir, maintenant,* comme si elle avait un train à attraper, là-bas, dans le néant. Rien ne bouge que ses yeux, mais elle se débat dans son corps, il y a en elle quelque chose qui lutte. On a barbouillé son cou d'une substance orangée, et il y a un pansement sous son oreille gauche, là où quelque docteur masqué a planté l'aiguille qui a fait sauter soixante pour cent de son contrôle moteur en même temps que le centre de la douleur. Ses yeux le suivent, tels les yeux du Christ des grandes fresques anonymes.

— Tu n'aurais peut-être pas dû venir ce soir, Johnny. Je ne me sens pas trop bien. Sans doute que ça ira mieux demain.

— Qu'y a-t-il ?

— Ça me gratte partout. Est-ce que mes jambes sont jointes ?

Il ne peut pas voir si ses jambes sont jointes. Elles

sont simplement relevées sous les draps rayés de l'hôpital. Il fait très chaud dans la chambre. Pour le moment, personne n'occupe l'autre lit. Il pense : les pensionnaires s'en vont ou s'en viennent, mais ma mère est là pour toujours. Seigneur !

— Elles sont jointes, maman.

— Tu peux les baisser, s'il te plaît, Johnny ? Et puis tu ferais mieux de partir. Jamais je ne me suis sentie impotente à ce point. Je ne peux rien bouger. Et j'ai le nez qui me chatouille. Tu ne crois pas que c'est malheureux d'avoir le nez qui te chatouille et de ne même pas pouvoir se gratter ?

Il lui frotte le nez puis, à travers les draps, lui saisit les mollets et les pose sur le lit. Il peut sans difficulté saisir ses deux mollets d'une seule main, bien qu'il n'ait pas les mains particulièrement fortes. Elle laisse échapper un grognement. Des larmes coulent jusqu'à ses oreilles.

— Maman ?

— Tu pourrais baisser mes jambes ?

— Je viens de le faire.

— Oh ! c'est très bien, alors. Je crois que je suis en train de pleurer. Je ne veux pas pleurer devant toi. Je voudrais en finir avec tout ça. Je donnerais n'importe quoi pour que tout ça soit terminé.

— Tu veux une cigarette ?

— Ça t'ennuierait de m'apporter d'abord un verre d'eau, Johnny ? J'ai la bouche sèche comme du carton-pâte.

— Tout de suite.

Il sort avec le verre où trempe une paille flexible et va chercher de l'eau au robinet. Un gros homme dont l'une des jambes est entourée d'une bande élastique descend lentement le couloir. Il ne porte pas de peignoir finement rayé et tient sa liquette serrée contre lui.

Il remplit le verre au robinet et retourne à la chambre 312. Elle ne pleure plus. La façon dont ses lèvres s'emparent de la paille lui rappelle des chameaux qu'il a vus dans un documentaire. Son visage est émacié. De toute sa vie de fils, le souvenir le plus vivace qu'il conserve d'elle remonte à une époque où il avait

400

douze ans. Lui, son frère Kevin et cette femme avaient déménagé dans le Maine pour qu'elle puisse s'occuper de ses parents. La vieille mère était clouée au lit. L'hypertension avait rendu sa grand-mère sénile et, comme un malheur ne vient jamais seul, l'avait laissée aveugle. Joyeux quatre-vingt-sixième anniversaire. De quoi vous donner envie de fêter le prochain. Elle restait au lit toute la journée, aveugle, sénile, portant de grandes couches et des culottes en caoutchouc, incapable de se rappeler ce qu'elle avait mangé au petit déjeuner, mais pouvant vous réciter la liste de tous les présidents jusqu'à Eisenhower. Un jour, à douze ans, à la table du petit déjeuner, il s'était montré grossier à propos de quelque chose, il ne sait plus quoi, et sa mère lavait les couches pisseuses de sa grand-mère, puis les enfournait dans l'essoreuse de sa vieille machine à laver, et elle s'était retournée pour lui flanquer l'un des linges en pleine figure, et la première claque de la couche lourde d'humidité avait envoyé valser son bol de Quaker, mais le second coup l'avait atteint au dos, sans lui faire mal mais suffisant pour lui faire ravaler son bavardage insolent, et la femme dont le pauvre corps gît maintenant dans le lit de cette chambre l'avait frappé, encore et encore, en disant : maintenant, tu vas *fermer* ta grande gueule, tout ce qu'il y a de grand chez toi c'est ta *gueule,* alors tu la fermes jusqu'au jour où tu seras de la même *taille,* et chaque mot en italique était ponctué d'un coup de la couche humide de sa grand-mère — VLAN ! — et toutes les choses pertinentes qui lui restaient à dire s'évanouirent brusquement. Ce jour et pour toujours, il avait découvert que rien au monde n'était plus efficace pour remettre en place les idées d'un garçon de douze ans que d'avoir le dos cinglé par la couche humide d'une grand-mère. Il lui avait fallu quatre ans pour réapprendre l'art de faire de l'esprit.

Elle s'étrangle un peu en buvant et cela l'effraie, même s'il vient de penser à lui donner des cachets. Il lui redemande si elle a envie d'une cigarette et elle répond :

— Si ça ne te dérange pas. Ensuite, il vaut mieux que tu partes. Peut-être irai-je mieux demain.

Il tire une Kool de l'un des paquets rangés sur la

table de nuit et l'allume. Tandis qu'il tient la cigarette entre le pouce et l'index, elle aspire la fumée, les lèvres étirées pour saisir le filtre. Elle ne peut tirer que de petites bouffées. La fumée s'échappe paresseusement de ses lèvres.

— Vivre soixante ans pour voir votre fils tenir vos cigarettes.

— Ça ne me gêne pas.

Elle aspire une nouvelle fois et conserve si longtemps le filtre entre ses lèvres qu'il regarde ses yeux et s'aperçoit qu'ils sont clos.

— Maman ?

Les paupières s'entrouvrent.

— Johnny ?

— Oui.

— Ça fait longtemps que tu es là ?

— Pas très. Je crois que je vais partir. Je te laisse dormir.

— Hmmmm.

Il écrase la cigarette dans le cendrier et se glisse hors de la chambre en pensant : Bon Dieu ! il faut que je dise deux mots au docteur qui a fait ça.

En pénétrant dans la cage d'ascenseur, il se dit que le mot « docteur » devient synonyme du mot « homme » après qu'un certain degré d'efficacité dans la profession a été atteint, comme s'il était dans l'ordre des choses que les docteurs soient cruels et, donc, occupent une place privilégiée dans ce qu'il est convenu d'appeler l'humanité. Mais

— Je ne pense pas qu'elle puisse rester dans cet état très longtemps, dit-il à son frère, tard cette nuit-là.

Son frère vit à Andover, à une centaine de kilomètres à l'ouest. Il ne se rend à l'hôpital qu'une ou deux fois par semaine.

— Mais elle souffre moins ? demande Kev.

— Elle dit que ça la gratte.

Les cachets sont dans la poche de sa veste. Sa femme dort tranquillement. Il les sort, petit larcin commis dans la maison abandonnée de sa mère. Tandis qu'il parle, il tourne et retourne la boîte entre ses doigts.

— Alors, c'est qu'elle va mieux.

Pour Kev, tout allait toujours mieux, comme si l'existence tendait vers un sublime zénith. C'est une vue que son frère cadet ne partage pas.

— Elle est paralysée.

— Cela a-t-il donc tant d'importance ?

— Evidemment que ça en a ! explose-t-il en songeant à ses jambes sous le drap finement rayé.

— Elle est mourante, John.

— Elle n'est pas encore morte.

Au fond, c'est cela qui l'horrifie. A partir de là, la conversation va tourner en rond, pour le plus grand bénéfice de la compagnie téléphonique, mais cela reste le point crucial : elle n'est pas encore morte. Couchée sur ce lit, avec le bracelet d'identification de l'hôpital autour du poignet. Et

— Il va falloir qu'elle s'accroche sérieusement à la vie, dit le docteur.

C'est un homme d'allure imposante à la barbe d'un blond-roux. Il mesure près d'un mètre quatre-vingt-dix et a des épaules de lutteur. Quand elle commence à s'éveiller, le docteur l'entraîne avec tact dans le couloir.

Le docteur poursuit :

— Vous savez, à la suite d'une opération comme la corticectomie, des troubles moteurs sont presque inévitables. Votre mère peut déjà bouger un peu sa main gauche. Elle peut raisonnablement espérer recouvrer l'usage de sa main droite d'ici deux à quatre semaines.

— Marchera-t-elle ?

Le docteur lève des yeux résignés vers le plafond de liège du couloir.

— Je dois vous répondre non. En dessous d'un certain niveau, on ne peut plus récupérer.

— Elle va rester clouée au lit jusqu'à la fin de ses jours ?

— Oui, je crois qu'on peut voir les choses ainsi.

Il commence à éprouver une certaine admiration pour cet homme qu'il lui aurait été tellement plus facile de haïr. Ce sentiment s'accompagne aussitôt de dégoût : doit-on admirer la vérité nue ?

— Combien de temps risque-t-elle de vivre dans cet état ?

— Il m'est difficile de vous répondre. (Voilà qui est mieux.) La tumeur bloque l'un de ses reins mais l'autre fonctionne parfaitement. Quand la tumeur l'aura atteint, elle s'endormira.

— Coma urémique ?

— C'est ça, répond le docteur, déjà moins catégorique.

« Urémie » est un terme technique utilisé en pathologie, que les docteurs et spécialistes considèrent comme leur propriété. Johnny le connaît parce que sa grand-mère est morte du même mal, quoique n'étant pas atteinte d'un cancer. Ses reins s'étaient simplement bloqués. Elle mourut dans son lit, à l'heure du dîner. Johnny fut le premier qui soupçonna qu'elle était morte, et ne dormait pas simplement la bouche entrouverte à la façon comateuse des vieilles gens. Deux petites larmes avaient jailli de ses yeux et sa vieille bouche édentée s'était affaissée. Il avait tenu un miroir de poche contre sa bouche pendant une minute puis, constatant qu'aucune buée n'avait brouillé l'image de ses lèvres recroquevillées, avait appelé sa mère. Tout cela lui avait paru aussi naturel à l'époque que cela lui semblait choquant aujourd'hui.

— Elle dit qu'elle souffre encore. Et que ça la démange.

Le docteur se tapote solennellement la tête, à la façon de Victor DeGroot, le vieux psychiatre des bandes dessinées.

— Elle *s'imagine* qu'elle souffre. Mais, pour elle, la douleur n'en est pas moins réelle. C'est pour cela que le temps a une telle importance. Votre mère ne peut plus continuer à compter le temps qui passe en termes de secondes, de minutes ou d'heures. Elle doit réajuster sa notion du temps, et le décomposer de nouveau en jours, semaines et mois.

Il prend conscience de ce que cet homme corpulent et barbu est en train de lui dire et cela lui répugne. Il n'a plus grand-chose à dire à cet homme. C'est un spécialiste qui parle du temps avec aisance, comme s'il avait saisi ce concept aussi facilement qu'une canne à pêche.

— Ne pouvez-vous donc rien faire pour elle ?

— Pas grand-chose.

Mais son attitude est sereine, comme si tout cela était normal. Après tout, il ne cherche pas à « donner de faux espoirs ».

— Cela ne peut-il pas devenir pire que le coma ?

— Bien sûr, ça *peut*. Nous ne sommes pas en mesure d'évaluer ces choses-là avec précision, c'est un peu comme abriter un requin dans votre corps. Et puis elle peut gonfler.

— Gonfler ?

— Son abdomen peut enfler, puis désenfler et enfler de nouveau. Mais à quoi bon discuter de telles choses maintenant ? Je crois que nous pouvons dire sans risque

que ça pourrait marcher, mais supposons que ça ne marche pas ? Ou supposons qu'ils me prennent. Je n'ai pas la moindre envie de passer en jugement pour euthanasie. Même si j'ai une chance de m'en tirer. Je n'ai pas de cause à défendre. Il voit déjà les gros titres des journaux criant au MATRICIDE.

Dans le parking, il tourne et retourne la boîte entre ses doigts. COMPLEXE DARVON. La question demeure : *En serait-il capable ? Le fera-t-il ?* Elle lui a dit : *Je voudrais en finir avec tout ça. Je donnerais n'importe quoi pour que tout ça soit terminé.* Kevin parle de l'installer chez lui pour qu'elle ne meure pas à l'hôpital. L'hôpital ne veut plus d'elle. Ils lui ont administré de nouveaux médicaments et elle a sombré dans une somnolence entrecoupée de délires. Quatre jours après la corticectomie. Ils préféreraient la voir ailleurs parce que personne n'a encore mis au point une « cancerectomie » efficace. Et, au stade où elle en est, s'ils veulent retirer toute la tumeur, il ne lui restera plus que la tête et les deux jambes.

Il se demande comment elle peut bien percevoir le temps, ce temps que, pour elle, désormais, plus rien ne mesure. Les jours dans la chambre 312. La nuit dans la chambre 312. Ils l'ont reliée au bouton d'appel par un fil qu'ils ont accroché à son index gauche parce qu'elle ne pouvait plus avancer la main assez loin pour presser le bouton si elle estimait avoir besoin d'un bassin hygiénique.

De toute façon, cela n'a pas d'importance car elle est incapable de se rendre compte quand elle a une envie; son tronc pourrait aussi bien être un tas de sciure. Elle expulse ses excréments dans son lit, elle pisse dans son lit et ne s'en aperçoit que quand l'odeur lui parvient. De soixante-dix kilos elle est passée à quarante-cinq et ses muscles sont si détendus que son corps n'est plus qu'un sac mou accroché à la tête, comme la gaine d'une marionnette. Serait-ce différent chez Kev? Peut-il commettre un meurtre? Il sait que c'est un meurtre. Le pire des meurtres, un matricide. Comme le monstrueux fœtus d'un des premiers récits d'horreur de Ray Bradbury qui, ayant décidé d'intervertir les rôles, faisait avorter l'animal qui lui avait donné vie. Mais peut-être est-il déjà coupable. Il est le seul enfant qu'elle ait porté en elle, l'enfant qui a métamorphosé sa vie. Elle avait adopté Kevin quand un autre docteur affable lui avait annoncé qu'elle ne pourrait jamais avoir d'enfant. Et, bien sûr, le cancer qui maintenant la rongeait était né dans son ventre tel un second enfant, son noir jumeau. Sa vie avait commencé là précisément où la mort s'était emparée d'elle. Ne se doit-il pas d'achever ce que l'autre a entrepris, si lentement, si maladroitement?

Il lui donne de l'aspirine comme si cela pouvait calmer ses douleurs imaginaires. Elle en a rempli une boîte à saccharine qu'elle range dans le tiroir de la table de nuit, avec les cartes de vœux qu'elle a reçues et ses lunettes de lecture désormais inutiles. Ils lui ont retiré son dentier, de peur qu'elle ne s'étouffe en l'avalant, aussi doit-elle se contenter de sucer l'aspirine jusqu'à ce que sa langue se colore légèrement de blanc.

Il pourrait sûrement lui donner les cachets; trois ou quatre, cela suffirait. 8,8 grammes d'aspirine et 2,4 grammes de Darvon administrés à une femme qui a perdu trente-trois pour cent de son poids en cinq mois.

Personne ne sait qu'il détient le médicament, ni sa

femme ni Kevin. Il se dit qu'ils ont peut-être installé une nouvelle patiente dans le second lit de la chambre 312, mais il ne devra pas s'en inquiéter. Il peut sans risque plaider coupable. Et, en fin de compte, il se demande si cela ne vaudrait pas mieux. S'il y a une autre femme dans la chambre, il n'y aura plus d'alternative et il pourra considérer cela comme un coup de pouce de la Providence. Il pense

— Tu as meilleure mine, ce soir.
— Tu crois ?
— J'en suis sûr. Comment te sens-tu ?
— Oh ! pas trop bien.
— Fais voir si tu peux remuer la main droite.

Elle la soulève du couvre-lit. Doigts écartés, sa main reste un instant suspendue devant ses yeux, puis retombe. Mollement. Il lui adresse un sourire qu'elle lui rend. Il lui demande :

— Tu as vu le docteur, aujourd'hui ?
— Oui, il est venu. C'est gentil de sa part de venir tous les jours. Tu peux me donner un peu d'eau, John ?

Il la fait boire à la paille.

— Tu es gentil de venir aussi souvent, John. Tu es un bon fils.

Elle s'est remise à pleurer. L'autre lit est vide, presque accusateur. Régulièrement, par la porte restée à demi ouverte, il aperçoit l'une de ces robes de chambre rayées bleu et blanc qui arpentent le couloir. Il éloigne doucement le verre en pensant stupidement : ce verre est-il à demi vide ou à demi plein ?

— Et ta main gauche ?
— Oh ! ça va.
— Voyons ça.

Elle la soulève. Elle est gauchère et sans doute est-ce pour cela que sa main gauche a aussi bien résisté aux effets dévastateurs de la corticectomie. Elle la ferme. L'ouvre. Fait pauvrement claquer ses doigts. Puis la laisse retomber sur le dessus-de-lit. Mollement. Elle se plaint :

— Mais je ne la sens pas du tout.
— Attends une seconde.

Il s'approche de son placard, l'ouvre et tâtonne derrière les vêtements qu'elle portait lorsqu'elle est arrivée à l'hôpital pour s'emparer de son petit sac à main. Elle le cache là parce qu'elle a une crainte paranoïaque des voleurs : elle a entendu dire que certaines femmes de charge sont passées maître dans l'art de faucher tout ce qui leur tombe sous la main. Ces craintes paranoïaques se sont multipliées ces derniers temps et, un jour, elle lui a affirmé que, parfois, tard dans la nuit, un homme se cache sous son lit. C'est en partie le résultat des divers médicaments qu'ils essaient sur elle. Il y a tout ce qu'il vous faut dans la pharmacie verrouillée de l'hôpital, à l'autre bout du couloir. Excitant ou calmant, drogue dure ou placebo. La mort, peut-être, la mort, miséricordieuse comme un drap accueillant et noir. Les merveilles de la science moderne.

Il pose le sac sur le lit et l'ouvre.

— Tu te sens capable d'attraper quelque chose là-dedans ?

— Oh ! Johnny, je ne sais pas...

Il insiste :

— Essaie. Fais-le pour moi.

Sa main gauche quitte le couvre-lit, tel un hélicoptère désemparé. Elle avance, plonge, puis ressort du sac avec pour toute capture un Kleenex froissé. Il applaudit :

— Très bien ! Bravo !

Mais elle détourne la tête.

— Quand je pense à tout ce que je pouvais faire avec ces mains-là il y a à peine un an.

C'est maintenant ou jamais. Il fait très chaud dans la chambre mais la sueur qui trempe son front est froide. Il se dit : si elle ne me demande pas son aspirine, je ne le ferai pas. Pas ce soir. Mais il sait que ce sera ce soir ou jamais.

Elle jette un coup d'œil furtif vers la porte entrouverte.

— Tu veux prendre deux comprimés dans ma boîte, Johnny ?

Elle le lui demande toujours ainsi. Elle n'est pas censée ajouter d'autres médicaments à ceux qui lui sont prescrits tant elle a perdu de poids. Comme auraient dit les camés qu'il fréquentait à la fac, elle frisait en permanence l'overdose. Le corps humain est capable de s'immuniser jusqu'à la limite de la dose létale. Une pilule de trop et vous passez de l'autre côté. Il paraît que c'est ce qui est arrivé à Marilyn Monroe.

— Je t'ai apporté des comprimés de la maison.

— Oui ?

— Il n'y a pas mieux pour calmer la douleur.

Il lui montre la boîte. Elle ne peut lire que de très près et doit froncer les sourcils pour déchiffrer les gros caractères.

— Je prenais de ce Darvon dans le temps, mais ça ne me faisait aucun bien.

— Ceux-là sont plus forts.

Elle quitte la boîte des yeux pour sonder le regard de son fils.

— Vraiment ?

Pour toute réponse, il lui sourit bêtement. Il ne peut prononcer un mot.

— Tu crois que j'arriverai à les avaler ?

— Je ne sais pas. Essaie toujours.

— D'accord. Fais attention qu'on ne te voie pas.

Il ouvre la boîte puis ôte la capsule du flacon. Il retire le tampon du goulot. Aurait-elle été capable de faire tout cela de sa main gauche infirme ? Peuvent-ils avaler ça ? Il ne le sait pas. Peut-être qu'eux non plus, d'ailleurs. Peut-être qu'ils s'en fichent éperdument.

Il verse six gélules dans sa main. Il s'aperçoit qu'elle l'observe. C'est beaucoup trop, même elle doit le savoir. Si elle dit quoi que ce soit, il les remettra dans le flacon et lui donnera un simple cachet d'aspirine.

Une infirmière passe devant la porte et sa main se crispe sur les gélules grisâtres, mais l'infirmière ne rentre pas voir comment se porte la « petite dame à la corticectomie ».

Sans rien dire, sa mère se contente de regarder les gélules comme s'il s'agissait de médicaments parfaitement ordinaires (à supposer que cela existe). Mais elle n'a jamais aimé faire de cérémonies.

— Et d'une, dit-il d'un ton absolument naturel en introduisant la première gélule dans sa bouche.

Elle la suce jusqu'à ce que la gélatine se dissolve, puis fait la grimace.

— C'est mauvais ? Je ne vais...

— Non, non, ça va.

Il lui en donne une autre. Puis une autre. Elle les suce, d'un air songeur. Il lui en donne une quatrième. Elle lui sourit et il découvre avec horreur que sa langue est toute jaune. Peut-être que s'il lui donne un coup dans le ventre, elle les rendra toutes ? Mais il ne peut pas. Il ne pourrait pas frapper sa mère.

— Veux-tu regarder si mes jambes sont bien jointes ?

— Avale ça d'abord.

Il lui en donne une cinquième. Une sixième. Puis il vérifie que ses jambes sont installées comme il faut. Tout est bien. Elle dit :

— Je pense que je vais faire un petit somme, maintenant.

— D'accord. Je vais aller boire quelque chose.

— Tu as toujours été un bon fils, Johnny.

Il replace le flacon dans la boîte et range la boîte dans le sac, en laissant la capsule de plastique à côté d'elle, sur le drap. Il laisse le sac ouvert sur le lit et se répète : *Elle m'a demandé son sac. Je le lui ai apporté et l'ai ouvert juste avant de m'en aller. Elle m'a dit qu'elle pourrait prendre toute seule ce qu'elle voulait. Elle m'a dit qu'elle demanderait à l'infirmière de le remettre dans le placard.*

Il sort et va boire.

Il y a un miroir au-dessus du robinet. Il tire la langue et l'examine.

Quand il retourne dans la chambre, elle s'est endormie, les mains pressées l'une contre l'autre. Les veines enchevêtrées de ses mains sont saillantes. Quand il l'embrasse, ses yeux roulent sous les paupières mais ne s'ouvrent pas.

Et voilà.

Il ne se sent pas différent, ni meilleur ni pire.

Il ressort de la chambre puis pense soudain à quelque chose. Il revient près du lit, sort le flacon de la boîte puis le frotte soigneusement contre sa chemise.

Ensuite, saisissant sa main gauche endormie, il presse le bout de ses doigts sur le flacon. Puis il remet le tout dans le sac et, sans un regard en arrière, quitte précipitamment la chambre.

Il rentre chez lui, attend que le téléphone sonne et regrette de ne pas l'avoir embrassée encore une fois. Pour passer le temps, il regarde la télé et boit de l'eau, beaucoup d'eau.

TABLE DES MATIÈRES

Cinéma

et télévision

*Des dizaines de romans J'ai Lu ont fait l'objet
d'adaptations pour le cinéma ou la télévision.
Vous y retrouverez vos héros, vos amis, vos rêves...*

Demandez à votre libraire le catalogue semestriel gratuit.

ARSENIEV Vladimir
Dersou Ouzala (928 ****)
*Un nouvel art de vivre à travers la steppe
sibérienne.*

BARCLAY et ZEFFIRELLI
Jésus de Nazareth (1002 ***)
*Récit fidèle de la vie et de la passion du
Christ, avec les photos du film.*

BENCHLEY Peter
Dans les grands fonds (833 ***)
*Pourquoi veut-on empêcher David et Gail
de visiter une épave sombrée en 1943 ?*

BLATTY William Peter
L'exorciste (630 ****)
*A Washington, de nos jours, une petite fille
vit sous l'emprise du démon.*

BLIER Bertrand
Les valseuses (543 ****)
*Plutôt crever que se passer de filles et de
bagnoles.*

BURON Nicole de
Vas-y maman (1031 **)
*Après quinze ans d'une vie transparente
aux côtés de son mari et de ses enfants, elle
décide de se mettre à vivre.*

CAIDIN Martin
Nimitz, retour vers l'enfer (1128 ***)
*Le super porte-avions Nimitz glisse dans
une faille du temps. De 1980, il se retrouve
à la veille de Pearl Harbor.*

CLARKE Arthur C.
2001 - l'odyssée de l'espace (349 **)
*Ce voyage fantastique aux confins du
cosmos a suscité un film célèbre.*

CONCHON, NOLI, et CHANEL
La Banquière (1154 ***)
*Devenue vedette de la Finance, le Pouvoir et
l'Argent vont chercher à l'abattre.*

CORMAN Avery
Kramer contre Kramer (1044 ***)
*Abandonné par sa femme, un homme reste
seul avec son tout petit garçon.*

COYNE John
Psychose phase 3 (1070 **)
'... ou le récit d'une terrible malédiction.

CUSSLER Clive
Renflouez le Titanic ! (892 ****)
*... pour retrouver le minerai stratégique
enfermé dans ses flancs.*

FOSTER Alan Dean
Alien (1115 ***)
Avec la créature de l'Extérieur, c'est la mort qui pénètre dans l'astronef.
Le trou noir (1129 ***)
Un maelström d'énergie les entraînait au delà de l'univers connu.

GOLON Anne et Serge
Angélique, marquise des Anges
Son mari condamné au bûcher, Angélique devient la marquise des Anges à la Cour des Miracles. Puis elle retrouve grâce auprès de Louis XIV et dispute son amour à Mme de Montespan. Bien d'autres aventures attendent encore Angélique...

GUEST Judith
Des gens comme les autres (909 ***)
Après un suicide manqué, un adolescent redécouvre ses parents.

HALEY Alex
Racines (2 t. 968 **** et 969 ****)
Ce triomphe mondial de la littérature et de la TV fait revivre le drame des esclaves noirs en Amérique.

HAWKESWORTH J.
Maîtres et valets (717 **)
Ce célèbre feuilleton de TV évoque la société aristocratique anglaise du début du siècle.

KING Stephen
Carrie (835 ***)
Ses pouvoirs supra-normaux lui font massacrer plus de 400 personnes.

LARSON et THURSTON
Galactica (1083 ***)
L'astro-forteresse Galactica reste le dernier espoir de l'humanité décimée.

LEVIN Ira
Un bébé pour Rosemary (342 **)
A New York, Satan s'empare des âmes et des corps

Ces garçons qui venaient du Brésil (906 ***)
Sur l'ordre du Dr Mengele, six tueurs nazis partent en mission.

LUND Doris
Eric (Printemps perdu) (759 ***)
Pendant quatre ans, le jeune Eric défie la terrible maladie qui va le tuer.

MALPASS Eric
Le matin est servi (340 **)
Le talent destructeur d'un adorable bambin de sept ans.
Au clair de la lune, mon ami Gaylord (380 ***)
L'univers de Gaylord est troublé par l'apparition de trois étranges cousins.

RODDENBERRY Gene
Star Trek (1071 **)
Un vaisseau terrien seul face à l'envahisseur venu des étoiles.

RUBENS Bernice
Chère inconnue (1158 **)
Une correspondance amoureuse peut déboucher sur la tragédie.

SAGAN Françoise
Le sang doré des Borgia (1096 **)
Une tragédie historique où se mêlent l'amour, l'argent et le poison.

SAUTET Claude
Un mauvais fils (1147 ***)
Emouvante quête d'amour pour un jeune drogué repenti.

SPIELBERG Steven
Rencontres du troisième type (947 **)
Le premier contact avec des visiteurs venus des étoiles.

TROYAT Henri
La neige en deuil (10 *)
Une tragédie dans le cadre grandiose des Alpes.

Editions J'ai Lu, 31, rue de Tournon, 75006 Paris

diffusion
France et étranger : Flammarion, Paris
Suisse : Office du Livre, Fribourg

diffusion exclusive
Canada : Éditions Flammarion Ltée, Montréal

Achevé d'imprimer sur les presses de l'imprimerie Brodard et Taupin
7, Bd Romain-Rolland. Montrouge. Usine de La Flèche,
le 6 août 1982.
1292-5 Dépôt Légal août 1982. ISBN : 2 - 277 - 21355 - 1
Imprimé en France